ARNALDUR INDRIÐASON

Kälteschlaf

ISLAND KRIMI

Aus dem Isländischen von
Coletta Bürling

lübbe

Dieser Titel ist auch als Hörbuch und E-Book erschienen.

Die Bastei Lübbe AG verfolgt eine nachhaltige Buchproduktion. Wir
verwenden Papiere aus nachhaltiger Forstwirtschaft und verzichten
darauf, Bücher einzeln in Folie zu verpacken. Wir stellen unsere Bücher
in Deutschland und Europa (EU) her und arbeiten mit den Druckereien
kontinuierlich an einer positiven Ökobilanz.

Vollständige Paperbackausgabe
der bei Bastei Lübbe erschienenen Hardcoverausgabe

Copyright © 2007 by Arnaldur Indriðason
Titel der isländischen Originalausgabe: »Vetrarborgin«
Originalverlag: Forlagið, Reykjavík

Für die deutschsprachige Ausgabe:
Copyright © 2022 by Bastei Lübbe AG, Köln
Titelmotive: © shutterstock.com: sbedaux | Stephanie Frey |
© Mauritius Images/Image Source/Gu
Umschlaggestaltung: FAVORITBUERO, München
Satz: hanseatenSatz-bremen, Bremen
Gesetzt aus der DTL Documenta ST
Druck und Verarbeitung: GGP Media GmbH, Pößneck
Printed in Germany
ISBN 978-3-404-18791-1

2   4   5   3   1

Sie finden uns im Internet unter:
luebbe.de
Bitte beachten Sie auch: lesejury.de

ARNALDUR INDRIÐASON
Kälteschlaf

Bisher erschienene Titel des Autors:

Die Kommissar-Erlendur-Reihe:

1. Menschensöhne (im E-Book erhältlich)
2. Todesrosen (im E-Book erhältlich)
3. Nordermoor
4. Todeshauch
5. Engelsstimme
6. Kältezone
7. Frostnacht
8. Kälteschlaf
9. Frevelopfer
10. Abgründe
11. Eiseskälte

Duell
Nacht über Reykjavík
Schattenwege
Tage der Schuld

Die Flóvent-Thorsson-Reihe:

Der Reisende
Graue Nächte

Thriller:

Gletschergrab
Tödliche Intrige
Codex Regius

Die Konráð-Reihe:

Verborgen im Gletscher
Das Mädchen an der Brücke
Tiefe Schluchten

Titel in der Regel auch als Hörbuch erhältlich

Der ältere Bruder erholte sich
von seinen Erfrierungen,
aber alle fanden ihn
seit dieser Zeit
eigen und teilnahmslos.
Tragödie in den Bergen
von Eskifjörður

María hatte bei der Beerdigung völlig abwesend gewirkt. Wie betäubt saß sie in der ersten Reihe, Baldvins Hand fest umklammmernd, und sie schien sich weder über den Anlass der Zusammenkunft noch die Umgebung bewusst zu sein. Die Ansprache des Pfarrers, die Leute, die zur Beerdigung erschienen waren, und der Gesang des kleinen Chorensembles, alles verschmolz zu einem einzigen Klang der Trauer. Der Pfarrer war zu ihnen nach Hause gekommen und hatte sich einige Punkte notiert, deshalb kannte sie den Inhalt seiner Rede. Es ging vor allem um Leonóras wissenschaftliche Karriere und die Tapferkeit, mit der sie den Kampf gegen die schlimme Krankheit aufnahm, um die vielen Freunde, die sie im Laufe ihres Lebens um sich geschart hatte, um sie selbst und um ihre einzige Tochter, die in gewisser Weise in die Fußstapfen der Mutter getreten war. Der Pfarrer erwähnte auch die herausragenden fachlichen Qualifikationen Leonóras und ihr Bedürfnis, Freundschaften zu pflegen, was man nicht zuletzt daran sehen konnte, dass so viele Menschen an diesem tristen Herbsttag zur Beerdigung gekommen waren. Die meisten von ihnen waren Akademiker. Leonóra hatte manchmal mit María darüber gesprochen, wie viel es ihr bedeutete, zu den gebildeten Kreisen zu gehören. In ihren Worten schwang dabei stets ein Anflug von Arroganz mit, was María aber geflissentlich überhörte.

Sie erinnerte sich an das herbstlich gefärbte Laub auf dem Friedhof und die gefrorenen Pfützen auf dem Kiesweg zum Grab und an das scharfe Knirschen, als das dünne Eis unter den Füßen der Sargträger brach. Sie erinnerte sich an die Kälte und das Kreuzzeichen, das sie über den Sarg ihrer Mutter schlug. Sie hatte sich bereits unzählige Male genau diese Situation ausgemalt, nachdem sich herausgestellt hatte, dass die Krankheit ihrer Mutter zum Tode führen würde, und nun war diese Stunde gekommen. Sie starrte auf den Sarg im Grab und verrichtete im Stillen ein kurzes Gebet, bevor sie mit ausgestreckter Hand ein Kreuzzeichen machte. Danach stand sie regungslos am Rande des Grabs, bis Baldvin sie wegführte.

Sie erinnerte sich an all die Leute hinterher beim Leichenschmaus, die zu ihr kamen und ihr Beileid ausdrückten. Einige boten ihre Unterstützung an, falls es etwas gäbe, womit sie helfen könnten.

An den See dachte sie erst, als wieder Ruhe eingekehrt war und sie bis tief in die Nacht hinein wach lag, ganz allein mit sich selbst und ihren Gedanken. Erst jetzt, als alles vorüber war und sie den schweren Tag noch einmal vor ihrem geistigen Auge vorüberziehen ließ, fiel ihr auf, dass ihre Verwandten väterlicherseits nicht zur Beerdigung erschienen waren.

Eins

Kurz nach Mitternacht ging bei der Notrufzentrale eine Meldung von einem Mobiltelefon ein. Eine aufgeregt klingende weibliche Stimme am anderen Ende der Leitung sagte:

»Sie hat sich ... María hat sich umgebracht ... Ich ... Das ist grauenvoll ... Grauenvoll!«

»Wie ist dein Name?«

»Ka ... Karen.«

»Von wo aus rufst du an?«, fragte der Diensthabende beim Notruf.

»Ich bin im ... Das ist ... ihr Ferienhaus.«

»Und wo ist das?«

»... Am See von Þingvellir. In ... in ihrem Ferienhaus. Beeilt euch ... Ich ... ich warte hier.«

Karen hatte ihre liebe Mühe und Not gehabt, das Haus zu finden. Es war so lange her, dass sie zuletzt dort gewesen war, beinahe vier Jahre. María hatte ihr zwar sicherheitshalber den Weg dorthin genau beschrieben, aber ihre Erklärungen waren Karen mehr oder weniger zum einen Ohr hinein- und zum anderen wieder hinausgegangen; sie glaubte, sich an den Weg dorthin ganz gut erinnern zu können.

Als sie Reykjavík abends um kurz nach acht verließ, war es stockfinster. Auf der Straße über die Mosfellsheiði

9

war wenig Verkehr, nur die Scheinwerfer von ein paar Autos, die auf dem Weg in die Stadt waren, leuchteten ihr entgegen. Ein einziges Auto fuhr in dieselbe Richtung wie sie; sie hielt sich an die roten Rücklichter und war froh, dass noch jemand außer ihr unterwegs war. Sie fuhr ungern allein im Dunkeln und hätte sich liebend gerne früher auf den Weg gemacht, war jedoch aufgehalten worden. Sie arbeitete als PR-Referentin bei einer großen Bank, und die Besprechungen und Telefongespräche hatten an diesem Tag kein Ende nehmen wollen.

Sie wusste, dass Grímannsfell zu ihrer Rechten lag, obwohl sie den Berg nicht sehen konnte, und Skálafell zu ihrer Linken. Sie passierte die Abzweigung, an der die Straße nach Vindáshlíð, dem Ferienheim der CVJF, abging, wo sie als Kind zweimal vierzehn Tage im Sommerlager verbracht hatte. Die roten Rücklichter legten ein angenehmes Tempo vor, und sie folgte dem Wagen, bis die Abzweigung zum See kam. Dort trennten sich ihre Wege. Die roten Rücklichter entfernten sich rasch und verschwanden in der Dunkelheit.

Nachdem sie nach rechts abgebogen war, fuhr sie in völlige Dunkelheit hinein. Wegen der Finsternis hatte sie große Probleme, sich zu orientieren. Hätte sie schon vorher abbiegen sollen? War das der richtige Weg zum See hinunter? Oder war es erst die nächste Abzweigung? War sie zu weit gefahren?

Zweimal verfuhr sie sich und musste wenden. Es war Donnerstagabend, und die meisten Ferienhäuser standen leer. Sie hatte Proviant und Bücher zum Lesen mitgenommen. María hatte ihr außerdem gesagt, dass sie seit Kurzem auch einen Fernseher im Haus hätten. Sie wollte nichts sehnlicher, als viel schlafen und sich erholen. In der Bank war es nach einem Übernahmeversuch, den sie gerade abgewehrt hatten, zugegangen wie in einem Irrenhaus. Sie hatte es aufgegeben, die Auseinandersetzung zwischen den einzelnen Aktionärsgruppen, die sich gegen andere Gruppierungen zusammenschlossen, verstehen zu wollen. Pressemeldungen wurden im Zweistundentakt herausgegeben, und die Lage besserte sich nicht, als bekannt wurde, dass man mit einem der Bankdirektoren, den irgendeine Gruppe loswerden wollte, eine Abfindung in Höhe von hundert Millionen Kronen vereinbart hatte. Dem Bankvorstand war es damit gelungen, sich den Zorn der Öffentlichkeit zuzuziehen, und von Karen erwartete man, dass sie Mittel und Wege finden würde, die Wogen zu glätten. Damit war sie die gesamten letzten Wochen beschäftigt gewesen. Irgendwann reichte es ihr, und sie beschloss, aus der Stadt zu fliehen. María hatte ihr oft angeboten, das Ferienhaus zu nutzen. Als sie anrief, hatte María, ohne zu zögern, ja gesagt.

Karen fuhr im Schritttempo auf dem holprigen Seitenweg, der sich durch niedriges Gebüsch schlängelte. Endlich fielen die Autoscheinwerfer auf das Ferienhaus unten am See. María hatte ihr einen Schlüssel gegeben, aber auch erwähnt, wo sie einen weiteren Schlüssel aufbewahrte. Manchmal war ein Ersatzschlüssel in einem Versteck beim Haus sehr nützlich.

Sie freute sich schon darauf, am nächsten Tag in der herbstlichen Farbenpracht aufzuwachen, für die Þingvellir berühmt war. Seit sie sich zurückerinnern konnte, wurden jedes Jahr spezielle Fahrten zu den Herbstfarben im Nationalpark angeboten. An keinem anderen Ort waren sie schöner als an den Ufern des Sees, wo sich die roten, gelben und rostbraunen Farben der sterbenden Vegetation ausbreiteten, so weit das Auge reichte.

Sie begann damit, das Gepäck aus dem Wagen zu holen und es auf der Veranda vor der Tür abzustellen. Dann steckte sie den Schlüssel ins Schloss und tastete nach einem Lichtschalter. Das Licht im Flur zur Küche ging an, und sie brachte ihre kleine Reisetasche ins eheliche Schlafzimmer. Sie wunderte sich, dass das Bett nicht gemacht war. Das sah María nicht ähnlich. Im Bad lag ein Handtuch auf dem Boden. Bevor sie das Licht in der Küche anknipste, spürte sie eine seltsame Nähe. Sie fürchtete sich zwar nicht im Dunkeln, aber dennoch durchfuhr sie von oben bis unten ein unangenehmes Gefühl. Das Wohnzimmer mit dem fantastischen Seeblick lag völlig im Dunkeln.

Karen schaltete auch dort das Licht ein.

An der Decke befanden sich vier starke Querbalken, und an einem hing mit dem Rücken zu ihr ein menschlicher Körper.

Sie erschrak so sehr, dass sie rückwärts gegen die Wand taumelte und mit dem Kopf gegen die Holzverkleidung stieß. Ihr wurde schwarz vor Augen. Die Leiche hing an einem dünnen blauen Strick vom Balken herunter und spiegelte sich in den dunklen Fenstern des Wohnzimmers. Sie hatte keine Ahnung, wie viel Zeit verstrichen war, bevor sie sich endlich näher heranwagte. Die friedliche Umgebung am See hatte sich im Handumdrehen in ein Horrorszenario verwandelt, das sie nie wieder vergessen würde. Jedes kleinste Detail prägte sich ihr ein. Der Küchenhocker, der in dem stilreinen Zimmer wie ein Fremdkörper wirkte und umgekippt unter der Leiche lag. Das Spiegelbild im Fenster. Die Dunkelheit in Þingvellir. Der bewegungslose menschliche Körper an dem Balken.

Sie trat vorsichtig näher und blickte in das blau geschwollene Gesicht. Ihr schrecklicher Verdacht bestätigte sich. Es war ihre Freundin María.

Zwei

Ihr kam die Zeit, die von ihrem Anruf bis zum Eintreffen der Sanitäter, des Arztes und der Polizisten verging, erstaunlich kurz vor. Zuständig war die Polizei in Selfoss. Die Männer wussten, dass die Frau, die sich das Leben genommen hatte, aus Reykjavík stammte, im Grafarvogur-Viertel wohnte und verheiratet, aber kinderlos war.

Drinnen im Haus unterhielt man sich leise. Die Leute wirkten wie Fremdkörper in der unbekannten Wohnung, in der sich eine Tragödie zugetragen hatte.

»Bist du diejenige, die den Notruf verständigt hat?«, fragte ein junger Polizist.

Man hatte ihn an die Frau verwiesen, die die Leiche gefunden hatte. Sie saß mit gesenktem Kopf in der Küche und starrte auf den Fußboden.

»Ja. Ich heiße Karen.«

»Wenn du psychologische Betreuung brauchst, können wir...«

»Nein, ich glaube ... Es geht schon.«

»Hast du sie gut gekannt?«

»Ich kenne María, seit wir Kinder waren. Sie hat mir das Haus hier zur Verfügung gestellt. Ich wollte übers Wochenende hierbleiben.«

»Du hast das Auto hinter dem Haus nicht bemerkt?«

»Nein. Ich ging davon aus, dass niemand hier ist. Allerdings fiel mir auf, dass das Bett nicht gemacht war, und als ich ins Wohnzimmer kam ... Ich hab noch nie so etwas gesehen. Mein Gott, die arme María!«

»Wann hast du zuletzt mit ihr gesprochen?«

»Vor ein paar Tagen noch. Da haben wir wegen des Hauses miteinander telefoniert.«

»Hat sie erwähnt, dass sie auch da sein würde?«

»Nein, davon hat sie nichts gesagt. Sie hat nur gesagt, ich könnte selbstverständlich ein paar Tage in dem Haus verbringen. Das sei kein Problem.«

»Und war sie ... guter Dinge?«

»Ja, es kam mir so vor. Als ich den Schlüssel bei ihr abholte, war sie so wie immer.«

»Sie wusste also, dass du hierherkommen würdest?«

»Ja. Was meinst du damit?«

»Sie hat gewusst, dass du sie hier finden würdest«, erwiderte der Polizist.

Er hatte sich einen Küchenhocker herangezogen und sich neben sie gesetzt, um mit ihr zu sprechen. Sie griff nach seinem Handgelenk und starrte ihn an.

»Willst du damit sagen, dass ...?«

»Es könnte sein, dass du sie finden solltest«, entgegnete der Polizist. »Aber das weiß ich natürlich nicht sicher.«

»Weshalb sollte sie das gewollt haben?«

»Es ist nur eine Vermutung.«

»Aber es stimmt, sie wusste, dass ich das Wochenende hier verbringen wollte. Sie wusste, dass ich kommen würde. Wann ... Wann hat sie das getan?«

»Wir haben noch keinen genauen Befund, aber der Arzt meint, es kann kaum später als gestern Abend gewesen sein. Wahrscheinlich ist es etwa vierundzwanzig Stunden her.«

Karen schlug die Hände vors Gesicht.

»O Gott, das ist so ... Das ist alles so unwirklich. Hätte ich sie doch bloß nie um diesen Gefallen gebeten. Habt ihr schon mit ihrem Mann gesprochen?«

»Die Kollegen sind auf dem Weg zu ihm. Er wohnt in Grafarvogur, nicht wahr?«

»Ja. Wie konnte sie sich das antun? Wie kann ein Mensch so etwas machen?«

»So etwas macht man im Zustand äußerster Verzweiflung«, erklärte der Polizist und bedeutete dem Arzt, zu ihnen zu kommen. »Bei psychischen Problemen. Du hast nichts dergleichen bei ihr gemerkt?«

»Vor zwei Jahren hat sie ihre Mutter verloren. Das war ein furchtbarer Schlag für sie. Sie starb an Krebs.«

»Ich verstehe«, sagte der Polizist.

Karen brach in Tränen aus, und der Polizist fragte sie, ob sie vielleicht mit dem Arzt sprechen wolle. Sie schüttelte den Kopf und sagte, es sei alles in Ordnung mit ihr, aber sie habe den Wunsch, möglichst bald nach Hause fahren zu dürfen. Das wurde ihr sofort gestattet. Gegebenenfalls konnte man ja auch noch später mit ihr sprechen.

Der Polizist begleitete sie zu ihrem Auto vor dem Haus und öffnete ihr die Wagentür.

»Du bist dir sicher, dass alles in Ordnung ist?«, fragte er.

»Ja, ich denke schon«, antwortete Karen. »Vielen Dank.«

Der Polizist beobachtete, wie sie den Wagen wendete und davonfuhr. Als er das Haus wieder betrat, hatte man die Leiche abgenommen und sie auf den Fußboden gelegt. Er ging neben ihr in die Hocke. Die Frau hatte ein schmales Gesicht und dunkles, kurz geschnittenes Haar. Sie war schlank und trug ein weißes Polohemd und blaue Jeans, hatte aber keine Socken an. Er sah keinerlei Anzeichen von Gewaltanwendung, weder an ihrem Körper noch in dem Haus, nur den umgekippten Küchenhocker, den die Frau dazu benutzt hatte, den Strick am Balken zu befestigen. Ein blaues Seil dieser Art konnte man in jedem Baumarkt kaufen. Es hatte tief in ihren schmalen Hals eingeschnitten.

»Sauerstoffmangel«, sagte der Arzt, der sich mit den Sanitätern unterhalten hatte. »Sie hat sich nicht das Genick gebrochen, leider. Dann wäre es schnell vorbei gewesen. Sie ist erstickt, als der Strick sich um den Hals schnürte, und das hat einige Zeit gedauert. Sie fragen danach, wann sie die Leiche entfernen dürfen.«

»Wie lange hat es gedauert?«, fragte der Polizist.

»Zwei Minuten vielleicht, bis sie das Bewusstsein verloren hat.«

Der Polizist stand auf und sah sich in dem Haus um. Es kam ihm wie ein ganz normales isländisches Ferienhaus vor – eine Sofagarnitur aus Leder, ein beeindruckender Esstisch und eine ziemlich neue Kücheneinrichtung. Die Wände im Wohnzimmer waren vor lauter Büchern kaum zu sehen. Er ging zu einem der Regale und sah die gelbbraunen Lederrücken der Isländischen Volkssagensammlung von Jón Árnason in fünf Bänden. Gespenstergeschichten, dachte er. In anderen Regalen befanden sich isländische Romane und französische Literatur und dazwischen Kunstgegenstände aus Porzellan oder Keramik und gerahmte Fotos, drei davon zeigten dieselbe Frau in unterschiedlichem Alter, wie er zu erkennen glaubte. Wo Platz an den Wänden war, hingen Grafiken, kleine Ölgemälde und Aquarelle.

Der Polizist ging in das eheliche Schlafzimmer. Das Bett war auf der einen Seite niedergedrückt. An dieser Seite lagen Bücher auf dem Nachttisch, zuoberst ein Gedichtband von Daviŏ Stefánsson. Ein kleiner Parfümflakon stand ebenfalls auf dem Nachtschränkchen.

Sein Gang durch das Haus geschah nicht aus reiner Neugier. Er suchte nach Anzeichen von Gewaltanwendung, auf Hinweise darauf, dass die Frau nicht aus eigenem Antrieb in die Küche gegangen war, den Hocker geholt und ihn unter den Balken gestellt hatte, auf ihn geklettert war und sich den Strick um den Hals gelegt hatte. Aber nichts deutete auf etwas anderes hin als auf eine stille, beinahe diskrete Todesstunde.

Sein Kollege aus Selfoss unterbrach ihn.

»Gibt es irgendetwas Verdächtiges?«, fragte er.

»Nichts. Das ist Selbstmord. Ganz klarer Fall. Es gibt keinerlei Anzeichen für etwas anderes. Sie hat sich selbst das Leben genommen.«

»Ja, es hat ganz den Anschein.«

»Soll ich den Strick vom Balken herunterschneiden, bevor wir das Haus verlassen? War sie nicht verheiratet?«

»Tu das. Ja, der Ehemann wird hierherkommen müssen.«

Der Polizist hob das Seil vom Boden auf und drehte es zwischen den Fingern. Keine sehr solide Ware, es war schlecht gedreht, und die Schlinge ließ sich schwer bewegen. Er dachte, dass er eine bessere Schlinge machen könnte, aber wahrscheinlich war von einer normalen

Frau aus Grafarvogur nicht zu erwarten, dass sie imstande war einen perfekten Strang zu knüpfen. Es hatte nicht den Anschein, als hätte sie sich mit den technischen Details vertraut gemacht und den Selbstmord präzise vorbereitet. Wahrscheinlich handelte es sich um einen Anfall von geistiger Verwirrung und nicht um einen von langer Hand geplanten Akt.

Er öffnete die Tür zur Veranda. Von ihr führten zwei Stufen hinunter auf den Pfad, auf dem man mit nur ein paar Schritten zum Ufer des Sees gelangte. Es hatte in den letzten Tagen Nachtfrost gegeben, und eine dünne Eisschicht bedeckte das Wasser am Spülsaum. An einigen Stellen war es am Ufer festgefroren und sah aus wie hauchzartes Glas, unter dem das Wasser gluckerte.

Drei

Erlendur hielt bei einem schlichten Einfamilienhaus in
Grafarvogur an, das etwas abseits am Ende einer Stichstraße mit schönen Bungalows stand. Die meisten Häuser hier sahen mehr oder weniger gleich aus, sie waren
weiß, rot oder blau gestrichen und hatten jeweils zwei
Garagen. Die Straße machte im Schein der Straßenbe-
leuchtung einen gepflegten Eindruck; an den gemähten
Rasenflächen und beschnittenen Bäumen sah man, dass
die Gärten gut in Schuss gehalten wurden. Rechtwinklig
gestutzte Hecken, wo man auch hinblickte. Das allein stehende Haus schien älter zu sein als die anderen Häuser
in der Straße, und es hatte einen etwas anderen Stil;
es gab keine Bogenfenster oder prätentiös anmutende
Säulen am Eingang und auch keinen Wintergarten. Es
war weiß gestrichen und hatte ein Flachdach. Durch das
große Wohnzimmerfenster schaute man nach Norden
auf den Kollafjörður und das Bergmassiv der Esja. Der
große und gut ausgeleuchtete Garten um das Haus herum
wirkte überaus gepflegt, jemand schien sich akribisch um
ihn zu kümmmern. Heckenrosen und Stiefmütterchen
hatten aber mit dem Herbst das Zeitliche gesegnet.

Wegen des anhaltenden Zustroms von Polarluft war es
ungewöhnlich kalt gewesen. Ein trockener Wind fegte

das Laub die Straße entlang bis zum Ende der Sackgasse. Erlendur parkte das Auto, stieg aus und betrachtete das Haus. Er holte tief Luft, bevor er sich in Bewegung setzte. Dies war der zweite Selbstmord in einer Woche. Vielleicht hatte es etwas mit dem Herbst und dem Gedanken an den herannahenden langen, dunklen Winter zu tun.

Erlendur war die Aufgabe zugefallen, den Mann im Auftrag der Polizei offiziell zu benachrichtigen, so wie es üblich war. Die Kollegen in Selfoss hatten beschlossen, die Sache zur allfälligen Bearbeitung, wie es so schön hieß, nach Reykjavík weiterzuleiten. Der zuständige Seelsorger hatte sich bereits eingefunden; er und der Ehemann saßen in der Küche, als Erlendur eintraf. Der Pastor öffnete Erlendur die Tür und ging mit ihm in die Küche. Er sagte, er sei Gemeindepfarrer in Grafarvogur; María sei zwar woanders zur Kirche gegangen, aber ihre Pastorin wäre nicht zu erreichen gewesen.

Der Ehemann saß reglos am Küchentisch. Er trug ein weißes Hemd und Jeans und wirkte trotz seiner schlanken Figur kräftig. Erlendur nannte seinen Namen, und sie gaben sich zur Begrüßung die Hand. Der Mann hieß Baldvin. Der Pastor blieb in der Tür stehen.

»Ich muss nach Þingvellir fahren«, sagte Baldvin.

»Die Leiche ist …«, sagte Erlendur, kam aber nicht weiter.

»Mir wurde gesagt, dass …«, begann Baldvin.

»Wir können dich dorthin begleiten, wenn du möchtest. Die Leiche ist allerdings schon nach Reykjavík gebracht worden, ins Leichenschauhaus am Barónsstígur. Wir gingen davon aus, dass dir das lieber wäre, als sie ins Krankenhaus in Selfoss transportieren zu lassen.«

»Vielen Dank.«

»Du musst sie identifizieren.«

»Selbstverständlich. Natürlich.«

»War sie allein da in Þingvellir?«

»Ja. Sie ist vor zwei Tagen hingefahren, um dort zu arbeiten, sie wollte aber heute Abend nach Hause kommen. Ich wusste, dass sie spät kommen würde. Ihre Freundin hatte vor, das Wochenende dort zu verbringen. María hatte mir gesagt, dass sie vielleicht warten würde, bis sie eintrifft.«

»Ihre Freundin Karen hat sie gefunden. Du kennst sie?«

»Ja.«

»Und du warst hier zu Hause?«

»Ja.«

»Wann hast du zuletzt mit deiner Frau gesprochen?«

»Gestern Abend. Bevor sie schlafen ging. Sie hatte ihr Handy dabei.«

»Heute hast du also nichts von ihr gehört?«

»Nein, nichts.«

»Sie hat dich nicht in eurem Ferienhaus erwartet?«

»Nein, wir wollten am Wochenende in der Stadt bleiben.«

»Aber sie hat ihre Freundin heute Abend dort erwartet?«

»Ja, so habe ich es verstanden. Der Pastor hat mir gesagt, dass María es ... wahrscheinlich gestern Abend getan hat?«

»Der Arzt muss noch die genaue Todeszeit feststellen.«

Baldvin sagte nichts.

»Hat sie das schon früher einmal versucht?«, fragte Erlendur.

»Was? Selbstmord? Nein, nie.«

»Hattest du das Gefühl, dass es ihr schlecht ging?«

»Sie ist vielleicht ein bisschen niedergeschlagen und traurig gewesen«, gab Baldvin zu. »Aber nicht so, dass ... Das ist ...«

Er brach in Tränen aus.

Der Priester warf Erlendur einen Blick zu und gab ihm zu verstehen, dass es nun reichen würde.

»Entschuldige«, sagte Erlendur und stand auf. »Wir reden später miteinander. Möchtest du jemand anrufen, damit er bei dir bleibt? Oder brauchst du anderen Beistand? Wir können ...«

»Nein, es ist ... Vielen Dank.«

Auf dem Weg hinaus durchquerte Erlendur das Wohnzimmer, in dem sich eindrucksvolle Bücherschränke befanden. Als er vor dem Haus vorgefahren war, hatte er einen imposanten Jeep vor dem Garagentor stehen sehen.

Weshalb sich umbringen, wenn man ein solches Zuhause hatte, dachte er bei sich. Gab es hier wirklich nichts, wofür es sich zu leben lohnte?

Er wusste, dass derartige Überlegungen zwecklos waren. Erfahrungsgemäß waren Suizide vollkommen unberechenbar und mussten nichts mit der wirtschaftlichen Lage zu tun haben. Sie geschahen oft genug völlig überraschend; es waren Menschen jeglichen Alters, die eines Tages beschlossen, ihrem Leben ein Ende zu setzen. Manchmal gab es einen langen Vorlauf mit depressiven Phasen und misslungenen Versuchen. In anderen Fällen traf es die Angehörigen und Freunde völlig unerwartet. Wir hatten ja keine Ahnung, dass er sich so fühlte. Sie hat nie etwas gesagt. Wie hätten wir etwas wissen können? Die Hinterbliebenen waren immer fassungslos, Fragen über Fragen, Nichtwahrhabenwollen. Und in ihren Stimmen schwang Entsetzen mit: Weswegen? Hätte mir etwas auffallen müssen? Hätte ich etwas tun können?

Der Ehemann begleitete Erlendur hinaus.

»Soweit ich weiß, hat sie vor einiger Zeit ihre Mutter verloren.«

»Ja, das stimmt.«

»Hat ihr Tod María sehr mitgenommen?«

»Es war ein furchtbarer Schicksalsschlag für sie«, erklärte der Mann. »Trotzdem ist es unbegreiflich. Auch wenn sie in letzter Zeit etwas deprimiert wirkte, ist das überhaupt nicht zu verstehen.«

»Natürlich«, sagte Erlendur.

»Ihr kennt euch selbstverständlich mit solchen Selbstmordfällen aus, denke ich«, sagte Baldvin.

»So etwas kommt leider immer wieder vor«, entgegnete Erlendur.

»War sie ... Hat sie gelitten?«

»Nein«, sagte Erlendur bestimmt. »Das hat sie nicht.«

»Ich bin Arzt«, sagte Baldvin. »Du brauchst mir nichts vorzulügen.«

»Das tue ich auch nicht«, sagte Erlendur.

»Sie war schon seit längerer Zeit niedergeschlagen«, erklärte Baldvin, »aber sie hat nicht versucht, etwas dagegen zu unternehmen. Vielleicht hätte sie das besser getan. Vielleicht hätte ich aufmerksamer sein müssen für das, was sie durchgemacht hat. Das Verhältnis zwischen ihrer Mutter und ihr war sehr eng, und sie hat sich schwer damit getan, ihren Tod zu akzeptieren. Leonóra war nur fünfundsechzig, sie starb im besten Alter. Krebs.

María hat sie bis zum Schluss gepflegt, und ich bin mir nicht sicher, ob sie sich nach ihrem Tod wirklich wieder gefangen hat. Sie war Leonóras einziges Kind.«

»Man kann sich vorstellen, dass das schwer auf einem lastet.«

»Es ist vielleicht nicht ganz einfach, sich in ihre Lage hineinzuversetzen«, sagte Baldvin.

»Ja, natürlich«, gab Erlendur zur Antwort. »Und ihr Vater?«

»Der ist tot.«

»War sie religiös?«, fragte Erlendur und blickte auf eine Jesusfigur auf der Kommode im Eingang. Daneben lag eine Bibel.

»Ja, das war sie«, antwortete der Mann. »Sie ging zur Kirche. Sie war viel religiöser als ich. Und das hat mit den Jahren zugenommen.«

»Du hast es also nicht so mit der Religion?«

»Nein, das kann ich nicht sagen.« Baldvin stöhnte schwer. »Das ist … Das ist alles so unwirklich. Du musst entschuldigen, ich …«

»Entschuldige bitte, ich höre jetzt auf«, sagte Erlendur.

»Ich fahre dann mit dem Pastor zum Barónsstígur.«

»Gut«, sagte Erlendur. »Der Gerichtsmediziner muss sie sich ansehen. Das ist in einem Fall wie diesem üblich.«

»Ich verstehe«, sagte Baldvin.

Kurz darauf hatten alle das Haus verlassen. Erlendur ließ Baldvin und den Pastor vorfahren. Als er aus der Einfahrt bog, warf er einen Blick auf das Haus und hatte das Gefühl, als bewegten sich die Gardinen hinter dem Wohnzimmerfenster. Er trat auf die Bremse und blickte lange in den Rückspiegel. Als er jedoch keine weitere Bewegung hinter dem Fenster bemerkte, kam er zu dem Schluss, dass er sich getäuscht haben musste. Er nahm den Fuß von der Bremse und fuhr los.

Die ersten Wochen und Monate nach Leonóras Tod litt María unter schweren Depressionen. Sie weigerte sich, Besuch zu empfangen, und ging nicht ans Telefon, wenn es klingelte. Baldvin nahm sich zwei Wochen Urlaub, aber je mehr er für sie tun wollte, desto hartnäckiger bestand sie darauf, in Ruhe gelassen zu werden. Baldvin besorgte ihr Medikamente gegen Schwermut und Depression, die sie aber nicht nahm. Er kannte einen Psychiater, der bereit war, mit ihr einen Termin zu vereinbaren, aber das wollte sie nicht. Sie behauptete, sie müsse ihre Trauer selbst bewältigen. Es würde Zeit brauchen, und er müsse Geduld haben. Sie hätte das schon einmal durchgemacht und würde auch jetzt wieder damit fertig werden.

Sie kannte die Furcht, die Niedergeschlagenheit und die Appetitlosigkeit, die Gewichtsverlust nach sich zog, und dieses Gefühl der geistigen Lähmung, das sie kraftlos machte und das Interesse an allem verlieren ließ, was außerhalb der abgekapselten Innenwelt war, die sie sich in ihrer Trauer geschaffen hatte. Niemand hatte Zutritt zu dieser Welt. Sie hatte nach dem Tod ihres Vaters Ähnliches durchgemacht, doch damals war ihre Mutter ihr eine überaus große Stütze gewesen. In den ersten Jahren nach seinem Tod träumte María ständig von ihm, und viele der Träume verwandelten sich in Albträume, die nicht von ihr weichen wollten. Sie litt unter Halluzinationen. Er erschien ihr so deutlich, dass sie manchmal das Gefühl hatte, er sei noch am Leben, als sei er gar nicht gestorben. Sie spürte seine Nähe auch im Wachen, sie roch sogar den Duft seiner Zigarren. Manchmal kam es ihr so vor, als stünde er neben ihr und verfolge jede ihrer Bewegungen. Sie war ja nur ein Kind und glaubte, dass er sie aus der anderen Welt besuchen kam.

Ihre Mutter Leonóra betrachtete das Ganze im Hinblick auf die reale, greifbare Welt und erklärte ihr, dass die Erscheinungen, die sie sah, die Geräusche, die sie hörte, und der Geruch, den sie verspürte, eine natürliche Reaktion auf den Tod des Vaters seien, etwas, was Teil der Trauerbewältigung sei. Sie hatten ein sehr enges Verhältnis gehabt, und sein Tod war ein derartiger Schock für sie gewesen, dass ihr Unterbewusstsein diese Erscheinungen inszenierte: manchmal sein Bild, manchmal einen mit ihm verbundenen Geruch. Leonóra nannte es das innere Auge, das dem, was in ihrer Seele vorging, Leben zu verleihen vermochte; sie sei nach jenem schweren Schock empfindlich, und ihre Wahrnehmungsfähigkeit sei hypersensibel und fragil, aber das würde sich im Laufe der Zeit wieder geben.

»Was ist, wenn es aber nicht das innere Auge war, wie du immer gesagt hast? Was, wenn das, was ich gesehen habe, als Papa starb, an der Grenze zwischen zwei Welten war? Was ist, wenn er tatsächlich zu mir wollte? Mir etwas mitteilen wollte?« María saß am Bett ihrer Mutter. Seitdem feststand, dass Leonóra ihrem Schicksal nicht entgehen konnte, sprachen sie ganz offen über den Tod.

»Ich habe all diese Bücher über das Licht und den Tunnel gelesen, die du mir gebracht hast«, sagte Leonóra. »Vielleicht ist etwas Wahres an dem, was die Leute sagen. Über den Tunnel zur Ewigkeit. Ewiges Leben. Ich werde es bald herausfinden.«

»Es gibt so viele eindeutige Berichte von Menschen, die starben, aber wieder ins Leben zurückgeholt werden konnten. Über Nahtod-Erfahrungen. Über das Leben nach dem Tod«, sagte María.

»Wir haben so oft darüber geredet . . .«

»Weshalb sollten sie nicht wahr sein? Zumindest einige von ihnen?«

Leonóra blickte mit halb geschlossenen Augen auf ihre Tochter, die todunglücklich neben ihrem Bett saß. Die Krankheit machte María beinahe mehr zu schaffen als ihr selbst. Der Gedanke an den bevorstehenden Tod der Mutter war unerträglich für María. Wenn Leonóra ging, blieb sie ganz allein zurück.

»Ich glaube nicht an so etwas, weil ich an alles Reale, Greifbare glaube.«

Sie schwiegen lange. María senkte den Kopf, und Leonóra dämmerte vor sich hin. Nach zweijährigem Kampf gegen den Krebs, der jetzt die Oberhand gewonnen hatte, war sie am Ende ihrer Kräfte.

»Ich werde dir ein Zeichen geben«, flüsterte sie und hob die Augenlider ein wenig.

»Ein Zeichen?«

Leonóra lächelte matt durch den Nebel des Morphiums, der ihr Bewusstsein umgab. »Es muss etwas Einfaches sein.«

»Was?«, fragte María.

»Es muss . . . Es muss etwas Greifbares sein. Es darf kein Traum sein und auch keine unklare Wahrnehmung.«

»Willst du damit sagen, dass du mir ein Zeichen aus dem Jenseits geben willst?«

Leonóra nickte. »Weshalb nicht? Falls denn das sogenannte Leben nach dem Tod etwas anderes ist als nur eine Wunschvorstellung.«

»Und wie stellst du dir das vor?«

Leonóra schien eingeschlummert zu sein.

»Du kennst meinen Lieblingsschriftsteller.«

»Das ist Proust.«

Leonóra fasste nach der Hand ihrer Tochter.

»Proust«, sagte sie erschöpft und schlief endlich ein. Gegen Abend fiel sie ins Koma. Sie starb zwei Tage später, ohne das Bewusstsein zurückerlangt zu haben.

Drei Monate nach Leonóras Beerdigung schreckte María mitten am Vormittag durch irgendetwas auf und ging ins Wohnzimmer. Sie war allein im Haus, denn Baldvin ging immer sehr früh in die Praxis, und sie fühlte sich nach schweren Träumen und durch die lange psychische Belastung müde und matt. Auf dem Weg zur Küche überkam sie plötzlich das Gefühl, sie sei nicht allein im Haus.

Zunächst glaubte sie, dass sich ein Einbrecher Zutritt verschafft hätte, und sie schaute sich ängstlich um. In der Hoffnung, einen etwaigen Einbrecher abzuschrecken, fragte sie laut, ob jemand im Haus wäre. Sie stand wie versteinert da und verspürte plötzlich den schwachen Duft des Parfüms, das ihre Mutter benutzt hatte.

María starrte angestrengt in das dämmrige Wohnzimmer und sah Leonóra bei den Bücherregalen stehen und zu ihr sprechen, aber María konne nicht verstehen, was sie sagte.

Sie starrte ihre Mutter lange an und wagte nicht, sich zu bewegen, bis Leonóra genauso plötzlich verschwand, wie sie aufgetaucht war.

Vier

Als Erlendur nach Hause kam, machte er zunächst Licht in der Küche. Aus dem Stockwerk über ihm drangen wummernde Bässe nach unten. Vor Kurzem war dort ein junges Paar eingezogen, das abends laut Musik hörte, manchmal sehr laut, und an Wochenenden Partys feierte. Die Gäste trampelten bis zum frühen Morgen durchs Treppenhaus, nicht selten gab es einen Riesenradau. Über das Pärchen hatten sich bereits etliche Anwohner beschwert. Die beiden gelobten auch Besserung, aber mit diesem Versprechen war es nicht weit her. Für Erlendur war das, was das Pärchen da hörte, eigentlich gar keine Musik, sondern nur ein sich unablässig wiederholendes Wummwumm, begleitet von gelegentlichem Geheul.

Dennoch hörte Erlendur ein Klopfen an der Tür.

»Ich hab gesehen, dass Licht bei dir war«, erklärte sein Sohn Sindri Snær, als Erlendur öffnete.

»Komm rein«, sagte Erlendur. »Ich bin gerade aus Grafarvogur zurück.«

»Interessanter Fall?«, fragte Sindri und machte die Tür hinter sich zu.

»Interessant ist eigentlich alles«, antwortete Erlendur. »Möchtest du Kaffee oder etwas anderes?«

»Bloß ein Glas Wasser«, erklärte Sindri und zog eine

Zigarettenschachtel aus der Tasche. »Ich hab Urlaub. Zwei Wochen.« Er sah zur Decke und lauschte dem Hardrock über ihm, den Erlendur gar nicht mehr hörte. »Was ist denn das für ein Krach?«

»Da oben sind neue Leute eingezogen«, sagte Erlendur in der Küche. »Hast du etwas von Eva Lind gehört?«

»Das ist schon etwas länger her. Sie hat sich neulich mit Mama gefetzt, aber ich weiß nicht, was da los war.«

»Sich mit eurer Mutter gefetzt?«, hakte Erlendur nach und tauchte im Türrahmen auf. »Weswegen?«

»Deinetwegen, soweit ich weiß.«

»Wieso sollten sie sich meinetwegen fetzen?«

»Frag sie doch selbst.«

»Arbeitet sie?«

»Ja.«

»Und wie ist es mit dem Rauschgift?«

»Sie ist clean, glaube ich. Aber sie will trotzdem nicht mit mir zu diesen Treffen gehen.«

Erlendur wusste, dass Sindri regelmäßig die Zusammenkünfte der Anonymen Alkoholiker besuchte, und glaubte, dass es ihm half. Trotz seines jungen Alters hatte er große Probleme wegen Alkohol gehabt, sich aber auf eigene Faust aus dem Sumpf herausgezogen und das getan, was notwendig war, um die Sucht unter Kontrolle zu bekommen. Seine Schwester Eva hielt sich zwar im Augenblick von Drogen fern, aber von Entziehungskuren und Gruppentherapien wollte sie nichts wissen; sie war überzeugt, dass sie das allein und ohne Hilfe schaffen würde.

»Was war denn da in Grafarvogur?«, fragte Sindri. »Passiert da tatsächlich mal etwas?«

»Selbstmord«, sagte Erlendur.

»Ist das ein Verbrechen?«

»Nein, Selbstmord ist kein Verbrechen«, entgegnete Erlendur. »Höchstens gegenüber denjenigen, die weiterleben.«

»Ich kannte einen Jungen, der sich umgebracht hat«, sagte Sindri.

»Tatsächlich?«

»Ja, der Simmi.«

»Wer war das?«

»Der war in Ordnung. Wir haben seinerzeit zusammen bei der Stadt gearbeitet. Ein ganz ruhiger Typ, der hat niemals was gesagt. Und auf einmal hat er sich erhängt, und zwar bei der Arbeit. Wir hatten da so einen Schuppen auf dem Gelände, und in dem hat er sich aufgehängt. Unser Vorarbeiter hat ihn gefunden und runtergeschnitten.«

»Habt ihr gewusst, weshalb er das getan hat?«

»Nee. Er wohnte bei seiner Mutter. Ich hab einmal zusammen mit ihm einen draufgemacht. Er hatte noch nie Alkohol getrunken und kotzte in einem fort.« Sindri schüttelte den Kopf. »Ein komischer Typ, dieser Simmi«, sagte er.

Über ihnen hämmerte es pausenlos aus den Boxen.

»Willst du nicht was dagegen unternehmen?«, fragte Sindri und sah zur Decke.

»Die lassen sich von niemandem etwas sagen«, erklärte Erlendur.

»Möchtest du, dass ich mit ihnen rede?«

»Du?«

»Ich kann sie bitten, diesen Scheiß auszumachen, wenn du willst.«

Erlendur überlegte. »Versuchen kannst du es ja mal«,

sagte er. »Ich habe keine Lust, zu denen hochzugehen. Worüber haben sich deine Mutter und Eva denn gestritten?«

»Da misch ich mich nicht ein«, sagte Sindri. »Gab es bei diesem Selbstmord in Grafarvogur etwas Verdächtiges?«

»Nein, so etwas ist immer eine schreckliche Sache. Der Ehemann war in der Stadt, als seine Frau sich in ihrem Ferienhaus in Þingvellir das Leben nahm.«

»Wusste er von nichts?«

»Nein.«

Kurz nachdem Sindri gegangen war, verstummten die Bässe im Stockwerk über Erlendur. Er blickte zur Decke. Dann ging er in den Flur und öffnete die Wohnungstür. Er rief nach Sindri Snær, aber der war bereits verschwunden.

Einige Tage später erhielt Erlendur den offiziellen Obduktionsbericht der Frau, die in Þingvellir aufgefunden worden war. Aus ihm ging, abgesehen von der Todesursache durch Erhängen, nichts Auffälliges hervor, es gab weder Verletzungen noch irgendetwas Ungewöhnliches im Blut. María hatte keine Krankheiten gehabt und war in guter körperlicher Verfassung gewesen. Biologisch gesehen gab es keine Antwort auf die Frage, weshalb sie sich entschlossen hatte, sich das Leben zu nehmen.

Erlendur musste jetzt noch einmal mit dem Ehemann sprechen, um ihm das Ergebnis mitzuteilen. Er fuhr kurz nach Mittag ins Grafarvogur-Viertel und klingelte. Elínborg begleitete ihn, obwohl sie eigentlich gar keine Zeit dazu hatte. Sigurður Óli war krank und lag mit Grippe im Bett. Erlendur warf einen Blick auf die Uhr.

Baldvin führte sie ins Wohnzimmer. Er hatte sich auf unbestimmte Zeit Urlaub genommen. Seine Mutter war zwei Tage bei ihm gewesen, doch inzwischen war sie wieder weg, Arbeitskollegen und Freunde waren zu Besuch gekommen oder hatten ihm Beileidstelegramme geschickt. Er hatte die Beerdigung vorbereitet und wusste, dass einige vorhatten, Nachrufe für die Zeitung zu schreiben. Das alles erzählte er Elínborg und Erlendur, während er Kaffee machte. Er wirkte niedergeschlagen, und seine Bewegungen waren langsam, er schien aber ansonsten im Gleichgewicht zu sein. Erlendur erzählte ihm, was die Obduktion ergeben hatte. Der Tod seiner Frau wurde als Selbstmord registriert. Er sprach ihm ein weiteres Mal sein Beileid aus. Elínborg sagte kaum etwas.

»Es war bestimmt gut, unter diesen Umständen jemanden im Haus zu haben«, sagte Erlendur.

»Sie kümmern sich sehr um mich, meine Schwester und meine Mutter«, antwortete Baldvin. »Manchmal ist es jedoch auch wichtig, allein zu sein.«

»Ja, keine Frage«, sagte Erlendur. »Für manche ist das sogar das Beste.«

Elínborg blickte zu ihm hinüber. Erlendur schätzte das Alleinsein mehr als alles andere. Sie überlegte krampfhaft, weshalb er sie mitgeschleppt hatte. Erlendur hatte nur gesagt, dass er diesem Mann die Obduktionsergebnisse mitteilen wollte; es würde nicht lange dauern. Jetzt hatte er auf einmal angefangen, sich mit dem Mann zu unterhalten, als seien sie seit Langem befreundet.

»Man gibt sich immer selbst die Schuld«, sagte Baldvin. »Ich habe das Gefühl, ich hätte etwas unternehmen müssen. Dass ich irgendetwas hätte machen können.«

»Das ist eine ganz natürliche Reaktion«, sagte Erlendur. »Wir kennen das sehr gut von unserer Arbeit. In solchen Fällen haben die Angehörigen aber in der Regel fast alles, wenn nicht tatsächlich alles getan, was in ihrer Macht steht.«

»Ich habe es nicht vorausgesehen«, sagte Baldvin. »Das kann ich euch versichern. Ich habe einen Schock bekommen wie noch nie in meinem Leben, als ich erfuhr, was passiert ist. Ihr könnt euch überhaupt nicht vorstellen, wie mir zumute war. Als Arzt bin ich ja einiges gewöhnt, aber wenn … wenn so etwas passiert … Ich bezweifle, dass man jemals auf so etwas vorbereitet sein kann.«

Er schien das Bedürfnis zu haben, sich auszusprechen, und sagte ihnen, dass er und seine Frau sich an der Universität kennengelernt hatten. María studierte Geschichte und Französisch. Er hatte schon auf dem Gymnasium mit der Schauspielerei geliebäugelt und war auch eine Weile auf der Schauspielschule gewesen, bevor er sich entschloss, umzusatteln und Medizin zu studieren.

»Hat sie nach dem Studium in ihrem Bereich gearbeitet?«, fragte Elínborg, die ein Diplom in Geologie hatte, aber beruflich nie auf diesem Gebiet tätig gewesen war.

»Ja, das hat sie«, erklärte Baldvin. »Sie hat alle möglichen Aufträge übernommen und hier zu Hause gearbeitet. Unten ist ihr Arbeitszimmer. Sie hat auch etwas unterrichtet und an bestimmten Projekten für Institutionen und Firmen gearbeitet. Sie forschte und veröffentlichte Artikel.«

»Wann seid ihr hier nach Grafarvogur gezogen?«, fragte Erlendur.

»Wir haben schon immer in diesem Haus gewohnt«, sagte Baldvin und sah sich im Wohnzimmer um. »Ich bin noch während des Studiums hier eingezogen. María war Einzelkind und erbte das Haus, als ihre Mutter starb. Es wurde errichtet, bevor die ganze Siedlung geplant und hier in großem Stil gebaut wurde. Das Haus steht ein bisschen für sich, wie ihr wahrscheinlich bemerkt habt.«

»Es macht den Eindruck, als sei es älter als die anderen«, sagte Elínborg.

»Leonóras Sterbebett war in einem der Zimmer hier«, erklärte Baldvin. »Es vergingen drei Jahre von dem Zeitpunkt an, als der Krebs bei ihr festgestellt wurde, bis sie starb. Sie wollte auf keinen Fall in ein Krankenhaus. Leonóra wollte zu Hause sterben. María hat sie die ganze Zeit gepflegt.«

»Das muss sehr schwierig für deine Frau gewesen sein«, sagte Erlendur. »Du hast mir gesagt, dass sie religiös war.«

Er bemerkte, dass Elínborg heimlich auf ihre Uhr schielte.

»Ja, das war sie. Sie hatte sich ihren Kinderglauben bewahrt. Die beiden sprachen viel über religiöse Dinge, nachdem Leonóra erkrankt war. Leonóra war ganz offen und sprach ohne Scheu über die Krankheit und den Tod. Ich glaube, das hat ihr in ihrer schwierigen Situation sehr geholfen. Ich denke, zum Schluss ist sie versöhnt aus der Welt geschieden. Oder zumindest so ausgesöhnt, wie Menschen unter diesen Umständen sein können. Das kenne ich aus meinem Beruf. Man kann sich zwar nicht im eigentlichen Sinne damit abfinden, so sterben zu müssen, aber es ist möglich, die Welt ausgesöhnt mit sich und seinen Nächsten zu verlassen.«

»Willst du damit sagen, dass deine Frau auch mit diesem Gefühl gestorben ist?«, fragte Erlendur.

Baldvin überlegte. »Das weiß ich nicht«, sagte er. »Ich zweifle daran, dass jemand voll und ganz ausgesöhnt sein kann, der so etwas macht wie sie.«

»Der Tod muss sie sehr beschäftigt haben.«

»Ich glaube, das war schon immer so«, sagte Baldvin.

»Was war mit ihrem Vater?«

»Er ist schon lange tot.«

»Ja, das hast du mir gesagt.«

»Ich habe ihn nie kennengelernt. Sie war ein kleines Mädchen, als das geschah.«

»Wie ist er gestorben?«

»Sie waren in ihrem Haus in Þingvellir, und er ertrank im See. Er war in einem kleinen Boot und fiel über Bord. Es war wohl ziemlich kalt, und er war Raucher, ein Mann, der sich nicht viel bewegte, und ... er ertrank.«

»Es ist furchtbar, in so jungem Alter seinen Vater zu verlieren«, sagte Elínborg.

»María war sogar dabei«, erklärte Baldvin.

»Deine Frau?«, sagte Erlendur.

»Sie war erst zehn Jahre alt. Sie wurde traumatisiert. Meines Erachtens hat sie sich nie ganz davon erholt. Als dann ihre Mutter an Krebs erkrankte und starb, brach es mit doppelter Schwere über sie herein.«

»Sie hat viel durchmachen müssen«, sagte Elínborg.

»Ja, sie hat in der Tat viel durchmachen müssen«, sagte Baldvin und starrte auf seine Hände.

Fünf

Ein paar Tage später saß Erlendur mit einer Tasse Kaffee in seinem Büro und ging eine alte Akte über einen Vermisstenfall durch, als ihm mitgeteilt wurde, dass am Empfang jemand nach ihm fragte, eine Frau namens Karen. Er erinnerte sich, dass das der Name der Frau war, die María in Þingvellir gefunden hatte. Als er nach unten kam, stand dort eine Frau in Jeans, brauner Lederjacke und einem dicken weißen Rollkragenpullover darunter.

»Ich möchte mich gern mit dir über María unterhalten«, sagte sie, nachdem sie sich begrüßt hatten. »Du befasst dich mit dem Fall, nicht wahr?«

»Ja, aber von einem Fall kann eigentlich kaum die Rede sein, man hat...«

»Könnten wir uns nicht einen Augenblick irgendwo hinsetzen?«, unterbrach sie ihn.

»Woher kanntet ihr euch?«

»Wir sind seit unserer Kindheit befreundet gewesen«, sagte Karen.

»Ich verstehe.«

Erlendur führte sie in sein Büro, und sie nahm ihm gegenüber Platz. Sie behielt die Lederjacke an, obwohl es sehr warm in dem Raum war.

»Wir haben nichts Ungewöhnliches feststellen können«, sagte er, »falls du darauf aus bist.«

»Sie geht mir einfach nicht aus dem Kopf«, erklärte Karen. »Ich sehe sie ständig vor mir. Du kannst dir nicht vorstellen, was für ein Schock es für mich ist, dass sie das getan hat. Dass ich sie so aufgefunden habe. Sie hat nie etwas in dieser Richtung angedeutet, obwohl sie mir immer alles anvertraut hat. Wir waren sehr eng befreundet. Wenn irgendjemand María gekannt hat, dann ich.«

»Und was heißt das? Meinst du, dass sie niemals dazu imstande gewesen wäre, Selbstmord zu begehen?«

»Genau«, sagte Karen.

»Und was ist dann deiner Meinung nach passiert?«

»Das weiß ich nicht, aber sie hätte das niemals tun können.«

»Wie kannst du das einfach so sagen?«

»Ich sage es eben einfach. Ich kannte sie, und ich weiß, dass es ihr nie in den Sinn gekommen wäre, Selbstmord zu begehen.«

»Selbstmord kommt meist überraschend für andere. Auch wenn sie nicht mit dir darüber gesprochen hat, schließt das nicht aus, dass sie sich das Leben genommen hat. Es gibt nichts, was auf etwas anderes hindeutet.«

»Ich finde es auch etwas merkwürdig, dass er sie hat einäschern lassen.«

»Was meinst du damit?«

»Die Beerdigung hat bereits stattgefunden. Wusstest du das nicht?«

»Nein«, antwortete Erlendur und zählte im Stillen die Tage, die vergangen waren, seit er das erste Mal nach Grafarvogur gefahren war.

»Sie hat mir gegenüber nie erwähnt, dass sie verbrannt werden will, niemals«, sagte die Frau.

»Hätte sie dir das sagen müssen?«

»Ich denke schon.«

»Habt ihr denn jemals über eure Bestattungs… ich meine, darüber gesprochen, was ihr mit euren sterblichen Überresten machen lassen wollt?«

»Nein«, erklärte Karen störrisch.

»Also hast du im Grunde genommen keinerlei Anhaltspunkte, dass sie sich nicht verbrennen lassen wollte?«

»Nein, aber ich weiß es. Ich kannte María.«

»Du kanntest María und erklärst mir hier ganz offiziell im Polizeihauptdezernat, dass es beim Tod dieser Frau nicht mit rechten Dingen zugegangen ist?«

Karen überlegte. »Ich finde das alles sehr seltsam.«

»Aber du hast nichts in der Hand, was deinen Verdacht bestätigt, dass etwas Ungewöhnliches passiert ist.«

»Nein.«

»Dann können wir kaum etwas unternehmen«, sagte Erlendur. »Weißt du, wie das Verhältnis zwischen ihr und ihrem Mann war?«

»Ja.«

»Und?«

»Es war so weit in Ordnung«, sagte Karen mit leichtem Zögern.

»Du glaubst also nicht, dass ihr Ehemann an dem, was passiert ist, beteiligt war?«

»Nein. Vielleicht hat irgendjemand auf einmal bei ihr vor der Tür gestanden. Da treiben sich doch alle möglichen Leute herum. Ein Ausländer vielleicht. Habt ihr das überprüft?«

»Darauf deutet überhaupt nichts hin«, antwortete Erlendur. »Wollte María eigentlich so lange in dem Haus bleiben, bis du eintreffen würdest?«

»Nein«, sagte Karen, »das war nicht vereinbart.«

»Baldwin gegenüber hat sie aber angedeutet, dass sie auf dich warten wollte.«

»Warum sollte sie ihm das gesagt haben?«

»Vielleicht, um ihre Ruhe zu haben«, schlug Erlendur vor.

»Hat Baldwin dir von ihrer Mutter Leonóra erzählt?«

»Ja«, sagte Erlendur. »Er hat gesagt, dass ihr Tod der Tochter sehr nahegegangen ist.«

»Die Beziehung zwischen Leonóra und María war etwas ganz Besonderes«, sagte Karen. »Ich habe noch nie so ein enges Verhältnis zwischen Mutter und Tochter gesehen. Glaubst du an Träume?«

»Ehrlich gesagt glaube ich nicht, dass dich das irgendetwas angeht«, entgegnete Erlendur.

Die Beharrlichkeit dieser Frau überraschte ihn, obwohl er ihre Beweggründe verstehen konnte. Eine liebe Freundin hatte etwas getan, was in ihren Augen unvorstellbar war. Falls es María schlecht gegangen wäre, hätte Karen davon wissen und etwas unternehmen müssen. Jetzt war es zwar zu spät, aber sie wollte trotzdem etwas unternehmen, auf diesen Schicksalsschlag reagieren.

»Oder an ein Leben nach dem Tod?«

Erlendur schüttelte den Kopf. »Ich weiß nicht, worauf du ...«

»María glaubte daran. Sie glaubte an Träume, daran, dass sie ihr etwas zu sagen hätten, ihr den Weg weisen könnten. Und sie glaubte an ein Leben nach dem Tod.«

Erlendur schwieg.

»Ihre Mutter hatte vor, ihr ein Zeichen zu senden«, sagte Karen. »Du verstehst ... falls sie weiterlebte.«

»Also, da kann ich jetzt nicht ganz folgen.«

»María hat mir gesagt, dass Leonóra ihr ein Zeichen geben würde, falls sich das bewahrheiten würde, worüber sie kurz vor ihrem Ende so viel gesprochen hatten. Falls es ein Leben nach dem Tode gäbe! Sie wollte ihr aus dem Jenseits ein Zeichen geben.«

Erlendur räusperte sich. »Ein Zeichen aus dem Jenseits?«

»Ja, falls es ein Leben nach diesem Leben gibt.«

»Weißt du, um was es ging? Was für ein Zeichen sollte das sein?«

Karen antwortete ihm nicht.

»Hat sie es getan?«, fragte Erlendur.

»Was?«

»Hat sie ihrer Tochter ein Zeichen aus dem Jenseits gesandt?«

Karen sah Erlendur lange an. »Du glaubst bestimmt, dass ich spinne, nicht wahr?«

»Was soll ich darauf sagen«, antwortete Erlendur. »Ich kenne dich überhaupt nicht.«

»Du glaubst, dass alles, was ich sage, purer Blödsinn ist.«

»Nein, aber ich sehe nicht, was das alles mit der Kriminalpolizei zu tun hat. Kannst du mir das sagen? Ein Zeichen aus dem Jenseits! Was für Ermittlungen könnten wir da einleiten?«

»Ich finde, dass du dir zumindest anhören könntest, was ich dir sagen möchte.«

»Ich höre zu«, sagte Erlendur.

»Nein, das tust du nicht.« Karen öffnete ihre Tasche und holte eine Tonbandkassette heraus, die sie auf seinen Schreibtisch legte. »Vielleicht hilft dir das ja«, sagte sie.

»Was ist das?«

»Hör sie dir an, und dann unterhalte dich mit mir. Hör sie dir an, und sag mir, was du davon hältst.«

»Ich kann nicht...«

»Du sollst es nicht mir zuliebe tun«, sagte Karen, »sondern für María. Dann weißt du, wie ihr zumute gewesen ist.«

Karen stand auf. »Tu es für María«, sagte sie und verabschiedete sich.

Als Erlendur abends nach Hause kam, hatte er die Kassette dabei. Sie war nicht beschriftet, eine ganze normale Tonbandkassette. Erlendur besaß irgendwo noch ein altes Radio mit einem Kassettenrekorder, den er noch nie benutzt hatte und von dem er deswegen gar nicht wusste, ob er überhaupt funktionierte. Geraume Zeit stand er mit der Kassette in der Hand da und überlegte, ob er sich die wirklich anhören sollte.

Als er das Radio gefunden hatte, öffnete er das Kassettenfach, legte die Kassette ein und drückte auf »Play«. Zunächst kam gar nichts; es vergingen etliche Sekunden, ohne dass irgendetwas zu hören war. Erlendur rechnete damit, irgendwelche Lieblingsmusik der Verstorbenen zu hören, vielleicht etwas Religiöses, da María angeblich so gläubig gewesen war. Dann hörte man auf einmal ein Knarren, und das Gerät fing an zu rauschen.

»...nachdem ich in Trance gefallen war«, hörte er eine tiefe Männerstimme sagen.

Erlendur stellte lauter.

»Und danach weiß ich nichts mehr«, fuhr der Mann fort. »Es sind die Verblichenen, die entweder durch mich sprechen wollen oder mir Dinge zeigen wollen. Ich bin nur ihr Instrument, um Verbindung zu den Angehörigen aufzunehmen. Das kann alles längere oder kürzere Zeit dauern, je nachdem, wie stark der Kontakt ist.«

»Ja, ich verstehe«, sagte eine leise Frauenstimme.

»Hast du das dabei, worum ich dich gebeten habe?«

»Ich habe einen Pullover dabei, den sie sehr geliebt hat, und einen Ring, ein Geschenk von Papa, den hat sie immer getragen.«

»Vielen Dank. Am besten gibst du mir jetzt die Sachen.«

»Hier, bitte.«

»Erinnere mich daran, dir nachher die Kassette mitzugeben. Du hast sie neulich nicht mitgenommen. Man ist manchmal nicht bei sich.«

»Ja.«

»Nun, dann sehen wir mal, was geschieht. Fürchtest du dich? Du hast mir gesagt, dass du ein wenig Angst hast. Manche fürchten sich vor dem, was unter solchen Umständen zum Vorschein kommen kann.«

»Nein, nicht mehr. Ich hatte auch vorher eigentlich keine Angst, ich war mir nur nicht ganz sicher. Ich habe so etwas noch nie gemacht.«

Langes Schweigen.

»Da glitzert Wasser.«

Schweigen.

»Es ist Sommer, da gibt es Gebüsch, und da glitzert Wasser. Es sieht so aus, als scheine die Sonne auf einen See.«

»Ja.«

»Da ist ein Boot auf dem See. Kommt dir das bekannt vor?«

»Ja.«

»Ein kleines Boot.«

»Ja.«

»In dem Boot ist niemand.«

»Ja.«

»Du erkennst es also wieder? Du kennst dieses Boot?«

»Mein Vater besaß ein kleines Boot. Wir haben ein Ferienhaus am See von Þingvellir.«

Erlendur drückte auf »Stop«. Ihm war klar, dass diese Aufnahme bei einer Séance gemacht worden war, und er war sich ziemlich sicher, dass die leise Stimme der Frau gehörte, die sich das Leben genommen hatte. Er wusste zwar nicht viel über sie, aber er erinnerte sich daran, dass ihr Ehemann gesagt hatte, dass ihr Vater im See von Þingvellir ertrunken war. Erlendur hatte kein gutes Gefühl dabei, ihre Stimme zu hören, er kam sich vor, als schnüffele er in ihrem Privatleben herum. Er stand lange Zeit unbeweglich neben dem Gerät, doch dann gewann seine Neugier die Oberhand, und er schaltete es wieder ein.

»Ich spüre Zigarrenrauch in der Luft«, hörte er das Medium sagen. »Hat er geraucht?«

»Ja. Sehr viel.«

»Er möchte, dass du dich in Acht nimmst.«

»Vielen Dank.«

Den Worten der Frau folgte langes Schweigen. Erlendur lauschte dem Schweigen und hörte nichts als das leise Rauschen des Geräts. Plötzlich begann das Medium wieder zu sprechen, doch jetzt mit einer vollständig anderen Stimme, die dunkel, grob und rau klang.

»Sei auf der Hut ... Du weißt nicht, was du tust!«

Erlendur erschrak, da ihm die Stimme bösartig zu klingen schien. Das änderte sich aber im nächsten Moment.

»War das in Ordnung?«, fragte das Medium.

»Ich glaube schon«, antwortete die Frau mit der leisen Stimme. »Was war da ...?«

Die Frau zögerte.

»War das jemand, den du kennst?«, fragte das Medium.

»Ja.«

»Gut, ich ... Warum ist mir so kalt? Mir klappern ja die Zähne!«

»Da war aber noch eine andere Stimme ...«

»Eine andere Stimme?«

»Ja, nicht deine.«

»Und was hat sie gesagt?«

»Ich soll auf der Hut sein.«

»Ich weiß nicht, was das war«, sagte das Medium. »Ich kann mich an nichts erinnern.«

»Sie erinnerte mich an ...«

»Ja?«

»Sie erinnerte mich an meinen Vater.«

»Die Kälte ... Die kommt nicht von dort. Diese Eiseskälte, die ich verspüre. Sie hat mit dir direkt zu tun, und sie hat etwas Gefährliches, etwas, vor dem du dich in Acht nehmen musst.«

Erlendur streckte seine Hand nach dem Gerät aus und schaltete es aus. Er war nicht imstande, weiter zuzuhören. Er kam sich irgendwie unanständig vor und war peinlich berührt, denn er kam sich so vor, als hätte er irgendwo heimlich an der Tür gehorcht. Erlendur war der Gedanke zuwider, das Andenken dieser Frau zu entwürdigen, indem er lauschte.

Sechs

Der alte Mann wartete am Empfang auf ihn. Früher war er mit seiner Frau ins Hauptdezernat gekommen, doch da sie inzwischen verstorben war, kam er jetzt immer allein, um mit Erlendur zu sprechen. Seit fast dreißig Jahren hatten die Eheleute ihn regelmäßig in seinem Büro besucht, zuerst wöchentlich, dann einmal im Monat, dann einige Male im Jahr, schließlich nur noch einmal im Jahr und zum Schluss alle zwei oder drei Jahre am Geburtstag des Sohnes. Erlendur hatte sie in dieser Zeit ziemlich gut kennengelernt. Die Trauer trieb sie zu ihm. Der jüngere Sohn des Ehepaares, Davið, war 1976 aus dem Haus gegangen, und seitdem hatten sie nie wieder etwas von ihm gehört.

Erlendur schüttelte dem alten Mann die Hand und ging mit ihm in sein Büro. Auf dem Weg dorthin erkundigte er sich nach seinem Befinden. Der Mann erklärte, seit längerer Zeit in einem Altersheim zu leben, wo es ihm aber nicht sonderlich gefalle. »Lauter alte Leute«, sagte er. Er hatte sich ein Taxi zum Dezernat genommen und fragte, ob Erlendur ihm eines bestellen könne, nachdem sie miteinander gesprochen hätten.

»Ich lasse dich nach Hause bringen«, sagte Erlendur und öffnete ihm die Tür zu seinem Büro. »Ist denn da im Altersheim nichts los?«

»Nicht viel«, sagte der alte Mann, nachdem er Platz genommen hatte.

Er war gekommen, um wieder einmal nach seinem Sohn zu fragen, obwohl er genau wusste, und zwar seit Langem, dass es nichts Neues zu berichten gab. Erlendur hatte Verständnis für diese seltsame Beharrlichkeit, und er hatte das Ehepaar immer freundlich empfangen und ihnen zugehört. Er wusste, dass sie die ganzen Jahre die Zeitungen gelesen und Radio gehört und die Nachrichten im Fernsehen angeschaut hatten, immer in der schwachen Hoffnung, dass irgendjemand irgendwo einen Hinweis auf das Verschwinden ihres Sohnes gefunden hatte. Aber in all den Jahren war nichts dergleichen passiert.

»Heute wäre er neunundvierzig geworden«, sagte der alte Mann. »Der letzte Geburtstag, den er gefeiert hat, war sein zwanzigster. Da hat er alle seine Freunde aus dem Gymnasium eingeladen, und meine Frau und ich mussten so lange das Haus verlassen. Die Party hat bis in die frühen Morgenstunden gedauert. Seinen einundzwanzigsten Geburtstag hat er nie feiern können.«

Erlendur nickte verständnisvoll. Bei der Kriminalpolizei waren nie irgendwelche Hinweise im Zusammenhang mit dem Verschwinden des Sohnes eingegangen. Anderthalb Tage nachdem Davið das Haus seiner Eltern verlassen hatte, meldeten sie ihn als vermisst. Er hatte die Angewohnheit, manchmal nächtelang mit seinem Freund zu lernen, und ging dann morgens von dort aus direkt zur Schule. Zu seinen Eltern hatte er gesagt, dass er am Abend zu diesem Freund wolle, und außerdem, dass er noch in einen Buchladen müsse. Die beiden waren in der Abschlussklasse; im Frühjahr würden sie Abitur machen. Als er am nächsten Tag nicht von der Schule nach Hause kam, riefen seine Eltern im Gymnasium an und fragten nach ihm. Es stellte sich heraus, dass er an diesem Morgen gar nicht in der Schule erschienen war. Als sie seinen Freund anriefen, erklärte der, dass Davið nicht bei ihm gewesen sei, sie hatten zwar miteinander telefoniert, aber Davið hatte nichts davon gesagt, dass er am Abend vorbeikommen wollte. Er hatte aber Davið gefragt, ob er Lust hätte, mit ihm ins Kino zu gehen, doch der hatte geantwortet, er habe etwas anderes vor, aber nicht gesagt, was. Auch andere Freunde und Bekannte wussten nichts darüber, was Davið an diesem Abend unternommen hatte. Er hatte dünne Sachen angehabt, als er sein Elternhaus verließ, und hatte nur gesagt, dass er vielleicht bei seinem Freund übernachten würde.

Eine Suchmeldung wurde über Zeitungen und Fernsehen verbreitet, aber ohne Erfolg. Je mehr Zeit verstrich, desto mehr schwanden die Hoffnungen der Eltern und des Bruders. Selbstmord hielten sie für völlig ausgeschlossen, sie waren sich sicher, dass ein derartiger Gedanke ihm nie gekommen wäre. Nachdem Wochen und Monate verstrichen waren und noch immer keinerlei Erklärung für Daviðs Verschwinden aufgetaucht war, sagte Erlendur, dass man Selbstmord nicht ausschließen könne. Er persönlich konnte es sich nicht anders erklären, denn der junge Mann war kein Outdoor-Freak gewesen, der auf Berge kletterte oder sich im unbewohnten Hochland herumtrieb. Möglicherweise war er auch aus purem Zufall heraus irgendwelchen Gangstern in die Quere gekommen, die ihn aus unbekannten Gründen umgebracht und die Leiche verscharrt hatten. Sowohl

seine Eltern als auch die Freunde stritten mit aller Ent-
schiedenheit ab, dass er Feinde hatte oder in kriminellen
Kreisen verkehrt hatte, was sein Verschwinden vielleicht
hätte erklären können. Das Land hatte er nicht verlassen,
das hatte die Überprüfung der Passagierlisten von Flug-
zeugen und Frachtschiffen ergeben. Von den Angestellten in den Buchläden hatte ihn niemand am Tag seines
Verschwindens gesehen.

Der alte Mann nahm eine Tasse Kaffee aus Erlendurs
Hand entgegen und trank unter leichtem Schlürfen einen
Schluck, obwohl der Kaffee nicht sonderlich heiß war.
Erlendur war zu der Beerdigung seiner Frau gegangen.
Sie schienen weder viele Freunde noch eine große Fami-
lie zu haben. Der andere Sohn war geschieden und kin-
derlos. Ein kleiner Frauenchor stand bei der Orgel. *Mit-
ten in dem Leben sind wir vom Tod umfangen ...*

»Gibt es etwas Neues in unserem Fall?«, fragte der
alte Mann, der die Kaffeetasse zur Hälfte geleert hatte.
»Hat sich irgendetwas ergeben?«

»Nein, leider nicht«, sagte Erlendur ein weiteres Mal.
Die Besuche des alten Mannes machten ihm nichts aus,
aber er fand es schlimm, nichts für ihn tun zu können,
außer ein weiteres Mal zu hören, wie unglaublich, wie
beispiellos das Verschwinden des Jungen gewesen war,
wie so etwas überhaupt passieren konnte und wieso absolut nichts über ihn herausgefunden werden konnte.

»Na, ihr habt ja wohl auch genügend andere Dinge zu
tun«, sagte der Mann.

»Ja, die Arbeit kommt meistens geballt, aber zwischenzeitlich ist dann manchmal auch wieder wenig
los«, sagte Erlendur.

»Tja, dann ist es wohl an der Zeit, sich wieder auf den

Weg zu machen«, sagte der Mann, blieb aber noch sitzen. Es war, als stünde da noch etwas im Raum, obwohl sie alles durchgegangen waren, was eine Rolle spielte.

»Ich setze mich mit dir in Verbindung, wenn sich etwas Neues ergibt«, sagte Erlendur, der das Zögern des Mannes spürte.

»Ja, hm ... Erlendur, ich bin mir nicht sicher, ob ich dich noch einmal belästigen werde«, sagte der alte Mann. »Vielleicht sollte man nach all dieser Zeit einfach nicht mehr daran rühren. Außerdem haben sie da was gefunden ...« Er räusperte sich. »Sie haben irgendetwas Hässliches in den Lungen gefunden. Ich habe geraucht wie verrückt, das rächt sich jetzt alles. Also ich weiß nicht, wie lange ... Und dann der ganze Mörtelstaub, der hat sicher auch dazu beigetragen. Also, Erlendur, ich möchte mich von dir verabschieden und dir für alles danken, für alles, was du für uns getan hast seit diesem schrecklichen Tag, als du zum ersten Mal bei uns warst. Wir waren uns so sicher, dass du uns helfen würdest, und das hast du auch getan, mein Lieber, obwohl wir keinen Schritt weitergekommen sind. Natürlich ist er tot, das ist er die ganzen Jahre gewesen. Ich glaube, innerlich haben wir das schon immer gewusst. Aber man ... wir ... Man darf die Hoffnung doch nicht aufgeben, oder?«

Der alte Mann stand auf. Erlendur tat es ihm nach und öffnete ihm die Tür.

»Nein, man darf die Hoffnung nicht aufgeben«, pflichtete er ihm bei. »Was ist denn mit deinen Lungen?«

»Ach, man ist ja sowieso nur noch ein Wrack«, sagte der Mann, »und ständig todmüde. Und seit ich von dieser Diagnose weiß, kommt es mir fast so vor, als würde ich nur noch schlecht Luft bekommen.«

Erlendur begleitete ihn zum Ausgang und ließ einen Streifenwagen rufen, der ihn nach Hause bringen sollte. Sie verabschiedeten sich auf der Treppe vor dem Hauptdezernat.

»Leb wohl, Erlendur«, sagte der alte Mann mit der dichten, grauen Mähne. Er war Maurer gewesen, und seine Gesichtsfarbe war ebenso grau wie Mörtelstaub.

»Pass auf dich auf«, sagte Erlendur.

Dann blickte er dem Streifenwagen nach, bis er um die nächste Ecke gebogen war.

Der Seelsorger, zu dem María die meiste Verbindung gehabt hatte, war eine Frau und hieß Eyvör. Sie war nicht für die Grafarvogur-Gemeinde zuständig, sondern für die Nachbargemeinde. Sie war entsetzt und betroffen über Marías Tod und die Tatsache, dass sie keinen anderen Ausweg gesehen hatte, als sich das Leben zu nehmen.

»Das ist das Schlimmste von allem«, sagte sie zu Erlendur, der ihr am späten Nachmittag in ihrem Büro im Gemeindehaus neben der Kirche gegenübersaß. »Sich vorzustellen, dass sich Menschen in der Blüte ihres Lebens selbst töten, weil ihnen alles ausweglos erscheint. Es gibt doch viele Beispiele, die zeigen, dass es möglich ist, Menschen, die in Bedrängnis und Not geraten sind, zu helfen, wenn man nur früh genug in den Prozess eingreift.«

»Du hast also nicht geahnt, auf was es bei María hinauslaufen könnte?«, fragte Erlendur und dachte über dieses Wort »Prozess« nach, das ihm in dieser Bedeutung schon immer auf die Nerven gegangen war. »Soweit ich weiß, war sie gläubig und ist hier zur Kirche gegangen.«

»Ich wusste, dass es ihr schlecht ging, nachdem sie ihre Mutter verloren hatte«, erklärte Eyvör. »Aber da war absolut nichts, was darauf hindeutete, dass sie eine Verzweiflungstat begehen würde.«

Die Pastorin war um die vierzig, sie trug ein violettes Kostüm und schien auffälligen Modeschmuck aller Art zu lieben: An den Händen hatte sie drei Ringe und um den Hals eine Goldkette, und von den Ohren baumelten große Ohrringe, die farblich auf das Kostüm abgestimmt waren. Sie war etwas erstaunt gewesen, dass die Kriminalpolizei bei ihr wegen eines Gemeindemitglieds, das sich das Leben genommen hatte, vorsprach. Sie erkundigte sich gleich, ob der Fall ganz offziell untersucht würde. »Nein, überhaupt nicht«, antwortete Erlendur und bastelte sich ad hoc eine Erklärung zusammen; ihm ginge es nur darum, das Abschlussprotokoll fertigzustellen. Er hätte erfahren, dass María Verbindung zu ihr als Pastorin gehabt hätte, und wollte sich deshalb gern mit ihr unterhalten, um sich unter Umständen ihre Erfahrung für später zunutze machen zu können. Bei Suiziden war es leider ebenso unvermeidlich wie unangenehm, dass sie von der Kriminalpolizei bearbeitet werden mussten. Ihm ginge es darum, mehr über Ursachen und Auswirkungen in Erfahrung zu bringen, weil ihm das wahrscheinlich bei der weiteren Arbeit helfen könne. Eyvör war angetan von diesem melancholischen Kriminalbeamten. Sie spürte, dass sie ihm vertrauen konnte.

»Hat sie mit dir über den Tod gesprochen?«, fragte Erlendur.

»Das hat sie«, entgegnete Eyvör. »Wegen ihrer Mutter, und ebenso wegen eines Vorfalls in ihrer Kindheit. Ich weiß nicht, ob du davon gehört hast.«

»Weil ihr Vater damals ertrunken ist?«, fragte Erlendur.

»Ja. María ging es nach dem Verlust ihrer Mutter sehr schlecht. Ich habe sie übrigens ebenfalls beerdigt. Ich habe beide relativ gut kennengelernt, vor allem nachdem Leonóra erkrankt war. Sie war eine unerschrockene Frau, eine erstaunliche Frau, die sich nicht unterkriegen ließ.«

»Was machte sie?«

»Meinst du, was sie gearbeitet hat? Sie war an der Universität, Professorin für Romanistik.«

»Und ihre Tochter war Historikerin«, sagte Erlendur. »Das erklärt die vielen Bücher bei ihnen zu Hause. War María depressiv?«

»Sie war manchmal deprimiert, könnte man sagen. Ich hoffe, dass das hier unter uns bleibt. Eigentlich dürfte ich überhaupt nicht mit dir darüber sprechen. Sie hat nicht direkt mit mir über ihre Trauer gesprochen, doch man spürte, dass es ihr nicht gut ging. Sie kam zur Kirche, aber sie hat sich mir gegenüber nie geöffnet. Ich versuchte, ihr Trost zu spenden, aber das war im Grunde genommen sehr schwierig. Sie war irgendwie verbittert, verbittert darüber, dass ihre Mutter so sterben musste. Dieser Zorn richtete sich gegen die höheren Mächte. Ich glaube fast, dass sie etwas von dem Kinderglauben, den sie sich bewahrt hatte, verloren hat, als sie zusehen musste, wie ihre Mutter dahinsiechte und starb.«

»Aber Gottes Wege sind unerforschlich oder etwa nicht?«, fragte Erlendur. »Kennt nicht er allein den Sinn solch einer Qual?«

»Ich wäre nicht in diesem Beruf, wenn ich nicht davon überzeugt wäre, dass der Glaube uns hilft. Wenn wir ihn nicht hätten, wie wäre es dann um uns bestellt?«

»Hast du bemerkt, dass sie sich für übersinnliche Dinge interessierte?«

»Nein, nicht, dass ich wüsste. Aber wie ich schon sagte, sie war eher verschlossen und zurückhaltend, was ihr Privatleben betraf. Zumindest in gewissen Bereichen.«

»Inwiefern?«

»Sie glaubte an Träume. Sie war überzeugt, dass die ihr etwas über Dinge sagten, die wir im Wachen nicht sehen können. Das verstärkte sich mit der Zeit, und zum Schluss kam es mir so vor, als glaubte sie, dass Träume in gewissem Sinne ein Tor zu einer anderen Welt wären.«

»Einer jenseitigen Welt?«

»Ich bin mir nicht ganz sicher, was für eine Welt sie damit gemeint hat.«

»Und wie hast du darauf reagiert?«

»Mit dem, was wir in der Kirche verkünden. Wir glauben an die Auferstehung am Jüngsten Tag und an ein ewiges Leben. Die Wiederbegegnung mit den Liebsten ist der Kern der Osterbotschaft.«

»Glaubte sie an eine solche Wiederbegegnung?«

»Ja, ich hatte den Eindruck, dass ihr das in gewissem Sinne Trost gab.«

Elínborg begleitete Erlendur ein weiteres Mal, als er Marías Ehemann am Tag nach dem Gespräch mit der Pastorin wieder einen Besuch abstattete. Er schützte vor, seinen Notizblock vergessen zu haben. Elínborg stand mitten im Wohnzimmer neben ihm und sah ihn verwundert an, während er den Grund für seinen Besuch nannte. Erlendur hatte noch nie einen Notizblock besessen.

»Ich habe hier nichts gefunden«, sagte Baldvin und tat so, als blicke er sich forschend um. »Ich lasse dich wissen, falls ich ihn finde.«

»Vielen Dank«, sagte Erlendur, »und entschuldige die Störung.«

Elínborg lächelte peinlich berührt.

»Sag mir aber vielleicht noch eines. Ich weiß, es geht mich nichts an, aber hat María den Tod als das Ende von allem angesehen?«, erkundigte sich Erlendur.

»Das Ende von allem?«, fragte Baldvin erstaunt.

»Ich meine, hat sie an ein Leben nach dem Tod geglaubt?«

Elínborg warf ihm wieder einen erstaunten Blick zu. Noch nie hatte sie ihn eine Frage dieser Art stellen hören.

»Ich glaube, sie hat an die Auferstehung geglaubt, genau wie andere Christen auch«, antwortete Baldvin.

»Viele Menschen, die Probleme haben oder einen nahen Angehörigen verlieren, suchen nach Antworten, möglicherweise mithilfe von Séancen und mit sogenannten ›Sehenden‹.«

»Davon weiß ich nichts«, sagte Baldvin. »Wieso fragst du danach?«

Erlendur war im Begriff, ihm von der Bandaufnahme zu erzählen, die Karen ihm ausgehändigt hatte, besann sich aber. Das hatte Zeit. Er hielt es auf einmal nicht für ratsam, Karen mit in die Sache hineinzuziehen und von ihren Besorgnissen zu erzählen. Er war außerdem verpflichtet, das, was sie ihm gesagt hatte, vertraulich zu behandeln.

»Ach, ich denke bloß laut nach«, sagte Erlendur. »Wir haben dich lange genug aufgehalten. Entschuldige die Störung.«

Elínborg lächelte, als sie dem Mann die Hand gab und sich von ihm verabschiedete.

»Was sollte denn das?«, fragte sie wütend, als sie wieder im Auto saßen und Erlendur langsam losfuhr. »Die Frau hat Selbstmord begangen, und du faselst da etwas über ein Leben nach dem Tod. Dass du dich nicht schämst!«

»Sie hat an einer Séance teilgenommen«, sagte Erlendur.

»Woher weißt du das?«

Erlendur zog Karens Kassette aus der Tasche und reichte sie Elínborg. »Das ist eine Aufnahme von dieser Séance, die María besucht hat.«

»Eine Séance?«, sagte Elínborg verwundert. »Sie hat eine Séance besucht?«

»Ich habe mir nicht die ganze Kassette angehört. Eigentlich wollte ich ihm gestatten zu hören, was drauf ist, aber...«

»Aber was?«

»Ich würde gern herausbekommen, wer dieses Medium war«, sagte Erlendur. »Ich möchte wissen, was für ein Spiel der Mann gespielt hat und ob er womöglich diese tragische Entwicklung beschleunigt hat.«

»Du glaubst, dass er ein Spiel mit ihr gespielt hat?«

»Ja. Angeblich hat er ein Boot auf einem See gesehen und Zigarren gerochen. Blödsinn.«

»Das war wohl ein Hinweis auf die Umstände, unter denen ihr Vater umgekommen ist?«

»Ja.«

»Du glaubst nicht an Medien?«, fragte Elínborg.

»Genauso wenig wie an Elfen«, sagte Erlendur und lenkte den Wagen aus der Sackgasse heraus.

Sieben

Als Erlendur abends nach Hause kam, strich er Butter auf ein Stück Fladenbrot, belegte es mit geräuchertem Lammfleisch, setzte Kaffee auf und legte Karens Kassette wieder in den Rekorder.

Er dachte über Marías Selbstmord nach und darüber, welche Verzweiflung einer solchen Tat vorausging und wie tief die Seelenkrise sein musste, die sich dahinter verbarg. Erlendur hatte Abschiedsbriefe von Menschen gelesen, die sich das Leben genommen hatten, manchmal bestanden sie nur aus ein paar Zeilen oder einem einzigen Satz, einem Wort, andere waren länger und zählten ausführlich die Gründe für die Tat auf, eine Art Entschuldigung. So ein Brief konnte auf dem Kopfkissen liegen oder auf dem Boden in der Garage. Familienväter. Mütter. Jugendliche. Alte Menschen. Einsame Menschen.

Gerade wollte er das Gerät in Gang setzen, um die Kassette abzuhören, als er ein Klopfen an der Tür hörte. Er ging in die Diele und öffnete die Tür. Eva Lind huschte an ihm vorbei in die Wohnung.

»Stör ich dich?«, fragte sie, während sie sich den schwarzen Ledermantel auszog, der ihr bis zu den Knien reichte. Sie trug Jeans und einen dicken Pullover. »Scheußlich kalt draußen«, sagte sie. »Hört dieser Sturm nicht bald auf?«

»Ich glaube nicht«, sagte Erlendur. »Jedenfalls nicht nach der Langzeitvorhersage für diese Woche. Das ist *Norðangarri*, der steife Wind aus dem Norden, so wurde er früher immer genannt. Es gibt in unserer Sprache viele Wörter für Wind. Und wenn ein Tief vorbeigezogen ist, gibt es *Útsynningur*, das Nachwehen aus dem Süden. Hast du schon einmal davon gehört?«

»Ja, nein, ich kann mich nicht erinnern. Hat Sindri dich besucht?«, fragte Eva Lind, die kein Interesse für die unterschiedlichen Bezeichnungen für den Wind aufbringen konnte.

»Ja. Möchtest du einen Kaffee?«

»Was hat er gesagt?«, antwortete sie hastig und fügte noch hinzu: »Ja, danke.«

Erlendur ging in die Küche und holte zwei Tassen Kaffee. Er hatte sich vorgenommen, das Kaffeetrinken abends etwas einzuschränken, weil er hin und wieder Probleme mit dem Einschlafen hatte, wenn er sich abends mehr als zwei Tassen gegönnt hatte. Es machte ihm aber eigentlich nichts aus, wach zu liegen. Es gab kaum eine bessere Zeit, um intensiv über etwas nachzudenken.

»Viel hat er eigentlich nicht gesagt, aber er hat erwähnt, dass du dich mit deiner Mutter gestritten hast«, sagte Erlendur, als er ins Wohnzimmer zurückkehrte. »Er glaubt, dass es meinetwegen war.«

Eva Lind fischte eine angebrochene Zigarettenschachtel aus dem Ledermantel, zog eine Zigarette heraus und zündete sie an. Sie inhalierte und blies den Rauch weit von sich.

»Die Alte ist total ausgerastet.«

»Weshalb?«

»Ich hab ihr vorgeschlagen, dass ihr euch vielleicht mal treffen solltet.«

»Deine Mutter und ich?«, fragte Erlendur verblüfft. »Wozu?«

»Genau das hat Mama auch gesagt: Wozu? Um euch zu sehen. Um miteinander zu reden. Das ist doch absolut idiotisch, dass ihr nie miteinander redet. Warum macht ihr das nicht einfach mal?«

»Was hat sie daraufhin gesagt?«

»Sie sagte, ich könnte es vergessen. Komplett vergessen.«

»Und das war der Streit?«

»Ja. Und was ist mit dir? Was sagst du dazu?«

»Ich? Gar nichts. Wenn sie das nicht will, bitte schön.«

»Bitte schön? Könnt ihr wirklich nicht ein einziges Mal miteinander reden?«

Erlendur überlegte. »Was bezweckst du eigentlich damit, Eva?«, fragte er. »Du weißt, dass es zwischen uns seit Langem vorbei ist, und zwar vollständig. Wir haben seit Jahrzehnten nicht miteinander geredet.«

»Genau darum geht es, ihr habt eigentlich nicht miteinander gesprochen, seit Sindri und ich geboren wurden.«

»Ich bin ihr begegnet, als du im Krankenhaus lagst«, sagte Erlendur. »Das war alles andere als angenehm. Ich glaube, du solltest es wirklich vergessen, Eva. Keiner von uns will das.«

Eva Lind hatte vor ein paar Jahren eine Fehlgeburt gehabt und furchtbar darunter gelitten. Sie war viele Jahre drogenabhängig gewesen. Sindri hatte Erlendur aber vor nicht allzu langer Zeit berichtet, dass sie sich aus eigenem Antrieb davon befreit hatte und sich wacker hielt.

»Du bist dir ganz sicher?«, fragte Eva und sah ihren Vater an.

»Ja, ganz sicher«, antwortete Erlendur. »Sag mir was anderes: Wie geht es dir? Du siehst irgendwie verändert aus, erwachsener.«

»Erwachsener? Sieht man mir vielleicht schon das Alter an?«

»Nein, nicht so. Nur irgendwie reifer. Ach, ich habe keine Ahnung, wovon ich rede. Sindri hat gesagt, du würdest dich am Riemen reißen.«

»Was labert der denn für ein bescheuertes Zeug?«

»Stimmt das?«

Eva Lind antwortete nicht gleich. Sie inhalierte tief und behielt den Rauch lange in den Lungen, bevor sie ihn durch die Nase wieder ausblies.

»Meine Freundin ist gestorben«, sagte sie dann. »Ich weiß nicht, ob du dich an sie erinnern kannst.«

»Wer?«

»Sie hieß Hanna. Ihr habt sie hinter den Mülltonnen beim Einkaufszentrum Mjódd gefunden.«

»Hanna?«, fragte Erlendur nachdenklich.

»Sie starb an einer Überdosis.«

»Doch, ich kann mich an sie erinnern. Es ist gar nicht so lange her, oder? Sie war heroinabhängig. Derartige Fälle sehen wir nicht so häufig, jedenfalls bisher noch nicht.«

»Sie war eine gute Freundin von mir.«

»Das wusste ich nicht.«

»Du weißt überhaupt nichts«, erklärte Eva Lind. »Für mich gab es nur zwei Optionen, entweder denselben Weg zu gehen wie sie oder ...«

»Oder?«

»Versuchen, etwas dagegen zu tun. Versuchen, aus dieser verdammten Scheiße herauszukommen. Es einmal ernsthaft zu versuchen.«

»Was meinst du damit, denselben Weg zu gehen wie sie? Glaubst du, dass sie absichtlich eine Überdosis genommen hat?«

»Ich weiß es nicht«, sagte Eva Lind. »Ihr war zum Schluss alles egal. Wirklich alles.«

»Egal?«

»Vollkommen scheißegal.«

»Steckte da nicht noch irgendeine Geschichte dahinter?«, fragte Erlendur. Er konnte sich an die armselige Gestalt eines Mädchens um die zwanzig erinnern, das im vergangenen Winter beim Einkaufszentrum Mjódd mit einer Spritze im Arm aufgefunden worden war. Die Müllmänner hatten sie frühmorgens entdeckt; sie lag mit dem Rücken zur Wand und war erfroren.

»Dass du ständig so reden musst wie ein Professor«, sagte Eva Lind. »Spielt das eine Rolle, verdammt noch mal? Sie ist gestorben. Reicht das nicht? Spielt eine Geschichte dahinter irgendeine Rolle? Spielt es irgendeine Rolle, dass niemand für sie da war? Dass sie keine Hilfe gewollt hat, weil sie sich selbst unerträglich fand? Weshalb hätte da irgendwer Lust haben sollen, ihr zu helfen?«

»Für dich scheint es eine Rolle zu spielen«, entgegnete Erlendur vorsichtig.

»Sie war meine Freundin«, sagte Eva Lind. »Ich wollte aber nicht über sie reden. Bist du bereit, Mama zu treffen?«

»Du hast das Gefühl, ich sei nicht für dich da gewesen?«

»Du hast mehr als genug getan«, erklärte Eva Lind.

»Bei dir gelingt es mir einfach nie, dich richtig anzufassen, ich bin nicht imstande, dir zu helfen.«

»Mach dir keine Sorgen. Ich schaff das schon.«

»Sie fand sich selbst unerträglich?«

»Wer?«

»Deine Freundin. Du hast gesagt, sie hätte sich selbst unerträglich gefunden. Hat sie sich deswegen eine Überdosis gespritzt? Hat sie sich selbst verachtet?«

Eva Lind drückte die Zigarette sorgfältig aus. »Ich weiß es nicht. Ich glaube, sie hat überhaupt keine Achtung mehr vor sich selbst gehabt. Es war ihr vollkommen egal, was aus ihr werden würde. Sie fand so ziemlich alles ekelhaft, aber am meisten ekelte sie sich vor sich selbst.«

»Hast du dich jemals so ähnlich wie sie gefühlt?«

»Mindestens tausend Mal«, erklärte Eva Lind. »Wirst du dich mit Mama treffen?«

»Ehrlich gesagt glaube ich, dass das überhaupt nichts bringen würde«, sagte Erlendur. »Ich habe keine Ahnung, über was ich mit ihr reden sollte. Als wir zuletzt miteinander gesprochen haben, war sie extrem aggressiv.«

»Kannst du das nicht für mich tun?«

»Was versprichst du dir davon, nach all dieser Zeit?«

»Ich möchte bloß, dass ihr miteinander redet«, sagte Eva Lind. »Ich möchte euch beide bloß einmal zusammen sehen. Ist das so verdammt schwer? Ihr habt zwei Kinder, Sindri und mich.«

»Du machst dir doch wohl keine Hoffnungen, dass wir wieder zusammenkommen?«

Eva Lind blickte ihren Vater lange an. »Ich bin doch nicht dämlich«, sagte sie. »Denk bloß nicht, dass ich dämlich bin.«

Dann sprang sie auf, raffte ihre Sachen zusammen und war im nächsten Augenblick schon zur Tür hinaus.

Erlendur setzte sich wieder und dachte über diese plötzlichen Wutausbrüche von Eva Lind nach. Es würde ihm wohl nie gelingen, mit ihr zu reden, ohne sie früher oder später gegen sich aufzubringen. Evas Idee, dass er und Halldóra, seine Exfrau und die Mutter seiner Kinder, sich treffen sollten, war seiner Meinung nach vollkommen abwegig. Dieses Kapitel in seinem Leben war längst abgeschlossen, egal, was Eva Lind glaubte oder erhoffte. Er und Halldóra hatten sich nichts mehr zu sagen. Diese Frau war seit Langem eine Fremde für ihn.

Ihm fiel die Kassette ein. Er ging zum Rekorder und schaltete ihn ein. Er spulte ein wenig zurück, um sich die letzten Sätze in Erinnerung zu rufen. Er hörte, wie die Stimme des Mediums eine dunkle und beinahe schroffe Klangfarbe erhielt, in fast knurrendem Ton sagte: »Du weißt nicht, was du tust!« Gleich darauf änderte sie sich wieder, und das Medium sprach davon, dass ihm kalt sei.

»Da war aber noch eine andere Stimme…«

»Eine andere Stimme?«

»Ja, nicht deine.«

»Und was hat sie gesagt?«

»Ich soll auf der Hut sein.«

»Ich weiß nicht, was das war«, sagte das Medium. »Ich kann mich an nichts erinnern.«

»Sie erinnerte mich an…«

»Ja?«

»Sie erinnerte mich an meinen Vater.«

»Die Kälte… Die kommt nicht von dort. Diese Eiseskälte, die ich verspüre. Sie hat mit dir direkt zu tun, und sie hat etwas Gefährliches, etwas, vor dem du dich in Acht nehmen musst.«

Schweigen.

»Ist alles in Ordnung?«, fragte das Medium.

»Was meinst du damit, mich in Acht nehmen?«

»Ich weiß es nicht. Ich weiß nur, dass diese Kälte nichts Gutes bedeutet.«

»Kannst du auch Kontakt zu meiner Mutter herstellen?«

»Ich stelle keine Kontakte her. Sie kommt, wenn es sich so ergibt. Ich habe keinen Einfluss darauf.«

»Es war nur so kurz.«

»Darauf habe ich ebenfalls keinen Einfluss.«

»Es hatte den Anschein, als sei er zornig. ›Du weißt nicht, was du tust‹, sagte er.«

»Du musst selbst entscheiden, was für Schlüsse du daraus ziehst.«

»Darf ich wiederkommen?«

»Selbstverständlich. Ich hoffe, ich habe dir ein wenig weiterhelfen können.«

»Das hast du getan, vielen Dank. Ich glaube, vielleicht...«

»Ja?«

»Meine Mutter starb an Krebs.«

»Ich verstehe«, hörte Erlendur das Medium teilnahmsvoll sagen. »Das hast du mir nicht gesagt. Ist sie schon lange tot?«

»Es ist bald zwei Jahre her.«

»Ist sie vorhin auch erschienen?«

»Nein, aber ich spüre sie. Ich spüre ihre Nähe.«

»Hat sie sich bemerkbar gemacht? Bist du bei anderen Sehenden gewesen?«

Auf diese Frage folgte längeres Schweigen.

»Entschuldigung«, sagte das Medium. »Es geht mich natürlich nichts an.«

»Ich warte die ganze Zeit darauf, dass sie im Traum zu mir kommt, aber das hat sie nicht getan.«

»Weshalb wartest du darauf?«

»Wir hatten ...«

Schweigen.

»Ja?«

»Wir hatten eine Vereinbarung getroffen.«

»Ja?«

»Sie ... Wir haben darüber gesprochen, dass ... sie mir ein Zeichen geben würde.«

»Ein Zeichen wofür?«

»Falls es ein Leben nach dem Tod gibt, wollte sie mir ein Zeichen schicken.«

»Was für ein Zeichen? Im Traum?«

»Nein, nicht im Traum. Trotzdem habe ich darauf gewartet, sie im Traum zu sehen. Ich sehne mich danach, sie wiederzusehen. Das Zeichen war aber etwas anderes.«

»Meinst du damit, dass ... Hat sie das getan, hat sie dir ein Zeichen geschickt?«

»Ja, ich glaube, neulich ...«

»Und was war das?«, fragte das Medium, und das Interesse in seiner Stimme war nicht zu überhören. »Was für ein Zeichen war das? Was für ein Zeichen hattet ihr vereinbart?«

Wieder entstand längeres Schweigen.

»Sie hatte den Lehrstuhl für Französisch an der Universität. Ihr Lieblingsschriftsteller war Marcel Proust, vor allem das Buch *Auf der Suche nach der verlorenen Zeit*. Sie besaß es auf Französisch in einer schönen Ausgabe. Sie sagte, sie würde Proust verwenden. Das Zeichen würde bestätigen, dass es ein Leben nach dem Tod gibt.«

»Und was ist passiert?«

»Du glaubst bestimmt, ich bin verrückt.«

»Nein, das glaube ich nicht. Die Menschheit beschäftigt sich bereits seit Langem mit der Frage, ob es ein Leben nach dem Tod gibt. Seit Jahrtausenden versuchen wir, diese Frage wissenschaftlich oder privat zu ergründen, so wie du und deine Mutter. So etwas höre ich nicht zum ersten Mal. Und ich erlaube mir kein Urteil über die Menschen.«

Diesen Worten folgte wieder längeres Schweigen. Erlendur saß in seinem Sessel und lauschte interessiert. Die Stimme der Toten hatte etwas seltsam Faszinierendes, etwas Freimütiges und Unbeugsames, das Erlendur glaubwürdig vorkam. Er stand dem, was sie sagte, jedoch sehr skeptisch gegenüber und war davon überzeugt, dass spiritistische Sitzungen wie die, die er sich gerade angehört hatte, niemandem von Nutzen waren. Genauso sicher war er sich aber auch, dass die Frau selbst an das glaubte, was sie sagte, dass das, was sie erlebt hatte, in ihrer eigenen Wirklichkeit stattgefunden hatte.

Endlich wurde das Schweigen durchbrochen.

»Nachdem meine Mutter gestorben war, saß ich unentwegt im Wohnzimmer, starrte auf die Bücher von Proust und traute mich nicht, die Augen von ihnen abzuwenden, aber nichts geschah. Tag für Tag saß ich nur da und beobachtete den Bücherschrank. Ich schlief sogar bei den Büchern. Wochen vergingen, Monate. Wenn ich morgens aufwachte, habe ich als Erstes nach den Büchern geschaut, und das Letzte, was ich abends tat, war zu kontrollieren, ob sich irgendetwas ereignet hatte. Nach und nach begriff ich, dass das zu nichts führte. Je mehr ich darüber nachdachte und auf die Bücherregale starrte, desto klarer wurde mir, warum nichts geschah.«

»Warum? Was hast du herausgefunden?«

»Mir ging das nach und nach auf, und ich war unendlich dankbar. Meine Mutter half mir in meiner Trauer. Sie hatte es so eingerichtet, dass ich mich nach ihrem Tod auf etwas konzentrieren musste. Sie wusste, dass ich untröstlich sein würde, gleichgültig, was sie sagte. Sie hat mich gut auf ihren Tod vorbereitet; wir führten lange Gespräche, bis sie schließlich nicht mehr die Kraft hatte zu sprechen. Wir sprachen über den Tod und darüber, dass sie mir ein Zeichen senden würde. Aber natürlich geschah gar nichts, außer dass sie mir den Prozess des Trauerns erleichterte.«

Schweigen.

»Ich weiß nicht, ob du mich verstehst.«

»Doch, sprich ruhig weiter.«

»Dann geschah es neulich, fast zwei Jahre nach ihrem Tod. Ich hatte aufgehört, ständig die Bücherregale und Marcel Proust im Auge zu behalten. Eines Morgens wachte ich auf, warf die Kaffeemaschine an und holte die Zeitung. Als ich wieder in die Küche zurückging, warf ich zufällig einen Blick ins Wohnzimmer und ...«

In dem Schweigen, das den Worten der Frau folgte, hörte man das Rauschen des Aufnahmegeräts.

»Was?«, flüsterte das Medium.

»Es lag aufgeschlagen auf dem Fußboden.«

»Was?«

»Das Buch. *Unterwegs zu Swann* von Marcel Proust. Der erste Band des Zyklus.«

Wieder langes Schweigen.

»Deswegen bist du also zu mir gekommen?«

»Glaubst du an ein Leben nach dem Tod?«

»Ja«, hörte Erlendur das Medium flüstern. »Das tue ich. Ich glaube an ein Leben nach dem Tod.«

Acht

Als Erlendur früh am nächsten Morgen erwachte, musste er wieder an den alten Mann denken, der ihn im Dezernat besucht hatte, um noch einmal nach seinem Sohn zu fragen, fast dreißig Jahre nach dessen Verschwinden. Das war einer seiner ersten Fälle gewesen, und für Erlendur war er immer noch offen, obwohl er offiziell zu den Akten gelegt worden war. Damals befand sich das Hauptdezernat der Kriminalpolizei noch in einem Gewerbegebiet in Kópavogur. Er erinnerte sich auch an zwei andere Vermisstenfälle aus der gleichen Zeit, die er zwar nicht selbst bearbeitet hatte, aber gut kannte. Der eine davon hatte sich einige Wochen vorher ereignet: Ein junger Mann war auf einer Fete in Keflavík gewesen, von wo aus er mitten in der Nacht zu Fuß nach Hause gehen wollte. Er lebte in Njarðvík, weniger als zwei Kilometer entfernt, aber er kam nie an. Das war mitten im Winter, und in der Nacht war urplötzlich ein Schneesturm losgebrochen. Eine Suchaktion wurde in die Wege geleitet, und nach drei Tagen fand man einen Schuh am Meeresufer. Er war zwar in die richtige Richtung losgelaufen, dann aber offensichtlich durch den Sturm in Richtung Meer abgedrängt worden. Seitdem hatte man nie wieder etwas von ihm gehört. Nach Aussagen der anderen Gäste war er ziemlich betrunken gewesen und hatte die Party ohne Jacke und nur in Hemd und Hose verlassen.

Bei dem anderen Fall handelte es sich um ein junges Mädchen aus Akureyri. Sie studierte an der Universität und lebte in Reykjavík in einer kleinen Mietwohnung. Der genaue Zeitpunkt des Verschwindens war in ihrem Fall nicht festzustellen. Als die Miete einen Monat überfällig war, machte der Vermieter sich persönlich auf den Weg zu der Wohnung, doch dort war niemand. In der Universität hatte man sie nicht vermisst, denn es gab keine Anwesenheitspflicht. Außerdem saß sie gerade an einem größeren Referat in Biologie. Sie war Einzelkind, und ihre Eltern befanden sich auf einer zweimonatigen Reise durch Asien und meldeten sich nur in sehr unregelmäßigen Abständen. Als die Eltern nach Island zurückkehrten und ihre Tochter in Reykjavík besuchen wollten, war sie verschwunden. Der Vermieter schloss die Wohnung für sie auf. Sie war in ordentlichem Zustand. Alles sah so aus, als sei sie gerade mal eben auf einen Sprung aus dem Haus gegangen. Die Bücher, die sie für ihr Referat brauchte, lagen aufgeschlagen herum. Im Waschbecken in der Küche standen ein paar Gläser, das Bett war nicht gemacht. Vor nicht allzu langer Zeit hatte sie mit einer Freundin in Akureyri telefoniert, und zwei Kommilitonen, die mit ihr gesprochen hatten, waren der Meinung, dass sie für ein paar Wochen nach Akureyri gefahren sei. Diese Theorie wurde dadurch gestützt, dass ihr Auto, ein alter, klappriger Austin Mini, ebenfalls verschwunden war.

Erlendur ging in die Küche und kochte sich einen Kaffee. Er toastete zwei Scheiben Brot, bestrich sie mit Butter und holte sich Käse und Marmelade aus dem Kühlschrank. Währenddessen kreisten seine Gedanken um das Gespräch auf der Kassette, die Karen ihm gegeben hatte, und er überlegte, was als Nächstes zu tun sei. Er glaubte, jetzt ein besseres Bild von Marías geistiger Verfassung zu der Zeit zu haben, bevor sie sich das Leben genommen hatte.

Erlendurs Gedanken schweiften auch zu Sindri und Eva und seiner früheren Frau Halldóra. Ein Treffen mit ihr konnte er sich nicht vorstellen, auch wenn Eva Lind fand, dass es wichtig war. Er dachte äußerst selten an Halldóra, das weckte nur die Erinnerungen an ihre Auseinandersetzungen und Streitigkeiten in der Zeit, bevor er sie und die beiden Kinder verließ. Der Scheidung war eine lange Vorgeschichte vorausgegangen. Er hatte sich bemüht und alles in seiner Macht Stehende getan, damit sie ohne größere Schwierigkeiten über die Bühne gehen konnte, aber jedes Mal, wenn er darauf zu sprechen kam, dass er die Beziehung beenden und ausziehen wollte, schottete sie sich einfach ab, indem sie erklärte, das sei absurd, sie müssten diese Probleme gemeinsam bewältigen. Außerdem gab es in ihren Augen gar keine Probleme, sie wusste angeblich nicht, worüber er redete.

Erlendur blätterte in den Zeitungen. Marías Stimme und das, was bei der Séance zur Sprache gekommen war, verfolgten ihn. Diese Sitzung konnte noch gar nicht so lange her sein. Sie hatte auf der Kassette von knapp zwei Jahren seit dem Tod ihrer Mutter gesprochen, und es war keineswegs der erste Besuch bei diesem Medium gewesen. Diese starke Bindung zwischen María und ihrer Mutter musste in der Tat einzigartig gewesen sein, wahrscheinlich war sie durch den Tod des Vaters auf dem See von Þingvellir noch enger geworden. Mutter und Tochter waren auf Gedeih und Verderb aufeinander angewiesen gewesen. Konnte es etwas anderes sein als ein Zufall, dass María dieses Buch aufgeschlagen auf dem Boden gefunden hatte, das Buch, über das Mutter und Tochter gesprochen hatten, das Buch, das ein Zeichen für ein Leben nach dem Tod sein sollte? Oder hatte da jemand anderes seine Finger im Spiel gehabt? Hatte María in dieser Zeit seit Leonóras Tod irgendjemandem, beispielsweise dem Ehemann oder irgendjemand anderem, von der Vereinbarung mit ihrer Mutter erzählt? Hatte sie vielleicht selbst in Gedanken das Buch aus dem Regal genommen und es nicht richtig an seinen Platz zurückgestellt? Das konnte man nicht wissen. Die Bandaufnahme endete mit Marías Worten, dass sie wegen dieses Zeichens, von dem sie glaubte, dass es von ihrer Mutter kam, das Medium aufgesucht hatte. Von diesem Mann erwartete sie sich eine Bestätigung des Zeichens, sie wollte möglichst auch Kontakt zu ihrer Mutter bekommen und sich mit deren Tod aussöhnen. Der Selbstmord deutete jedoch darauf hin, dass María nicht ausgesöhnt war, sondern dass sie all diese Dinge ganz im Gegenteil an den Rand des Abgrunds gedrängt hatten.

Er versuchte, eine Erklärung für dieses Bedürfnis zu finden, das ihn beim Abhören der Kassette überfallen hatte, das Bedürfnis, mehr wissen zu müssen. Nicht nur über diese Frau, die sich das Leben genommen hatte. Er wollte auch ihre Freunde, ihre Familie und ihren Lebensweg besser kennenlernen, der mit einer Schlinge in einem Ferienhaus geendet hatte. Er musste dieser Sache auf den Grund gehen und dieses Medium ausfindig machen und ausfragen, er wollte die alte Geschichte auf dem See von Þingvellir aufrollen, er wollte herausfinden, wer María war. Woher diese dunkle und raue Stimme gekommen war, die María ans Herz gelegt hatte, auf der Hut zu sein, weil sie nicht wisse, was sie tue.

Erlendur hatte den Kaffee längst ausgetrunken, saß aber immer noch am Küchentisch, ohne zu wissen, weshalb er so ins Grübeln geraten war. Ihm fiel auf einmal seine Mutter ein, die nach dem Tod seines Vaters in eine Kellerwohnung gezogen war. Tüchtig und unermüdlich, wie sie immer gewesen war, hatte sie in einer Fischfabrik gearbeitet. Erlendur hatte sie regelmäßig besucht und manchmal seine Wäsche zu ihr gebracht. Bei solchen Besuchen kochte sie für ihn, und anschließend hörten sie gemeinsam Radio, oder er las ihr etwas vor, während sich seine Mutter mit Handarbeiten beschäftigte und vielleicht einen Schal strickte, der für ihn gedacht war. Sie brauchten nicht viel miteinander zu reden, ihnen genügten die gegenseitige Nähe und das Schweigen.

Sie war noch keine fünfzig gewesen, als sein Vater starb, aber einen anderen Mann in ihrem Leben hatte es nie gegeben. Es machte ihr nichts aus, allein zu leben. Sie hatte Verbindung zu Verwandten und Freunden in Ostisland und auch zu Leuten aus der Region, die wie sie nach Reykjavík gezogen waren. Island erlebte große Umwälzungen, die Leute strömten vom Land in die Stadt. Sie fühlte sich nie allein in der Stadt, hatte sie Erlendur gesagt. Trotzdem kaufte er einen Fernseher für sie. Sie lebte sehr selbstgenügsam und bat Erlendur nur ganz selten einmal, etwas für sie zu erledigen.

Über seinen Bruder Bergur, der so plötzlich und unerwartet aus ihrer Welt verschwunden war, redeten sie so gut wie nie. Es konnte vorkommen, dass sie ganz allgemein etwas über den Jungen sagte oder über die beiden

Brüder, aber den Verlust des Sohnes brachte sie nie zur Sprache. Das ging nur sie etwas an, und Erlendur respektierte ihr Schweigen.

»Dein Vater hätte es gern gewusst, bevor er starb«, hatte sie einmal zu ihm gesagt, als er bei ihr zu Besuch gewesen war. Sie hatten fast den ganzen Abend schweigend im Wohnzimmer verbracht. Er besuchte seine Mutter immer an dem Tag, an dem es passiert war, dem Tag, als er und sein jüngerer Bruder zusammen mit dem Vater von einem Unwetter überrascht worden waren.

»Ja«, hatte Erlendur geantwortet. Er wusste, worauf seine Mutter anspielte.

»Glaubst du, dass wir es irgendwann einmal erfahren werden?«, fragte sie und blickte von dem Buch hoch, das er ihr mitgebracht hatte. Spät am Abend hatte er sich endlich dazu aufraffen können, ihr das Buch zu überreichen, war sich jedoch keineswegs sicher, ob er das Richtige tat.

»Ich weiß es nicht«, antwortete Erlendur. »Es ist sehr lange her.«

Dann las sie weiter.

»Was für ein müßiges Geschwätz«, sagte sie und sah wieder hoch.

»Ich weiß«, sagte Erlendur.

»Was geht die Leute das an, was zwischen mir und deinem Vater war? Wen geht das etwas an?«

Erlendur schwieg.

»Ich möchte nicht, dass irgendjemand das liest«, fuhr seine Mutter fort.

»Darauf haben wir natürlich keinerlei Einfluss«, erwiderte er.

»Und das, was er da über dich sagt.«

»Das berührt mich nicht.«

»Ist das Buch gerade herausgekommen?«

»Ja, das ist der dritte Band in der Reihe. Der letzte. Er ist kurz vor Weihnachten erschienen. Kennst du den Mann, der das geschrieben hat, diesen Dagbjartur?«

»Nein«, sagte sie. »Aber er muss mit den Leuten in unserer Gegend geredet haben.«

»Ja, den Eindruck habe ich auch. Er ist ziemlich präzise in seinen Angaben, und das meiste, was er sagt, stimmt.«

»So etwas wie das über deinen Vater und mich darf er einfach nicht sagen.«

»Natürlich nicht.«

»Es ist nicht fair ihm gegenüber.«

»Nein, ich weiß.«

»Woher hat der Mann das?«

»Ich weiß es nicht.«

Seine Mutter klappte das Buch zu. »Das ist dummes Geschwätz. Ich möchte nicht, dass irgendjemand das liest«, wiederholte sie.

»Nein«, sagte er.

»Kein einziger Mensch«, sagte sie und reichte ihm das Buch. Er sah, dass sie mit den Tränen kämpfte.

»Als ob er die Schuld daran trüge. Als ob irgendjemand die Schuld daran trüge. Was für ein Unsinn!«

Er nahm das Buch entgegen. Vielleicht hätte er es ihr nicht zeigen oder sie zumindest besser auf die *Tragödie in den Bergen von Eskifjörður* vorbereiten sollen, wie der Abschnitt in dem Buch hieß. Er hatte nicht vor, diesen Bericht irgendjemandem zu zeigen. Was seine Mutter gesagt hatte, war völlig richtig: Das, was da stand, durfte möglichst niemand zu Gesicht bekommen.

Im gleichen Winter, in dem das Buch mit dem Bericht über diese furchtbaren Ereignisse herausgekommen war, erkrankte seine Mutter an einer schweren Grippe. Er steckte damals bis über beide Ohren in Arbeit und erfuhr nichts davon, denn sie wollte ihm keinesfalls zur Last fallen. Sie stand viel zu früh wieder auf, ging wieder zur Arbeit und erlitt einen Rückschlag. Als sie sich endlich bei Erlendur meldete, war sie dem Tode nahe. Das Herz war in Mitleidenschaft gezogen worden, was einen Infarkt zur Folge hatte. Erlendur brachte sie auf dem schnellsten Weg ins Krankenhaus, doch die Ärzte konnten nicht mehr viel tun. Sie war noch keine sechzig, als sie starb.

Erlendur schenkte sich Kaffee nach, der inzwischen längst kalt geworden war, und trank einen Schluck. Er stand auf, ging ins Wohnzimmer und holte sich diesen dritten Band aus dem Regal. Es war dasselbe Buch, das seine Mutter vor vielen Jahren in der Hand gehalten hatte. Sie hatte es dem Verfasser des Berichts zutiefst übel genommen, dass er der Familie zu nahe getreten war. Erlendur war der gleichen Meinung: In dem Bericht wurden Dinge behauptet, die nicht vor der Öffentlichkeit hätten ausgebreitet werden dürfen – selbst wenn sie wahr waren. Eva und Sindri wussten von der Existenz dieses Berichts, aber er hatte lange gezögert, ihn ihnen zu zeigen. Vielleicht wegen seines Vaters. Vielleicht wegen der Reaktion seiner Mutter.

Als Erlendur das Buch an seinen Platz zurückgestellt hatte, drängte sich ihm wieder der Gedanke an die Frau aus Grafarvogur auf. Weshalb hatte ihr Leben in einer Schlinge geendet? Was war am See von Þingvellir passiert, als ihr Vater starb? Er musste unbedingt mehr darüber in Erfahrung bringen. Das konnte er jedoch nur auf eigene Faust tun, und er musste sehr vorsichtig vorgehen, um keinen Verdacht zu wecken. Mit den Beteiligten reden und, wie bei anderen Ermittlungen, Schlüsse ziehen. Er würde die Wahrheit über die Gründe für seine Neugier etwas zurechtbiegen müssen, indem er irgendein erfundenes Projekt vorschützte; damit tat er sich nicht weiter schwer, er hatte durchaus schon das eine oder andere Mal etwas gemacht, worauf er nicht sonderlich stolz war.

Er musste mehr darüber herausfinden, warum diese Frau ein so brutales und einsames Ende an diesem See gefunden hatte, in dem ihr Vater ebenfalls dem kalten Tod ins Auge geblickt hatte.

Wichtig war auch, was in dem Buch an der Stelle stand, wo es aufgeschlagen war – der Satz über den Himmel.

Die Séance hatte María Kraft gegeben. Sie war überzeugt, dass ihre Mutter »Unterwegs zu Swann« aus dem Bücherregal gezogen und ihr damit ein Zeichen gegeben hatte. Für sie kam keine andere Erklärung dafür infrage, und das Medium, ein sehr besonnener und verständnisvoller Mann, hatte sie darin bestärkt. Er hatte ihr von ähnlichen Fällen erzählt, wo Verstorbene in irgendeiner Form Verbindung aufgenommen hatten, entweder direkt oder in Träumen, sogar in Träumen von Menschen, die nicht zu den engsten Angehörigen zählten.

María hatte dem Medium nicht gesagt, dass sie nur wenige Monate nach Leonóras Tod angefangen hatte, sehr klare Erscheinungen zu sehen, vor denen sie sich trotz ihrer Angst vor der Dunkelheit nicht fürchtete. Leonóra erschien ihr in der Tür zum Schlafzimmer, auf dem Flur vor den Zimmern, oder sie setzte sich zu ihr aufs Bett. Wenn María ins Wohnzimmer ging, sah sie manchmal Leonóra vor dem Bücherschrank stehen oder auf ihrem Stuhl in der Küche sitzen. Sie erschien ihr sogar außerhalb des Hauses, ein schwaches Spiegelbild in einem Schaufenster oder ein Gesicht, das in der Menschenmenge untertauchte.

Zunächst hielten diese Erscheinungen nicht lange an,

einen kurzen Augenblick vielleicht, doch dann wurden sie nachhaltiger, und Leonóras Präsenz wurde immer stärker. Genauso hatte María es erlebt, als ihr Vater starb. Sie hatte sich intensiv mit der einschlägigen Literatur über derartige Phänomene bei der Trauerbewältigung beschäftigt und wusste, dass solche Erscheinungen mit dem Verlust und mit Schuldgefühlen und anhaltenden Angstpsychosen einhergehen konnten. Genauso wusste sie, dass sie in ihrem eigenen Unterbewusstsein, von ihrem inneren Auge, hervorgerufen wurden. Sie war eine vernünftige und gebildete Frau und glaubte nicht an Gespenster.

Trotzdem wollte sie nichts von vornherein ausschließen. Sie war sich aber nicht mehr sicher, ob die Wissenschaft Antworten auf sämtliche existenziellen Fragen des Menschen bereithielt.

Je mehr Zeit verstrich, desto mehr wurde María in ihrem Glauben bestärkt, dass ihre Wahrnehmungen etwas anderes und mehr waren als psychische Täuschungen oder Illusionen, die durch ihre seelische Verfassung, durch Depressionen und die schwierige Situation hervorgerufen wurden. Zeitweilig waren sie so real, dass sie davon überzeugt war, sie müssten aus einer anderen Welt kommen, was auch immer die Naturwissenschaften behaupteten. Nach und nach begann sie zu glauben, dass eine solche Welt existieren konnte. Sie vertiefte sich aufs Neue in die Berichte über Nahtoderfahrungen, die Leonóra auf ihren Wunsch hin gelesen hatte, über Todesnähe und ein goldenes Licht und die Liebe, die damit verbunden war, und ein göttliches Wesen in diesem Licht, über die Schwerelosigkeit in dem dunklen Tunnel, der zum Licht führte. Sie hatte allerdings in ihrer Bedrängnis nie bei anderen Hilfe gesucht, sondern selbst versucht, ihren psychischen Zustand mit der ihr angeborenen Logik und Vernunft zu analysieren.

Auf diese Weise vergingen fast zwei Jahre. Mit der Zeit wurden Marías Wahrnehmungen seltener, und sie hörte auch auf, unverwandt auf die Werke von Proust zu starren. Ihr Leben kam langsam wieder ins Gleichgewicht, obwohl ihr klar war, dass es nie wieder so werden würde wie zu Lebzeiten ihrer Mutter. Eines Morgens wachte sie früh auf und warf aus alter Gewohnheit einen Blick auf das bewusste Bücherregal.

Alles war unverändert.

Oder?

Sie sah noch einmal hin.

Ihr schwindelte, als sie sah, dass der erste Band fehlte. Langsam und vorsichtig trat sie näher und sah, dass »Unterwegs zu Swann« auf dem Fußboden lag.

Sie traute sich nicht, das Buch zu berühren, sondern bückte sich, starrte auf die aufgeschlagene Seite und las:

Auch wenn die Wälder schwarz wurden,
der Himmel scheint immer blau . . .

Neun

Sigurður Óli erschien hustend in seinem Büro und putzte sich mit einem Tempotaschentuch bemüht leise die Nase. Er hatte es nicht länger zu Hause ausgehalten, obwohl die verdammte Grippe ihm noch in den Knochen steckte. Trotz des kühlen Herbstwetters trug er einen neuen, hellen Sommermantel und war in aller Herrgottsfrühe ins Fitnessstudio und anschließend zum Friseur gegangen. Als er Erlendur begegnete, sah er trotz gerade überstandener Krankheit daher keineswegs angeschlagen, sondern tipptopp aus wie immer.

»Ist nicht alles *honky dory*?«, fragte er.

»Wie geht es dir?«, fragte Erlendur zurück und überhörte diesen dämlichen Ausdruck, mit dem Sigurður Óli ihn ärgern wollte.

»So einigermaßen. Ist was los?«

»Das Übliche. Wirst du wieder zu ihr ziehen?«

Dieselbe Frage hatte Erlendur Sigurður Óli gestellt, bevor die Grippe ihn umgeworfen hatte. Erlendur mochte Sigurður Ólis Frau Bergþóra und bedauerte es, wie es um die Beziehung zwischen den beiden stand. Über die Gründe für die Trennung hatten sie einmal gesprochen, und Erlendur war es so vorgekommen, als sei die Lage noch nicht aussichtslos. Die Frage nach dem Zusammenziehen hatte ihm Sigurður Óli allerdings damals genauso wenig wie jetzt beantwortet, denn er fand Erlendurs Einmischung unerträglich.

»Ich hab gehört, dass du dich mal wieder in diese alten Vermisstenfälle vergräbst«, sagte er, ging weiter und bog um die nächste Ecke.

Es war weniger zu tun als normalerweise, und Erlendur hatte wieder die Akten der drei Vermisstenfälle hervorgeholt, die vor über dreißig Jahren so kurz nacheinander passiert waren. Sie lagen vor ihm auf dem Tisch. Er erinnerte sich gut an die Eltern des Mädchens. Zwei Monate nachdem sie das Verschwinden des Mädchens bekannt gegeben hatten, traf Erlendur sich mit ihnen. Die Suche war bislang erfolglos verlaufen. Sie waren von Akureyri gekommen und wohnten im Haus von Freunden in Reykjavík, die nicht zu Hause waren. Erlendur sah ihnen an, dass sie seit dem Verschwinden ihrer Tochter Höllenqualen durchlitten hatten. Die Frau sah elend und müde aus, und der Mann war unrasiert und hatte dunkle Ringe unter den Augen. Sie hielten sich an den Händen. Er wusste, dass beide in psychiatrischer Behandlung waren. Sie gaben sich die Schuld an dem, was passiert war; sie hatten diese lange Reise unternommen und sich nur ganz sporadisch bei der Tochter gemeldet. Die Reise war ein alter Traum der Eheleute gewesen. Sie hatten schon immer davon geträumt, den Fernen Osten zu bereisen, Japan und China und sogar die Mongolei. Von einem Hotel in Peking aus hatten sie zuletzt mit ihrer Tochter telefoniert. Sie hatten das Gespräch anmelden müssen, und die Verbindung war schlecht gewesen. Dem Mädchen ging es gut, sie freute sich schon auf das, was die Eltern von dieser Reise zu erzählen hatten.

»Das war das Letzte, was sie uns sagte«, erklärte die

Frau leise, als Erlendur das Ehepaar besuchte. Wir sind erst zwei Wochen später nach Island zurückgekommen, und da war sie verschwunden. Wir haben unterwegs noch einmal von Kopenhagen aus angerufen und auch, als wir in Keflavík gelandet waren, aber sie nahm nicht ab. Als wir in ihre Wohnung kamen, war sie verschwunden.«

»Es gab da ja kaum anständige Telefonverbindungen, das besserte sich erst, als wir wieder in Europa waren«, sagte der Ehemann. »Von dort haben wir natürlich versucht anzurufen, aber sie antwortete nicht.«

Erlendur nickte, die umfangreiche Suchaktion nach der Tochter, die Guðrún hieß und Dúna genannt wurde, war erfolglos geblieben. Man hatte mit ihren Freunden gesprochen, mit Kommilitonen und Verwandten, doch niemand hatte eine Erklärung für ihr Verschwinden oder konnte sich vorstellen, was aus ihr geworden war. Die gesamte Küstenstrecke in Reykjavík und der Umgebung war abgesucht worden, Gummiboote kamen ebenso zum Einsatz wie Taucher, die im Meer suchten. Auch den Austin Mini hatte man nirgendwo gefunden. Man suchte das Auto aus der Luft, im Umkreis von Reykjavík und auf der Strecke nach Akureyri sowie entlang der anderen großen Straßen aber gefunden wurde es nicht.

»Das Auto war eigentlich eine richtige Klapperkiste, sie hat es in Akureyri gekauft«, erklärte ihr Vater. »Man konnte nur auf der Fahrerseite einsteigen, weil die andere Tür klemmte. Die Fensterkurbeln waren kaputt, und die Hecktür ließ sich auch nicht mehr öffnen. Aber sie liebte ihr Auto über alles und ist damit viel herumgefahren.«

Die Eltern sprachen über die Interessengebiete ihrer Tochter. Eines davon waren Seen. Sie studierte Biologie, und ihr Spezialgebiet waren Binnengewässer und deren Ökosysteme. Auf diese Information hin konzentrierte sich die Suche dann darauf; man kontrollierte alle Seen in der Umgebung von Reykjavík und auf der Strecke nach Akureyri, aber ohne Erfolg.

Erlendur sah von dem Bericht hoch. Er hatte keine Ahnung, wo sich die Eltern des Mädchens jetzt befanden. Wahrscheinlich lebten sie immer noch in Akureyri, beide über siebzig und pensioniert, und genossen hoffentlich das Alter. In den ersten Jahren hatten sie sich ab und zu mit ihm in Verbindung gesetzt, aber jetzt hatte er lange nichts mehr von ihnen gehört.

Er nahm die andere Akte zur Hand. Für das Verschwinden des jungen Mannes aus Njarðvík schien es eine durchaus einleuchtende Erklärung zu geben. Er war unpassend gekleidet gewesen, und obwohl die Entfernung zwischen Keflavík und Njarðvík nicht groß war, hatte er in einem tobenden Schneesturm den Tod gefunden. Höchstwahrscheinlich war er vom Kai ins Meer gefallen und von den Wellen davongetragen worden. Nach den Aussagen der anderen Partygäste war er ziemlich alkoholisiert gewesen, was zur Folge hatte, dass er wohl kaum noch dazu fähig gewesen wäre, sich schwimmend an Land zu retten; dazu waren sein Denkvermögen, seine Energie und seine Willenskraft vermutlich zu sehr eingeschränkt gewesen. Die zuständigen Bergungsmannschaften, die Angehörigen des Mannes und seine Freunde suchten in den ersten Tagen die gesamte Küstenlinie vom Garðskagi-Leuchtturm bis zur Halbinsel Álftanes ab, fanden jedoch keinerlei Spuren von ihm.

Zwischenzeitlich musste die Suche immer wieder wegen schlechten Wetters eingestellt werden. Alle Versuche, ihn zu finden, blieben erfolglos.

Erlendur setzte sich mit Marías Freundin Karen in Verbindung, um ihr zu sagen, dass er sich die Kassette angehört hatte, die sie ihm in seinem Büro überreicht hatte. Sie unterhielten sich eine ganze Weile, und Karen nannte ihm die Namen von einigen Leuten, zu denen María Kontakt gehabt hatte. Sie fragte Erlendur nicht, weshalb er sich näher mit der Sache befassen wollte, schien aber erfreut über seine Reaktion zu sein.

Einer von denen, die Karen erwähnt hatte, war ein Mann namens Ingvar. Erlendur beschloss, ihm einen Besuch abzustatten. Ingvar hatte nichts dagegen und gab sich ebenfalls zufrieden mit Erlendurs Erklärungen, weshalb er sich nach María erkundigte. Sie trafen sich spätnachmittags, als eiskalte Regenschauer auf die Stadt niederprasselten. Erlendur sagte ihm, dass die Polizei an einer umfassenden Studie über Suizide beteiligt sei, die in Zusammenarbeit mit sämtlichen skandinavischen Ländern durchgeführt würde. Das war nicht komplett gelogen. Eine solche Erhebung fand tatsächlich statt, aber im Auftrag der Sozialbehörden, und die Polizei trug höchstens mit allgemeinen Informationen dazu bei. Das Ziel war, die Wurzel des Übels zu erfassen, wie es in der einleitenden Bemerkungen von schwedischer Seite hieß, nämlich die Hintergründe von Selbstmorden zu untersuchen und nicht zuletzt auch, wie sie sich auf Altersgruppen, Geschlecht und gesellschaftliche Stellung verteilten und was ihnen gemeinsam war, falls sich diesbezüglich Gemeinsamkeiten herausstellen sollten.

Das alles ging Erlendur ziemlich mühelos über die Lippen, und Ingvar lauschte interessiert. Er war über sechzig, ein alter Freund der Familie, vor allem von Marías Vater Magnús. Auf Erlendur machte er den Eindruck eines trägen und behäbigen Mannes. Die Nachricht von Marías Tod hatte ihn selbstverständlich tief getroffen. Bei ihrer Beerdigung war er dabei gewesen und hatte sie ergreifend gefunden. Für ihn war es aber unverständlich, weshalb sie sich zu einer derartigen Verzweiflungstat gezwungen gesehen hatte.

»Sie hatte natürlich ihre Probleme.«

Erlendur nippte an dem Kaffee, den der Mann ihm angeboten hatte.

»Soweit ich weiß, hat sie sehr unter dem Tod ihres Vaters gelitten«, sagte er und stellte die Tasse ab.

»Das hat sie«, sagte Ingvar, »wirklich furchtbar. Kein Kind sollte so etwas miterleben müssen. Sie war dabei.«

Erlendur nickte zustimmend.

»Magnús und Leonóra hatten das Haus in Þingvellir kurz nach ihrer Hochzeit gekauft«, fuhr Ingvar fort. »Meine verstorbene Frau und ich waren dort häufig übers Wochenende eingeladen. Magnús fuhr sehr viel mit seinem Boot auf den See hinaus, er war nämlich ein passionierter Angler und konnte sich tagelang damit vergnügen. Manchmal bin ich mit ihm gefahren. Er versuchte auch, das Interesse der kleinen María dafür zu wecken, aber sie mochte nicht mit ihm angeln gehen. Das Gleiche galt für Leonóra. Sie hat nie etwas dafür übriggehabt.«

»Die beiden waren also nicht mit in dem Boot?«

»Nein, auf keinen Fall. Magnús war allein. Das muss doch auch in dem Polizeiprotokoll stehen. Damals gab es das kaum, dass man Rettungswesten trug oder welche an Bord hatte. Magnús hatte so etwas jedenfalls nicht dabei, wenn er auf den See hinausfuhr. Zwar gehörten zwei Rettungswesten zu dem Boot, aber Magnús sagte immer, so etwas brauche er nicht, und bewahrte sie im Bootsschuppen auf. Meist ist er auch gar nicht sehr weit hinausgefahren und mehr in der Nähe des Ufers geblieben.«

»Aber bei diesem letzten Mal fuhr er weiter hinaus?«

»So war es wohl, wenn ich es richtig verstanden habe. An dem Tag war es ungewöhnlich kalt, es war Herbst.«

Ingvar schwieg eine Weile.

»Ich habe da einen meiner besten Freunde verloren«, sagte er in Gedanken versunken.

»Das nimmt einen mit«, sagte Erlendur.

»Sein Boot hatte einen Außenbordmotor, und laut dem, was die Polizei sagte, muss sich die Schraube gelöst haben, dadurch war das Boot manövrierunfähig und kam zum Stillstand. Magnús hatte keine Ruder an Bord, und als er nachsehen wollte, was mit dem Motor los war, fiel er über Bord. Er war nicht der Schlankste und rauchte viel, und bewegt hat er sich kaum. Das alles hat es wahrscheinlich nicht besser gemacht. Leonóra sagte, dass der Wind stark aufgefrischt hatte; da zieht sich nämlich so ein Windkanal von Skjaldbreiður her über den See. Deswegen war ein ganz schöner Wellengang, und Magnús ist wohl ziemlich bald ertrunken. Der See von Þingvellir ist zu dieser Jahreszeit so kalt, dass man darin höchstens ein paar Minuten überlebt.«

»Ja, das stimmt«, sagte Erlendur.

»Leonóra hat gesagt, das Boot sei kaum mehr als hundertfünfzig Meter vom Land entfernt gewesen. Mutter und Tochter haben nicht beobachtet, wie er über Bord gefallen ist, aber sie haben ihn im Wasser gesehen und seine Schreie gehört, die dann wohl sehr bald verstummten.«

Erlendur sah zum Wohnzimmerfenster hinaus. Die Lichter der Stadt glitzerten im Regen. Der Lärm des stärker werdenden Verkehrs drang bis zu ihnen ins Zimmer.

»Sein Tod hatte natürlich enorme Auswirkungen auf das Leben von Leonóra und ihrer Tochter«, sagte Ingvar. »Leonóra hat nie wieder geheiratet, und sie und María lebten seitdem stets unter einem Dach, auch nachdem María geheiratet hatte. Ihr Mann, dieser Arzt, ist bei ihnen eingezogen.«

»Weißt du etwas darüber, ob die beiden Frauen gläubig waren?«

»Ich weiß, dass Leonóra nach dem, was in Þingvellir passiert ist, in gewissem Sinne Trost im Glauben fand. Es hat ihr geholfen und wahrscheinlich dem Mädchen auch. María war ein sehr liebes Kind, das lässt sich nicht anders sagen. Leonóra hat nie Probleme mit ihr gehabt. Sie lernte dann diesen Arzt kennen, der meiner Meinung nach ein vernünftiger Mann ist. Ich kenne ihn allerdings nicht besonders gut. Ich habe nach Marías Tod mit ihm gesprochen, er war natürlich zutiefst schockiert. Das sind alle, die sie kannten.«

»María hat Geschichte studiert«, sagte Erlendur.

»Ja, sie hatte Interesse an allem, was in der Vergangenheit lag. Sie las furchtbar viel, das hatte sie von ihrer Mutter.«

»Weißt du, was sie am meisten an Geschichte interessierte?«

»Nein, da bin ich mir nicht sicher«, antwortete Ingvar.

»Vielleicht irgendwas, das mit religiösen Dingen zu tun hatte?«

»Ja, stimmt, soweit ich weiß, hat ihr Interesse an einem Leben nach dem Tod stark zugenommen, nachdem ihre Mutter gestorben war. Danach hat sie sich intensiv mit Spiritismus beschäftigt und eben all diesen Spekulationen über ein Leben nach dem Tod.«

»Weißt du, ob María zu irgendwelchen Medien und spiritistischen Sitzungen gegangen ist?«

»Nein, keine Ahnung. Mir hat sie nichts davon erzählt. Hast du ihren Mann danach gefragt?«

»Nein«, sagte Erlendur. »Mir fiel das bloß so ein. Hast du bemerkt, dass sie depressiv war? Hättest du dir jemals vorstellen können, dass es so mit ihr enden würde?«

»Nein, auf keinen Fall. Wir trafen uns hin und wieder oder telefonierten miteinander, aber ich habe nicht bemerkt, dass es so ... Eigentlich deutete alles eher auf das Gegenteil hin. Ich hatte den Eindruck, als ginge es ihr etwas besser. Als ich das letzte Mal mit ihr telefonierte, das war, ein paar Tage bevor ... bevor sie diese Tat beging, wirkte sie auf mich energischer denn je, vielleicht sogar auch etwas optimistischer. Mir kam das wie ein Anzeichen von Besserung vor. Aber ich habe gehört, dass genau das manchmal passiert.«

»Was?«

»Dass Menschen anscheinend irgendwie kurzfristig aufleben, wenn sie diese Entscheidung getroffen haben.«

»Kannst du dir vorstellen, was für Auswirkungen es auf sie gehabt hat, dass sie als Kind Zeugin dieses Unfalls wurde?«

»Man kann sich natürlich nicht wirklich in ihre Lage hineinversetzen. María klammerte sich nach dem Unglück ganz und gar an ihre Mutter und hat Trost bei ihr gesucht. Leonóra hat die ersten Monate und sogar noch Jahre nach dem Unfall das Kind kaum aus den Augen gelassen. Natürlich prägt so etwas zutiefst und lässt einen wohl nie wieder los.«

»Ja«, sagte Erlendur. »Sie haben gemeinsam um ihn getrauert.«

Ingvar schwieg.

»Hast du eine Ahnung, weshalb der Motor versagte?«, fragte Erlendur.

»Nein. Es hieß, dass sich die Schraube gelöst hatte. Mehr wussten wir nicht.«

»Vielleicht hat er daran herumhantiert?«

»Magnús? Nein. Der hatte doch keine Ahnung von so etwas. Für Technik hat er sich nie interessiert, da bin ich mir ziemlich sicher. Aber wenn du mehr über Magnús wissen willst, solltest du mit seiner Schwester Kristín sprechen. Sie kann dir vielleicht weiterhelfen. Rede mit ihr.«

Am gleichen Tag traf sich Erlendur mit einem früheren Schulkameraden von María. Er hieß Jónas und war Finanzmanager bei einem Pharma-Unternehmen. Sein Büro war sehr geräumig. Jónas war tadellos gekleidet; er trug einen maßgeschneiderten Anzug und dazu eine knallgelbe Krawatte. Er war groß und schlank und hatte einen Dreitagebart. Er erinnerte ein wenig an Sigurður Óli. Erlendur hatte sich telefonisch mit ihm in Verbindung gesetzt, und Jonas hatte sich nicht wenig darüber gewundert, dass weitere Nachforschungen im Zusammenhang mit dem Tod seiner ehemaligen Mitschülerin angestellt wurden, vor allem darüber, was er damit zu tun haben sollte; er stellte aber keine Fragen, die Erlendur in Verlegenheit brachten.

Erlendur wartete, bis Jónas ein Telefongespräch beendet hatte, das er unbedingt führen musste, irgendetwas Dringendes aus dem Ausland, soweit Erlendur verstand. In einem Regal sah er ein Foto von einer Frau und drei Kindern und ging davon aus, dass es sich um die Familie des Finanzmanagers handelte.

»Ja, es geht also um María. Stimmt es wirklich, was man so hört?«, fragte Jónas, als er endlich aufgelegt hatte. »Hat sie Selbstmord begangen?«

»Das ist korrekt«, antwortete Erlendur.

»Ich habe es gar nicht glauben können«, erklärte Jónas.

»Ihr habt euch im Gymnasium kennengelernt, nicht wahr?«

»Wir waren sogar drei Jahre zusammen, zwei Jahre im Gymnasium und eins an der Uni. Sie hat Geschichte studiert, wie du vielleicht weißt. Sie war so ein Bücherwurm.«

»Habt ihr zusammengelebt, oder ...?«

»In unserem letzten Jahr hat es mir gereicht.«

Jónas schwieg. Erlendur wartete.

»Ihre Mutter war ... Sie mischte sich in alles ein, um die Wahrheit zu sagen«, erklärte Jónas. »Und das Komische war, dass sich María überhaupt nicht daran störte. Ich bin zu ihr in dieses Haus in Grafarvogur gezogen, aber ich habe schon bald kapituliert. Diese Leonóra steckte ihre Nase einfach in alles rein, und ich hatte das Gefühl, dass María und ich nie in Ruhe gelassen wurden. Ich versuchte, mit ihr darüber zu reden, aber María fand gar nichts dabei, ihre Mutter ständig um sich zu haben, und daran war nichts zu ändern. Wir haben darüber gestritten, und dann hatte ich irgendwann einfach keinen Bock mehr und bin gegangen. Keine Ahnung, ob María mir jemals nachgeweint hat. Seitdem haben sich unsere Wege kaum mehr gekreuzt.«

»Sie hat dann später geheiratet.«

»Ja, ist er nicht irgend so ein Arzt?«

»Du hast die Verbindung also nicht vollständig abgebrochen?«

»Doch, nein, das habe ich nur gehört und war nicht erstaunt.«

»Hast du sie noch häufig getroffen, nachdem ihr auseinander wart?«

»Vielleicht zwei- oder dreimal, rein zufällig, auf Partys oder dergleichen. Das war vollkommen okay. María war ein wirklich nettes Mädchen. Grauenvoll, dass sie diesen Weg gewählt hat.«

In Erlendurs Tasche klingelte das Handy. Er entschuldigte sich und nahm das Gespräch an.

»Sie will es tun«, hörte er Eva Lind am anderen Ende der Leitung sagen.

»Was?«

»Dich treffen.«

»Wer?«

»Mama. Sie will es machen. Sie ist damit einverstanden, dich zu treffen.«

»Ich bin in einer Besprechung«, sagte Erlendur und sah zu Jónas hinüber, der sich ohne ein Zeichen von Ungeduld über den gelben Schlips strich.

»Bist du dann nicht auch dazu bereit?«, fragte Eva Lind.

»Kann ich dich zurückrufen?«, entgegnete Erlendur. »Ich bin hier in einer Besprechung.«

»Sag nur ja oder nein.«

»Ich rede später mit dir«, sagte Erlendur und brach das Gespräch ab.

»Hatte der Tod irgendeine besondere Bedeutung für María?«, fragte Erlendur. »Hat sie darüber viel nachgedacht?«

»Nicht besonders, glaube ich. Über so etwas haben wir gar nicht gesprochen, wir waren ja auch noch halbe Kinder. Allerdings fürchtete sie sich im Dunkeln. Das ist so ungefähr das, was ich von unserer Beziehung in Erinnerung behalten habe, sie hatte eine panische Angst, wenn es dunkel war. Sie konnte nach Einbruch der Dunkelheit kaum allein zu Hause sein. Deswegen glaube ich, dass sie bei Leonóra wohnen wollte. Trotzdem …«

»Was?«

»Trotz ihrer Phobie – oder vielleicht sogar gerade deswegen – hat sie dauernd Gespenstergeschichten und solche Bücher wie die Volkssagen von Jón Árnason und dergleichen gelesen. Am liebsten sah sie Horrorfilme über Wiedergänger und Untote und dieses ganze Zeugs. Darin hat sie sich total versenkt und traute sich dann abends kaum einzuschlafen. Sie konnte nie allein sein, immer musste jemand bei ihr sein.«

»Und vor was genau hat sie sich gefürchtet?«

»Das habe ich nie so richtig rausgekriegt, weil ich mich nicht für diesen Quatsch erwärmen konnte. Und Angst im Dunkeln habe ich noch nie gehabt. Vielleicht habe ich ihr nicht gut genug zugehört.«

»Und sie hat diese Angst kultiviert?«

»Es hatte ganz den Anschein.«

»Reagierte sie besonders sensibel auf ihre Umgebung? Hat sie ungewöhnliche Dinge gesehen oder gehört? Diese Angst vor der Dunkelheit, rührte die von etwas her, was sie erlebt oder von irgendwoher gekannt hat?«

»Das glaube ich nicht. Ich kann mich aber erinnern, dass sie manchmal nachts aufwachte und zur Tür blickte, so als sähe sie dort etwas. Das gab sich aber mit der Zeit. Meiner Meinung nach war das etwas, was sie aus ihren Träumen ins Wachsein verfolgte. Sie hatte selbst auch keine andere Erklärung dafür. Manchmal glaubte sie, irgendwelche Gestalten zu sehen. Das geschah aber zumeist, wenn sie in so einem Zustand zwischen Schlafen und Wachen war, dann spukte ihr etwas im Kopf herum.«

»Haben diese Gestalten mit ihr gesprochen?«

»Nein, das nicht, das waren Träume, wie ich schon gesagt habe.«

»Vielleicht liegt es nahe, in diesem Zusammenhang nach ihrem Vater zu fragen?«

»Ja, natürlich. Er war einer von denen.«

»Die sie gesehen hat?«

»Ja.«

»Ist sie zu spiritistischen Sitzungen gegangen, während ihr zusammen wart?«

»Nein.«

»Das hättest du gewusst?«

»Ja. So was hat sie nicht gemacht.«

»Diese Angst vor der Dunkelheit, wie hat sie sich geäußert?«

»Ganz normal, denke ich. Sie traute sich nicht allein in die Waschküche und ging kaum je allein in die Küche. Im ganzen Haus brannte Licht, und ich musste immer in Rufweite sein, wenn sie sich abends in der Wohnung bewegte, besonders wenn es spät geworden war. Sie mochte es nicht, wenn ich nicht da war, wenn ich nachts nicht bei ihr sein konnte.«

»War sie deswegen in Behandlung?«

»In Behandlung? Nein. Ist das nicht einfach etwas, was ... Kann man sich wegen Angst vor der Dunkelheit behandeln lassen?«

Das wusste Erlendur nicht. »Vielleicht verstehen sich ja irgendwelche Psychiater darauf«, sagte er.

»Nein, davon war keine Rede, jedenfalls nicht, solange ich mit ihr zusammen war. Du solltest vielleicht ihren Ehemann danach fragen.«

Erlendur nickte. »Vielen Dank für deine Hilfe«, sagte er und stand auf.

»Kein Problem«, sagte Jónas und strich sich ein weiteres Mal über die gelbe Krawatte.

Zehn

Der Besuch des alten Mannes im Dezernat, der sich nach seinem verschollenen Sohn erkundigt hatte, beschäftigte Erlendur immer noch. Nur zu gern hätte er etwas für ihn getan, er wusste aber ganz genau, dass da kaum etwas zu machen war. Der Fall war schon seit Langem als nicht aufgeklärter Vermisstenfall archiviert worden. Am wahrscheinlichsten war, dass der junge Mann sich umgebracht hatte. Erlendur hatte versucht, mit den Eltern über diese Möglichkeit zu sprechen, aber für sie war das überhaupt nicht infrage gekommen. Ihr Sohn war lebensfroh und glücklich gewesen und hatte sich nie mit einem derartigen Gedanken getragen, ihm wäre es niemals eingefallen, seinem Leben ein Ende zu setzen.

Genau das sagten auch Daviðs Freunde, mit denen Erlendur seinerzeit gesprochen hatte. Den Gedanken, dass Davið sich das Leben genommen haben könnte, schlossen sie aus. Sie hielten das für vollkommen abwegig, konnten aber ansonsten nichts beitragen, was ihm weiterhalf. Davið hatte keinen Umgang mit irgendwelchen dubiosen Gestalten gehabt, die ihm möglicherweise nach dem Leben getrachtet hätten. Ein ganz normaler junger Isländer, der kurz vor dem Abitur stand und im nächsten Herbst zusammen mit seinen beiden besten Freunden Jura studieren wollte.

Erlendur saß jetzt bei einem dieser beiden Freunde im Büro. Es war an die dreißig Jahre her, seit sie zuletzt über Daviðs Verschwinden gesprochen hatten. Der Mann hatte Jura studiert und besaß jetzt zusammen mit zwei anderen Juristen eine große Kanzlei. Verglichen mit früher war er sehr viel behäbiger geworden; er hatte kaum noch Haare auf dem Kopf und müde Ringe unter den Augen. Erlendur hatte das Bild des angehenden Abiturienten von vor dreißig Jahren noch deutlich vor Augen. Er erinnerte sich an einen schlanken und sportlichen jungen Mann, der am Beginn des Lebens stand, das ihn jetzt gezeichnet hatte; er war ein Mann in den mittleren Jahren und sah mitgenommen und verbraucht aus.

»Weshalb kommst du jetzt wieder, um nach Davið zu fragen? Gibt es etwas Neues?«, fragte der Rechtsanwalt. Er setzte sich mit der Sekretärin am Empfang in Verbindung und bat darum, nicht gestört zu werden. Erlendur hatte sich von der lächelnden und nicht mehr ganz jungen Dame anmelden lassen.

Das war, zwei Tage nachdem Erlendur sich mit Marías früherem Freund unterhalten hatte. Elínborg hatte kopfschüttelnd erklärt, dass er nichts anderes bei der Arbeit machen würde, als sich mit irgendwelchen alten Vermisstenfällen herumzuschlagen. Erlendur hatte daraufhin gesagt, sie solle sich seinetwegen keine Sorgen machen. »Ich mach mir deinetwegen keine Sorgen«, hatte Elínborg erwidert, »sondern wegen der Steuerzahler, die dafür aufkommen müssen.«

»Nein, nichts Neues«, sagte Erlendur zu dem Rechtsanwalt. »Ich glaube, dass sein Vater nicht mehr lange leben wird. Es ist die letzte Gelegenheit, etwas zu unternehmen, bevor er stirbt.«

»Ich denke manchmal an ihn«, sagte der Rechtsanwalt, der Þorsteinn hieß. »Davið und ich waren gut befreundet, und es ist tragisch, dass man nie herausgefunden hat, was mit ihm geschehen ist. Wirklich tragisch.«

»Ich glaube, wir haben alles in unserer Macht Stehende getan«, sagte Erlendur.

»Daran zweifle ich nicht. Ich kann mich sehr gut daran erinnern, wie sehr du dich eingesetzt hast. Da war doch noch jemand anderes mit dem Fall befasst?«

»Marian Briem«, sagte Erlendur. »Wir beide haben diesen Fall bearbeitet. Marian lebt nicht mehr. Ich habe mir die alten Protokolle noch einmal angesehen. Du warst auf dem Land, als er verschwand.«

»Ja, meine Eltern stammten aus Kirkjubæjarklaustur. Ich war dort mit ihnen zu Besuch, eine Woche oder so. Als ich wieder in die Stadt kam, hörte ich das von Davið.«

»Du hast damals gesagt, dass du von dort aus zum letzten Mal mit ihm telefoniert hast. Er hat dich angerufen.«

»Ja. Er fragte mich, wann ich wieder in die Stadt käme.«

»Er wollte dir etwas mitteilen.«

»Ja.«

»Er hat dir aber nicht sagen wollen, was es war.«

»Nein, er tat sehr geheimnisvoll, klang aber sehr froh. Er wollte mir etwas Erfreuliches sagen, nichts Schlimmes, danach habe ich ihn ausdrücklich gefragt. Er lachte und sagte mir, ich solle mir keine Gedanken machen, es würde sich alles klären.«

»Und er klang wirklich froh?«

»Ja.«

»Ich weiß, dass wir dich seinerzeit danach gefragt haben.«

»Das habt ihr gemacht, und ich konnte euch nicht weiterhelfen, damals genauso wenig wie jetzt.«

»Nur mit dem, was du uns damals schon gesagt hast, dass er dir etwas sagen wollte, worüber er sehr froh war.«

»Ja.«

»Seine Eltern wussten nicht, was das sein konnte.«

»Nein, er schien mit niemandem darüber gesprochen zu haben.«

»Ist dir inzwischen vielleicht ein Gedanke gekommen, was das gewesen sein könnte?«

»Es handelt sich nur um Vermutungen. Irgendwann viel später kam ich zu der Überzeugung, dass es sich um ein Mädchen gehandelt haben muss, dass er ein Mädchen kennengelernt und sich in sie verliebt hat, aber ich weiß nichts Genaues. Wahrscheinlich ist mir der Gedanke auch erst gekommen, nachdem ich Gilbert wiedergetroffen habe.«

»Davið hatte keine Freundin, als er verschwand?«

»Nein, keiner von uns«, sagte der Rechtsanwalt und lächelte. »Irgendwie ging ich auch davon aus, dass er sich als Letzter von uns ein Mädchen anlachen würde. Er war nämlich entsetzlich schüchtern. Hast du überhaupt jemals mit Gilbert gesprochen?«

»Gilbert?«

»Um die Zeit, als Davið verschwand, ging er nach Dänemark. Jetzt ist er aber wieder in Island und lebt hier. Ich könnte mir vorstellen, dass er der Einzige ist, mit dem ihr nie gesprochen habt.«

»Ja, ich erinnere mich dunkel«, sagte Erlendur. »Ich glaube, wir haben ihn nie erreicht.«

»Er hatte vor, ein Jahr in einem Hotel in Kopenhagen zu arbeiten, aber es gefiel ihm dort so gut, dass er hängen blieb. Er hat dann eine Dänin geheiratet. Seit ungefähr zehn Jahren ist er wieder hier. Wir telefonieren manchmal miteinander, und irgendwann glaubte ich herauszuhören, dass Davið etwas mit einem Mädchen hatte. Das glaubte Gilbert jedenfalls, aber es war alles sehr vage.«

»Vage?«

»Ja, sehr.«

Erlendurs Freundin Valgerður rief nach dem Abendessen bei ihm an; er hatte es sich gerade mit einem Buch in seinem Sessel bequem gemacht. Sie versuchte, ihn zu überreden, mit ihr ins Theater zu gehen. Im Nationaltheater gab es eine äußerst populäre Komödie, und Valgerður wollte das Stück unbedingt zusammen mit Erlendur sehen. Der sträubte sich dagegen, denn er langweilte sich für gewöhnlich im Theater. Auch ihre Versuche, ihn mit ins Kino zu schleifen, waren erfolglos geblieben. Bis auf Chorkonzerte, Sinfoniekonzerte oder Liederabende war ihm praktisch alles zuwider. Zuletzt war er mit Valgerður zu einer Abendveranstaltung mit einem gemischten nordisländischen Chor aus dem Svarfaðardalur gegangen. Eine Verwandte von Valgerður sang in dem Chor, und er hatte den Abend sehr genossen. Das Programm bestand aus Liedern zu Gedichten von Davið Stefánsson.

»Dieses Stück ist angeblich sehr komisch«, erklärte Valgerður. »Eine amüsante Farce. Es würde dir guttun.«

Erlendur zog eine Grimasse. »In Ordnung«, sagte er. »Wann ist das?«

»Morgen Abend. Ich hole dich ab.«

Er hörte ein Klopfen an der Tür und verabschiedete sich von Valgerður. Vor der Tür stand Eva Lind mit Sindri im Schlepptau. Sie begrüßten ihren Vater und ließen sich im Wohnzimmer nieder. Beide kramten ihre Zigaretten heraus.

»Was hast du eigentlich neulich zu den Typen da oben gesagt, ich hab keinen Mucks mehr von denen gehört, seitdem du mit ihnen geredet hast?«

Sindri grinste. Erlendur hatte sich gewundert, dass das Gedröhne so plötzlich aufgehört hatte, und sich den Kopf darüber zerbrochen, wie es Sindri gelungen war, diese Leute dazu zu bringen, ihren Hausgenossen gegenüber etwas rücksichtsvoller zu sein.

»Ach, die waren eigentlich ganz harmlos. Das Mädchen hatte so'n Piercing in der Augenbraue. Es hat sich ein bisschen aufgespielt. Ich hab ihnen nur erzählt, dass du einer von diesen knallharten Geldeintreibern wärst, weshalb du regelmäßig im Knast wärst, und du hättest was gegen diesen Krach.«

»Ich hab schon gedacht, die wären vielleicht ausgezogen«, sagte Erlendur.

»Du spinnst wohl!«, rief Eva Lind und sah ihren Bruder an. »Wieso lügst du für ihn?«

»Der Krach war irre«, sagte Sindri entschuldigend.

»Hast du über das Treffen mit Mama nachgedacht?«, fragte Eva ihren Vater. »Bist du damit einverstanden?«

Erlendur antwortete nicht sofort. Er hatte kaum Zeit gehabt, um über das nachzudenken, was Eva da in die Wege leiten wollte. Er hatte nicht die geringste Lust, seine Exfrau und die Mutter seiner Kinder zu treffen, doch er wollte auch Evas Initiative nicht kleinreden. Sie schien irgendwie ein neues Hobby gefunden zu haben.

»Was versprichst du dir davon?«, fragte er.

Erlendur sah seine Kinder an, die ihm auf dem Sofa

gegenübersaßen. Sie kamen in letzter Zeit immer häufiger zu ihm zu Besuch, zuerst Sindri, nachdem er aus den Ostfjorden, wo er in einer Fischfabrik gearbeitet hatte, wieder nach Reykjavík zurückgekehrt war, und dann auch Eva Lind, nachdem sie angefangen hatte, etwas gegen ihre Sucht zu unternehmen. Er freute sich immer über ihre Besuche, vor allem, wenn beide zusammen kamen. Er freute sich über das anscheinend gute Verhältnis, das sie zueinander hatten. Eva Lind als ältere Schwester war ziemlich dominierend und übernahm manchmal die Rolle der Erzieherin. Sindri bekam es ungeschminkt zu hören, wenn ihr etwas nicht passte. Erlendur hatte den Verdacht, dass sie auch schon in früheren Jahren nicht selten die Verantwortung für ihn übernommen hatte. Sindri war zwar durchaus imstande, seiner Schwester Kontra zu geben, aber er war ihr gegenüber nie boshaft oder ungeduldig.

»Ich glaube, es wäre gut für euch beide«, sagte Eva Lind. »Ich kapiere nicht, weshalb ihr nicht ein einziges Mal miteinander reden könnt.«

»Weshalb mischst du dich da ein?«

»Weil ich eure Tochter bin.«

»Und was hat sie gesagt?«

»Sie hat gesagt, sie würde es machen. Sie will dich treffen.«

»Musstest du sie sehr unter Druck setzen?«

»Ja, ihr seid euch total ähnlich. Keine Ahnung, wieso ihr euch überhaupt getrennt habt.«

»Weshalb ist das so unerhört wichtig für dich?«

»Ihr müsst doch miteinander reden können«, sagte Eva Lind. »Ich will, dass endlich mit dieser Situation Schluss ist. Ich habe ... Sindri auch – wir beide haben euch noch nie zusammen gesehen. Findest du das nicht komisch? Findest du das ganz normal, dass Kinder ihre Eltern nie zusammen erlebt haben?«

»Das ist doch wahrhaftig kein Einzelfall«, entgegnete Erlendur und richtete seine Worte an Sindri. »Bestehst du auch darauf?«

»Mir ist das scheißegal«, erklärte Sindri. »Eva versucht, mich da reinzuziehen, aber mir ist es . . .«

»Du hast ja keine Ahnung, wovon du redest, du Blödmann«, fuhr Eva Lind ihn an.

»Ja, genau. Es nützt auch nichts, wenn man ihr sagt, dass es total bescheuert ist. Falls du und Mama daran interessiert wärt, miteinander zu reden, hättet ihr das schon längst getan. Eva will sich da nur einmischen. Wie immer. Sie kann es einfach nicht lassen. Sie mischt sich in alles ein, besonders in Dinge, die sie absolut nichts angehen.«

Eva Lind sah ihren Bruder wütend an.

»Du bist ein Idiot«, fauchte sie.

»Eva, meiner Meinung nach solltest du das am besten auf sich beruhen lassen«, sagte Erlendur. »Es ist . . .«

»Sie ist dazu bereit«, sagte Eva Lind hartnäckig. »Ich hab zwei Monate gebraucht, um sie rumzukriegen. Du hast keine Ahnung, was für Anstrengungen mich das gekostet hat.«

»Ja, ja, ich verstehe zwar, was du da versuchst, aber im Ernst, ich traue mir das einfach nicht zu.«

»Weshalb nicht?«

»Es ist . . . Zwischen deiner Mutter und mir ist seit Langem alles vorbei, und es würde niemandem etwas helfen, das alles wieder aufzurühren. Das ist doch alles längst gegessen. Vorbei. Schluss, aus. Meiner Meinung nach ist das der beste Umgang damit, und man sollte lieber versuchen, nach vorn zu blicken.«

»Ich hab's dir ja gesagt«, erklärte Sindri und sah seine Schwester an.

»Nach vorn! So'n Quatsch!«

»Und hast du diese Idee ganz bis zu Ende gedacht, Eva?«, fragte Erlendur. »Inklusive, wo wir uns treffen sollen? Will sie hierherkommen? Soll ich zu ihr nach Hause gehen? Sollen wir uns auf neutralem Boden treffen?« Erlendur blickte Eva an und überlegte, weshalb er auf einmal Begriffe aus dem Kalten Krieg verwendete, wenn er über seine frühere Frau sprach.

»Auf neutralem Boden!«, fauchte Eva Lind. »Was glaubst du eigentlich, wie das ist, es mit euch beiden zu tun zu haben? Ihr habt doch alle beide einen an der Waffel.«

Sie sprang auf. »Für dich ist das Ganze wohl bloß ein schlechter Witz. Ich und Sindri und Mama, wir sind bloß ein schlechter Witz.«

»Ganz und gar nicht, Eva«, sagte Erlendur. »Das habe ich überhaupt nicht ...«

»Du hast uns nie ernst genommen!«, fiel ihm Eva Lind ins Wort. »Du hast dich nie für das interessiert, was wir vielleicht zu sagen hätten!«

Im nächsten Augenblick war sie zur Tür hinaus, die sie so heftig zuschlug, dass es im ganzen Haus widerhallte.

»Was ... Was ist denn eigentlich los?«, fragte Erlendur und sah seinen Sohn an.

Sindri zuckte mit den Achseln. »So ist sie jetzt schon die ganze Zeit, seit sie clean ist, unheimlich aggressiv. Man darf kein Wörtchen sagen, sonst rastet sie total aus.«

»Seit wann ist sie so fixiert darauf, dass deine Mutter und ich uns treffen sollen?«

»Geredet hat sie schon immer darüber«, erklärte Sindri. »Solange ich zurückdenken kann. Sie glaubt ... Ach, ich weiß nicht, Eva kann so unglaublichen Quatsch von sich geben.«

»Bei mir hat sie nie Quatsch von sich gegeben«, sagte Erlendur. »Was glaubt sie?«

»Sie sagt, dass es ihr vielleicht helfen kann.«

»Was? Was könnte ihr helfen?«

»Wenn du und Mama ... Wenn das Verhältnis zwischen euch nicht ganz so schlecht wäre.«

Erlendur starrte seinen Sohn an.

»Hat sie das wirklich gesagt?«

»Ja.«

»Könnte ihr das helfen, ihr Leben in den Griff zu bekommen?«

»Irgendwas in der Art.«

»Falls deine Mutter und ich versuchen würden, uns auszusöhnen?«

»Sie will bloß, dass ihr miteinander redet«, sagte Sindri und drückte die Zigarette aus, die er ganz bis zum Filter geraucht hatte. »Was ist daran so kompliziert?«

Erlendur lag nach diesem Besuch wach im Bett und dachte an ein Haus im Osten Islands, wo es angeblich früher einmal gespukt hatte. Es war ein zweistöckiges Holzhaus, das ein dänischer Handelsherr Ende des neunzehnten Jahrhunderts hatte errichten lassen. In den Dreißigerjahren des vergangenen Jahrhunderts waren Leute aus Reykjavík dort eingezogen, und kurze Zeit später begannen Geschichten zu kursieren, dass die Frau des

Hauses ständig Kinderweinen zu hören glaubte, das aus der Holzvertäfelung im Wohnzimmer drang. Nie zuvor war irgendetwas Ungewöhnliches in diesem Haus bemerkt worden, und das Weinen hörte einzig und allein diese Frau, wenn außer ihr niemand im Haus war. Der Ehemann war davon überzeugt, dass es sich um Katzengejaule handelte, aber die Frau stritt das rundherum ab. Sie fürchtete sich vor Dunkelheit und Gespenstern, sie litt unter Albträumen und fühlte sich in dem Haus überaus unwohl. Zum Schluss hielt sie es nicht mehr aus und brachte ihren Mann dazu, die Gegend zu verlassen. Nach nur drei Jahren an dem Ort zogen sie wieder zurück nach Reykjavík. Das Haus wurde an andere Leute verkauft, die nie irgendetwas bemerkten.

Kurz nach der Mitte des Jahrhunderts begann jemand, sich für die Geschichte mit dem Kinderweinen und der Hausfrau aus Reykjavík zu interessieren, und er befasste sich mit der Vorgeschichte des Hauses. Verschiedene Familien hatten darin gewohnt. Nachdem der dänische Handelsherr es verkauft hatte, wohnten sogar drei Familien dort unter einem Dach, doch niemals war die Rede von Kinderweinen gewesen. Der Mann verfolgte die Geschichte des Hauses noch weiter zurück, um herauszufinden, ob es irgendeinen besonderen Vorfall mit einem Kind gegeben hatte. Es stellte sich heraus, dass der dänische Kaufmann, der es hatte errichten lassen, drei Töchter gehabt hatte, die alle sehr alt geworden waren. Die Bediensteten des Hauses waren kinderlos gewesen. Als er sich aber mit der Baugeschichte des Hauses befasste, fand er heraus, dass es zwei Zimmermeister hintereinander gegeben hatte. Der Erste, der mitten im Bau aufgehört hatte, hatte eine zweijährige Tochter gehabt. Sie starb infolge eines Unfalls auf der Baustelle, genau dort, wo das Wohnzimmer entstehen sollte. Ein Holzstapel brach zusammen und begrub das Kind unter sich; es war auf der Stelle tot.

Erlendur hatte in seiner Jugend von dem Gespensterhaus gehört. Seine Mutter kannte den Mann, der diesen Vorfällen auf den Grund gegangen war, sie hatte die Geschichte aus erster Hand. Dieser Mann hielt es für ausgeschlossen, dass die Frau aus Reykjavík etwas über die Vorgeschichte beim Bau des Hauses gewusst hatte. Erlendur wusste nicht, wie derartige Dinge zu interpretieren waren. Seine Mutter ebenfalls nicht.

Was war daraus über Leben und Tod zu schließen?

War diese Frau aus Reykjavík wahrnehmungsfähiger gewesen als andere, oder hatte sie doch irgendwann einmal die Geschichte von der Tochter des Zimmermeisters gehört und ihrer Fantasie freien Lauf gelassen?

Wenn ihre Wahrnehmung tatsächlich sensibler gewesen war als die der meisten anderen Menschen, was hatte sich dann hinter der Vertäfelung befunden?

Elf

Die Frau konnte sich gut an die Zeit erinnern, als María und Baldvin sich ineinander verliebt hatten. Sie hieß Þorgerður und hatte mit María zusammen Geschichte an der Universität Islands studiert. Sie war groß und grobknochig und hatte dichtes, dunkles Haar. Nach zwei Jahren hatte sie das Geschichtsstudium an den Nagel gehängt, stattdessen Krankenpflegewissenschaften studiert und darin ihren Abschluss gemacht. Sie hatte auch nach dem Studium guten Kontakt zu María gehalten. Sie war redselig und unterhielt sich ohne Hemmungen mit einem Kriminalbeamten wie Erlendur. Ungefragt erklärte sie, einmal Zeugin in einem Kriminalfall gewesen zu sein; sie war in einer Apotheke gewesen, als ein maskierter Mann hereingestürzt kam und die Frau an der Kasse mit einem Messer bedrohte.

»Das war so ein armer Teufel«, sagte Þorgerður. »Irgend so ein Junkie. Die haben ihn sofort erwischt, und alle Anwesenden mussten ihn anschließend identifizieren. Das war kein Problem, denn er war immer noch in derselben Aufmachung. Diese Bankräubermütze hätte er lieber weglassen sollen. Ein richtig hübscher Junge.«

Erlendur musste innerlich lächeln. »Inferiore Gestalten«, hätte Sigurður Óli gesagt. Erlendur wusste nicht, ob er Laxness gelesen hatte oder diesen Ausdruck in seiner Jugend gehört hatte. Für Sigurður Óli war das wahrscheinlich gleichbedeutend mit Verbrechergesindel und Drogensüchtigen. Solche Leute waren für ihn einfach Versager, genau wie auch alle anderen Leute, die ihm aus irgendwelchen Gründen missfielen; ungelernte Aushilfskräfte, Verkäufer, einfache Arbeiter beispielsweise und sogar Handwerker konnten ihm unendlich auf die Nerven gehen. Er war einmal mit seiner Bergþóra für ein Wochenende nach Paris geflogen, Charterflug, und hatte sich maßlos darüber geärgert, dass die meisten an Bord zu irgendeiner Firma gehörten, die einen Betriebsausflug machte; sie begannen bereits im Flugzeug zu trinken, lärmten besoffen herum, und zur Krönung des Ganzen klatschten sie, als die Maschine gelandet war. »Provinzler«, stöhnte er seiner Bergþóra ins Ohr und machte aus seiner Abneigung gegen diese inferioren Gestalten keinen Hehl.

Erlendur gelang es, das Gespräch auf María und ihren Mann zu bringen, und Þorgerður erzählte bereitwillig und ausführlich von ihrem Geschichtsstudium, das sie zum Schluss drangegeben hatte, und von ihrer Freundin María, die ihren Mann, den angehenden Arzt, auf einem Studentenball kennengelernt hatte.

»Ich vermisse María«, sagte sie. »Ich kann es immer noch nicht richtig glauben, dass es so mit ihr geendet haben soll. Die Ärmste, sie muss sehr schlimm dran gewesen sein.«

»Ihr habt euch also an der Universität kennengelernt?«, fragte Erlendur.

»Ja, María war total interessiert an Geschichte«, erklärte Þorgerður und verschränkte die Arme vor der Brust. »Sie fand alte Zeiten total faszinierend. Ich fand das alles todlangweilig. Sie gab sogar zu Hause ihre Unterrichtsnotizen in den Computer ein. Ich kannte niemand anderen, der das machte. Aber sie war auch eine sehr gute Studentin. Das traf nicht auf viele bei uns in Geschichte zu.«

»Kanntest du Baldvin auch?«

»Ja, aber erst nachdem María und er sich kennengelernt hatten. Baldvin war ein sehr netter Junge. Er war eigentlich an der Schauspielschule, spielte aber mit dem Gedanken, dort aufzuhören, als die beiden sich zusammentaten. Er war wohl kein besonderer Schauspieler.«

»Tatsächlich?«

»Ja, das habe ich irgendwo gehört. Dass es ein vernünftiger Entschluss von ihm war, Medizin zu studieren. Aber er und María hielten immer noch Kontakt zu diesen flippigen Theaterleuten. Bei denen war immer etwas los. Orri Fjeldsted beispielsweise gehörte dazu, der ist ja inzwischen einer von unseren großen Schauspielern. Lilja und Sæbjörn, die haben dann geheiratet. Einar Vífill, alle wurden sie Stars. Na, wie dem auch sei, Baldvin verlegte sich auf Medizin. Er hat zwar noch ein bisschen weitergespielt, aber irgendwann ganz damit aufgehört.«

»Weißt du, ob er das bereut hat?«

»Nein, davon ist mir nichts bekannt. Aber er interessiert sich sehr fürs Theater. Die beiden sind viel ins Theater gegangen, sie kannten sich in dem Metier gut aus, und sie hatten ja auch Freunde beim Theater.«

»Weißt du etwas darüber, wie das Verhältnis zwischen Baldvin und Leonóra war?«

»Er ist zu María gezogen, aber in dem Haus lebte auch Leonóra, und sie war eine starke Persönlichkeit. María hat manchmal darüber gesprochen, dass ihre Mutter sich zu viel bei ihnen einmischte, was Baldvin wohl manchmal genervt hat.«

»Woran war María in Geschichte besonders interessiert?«

»Für sie gab es nichts anderes als das Mittelalter, für mich war das aber das Langweiligste überhaupt. Sie befasste sich mit Blutschande und mit Fällen, in denen man die Geburt eines Kindes zu verheimlichen versucht hatte, und den entsprechenden Urteilen und Strafen. Ihre Abschlussarbeit handelte von diesen verurteilten Frauen, die in dem Loch ertränkt wurden. Sehr interessant, ich habe Korrektur gelesen.«

»In dem Loch?«

»Ja«, sagte Þorgerður, »dieses Wasserloch da in Þingvellir, in dem die Frauen ertränkt wurden und all das.«

Erlendur schwieg. Die beiden saßen in einem der Aufenthaltsräume des Krankenhauses, in dem Þorgerður arbeitete. Eine alte Frau, die sich auf ein Gehgestell stützte, schleppte sich an ihnen vorbei. Ein Krankenpfleger in weißen Clogs eilte den Korridor entlang. Ganz in der Nähe stand eine Gruppe Assistenzärzte, die über etwas beratschlagten.

»Insofern passt es natürlich«, sagte Þorgerður.

»Was passt?«, fragte Erlendur.

»Ach, ich habe gehört, dass sie … dass sie sich erhängt hat. In dem Ferienhaus da am See.«

Erlendur sah sie an, ohne etwas zu sagen.

»Aber natürlich geht einen das gar nichts an«, sagte Þorgerður etwas verlegen, als keine Reaktion kam.

»Weißt du, ob sie irgendein spezielles Interesse an übernatürlichen Dingen gehabt hat?«, fragte Erlendur.

»Nein, aber sie fürchtete sich im Dunkeln. Das war schon so, als ich sie kennenlernte. Sie konnte beispielsweise nie allein nach Hause gehen, wenn wir im Kino waren. Immer musste jemand sie begleiten. Trotzdem hat sie sich die schlimmsten Horrorfilme angeschaut.«

»Weißt du, warum sie so eine Angst vor der Dunkelheit hatte? Hat sie je darüber gesprochen?«

»Ich …« Þorgerður zögerte. Sie blickte auf den Korridor hinaus, als wolle sie sich vergewissern, dass niemand lauschte. Die alte Frau mit dem Gehgestell war am Ende des Gangs angekommen. Dort stand sie nun und schien nicht zu wissen, was sie mit sich anfangen sollte, als wüsste sie auf einmal nicht mehr, wozu sie sich mit diesem Gestell durch den langen Korridor hierher geschleppt hatte. Irgendwo in der Ferne hörte man einen alten Schlager aus einem Radio: *Seemann, deine Heimat…*

»Was wolltest du sagen?«, fragte Erlendur und beugte sich vor.

»Ich finde, als habe sie nicht … Es hatte etwas mit diesem Unglück damals am See von Þingvellir zu tun, als ihr Vater starb.«

»Was?«

»Ich habe so ein Gefühl, dass da irgendetwas passiert ist, als sie klein war. María konnte manchmal furchtbar deprimiert sein, aber zwischendurch war sie dann auch wieder richtig aufgekratzt. Sie hat nie darüber geredet, ob sie irgendwelche Medikamente nahm, aber mir kamen ihre Stimmungsschwankungen manchmal etwas verdächtig vor. Irgendwann einmal, das ist aber schon sehr lange her, war sie völlig niedergeschlagen; da war ich bei ihr in Grafarvogur zu Besuch, und sie fing an, über den See zu sprechen. Damals hörte ich die Geschichte zum ersten Mal, denn bis dahin hatte sie mir noch nie davon erzählt, und mir kam es gleich so vor, als litte sie wegen dem, was damals passiert ist, unter Schuldgefühlen.«

»Weshalb sollte sie Schuldgefühle gehabt haben?«

»Ich habe später versucht, mit ihr darüber zu reden, aber sie hat sich nie wieder so geöffnet wie beim ersten Mal. Ich hatte immer das Gefühl, dass sie auf der Hut war, und ich bin überzeugt, dass sie etwas quälte, etwas, worüber sie nicht sprechen konnte.«

»Das war natürlich eine schreckliche Sache«, sagte Erlendur. »Sie hat zusehen müssen, wie ihr Vater ertrank.«

»Ja, das stimmt.«

»Was hat sie gesagt?«

»Sie hat gesagt, dass sie nie in dieses Ferienhaus hätten fahren sollen.«

»Sonst nichts?«

»Und dass ...«

»Ja?«

»Dass er vielleicht sterben musste.«

»Ihr Vater?«

»Ja, ihr Vater.«

Der ganze Saal brach in schallendes Gelächter aus, Valgerður ebenfalls. Erlendur zog die Augenbrauen hoch. Durch die dritte Tür war unverhofft der Ehemann aufgetaucht und hatte einen seltsamen Laut von sich gegeben, als er seine Frau in den Armen des Dieners erblickt hatte. Die Frau stieß den Diener von sich und schrie, dass er über sie hergefallen sei, um sie zu vergewaltigen. Der Diener blickte in den Saal und schnitt eine Grimasse – sehr glaubwürdig! Und wieder brüllte das Publikum vor Lachen. Als Valgerður Erlendur mit strahlendem Lächeln ansah, merkte sie sofort, dass er sich langweilte. Sie streichelte seinen Arm, und er wandte sich ihr zu und lächelte dann auch.

Nach der Vorstellung gingen sie noch in ein Café. Er genehmigte sich einen Chartreuse zum Kaffee. Sie hatte heiße Chocolate Pie mit Sorbet und einen süßen Likör dazu bestellt. Sie unterhielten sich über das Theaterstück. Valgerður hatte sich amüsiert. Er zeigte sich wenig beeindruckt und wies auf Unstimmigkeiten im Plot hin.

»Ach, Erlendur, das ist doch bloß eine Farce, das darf man doch nicht so ernst nehmen«, sagte Valgerður. »Man soll einfach nur lachen und alles andere vergessen. Ich fand das Stück sehr komisch.«

»Ja, es wurde viel gelacht«, antwortete Erlendur. »Ich bin es nicht gewohnt, ins Theater zu gehen. Kennst du einen Schauspieler namens Orri Fjeldsted?«

Ihm waren auf einmal Þorgerðurs Worte über Baldvins Freunde in der Schauspielerwelt eingefallen. Mit Berühmtheiten kannte er sich nicht aus.

»Ja, natürlich«, sagte Valgerður, »du hast ihn doch auch gesehen, in der *Wildente*.«

»In der *Wildente*?«

»Ja, er war der Ehemann. Vielleicht etwas zu alt für die Rolle, aber ... ein guter Schauspieler.«

»Ach, der ist das, ja«, sagte Erlendur.

Valgerður ging sehr gern ins Theater, und es war ihr ein paarmal gelungen, Erlendur mitzuschleifen. Sie hatte namhafte Stücke gewählt, Ibsen und Strindberg, in der Hoffnung, dass sie ihm zusagten, stellte aber fest, dass er sich langweilte. In der *Wildente* schlief er ein. Dann probierte sie es mit Komödien, aber die waren seiner Meinung nach völlig daneben. *Der Tod eines Hand-*

lungsreisenden gefiel ihm jedoch, und das hatte Valgerður nicht weiter überrascht.

Im Café waren nur wenige Menschen. Irgendwo von oben erklang ruhige Musik. Erlendur glaubte zu hören, dass es Frank Sinatra war. *Moon River.* Er besaß eine Platte von ihm mit diesem Lied. Er erinnerte sich an einen Spielfilm, den er gesehen hatte, an den Titel konnte er sich nicht mehr erinnern; in dem Film war dieses Lied von einer schönen Schauspielerin gesungen worden. In der herbstlichen Kälte waren nur wenige unterwegs. Vereinzelt eilten Menschen am Fenster vorbei, vermummt in warme Anoraks oder Wintermäntel, gesichts- und namenlose Gestalten, die zu dieser späten Abendstunde noch etwas in der Stadt zu erledigen hatten.

»Eva möchte, dass Halldóra und ich uns treffen«, sagte Erlendur und nippte an seinem Chartreuse.

»Ach«, sagte Valgerður.

»Sie erhofft sich, dass sich dadurch unsere Beziehung normalisiert.«

»Ist das nicht ganz vernünftig?«, erwiderte Valgerður, die immer Partei für Eva Lind ergriff, wenn die Rede auf sie kam. »Ihr habt zwei Kinder zusammen, da ist es doch nur normal, dass ihr in irgendeiner Form Verbindung miteinander habt. Ist sie bereit, dich zu treffen?«

»Das behauptet Eva.«

»Wieso habt ihr eigentlich die ganzen Jahre keinen Kontakt gehabt?«

Erlendur überlegte. »Wir waren nicht daran interessiert«, antwortete er.

»Das muss aber schwierig für die beiden gewesen sein. Für Sindri und Eva.«

Erlendur schwieg.

»Was wäre das Schlimmste, was passieren könnte?«, fragte Valgerður.

»Ich weiß es nicht. Das ist irgendwie alles so weit weg. Unsere Beziehung. Wie wir mal waren. Es ist eine Ewigkeit her, dass wir zusammengelebt haben. Worüber sollten wir überhaupt reden? Weshalb das alles wieder aufwärmen?«

»Vielleicht hat die Zeit Wunden geheilt.«

»Den Eindruck hatte ich nicht, als ich sie vor einigen Jahren traf. Sie hatte gar nichts vergessen.«

»Aber jetzt will sie dich treffen?«

»Ja, es hat den Anschein.«

»Vielleicht ist das ein Anzeichen dafür, dass sie versöhnlicher gestimmt ist.«

»Vielleicht.«

»Und Eva findet es wichtig.«

»Das ist es ja. Sie setzt mich ziemlich unter Druck, aber ...«

»Aber was?«

»Ach, nichts«, sagte Erlendur. »Höchstens ...«

»Ja?«

»Den Gedanken daran, so etwas wie eine Bilanz zu ziehen, finde ich unerträglich.«

Der Werkmeister rief nach Gilbert. Der stand in seinem blauen Kälteschutzoverall unten in einer ungeheuer tiefen und großen Baugrube und rauchte. Der Werkmeister erklärte Erlendur, hier würde ein Wohnblock mit acht Etagen und einer Tiefgarage entstehen. Er verlangte keine Erklärung, weshalb Erlendur Gilbert sprechen wollte. Der starrte eine Weile zu den beiden am Rand der Baugrube hoch, bevor er seine Zigarette fallen ließ und die lange Leiter hochkletterte, die aus der Ausschachtung nach oben führte. Dafür brauchte er seine Zeit. Der Werkmeister verschwand. Erlendur befand sich in der neuen Siedlung auf den Hügeln am Elliðavatn-See. So weit das Auge reichte, ragten riesige gelbe Kräne in den durch und durch grauen Spätnachmittagshimmel, sie wirkten wie überdimensionale eckige Klammern und erweckten den Anschein, als seien sie vom Gott der Bauwut in die Erde gerammt worden. Von irgendwoher hörte man das Dröhnen eines Betonmischers und aus einer anderen Richtung das laute Fiepen eines zurücksetzenden Lieferwagens.

Erlendur reichte Gilbert die Hand, und als er sich vorstellte, war Gilbert mehr als erstaunt. Erlendur fragte, ob sie sich irgendwo zusammensetzen könnten, wo sie nicht durch diesen Krach gestört würden. Gilbert sah ihn an und wies mit einem Kopfnicken in Richtung eines grün gestrichenen Schuppens. Dort hatte das Bauunternehmen eine provisorische Kantine eingerichtet.

Gilbert schälte sich aus dem Oberteil des blauen Overalls, als sie in dem brüllend heißen Schuppen Platz genommen hatten.

»Ich kann es kaum glauben, dass du nach all dieser Zeit nach Davið fragst«, sagte er. »Hat sich da etwas Neues ergeben?«

»Nein, das nicht«, erwiderte Erlendur. »Ich war nur seinerzeit mit dem Fall befasst, und irgendwie ...«

»Ist er noch nicht vom Tisch, oder was?«, brachte Gilbert den Satz zu Ende.

Er war ein großer, schlaksiger Mann um die fünfzig, wirkte aber älter, denn er ging sehr gebückt, so als hätte er sich angewöhnt, Kollisionen mit Türen und niedrigen

Decken zu vermeiden. Seine Arme waren lang, genau wie der Rumpf, und die Augen lagen tief in dem schmalen Gesicht. Er hatte sich in den letzten Tagen nicht rasiert, und es knisterte regelrecht, als er sich über die grauen Stoppeln strich.

Erlendur nickte zustimmend.

»Ich war damals gerade nach Dänemark gefahren, als er verschwand«, sagte Gilbert. »Ich habe erst viel später davon erfahren, und es hat mich richtig geschockt. Furchtbar, dass er nie gefunden wurde.«

»Ja«, sagte Erlendur. »Man hat seinerzeit versucht, dich zu kontaktieren, aber das klappte nicht.«

»Sind seine Eltern noch am Leben?«

»Nur noch sein Vater, und der ist alt und krank.«

»Tust du das für ihn?«

»Eigentlich für niemanden«, sagte Erlendur. »Es hat sich bloß neulich herausgestellt, dass du der einzige von Davið Freunden bist, mit dem wir nie gesprochen haben.«

»Eigentlich wollte ich nur ein Jahr in Dänemark bleiben«, sagte Gilbert, während er sich eine neue Zigarette aus dem Overall angelte. Seine Bewegungen waren ruhig und entspannt. Er fand sein Feuerzeug in einer anderen Tasche und trommelte dann leicht mit der Zigarette auf dem Tisch. »Und daraus wurden zwanzig Jahre. So ist das Leben.«

»Soweit ich weiß, hast du kurz vor deiner Abreise mit Davið gesprochen.«

»Ja, wir waren ständig in Kontakt. Hast du mit Þorsteinn gesprochen?«

»Ja.«

»Den sehe ich höchstens auf irgendwelchen Ehemaligentreffen. Ansonsten habe ich so gut wie keine Verbindung mehr zu denen, die ich damals kannte.«

»Du hast Þorsteinn erzählt, dass Davið seinerzeit möglicherweise ein Mädchen kennengelernt hatte, wir konnten das damals bei den Ermittlungen aber nicht verifizieren. Ich hätte gern gewusst, ob du mir sagen kannst, ob und wo ich sie erreichen kann.«

»Þorsteinn fiel damals aus allen Wolken. Dabei war ich davon ausgegangen, dass er mehr wusste als ich«, sagte Gilbert und zündete sich nun die Zigarette an. »Ich habe keine Ahnung, wer diese Frau war. Ich weiß noch nicht einmal sicher, ob er wirklich eine Frau gemeint hat. Es hat sich also niemand gemeldet, als Davið verschwunden war?«

»Nein«, antwortete Erlendur.

Sein Handy klingelte. Erlendur entschuldigte sich bei Gilbert und nahm das Gespräch an.

»Ja, hallo.«

»Nimmst du etwa Leute wegen María ins Verhör?«

Erlendur war überrascht. Die dunkle, schwere Stimme klang ernst, in ihr schwang ein kalter und vorwurfsvoller Ton mit.

»Wer spricht da?«, fragte er.

»Ihr Mann«, sagte die Stimme am Telefon. »Was bezweckst du eigentlich damit?«

Erlendur fielen einige Antworten darauf ein, aber es wären alles Lügen gewesen.

»Was für ein Spiel spielst du da eigentlich?«, fragte Baldvin.

»Wir sollten uns vielleicht treffen«, sagte Erlendur.

»Was sind das für Nachforschungen, die du da anstellst? Was hast du damit im Sinn?«

»Wenn du am späten Nachmittag zu Hause bist, könnte ich ...«

Baldvin legte auf. Erlendur lächelte Gilbert verlegen an.

»Entschuldige«, sagte er. »Wir sprachen über diese Frau. Weißt du irgendetwas über sie, was mir weiterhelfen könnte?«

»So gut wie nichts«, antwortete Gilbert. »Davíð rief mich am Tag vor meinem Abflug an, um sich von mir zu verabschieden. Er sagte, vielleicht wäre es jetzt in Ordnung, mir ein kleines Geheimnis zu verraten, ich sei ja auf dem Weg nach Dänemark. Im Grunde genommen wollte er mir aber nichts verraten, doch als ich nachgehakt und ihn direkt gefragt habe, sagte er mir, dass es wohl etwas über ihn und seine Beziehungen zu Frauen zu berichten gäbe, wenn ich wieder nach Island käme.«

»Und das war das Einzige, was er gesagt hat, dass es etwas über seine Beziehungen zu Frauen zu berichten gäbe?«

»Ja.«

»Vorher hatte er sich nie für Mädchen interessiert?«

»Nein, kaum.«

»Und du hast das so ausgelegt, dass er ein Mädchen kennengelernt hätte?«

»Ja, das glaubte ich. Aber weißt du, das war nur so ein Gefühl, weil er sich so eigenartig ausgedrückt hat.«

»Du hattest nicht den Eindruck, dass er sich mit Selbstmordgedanken trug?«

»Nein, ganz im Gegenteil, er war fröhlich und guter Dinge. Sogar außergewöhnlich guter Dinge, verglichen damit, wie schweigsam, nachdenklich und ernsthaft er sonst manchmal sein konnte.«

»Und du weißt von niemandem, der ihm übel gesonnen war?«

»Nein, absolut nicht.«

»Du weißt aber nicht, wer diese Frau war?«

»Keine Ahnung. Leider.«

Zwölf

Als Erlendur bei dem Haus in Grafarvogur vorfuhr, dämmerte es bereits. Der Winter stand nach einem kurzen, verregneten Sommer vor der Tür. Erlendur hatte dem Winter nie mit Beklemmungen entgegengesehen, im Gegensatz zu den meisten anderen, die die Stunden zählten, bis die Tage wieder länger wurden. Er hatte den Winter nie als Feind betrachtet. Dunkelheit und Kälte drosselten das Tempo, und seinem Empfinden nach hüllte einen Finsternis mit Frieden ein.

Baldvin nahm ihn an der Tür in Empfang, und als Erlendur ihm ins Wohnzimmer folgte, überlegte er, ob er selbst wohl in diesem Haus wohnen geblieben wäre, nachdem sowohl Leonóra als auch María tot waren. Er kam nicht dazu, sich danach zu erkundigen. Baldvin verlangte Erklärungen, weshalb Erlendur überall in der Stadt Erkundigungen über ihn und María einzog, wieso er das durch Bekannte erfahren müsse und um was es eigentlich ginge, ob die Polizei vorhabe, eine Ermittlung in die Wege zu leiten.

»Nein«, sagte Erlendur, »davon kann keine Rede sein.«

Er berichtete Baldvin, dass bei der Kriminalpolizei Hinweise auf gewisse Ungereimtheiten eingegangen seien. So etwas käme bei Selbstmordfällen mitunter vor.

Eine Freundin von María, die er nicht beim Namen nennen wolle, setze ihn da ein wenig unter Druck, und deswegen habe er persönlich mit einigen von ihren Bekannten gesprochen, doch das ändere nichts an der Tatsache, dass sich María das Leben genommen hatte. Baldvin solle sich darüber keine Gedanken machen. Es handele sich keinesfalls um eine offizielle Ermittlung, dafür bestehe schließlich kein Anlass.

Erlendur redete noch eine ganze Weile auf Baldvin ein, langsam und bedächtig und in diesem entschuldigenden Ton, der meistens gut bei den Leuten ankam, die mit der Polizei zu tun hatten. Er bemerkte, dass Baldvin sich etwas beruhigte. Er hatte wütend bei einem der Bücherregale gestanden, doch als sich die größte Spannung gelegt hatte, ließ er sich auf einem Sessel nieder.

»Und was ist nun? Wie sieht es mit dem Fall aus?«

»Gar nichts sieht irgendwie aus«, entgegnete Erlendur. »Es gibt keinen Fall.«

»Es ist sehr unangenehm, wenn einem zu Ohren kommt, dass die Leute darüber reden«, sagte Baldvin.

»Selbstverständlich«, pflichtete Erlendur ihm bei.

»Es ist ohnehin schon schwierig genug«, sagte Baldvin.

»Ja«, sagte Erlendur. »Ich habe gehört, die Beerdigung sei schön gewesen.«

»Die Pastorin hat eine gute Ansprache gehalten. Die beiden kannten sich. Viele haben an der Trauerfeier teilgenommen. María war sehr beliebt.«

»Du hast sie einäschern lassen?«

Baldvin hatte nach unten geblickt, doch jetzt schaute er hoch und sah Erlendur an.

»Das war ihr Wunsch«, sagte er. »Das war zwischen

uns so abgesprochen. Sie wollte nicht in der Erde liegen und ... Du weißt schon. Sie fand, das sei die bessere Alternative. Ich bin derselben Meinung, ich werde das auch mit mir machen lassen.«

»Weißt du etwas darüber, ob deine Frau sich für übernatürliche Phänomene interessiert hat? Hat sie beispielsweise an spiritistischen Sitzungen oder dergleichen teilgenommen?«

»Nicht mehr als andere«, erklärte Baldvin. »Sie hatte schreckliche Angst im Dunkeln. Das ist dir sicher schon gesagt worden.«

»Ja.«

»Danach hast du mich auch schon einmal gefragt«, sagte Baldvin. »Über das Leben nach dem Tod und solche Medien. Was willst du damit andeuten? Was weißt du?«

Erlendur sah ihn lange an.

»Was weißt du?«, wiederholte Baldvin.

»Ich weiß, dass sie zu einem Medium gegangen ist«, antwortete Erlendur.

»Und?«

Erlendur zog die Kassette aus seiner Manteltasche und reichte sie Baldvin.

»Das ist die Aufzeichnung von einer Séance, die María besucht hat«, sagte er. »Sie ist vielleicht einer der Gründe dafür, weshalb ich gern mehr über María gewusst hätte.«

»Eine Aufzeichnung von einer Séance?«, fragte Baldvin. »Wie ... Wieso hast du diese Kassette?«

»Ich habe sie nach Marías Tod erhalten. Sie hatte sie ihrer Freundin gegeben.«

»Ihrer Freundin?«

»Ja.«

»Und wer ist das?«

»Ich werde sie bitten, Verbindung mit dir aufzunehmen, falls sie das möchte.«

»Hast du dir die Kassette angehört? Ist das nicht eine Verletzung der Privatsphäre?«

»Es wäre vielleicht interessanter zu wissen, was diese Aufzeichnung dir sagt. Du hast ganz bestimmt nichts von dieser Séance gewusst?«

»Sie hat mir nie etwas von spiritistischen Sitzungen erzählt, und ich denke nicht daran, mich dazu zu äußern. Ich habe keine Ahnung, was sich auf der Kassette befindet, und ich finde das alles in höchstem Maße unnatürlich!«

»Dann bitte ich um Entschuldigung«, sagte Erlendur und stand auf. »Vielleicht möchtest du mit mir reden, wenn du dir das angehört hast. Falls nicht, spielt es auch keine Rolle. Es kann sein, dass sich alles um Marcel Proust dreht.«

»Marcel Proust?«

»Weißt du nichts darüber?«

»Ich habe keine Ahnung, wovon du redest.«

»Wenn ich es richtig verstanden habe, hatte María solche Angst vor der Dunkelheit, dass sie nicht allein sein konnte«, sagte Erlendur.

»Ich ...« Baldvin zögerte.

»Trotzdem war sie in dieser herbstlichen Dunkelheit ganz allein in Þingvellir.«

»Was soll das? Worauf willst du hinaus? Ich gehe davon aus, dass sie niemanden bei sich haben wollte, als sie Selbstmord beging!«

»Nein, wahrscheinlich nicht. Wenn du willst, melde dich«, sagte Erlendur und ließ Baldvin mit der Kassette in den Händen zurück.

Der alte Mann war auf die Krankenstation des Seniorenheims verlegt worden. Erlendur hatte sich vorher nicht angemeldet. Er erkundigte sich danach, wo die Station war, und gelangte schießlich zu dem Zimmer des Mannes. Der zog sich gerade den Bademantel an, was ihm sichtlich Schwierigkeiten bereitete. Erlendur half ihm dabei.

»Ach, bist du das? Vielen Dank«, sagte der alte Mann, als er Erlendur erkannte.

»Wie geht es dir?«, fragte Erlendur.

»So leidlich«, sagte der alte Mann. »Was machst du denn hier?«, fragte er dann, und Erlendur hörte seiner Stimme an, dass er gespannt war. »Es ist doch nicht etwa wegen meinem Davið, oder doch? Hast du etwas über ihn herausgefunden?«

»Nein«, beeilte sich Erlendur zu sagen. »Das nicht. Ich war nur gerade hier in der Nähe, und mir kam die Idee, bei dir vorbeizuschauen.«

»Ich darf eigentlich gar nicht aufstehen, aber ich kann einfach nicht den ganzen Tag im Bett rumliegen. Würdest du mich wohl zum Aufenthaltsraum begleiten?«

Er griff nach Erlendurs Arm und stützte sich darauf, während sie auf den Korridor hinausgingen. Der alte Mann wies ihm den Weg zum Aufenthaltsraum, wo sie Platz nahmen. Das Radio lief, irgendeine bekannte Stimme las aus einem Fortsetzungsroman vor.

»Kannst du dich an einen Freund deines Sohnes erinnern, der Gilbert hieß? Er ging um die Zeit, als Davið verschwand, nach Dänemark«, sagte Erlendur, der beschlossen hatte, direkt zur Sache zu kommen.

»Gilbert?«, flüsterte der alte Mann nachdenklich.

»Nein, eigentlich kann ich nicht sagen, dass ich mich an ihn erinnere.«

»Die beiden waren zusammen im Gymnasium. Er hat viele Jahre in Kopenhagen gelebt. Er hat kurz vor Davĭðs Verschwinden noch mit ihm telefoniert.«

»Und hat er euch etwas sagen können?«

»Nichts Konkretes«, sagte Erlendur. »Diesem Gilbert gegenüber hat dein Sohn allerdings irgendwie angedeutet, dass er möglicherweise eine Beziehung zu einem Mädchen hatte. Ich kann mich erinnern, dass du der Meinung warst, das sei nicht der Fall gewesen, darüber haben wir eigens gesprochen. Aber was dieser Gilbert da sagt, deutet darauf hin, dass es doch anders war.«

»Davĭð hatte keine Beziehung«, sagte der alte Mann, »das hätte er uns doch gesagt.«

»Vielleicht war sie ja noch ganz frisch und hatte noch keine festen Formen angenommen. Dein Sohn hat jedenfalls diesem Gilbert gegenüber so etwas angedeutet. Nach seinem Verschwinden, hat sich da nie eine Frau mit euch in Verbindung gesetzt? Euch angerufen und nach ihm gefragt? Jemand, den ihr nicht kanntet? Es muss ja nicht mehr gewesen sein als eine Stimme am Telefon.«

Der alte Mann starrte Erlendur an und versuchte angestrengt, sich an das zu erinnern, was in den Tagen und Wochen vorgefallen war, nachdem sein Sohn verschwunden war. Die Familie war zusammengekommen, die Polizei hatte Protokolle angefertigt, Freunde hatten ihre Hilfe angeboten, die Medien brauchten Fotos. Sie hatten kaum Zeit gehabt, sich darüber klar zu werden, was geschehen war, höchstens, wenn sie völlig erschöpft ins Bett fielen. Sie fanden keine Ruhe. Nachts hatten sie ihn lebendig vor Augen, und sie fürchteten, dass sie ihn nie wiedersehen würden.

Der alte Mann starrte Erlendur an und versuchte, sich an etwas zu erinnern, was ungewöhnlich und fremd gewesen war, einen Gast oder einen Anruf, eine unbekannte Stimme, die fragte: Ist Davið zu Hause?

»Hat er sich für Mädchen interessiert?«, fragte Erlendur.

»Kaum. Er war ja noch so jung.«

»Hat niemand nach ihm gefragt, den ihr nicht gut kanntet, vielleicht ein Mädchen in seinem Alter?«

»Nein, daran kann ich mich nicht erinnern. An so etwas kann ich mich absolut nicht erinnern. Ich, wir beide, wir hätten davon gewusst, wenn er ein Mädchen kennengelernt hätte. Etwas anderes ist ausgeschlossen. Allerdings ... Man ist ja so alt geworden, vielleicht ist einem da etwas entfallen. Meine Frau hätte dir sicher helfen können.«

»Nicht selten tun sich Kinder ein bisschen schwer damit, ihren Eltern von so etwas zu erzählen.«

»Das mag sein. Aber dann kann diese Verbindung nur ganz frisch gewesen sein. Ich kann mich nicht erinnern, dass er eine Beziehung zu irgendeinem Mädchen hatte. Nein, wirklich nicht!«

»Denkst du, dass sein Bruder darüber Bescheid gewusst haben könnte?«

»Elmar? Nein. Er hätte uns doch bestimmt davon erzählt. Er hätte gewiss nichts verschwiegen oder vergessen, wenn es von Bedeutung gewesen wäre.«

Der alte Mann fing an zu husten, und das klang entsetzlich. Der Anfall wurde immer schlimmer und wollte nicht enden. Blut lief ihm aus der Nase, und er musste sich flach auf das Sofa legen. Erlendur rannte auf den Flur, rief nach einer Krankenschwester und stand dann dem alten Mann bei, bis sie eintraf.

»Die Zeit, die sie mir gegeben haben, ist offenbar wesentlich kürzer«, stöhnte der alte Mann.

Das Pflegepersonal scheuchte Erlendur hinaus. Er sah zu, wie sie den alten Mann wieder auf sein Zimmer brachten und sich die Tür hinter ihnen schloss. Erlendur ging den Korridor zurück und wusste nicht, ob er den Mann noch einmal wiedersehen würde.

Nachts lag er wach im Bett und dachte an seine Mutter. Zu dieser Jahreszeit gingen seine Gedanken häufig zu ihr zurück. Er sah sie vor seinem inneren Auge, als sie noch in den Ostfjorden lebten: Sie stand auf dem Hofplatz, schaute zum Bergmassiv des Harðskafi hoch und sah ihn anschließend lächelnd an, als wolle sie ihm Mut machen. Sie würden ihn finden. Die Hoffnung war noch nicht erloschen. Er wusste nicht mehr, ob dieses Bild von ihr auf dem Hofplatz eine Erinnerung oder ein Traum war. Vielleicht spielte das auch keine Rolle.

Sie starb, drei Tage nachdem sie ins Krankenhaus eingeliefert worden war. Er saß die ganze Zeit an ihrem Bett. Das Pflegepersonal hatte ihm angeboten, sich zwischendurch in einem unbelegten Krankenzimmer etwas zur Ruhe zu legen, falls er wollte, doch er lehnte höflich ab, denn er konnte sich nicht vorstellen, seine Mutter allein zu lassen. Die Ärzte hatten gesagt, sie könne jederzeit sterben. Sie kam noch ein paarmal wieder zu Bewusstsein, war aber im Fieberwahn und erkannte ihn nicht. Er versuchte, mit ihr zu sprechen, vergeblich.

So vergingen die Stunden, eine nach der anderen,

während das Leben seiner Mutter langsam erlosch. Er war erfüllt von Erinnerungen aus der Kindheit, in der seine Mutter in einer wundersam kleinen Welt immer gegenwärtig gewesen war, eine wachsame Beschützerin, eine milde Ermahnerin zu guten Sitten und eine liebe Freundin.

Kurz vor dem Ende schien sie noch einmal zu sich zu kommen. Sie lächelte ihn an.

»Erlendur«, flüsterte sie.

Er hielt ihre Hand.

»Ich bin bei dir«, sagte er.

»Erlendur?«

»Ja.«

»Hast du deinen Bruder gefunden?«

Dreizehn

Kurz vor Beginn der Vorstellung parkte Erlendur seinen Wagen hinter dem Theater. Er wusste, dass er sehr spät dran war, aber er wollte das unbedingt noch hinter sich bringen, bevor er nach Hause fuhr. Ein freundlicher Hausmeister brachte ihn zu den Schauspielergarderoben, war aber ziemlich nervös und sagte, es bliebe nur ganz wenig Zeit. Erlendur versuchte, ihn zu beruhigen, indem er sagte, er habe sich angemeldet und Orri erwarte ihn. Es würde auch nicht lange dauern.

Hinter der Bühne ging alles drunter und drüber. Die Schauspieler liefen in voller Kostümierung durch die Gänge, einige waren noch in der Maske. Das Theaterpersonal lief geschäftig hin und her. Im Foyer hatten sich bisher nicht mehr als eine Handvoll Besucher eingefunden. Erlendur wusste, dass *Othello* auf dem Spielplan stand. Valgerður hatte ihm erzählt, dass die Aufführung laut den Theaterkritiken, die sie gelesen hatte, zwar ehrgeizig und bis zu einem gewissen Grad originell, aber leider unverständlich war.

Orri Fjeldsted war allein in seiner Garderobe und ging seinen Text noch einmal durch, als Erlendur endlich zu ihm vorgedrungen war. Orri spielte den Jago, und sein Kostüm bestand in einem altmodischen Anzug aus den Vierzigerjahren, da der Regisseur, ein ambitionierter junger Mann, der laut Valgerðurs Auskünften gerade von seiner Ausbildung in Italien zurückgekehrt war, Shakespeares Drama ins Reykjavík der Kriegsjahre verlegt hatte. Der schwarze Othello war Oberst auf dem amerikanischen Stützpunkt in Keflavík. Desdemona war seine Freundin aus Reykjavík, eines von den vielen Ami-Flittchen, wie sie genannt wurden. Der Oberst war nach irgendeinem Feldzug innerhalb Europas nach Island versetzt worden. Er war seiner Desdemona begegnet, und Jago schmiedete tödliche Pläne.

»Bist du der von der Kriminalpolizei?«, fragte Orri, als er die Tür öffnete. »Hättest du nicht einen besseren Zeitpunkt wählen können?«

»Entschuldige bitte, ich wollte früher hier sein. Aber es dauert gar nicht lange.«

»Du bist zumindest keiner von diesen beknackten Kritikern«, erklärte der Schauspieler. Der kleine, schlanke Mann wirkte beinahe schmächtig und war stark geschminkt. Ein affektiertes Clark-Gable-Bärtchen klebte auf seiner Oberlippe, und das Haar war mit viel Brillantine zurückgekämmt worden. Er erinnerte Erlendur an einen Gangster aus einem Hollywood-Film.

»Liest du Theaterkritiken?«, fragte Orri Fjeldsted. Trotz seiner geringen Körpergröße hatte er eine sonore Stimme.

»Nie«, entgegnete Erlendur.

»Der Quatsch, den diese Typen über die Aufführung geschrieben haben, ist nicht zu überbieten«, erklärte Orri, und Erlendur dachte an das, was Valgerður ihm über die Kritiken an Orris schauspielerischer Leistung als Jago gesagt hatte, nämlich, dass er auf der Bühne völlig desorientiert wirkte.

»Ich habe das nicht mitverfolgt«, sagte Erlendur.

»Und du hast die Aufführung nicht gesehen?«

»Ich gehe sehr selten ins Theater.«

»Diese verdammten Ignoranten! Diese blöden Hunde! Glaubst du, dass es Spaß macht, sich mit so etwas herumschlagen zu müssen?«

»Ja, nein, das … Sie sind …«

»Jahraus, jahrein saugen die sich denselben Mist aus den Fingern – und immer ohne die geringste Ahnung davon zu haben! Was wolltest du eigentlich von mir?«

»Es ist wegen Baldvin …«

»Ja, richtig, das hast du schon am Telefon erwähnt. Ich habe gehört, dass seine Frau auf tragische Weise ums Leben gekommen ist. Wir haben schon seit vielen Jahren überhaupt keinen Kontakt mehr.«

»Ihr wart aber zusammen auf der Schauspielschule, wenn ich das richtig verstanden habe.«

»Das stimmt. Er war durchaus ein begabter Schauspieler, hat dann aber auf einmal angefangen, Medizin zu studieren. Sehr vernünftig von ihm, er hat auf jeden Fall nicht die verdammten Kritiker im Nacken! Und natürlich verdient er viel mehr. Was nutzt es, ein berühmter Schauspieler zu sein, wenn man arm ist wie eine Kirchenmaus. Hierzulande sind die Gehälter für Schauspieler erbärmlich.«

»Ich glaube, er steht sich nicht schlecht«, sagte Erlendur, der bemüht war, den Schauspieler zu beschwichtigen.

»Er hatte immer Geldprobleme, daran kann ich mich noch erinnern. Dauernd hat er einen angepumpt und war dann ziemlich träge, wenn es ums Zurückzahlen ging. Man musste ihm ständig im Nacken sitzen, und manchmal hat selbst das nichts genützt. Sonst war er aber ganz in Ordnung.«

»Damals waren aber auch noch einige andere an der Schauspielschule.«

»Ja, das stimmt«, sagte Orri und strich sich mit dem Zeigefinger über das schmale Bärtchen, um sich zu vergewissern, dass es richtig saß. »Eine verdammt gute Truppe.«

»Fünfzehn Minuten bis zur Vorstellung«, hörte man über den Lautsprecher.

»Er hat seine Frau kennengelernt, kurz nachdem er das Schauspielstudium an den Nagel gehängt hatte«, sagte Erlendur.

»Ja, daran kann ich mich gut erinnern. Ein sehr nettes Mädchen, sie war auch an der Uni. Sag mal, weshalb erkundigt sich eigentlich die Polizei nach Baldvin?«

Erlendur wägte jedes Wort ab, denn er erinnerte sich an das, was Valgerður ihm gesagt hatte, dass nirgendwo mehr getratscht würde als unter Schauspielern.

»Wir arbeiten mit den Schweden zusammen an einer Studie...«

Orris Interesse kühlte augenblicklich ab.

»Diese Typen damals haben es mit ihren Scherzen ganz schön weit getrieben«, sagte er, »das muss man ihnen lassen. Soweit ich weiß, hat irgendein Freund von Baldvin irgendeinen Tryggvi mit seinem Herumexperimentieren richtiggehend um den Verstand gebracht.«

»Mit seinem Herumexperimentieren?«

»Da studierte Baldvin bereits Medizin. Sonst noch Fragen? Ich muss jetzt nach vorn, es sind nur noch fünf Minuten. War da überhaupt jemand im Saal? Die haben diese Aufführung komplett ruiniert, diese Kritiker.

Die haben keinen blassen Schimmer vom Theater. Keinen blassen Schimmer! Dass solche Gestalten überhaupt ernst genommen werden, ist unbegreiflich. Die Leute stornieren zu Dutzenden ihre Kartenvorbestellungen.«

Orri öffnete die Tür zum Gang.

»Was hast du da über diesen Tryggvi gesagt?«, fragte Erlendur.

»Tryggvi? Ja, so hieß er, glaube ich. Sie haben gesagt, er sei einer von denen, die sich um den Verstand gelesen haben. Von so etwas hast du doch sicher gehört. Ein unheimlicher begabter junger Mann, der dann einfach durchdrehte. Er gab das Studium dran. Ich weiß nicht, was aus ihm geworden ist.«

»Hatte Baldvin etwas damit zu tun?«

»So hieß es immer, er und sein Freund, sie waren Kommilitonen. Es kann gut sein, dass er sogar ein Cousin von diesem Tryggvi war, irgendwie waren sie verwandt. Sie haben sich immer prima verstanden.«

»Und was ist damals passiert?«

»Hast du nie etwas darüber gehört?«

»Nein.«

»Tryggvi hat angeblich seinen Cousin gebeten ...«

Othello stürmte den Gang entlang, Desdemona war ihm auf den Fersen. Er trug die Uniform eines amerikanischen Obersten, sie ein blassrosa Sommerkostüm und eine enorme blonde Perücke. Othello war kahl geschoren, ihm standen bereits die Schweißperlen auf der Glatze.

»Lass uns die verdammte Kiste hinter uns bringen«, bellte Othello und zerrte Jago mit sich in Richtung Bühne. Desdemona schenkte Erlendur ein freundliches Lächeln.

»Um was hat Tryggvi seinen Cousin gebeten?«, rief Erlendur Orri hinterher.

»Ich weiß nicht, ob es stimmt, aber ich habe das vor vielen Jahren gehört.«

»Was? Was hast du gehört?«

»Tryggvi hat ihn gebeten, ihn umzubringen.«

»Ihn umzubringen? Ist er tot?«

»Nein, quicklebendig, aber, wie gesagt, nicht ganz dicht.«

»Was willst du eigentlich damit sagen? Ich verstehe ...«

»Dieser Cousin hat ein Experiment mit Tryggvi gemacht.«

»Was für ein Experiment?«

»Mir ist die Geschichte so zu Ohren gekommen, dass er Tryggvi für ein paar Minuten vom Leben zum Tode befördert und ihn dann wiederbelebt hat. Und es hieß, dass Tryggvi sich nie davon erholt hat.«

Mit diesen Worten stürmte Jago mitsamt den anderen auf die Bühne.

Am folgenden Tag durchstöberte Erlendur im Polizeiarchiv die alte Akte über den Vorfall auf dem See von Þingvellir. Er las die Zeugenaussage von Marías Mutter Leonóra, ebenso den Bericht eines Experten über das Boot und den Außenbordmotor. Unter den Dokumenten befand sich auch der Obduktionsbericht, aus dem hervorging, dass Magnús in dem kalten Wasser ertrunken war. Anscheinend hatte das Mädchen keine Zeugenaussage machen müssen. Die Angelegenheit wurde als Unfall zu den Akten gelegt. Erlendur sah nach, wer damals die Ermittlungen geleitet hatte. Er hieß Níels, und

Erlendur seufzte. Níels und er hatten etwa zur gleichen Zeit bei der Polizei angefangen, aber er war Erlendur von Anfang an unsympathisch gewesen. Im Gegensatz zu Erlendur war Níels faul und arbeitete schlampig, weswegen sich die Ermittlungen bei ihm immer lange hinzogen und die Fälle sogar manchmal verjährten.

Níels machte gerade eine Kaffeepause und schäkerte mit den weiblichen Kantinenangestellten, als Erlendur ihn fand. Er fragte, ob er ihn kurz sprechen könne.

»Ja, worum geht's denn, verehrter Kollege?«, fragte Níels, dessen herablassende Art der Kommunikation auf jovialen, leeren Floskeln beruhte. Lieber Freund, verehrter Kollege, Alter oder Kumpel, diese Wörter hängte er je nach Bedarf an seine Sätze, nichtssagende Worte, die aber außerordentlich bedeutsam klingen sollten. Er hielt sich zwar für etwas Besseres als die anderen, doch das entbehrte jeder Grundlage.

Erlendur ging mit ihm in eine ruhige Ecke der Kantine, und dort setzten sie sich an einen Tisch. Erlendur fragte ihn, ob er sich an diesen Unfall seinerzeit auf dem See von Þingvellir und an die unmittelbar Betroffenen, an Leonóra und ihre Tochter María, erinnerte.

»Soweit ich weiß, war bei dem Fall alles sonnenklar.«

»Doch, sicher. Aber du kannst dich vielleicht an irgendetwas Besonderes im Zusammenhang mit den äußeren Umständen oder den Leuten oder dem Unfall erinnern?«

Níels setzte eine Miene auf, die sagen sollte, dass er sich darauf konzentrierte, diesen Unfall auf dem See zu rekapitulieren. »Suchst du nach all den Jahren nach einem Verbrechen?«, fragte er.

»Nein, weit davon entfernt. Das kleine Mädchen,

dem du damals dort mit seiner Mutter begegnet bist, ist vor Kurzem gestorben. Es war ihr Vater, der auf dem See ertrunken ist.«

»Ich kann mich an nichts Besonderes bei diesem Fall erinnern«, sagte Níels.

»Wie hatte sich die Schraube vom Motor gelöst?«

»Das hab ich natürlich nicht mehr so genau im Kopf«, entgegnete Níels vorsichtig. Er sah Erlendur misstrauisch an. Nicht alle bei der Kriminalpolizei waren erbaut, wenn Erlendur wieder einmal einen alten Fall ausgrub.

»Erinnerst du dich, was die Leute von der Spurensicherung damals gesagt haben?«

»Ging es nicht um Verschleiß?«, fragte Níels.

»Ja, so etwas Ähnliches«, sagte Erlendur. »Aber das erklärt letzten Endes nicht viel. Der Motor war alt und nicht sonderlich gut gewartet worden. Haben sie sonst noch etwas gesagt, was nicht in den Bericht aufgenommen wurde?«

»Der alte Guðfinnur hat damals die Spurensicherung am Schauplatz geleitet, aber der ist tot.«

»Und wir können ihn nicht fragen. Dir ist doch wohl bekannt, dass nicht immer alles ins Protokoll aufgenommen wird.«

»Was stocherst du da eigentlich immer in der Vergangenheit herum?«

Erlendur zuckte mit den Achseln.

»Und was möchtest du da ans Licht bringen, lieber Freund?«

»Nichts«, sagte Erlendur mit zusammengebissenen Zähnen.

»Was genau möchtest du wissen?«, bohrte Níels weiter.

»Wie haben Mutter und Tochter darauf reagiert?«

»An ihren Reaktionen war nichts Auffälliges. Das war ein tragischer Unfall, das konnten alle feststellen. Die Frau war einem Nervenzusammenbruch nahe.«

»Die Schraube wurde nie gefunden.«

»Nein.«

»Und es gab keine Möglichkeit, genau festzustellen, wie sie sich gelöst hatte?«

»Nein. Der Mann war allein im Boot. Wahrscheinlich hat er da am Motor herumgefummelt, ist dabei über Bord gegangen und ertrunken. Seine Frau hat nicht gesehen, wie es passiert ist, und genauso wenig das Mädchen. Die Frau bemerkte bloß auf einmal, dass niemand mehr im Boot war. Sie hörte ihren Mann zwar noch eine Weile um Hilfe rufen, aber es war zu spät.«

»Erinnerst du dich ...?«

»Wir haben mit dem Händler gesprochen«, sagte Níels. »Oder wahrscheinlich hat Guðfinnur das getan. Er sprach mit jemandem bei der Firma, die diese Außenbordmotoren verkaufte.«

»Ja, das steht im Protokoll.«

»Er hat gesagt, dass sich eine solche Schraube gar nicht so leicht löst. Dazu bräuchte es ganz schön Kraft.«

»Konnte der Motor auf Grund gestoßen sein?«

»Darauf hat nichts hingedeutet. Die Frau hat aber ausgesagt, dass ihr Mann tags zuvor am Motor herumgefummelt hat. Sie hat ihn aber nicht danach gefragt und hatte keine Ahnung, was er da gemacht hat. Kann sein, dass er dabei aus Versehen die Schraube gelockert hat.«

»Ihr Mann?«

»Ja.«

Erlendur erinnerte sich, dass Ingvar ihm gesagt hatte,

dass Magnús sich nie für technische Dinge interessiert hatte. »Weißt du noch, wie das Mädchen reagiert hat?«, fragte er.

»Die war doch bloß zehn Jahre alt oder so?«

»Ja.«

»Sie war bestimmt wie alle Kinder, die einen Schock erleiden. Sie klammerte sich an ihre Mutter. Wich ihr die ganze Zeit nicht von der Seite.«

»Aus der Akte geht nicht hervor, dass ihr mit ihr gesprochen habt.«

»Das haben wir nicht getan, oder es ist nichts dabei herausgekommen. Wir sahen keinen Grund dazu. Kinder sind nicht die zuverlässigsten Zeugen.«

Erlendur wollte widersprechen, wurde aber von zwei nicht uniformierten Poizeiangehörigen gestört, die in die Kantine kamen und Níels von Weitem begrüßten.

»Was steckt da bei dir dahinter, lieber Kollege?«, fragte Níels. »Worum geht es eigentlich?«

»Achluophobie«, sagte Erlendur, »oder ganz normal ausgedrückt: Angst vor der Dunkelheit.«

Vierzehn

Marías Freundin Karen nahm Erlendur an der Tür in Empfang und führte ihn in ihre geräumige Wohnung in einem der Mehrfamilienhäuser im Melar-Viertel. Er hatte sie nach ihrem Gespräch im Hauptdezernat angerufen, und sie hatte ihm die Namen von einigen Bekannten von María genannt, von denen er vielleicht mehr erfahren konnte. Sie hatten sich auch über die Freundschaft zwischen ihr und María unterhalten. Im Alter von elf Jahren hatten sie sich angefreundet, als sie beide nach einem Schulwechsel in einer neuen Klasse landeten, wo sie nebeneinandergesetzt wurden. Leonóra hatte den Schulwechsel ihrer Tochter veranlasst, weil sie mit der Schulleitung und den Lehrern an Marías alter Schule unzufrieden gewesen war. María war dort von ihren Mitschülern gehänselt worden. Auf Marías eigene Wünsche in dieser Angelegenheit wurde nicht weiter Rücksicht genommen, sie musste versuchen, sich in einer neuen Schule mit unbekannten Kindern einzuleben. Karen war mit ihren Eltern gerade erst in dieses Viertel gezogen und kannte niemanden. Leonóra brachte María jeden Morgen im Auto zur Schule und holte sie nachmittags ab. Einmal hatte María Karen zu sich nach Hause eingeladen. Leonóra war sehr froh über die neue Freundin ihrer Tochter, und unter ihrer Obhut wurde die Freundschaft zwischen den beiden Mädchen bald sehr eng.

»Ihre Mutter war im Grunde genommen ziemlich aufdringlich«, sagte Karen zu Erlendur. »Sie hat uns beim Ballett angemeldet, obwohl wir beide es hassten. Sie ging mit uns ins Kino, und sie sorgte dafür, dass ich bei María in Grafarvogur übernachten durfte. Mama gestattete mir nicht, bei anderen Freundinnen zu übernachten, nur bei María. Leonóra besorgte die Kinokarten und machte Popcorn für uns, wenn wir uns etwas im Fernsehen anschauten. Kaum, dass wir alleine zusammen spielen durften. Leonóra war sehr nett, du darfst mich nicht missverstehen, aber manchmal war es schon ein bisschen zu viel des Guten. Sie kümmerte sich unglaublich intensiv um María. Ich fand zwar, dass María sehr verwöhnt wurde, aber sie war nie eingebildet, sondern immer bescheiden, folgsam und lieb, das war ihr Naturell.«

Die Freundschaft zwischen Karen und María wurde von Jahr zu Jahr enger. Sie machten gemeinsam das Abitur, und dann ging Karen zur Pädagogischen Hochschule, während María Geschichte studierte. Sie reisten zusammen ins Ausland, mieteten sich öfter mal gemeinsam ein Wochenendhäuschen in Island und verstanden sich prima.

Erlendur begriff langsam immer besser, weshalb Karen nach dem Selbstmord ihrer besten Freundin zu ihm ins Dezernat gekommen war und behauptet hatte, dass etwas anderes dahinterstecken müsse als abgrundtiefe Verzweiflung.

»Hast du dir die Kassette mit der Séance angehört?«, fragte Karen.

»Wusstest du, dass sie zu dieser Sitzung gehen

wollte?«, fragte er zurück und drückte sich auf diese Weise um die Antwort herum.

»Ich habe María hingefahren«, sagte Karen. »Der Mann heißt Andersen.«

»Leonóra hat also tatsächlich vorgehabt, es María wissen zu lassen, ob sie nach dem Tod in ein anderes Leben übergegangen sei«, sagte Erlendur.

»Ich finde nichts Merkwürdiges dabei«, erklärte Karen. »María und ich haben oft darüber gesprochen. Sie hat mir von Marcel Proust erzählt. Wie erklärst du dir so etwas?«

»Dafür gibt es sicher etliche Erklärungen«, sagte Erlendur.

»Du glaubst nicht an so etwas, nicht wahr?«, fragte Karen.

»Nein«, antwortete Erlendur. »Aber ich kann María gut verstehen. Ich kann gut verstehen, warum sie sich entschlossen hat, zu einem Medium zu gehen.«

»Es gibt doch viele, die an ein Leben nach dem Tod glauben.«

»Mag sein«, sagte Erlendur, »aber ich gehöre nicht dazu. Das, was Menschen über ihre Todesstunde berichtet haben, das mit dem hellen Licht und dem Tunnel, das sind meiner Meinung nach nur die letzten Signale des Gehirns, bevor es abschaltet.«

»María dachte anders darüber.«

»Hat sie auch mit anderen über diese Sache mit dem Buch von Proust gesprochen?«

»Das weiß ich nicht.«

Karen saß da und sah Erlendur an, als überlege sie, ob sie sich an den richtigen Mann gewandt oder einen Fehler gemacht hatte. Erlendur blickte Karen ebenfalls unverwandt an. Das Wohnzimmer lag im Halbdunkel.

»Dann hat es wohl keinen Sinn, dir das zu sagen, was María mir noch kurz vor ihrem Tod erzählt hat.«

»Du musst mir nichts sagen, was du nicht sagen willst. Es geht darum, dass deine Freundin sich das Leben genommen hat. Es kann gut sein, dass es schwierig für dich ist, dieser Tatsache ins Auge zu sehen, aber auf dieser Welt geschieht viel, womit man sich nur schwer abfinden kann.«

»Das weiß ich sehr gut, und ich weiß auch, wie es María ging, nachdem Leonóra gestorben war. Trotzdem finde ich das Ganze etwas seltsam.«

»Was?«

»María hat gesagt, sie hätte ihre Mutter gesehen.«

»Sie hat sie nach ihrem Tod gesehen?«

»Ja.«

»Auf einer Séance?«

»Nein.«

»Soweit ich weiß, hat María vieles gesehen und hatte unerhörte Angst vor der Dunkelheit.«

»Das weiß ich nur zu gut«, sagte Karen. »Das hier war aber ein wenig anders.«

»Inwiefern?«

»Vor ein paar Wochen ist sie nachts aufgewacht, und da stand Leonóra in der Tür zum Schlafzimmer; sie war sommerlich gekleidet, hatte ein Band im Haar und trug einen gelben Pulli. Sie bedeutete ihr mit einer Handbewegung, ihr zu folgen, und überschritt die Türschwelle, doch als María hinter ihr herging, war sie verschwunden.«

»Da siehst du, in was für einer schlimmen Verfassung sie da schon war«, sagte Erlendur.

»Ich würde an deiner Stelle etwas vorsichtiger damit sein, ein Urteil über sie zu fällen«, entgegnete Karen. »Du hast auf der Kassette gehört, wie Leonóra sich bemerkbar machen wollte?«

»Ja«, antwortete Erlendur.

»Und?«

»Und nichts. Das Buch ist aus dem Regal gefallen. So etwas kann passieren.«

»Genau dieses Buch?«

»Vielleicht hatte sie es selbst herausgenommen und das nur vergessen. Vielleicht hat sie Baldvin von dem Buch erzählt, und er hat es herausgenommen und hat das vergessen. Vielleicht hat sie irgendwelchen Gästen davon erzählt, und die haben sich an dem Buch zu schaffen gemacht. Sie hat dir ja auch davon erzählt.«

»Ja, aber ich hätte das Buch nie auf den Boden fallen lassen und es da liegen lassen«, sagte Karen.

»Ich glaube an Zufälle«, sagte Erlendur. »Außerdem scheint Leonóra dauernd in dem Haus herumgespukt zu haben. Das hätte doch schon als Zeichen für ein Weiterleben nach dem Tod genügen müssen. Der frühere Freund von María hat gesagt, dass sie ständig in irgendwelchen Traumzuständen Leute gesehen hat, die sie kannte.«

Sie schwiegen eine ganze Weile.

»Du weißt also, wer dieses Medium da auf der Kassette ist?«, fragte Erlendur schließlich.

»Ja. Er ist nicht sehr bekannt. Ich habe María hingeschickt, weil eine andere Freundin bei ihm gewesen ist, deswegen wusste ich von ihm.«

»Wie bist du an diese Aufzeichnung herangekommen?«

»María hatte sie mir vor nicht allzu langer Zeit ausgeliehen. Ich wollte mir gern mal so eine Séance anhören. Ich bin selbst noch nie auf einer spiritistischen Sitzung gewesen.«

»Weißt du, ob sie auch noch andere Medien aufgesucht hat?«

»Sie ist bei diesem Mann gewesen, aber auch noch bei einer Frau, kurz vor ihrem Tod.«

»Wer war das?«

»María sagte, diese Frau hätte alles über sie gewusst. Buchstäblich alles. Sie sagte, das sei ganz einfach unglaublich gewesen. Es war eines meiner letzten Gespräche mit ihr. Ich wusste, dass sie sich nicht gut fühlte, aber ich wusste nicht, dass es so schlimm um sie stand.«

»Weißt du, wer dieses Medium war?«

»Nein, das hat sie mir nicht gesagt, aber María hat so geklungen, als hielte sie sehr viel von ihr. Sie schien ihr zu vertrauen.«

»Es war also eine Frau?«

»Ja.«

Karen schaute stumm in das Abenddunkel hinaus.

»Du weißt, was damals auf dem See von Þingvellir passiert ist?«, fragte sie auf einmal.

»Ja, davon habe ich gehört.«

»Ich bin nie das Gefühl losgeworden, dass da am See irgendetwas geschehen ist, was nie an die Oberfläche gekommen ist«, erklärte Karen.

»Inwiefern?«, fragte Erlendur.

»María hat nie direkt darüber gesprochen, aber da war etwas, was wie ein Albtraum auf ihr lastete. Irgendetwas aus der Vergangenheit, worüber sie nicht reden wollte, es hatte etwas mit diesem entsetzlichen Vorfall zu tun.«

»Kennst du diese Þorgerður, die Geschichte mit ihr studiert hat?«

»Ja, ich weiß, wer sie ist.«

»Sie hat etwas ganz Ähnliches gesagt und glaubt, dass es etwas mit Marías Vater zu tun hat. Als hätte er damals sterben *müssen*. Kommt dir das bekannt vor?«

»Nein. Als hätte er damals sterben müssen?«

»Das ist María irgendwann einmal herausgerutscht, was immer es bedeutet.«

»Als sei seine Zeit gekommen gewesen?«

»Möglich. Als sei es ihm vom Schicksal vorherbestimmt gewesen, an diesem Tag zu sterben, und nichts und niemand hätte daran etwas ändern können.«

»Mir gegenüber hat sie nie etwas in dieser Art gesagt.«

»Man könnte auch eine andere Bedeutung in diese Worte hineininterpretieren«, sagte Erlendur.

»Meinst du etwa ... dass er es verdient gehabt hätte zu sterben?«

»Möglicherweise, aber weshalb sollte das der Fall gewesen sein?«, fragte Erlendur zurück.

»Dass es kein Unfall war? Dass ...«

Karen starrte Erlendur an.

»Dass es kein Unfall war?!«

»Mehr weiß ich nicht«, sagte Erlendur. »Das wurde seinerzeit alles untersucht, und es tauchten keinerlei Verdachtsmomente auf. All das kommt ja jetzt erst, Jahrzehnte später, zum Vorschein. Hat sie dir gegenüber nie etwas Derartiges erwähnt?«

»Nein, nie«, erklärte Karen.

»Bei dieser Séance ist da auf der Kassette eine Stimme zu hören«, sagte Erlendur.

»Ja.«

»Eine tiefe Männerstimme, die María bittet, auf der Hut zu sein, sie wisse nicht, was sie tue.«

»Ja.«

»Hatte sie irgendeine Erklärung dafür?«

»Die Stimme erinnerte sie an ihren Vater.«

»Ja, das kann man der Aufnahme entnehmen.«

»Ich glaube ganz bestimmt, dass da am See etwas passiert ist. Ich habe es ihr so oft angemerkt. Irgendetwas in Zusammenhang mit Magnús, ihrem Vater, von dem sie sich aber nicht vorstellen konnte, es irgendjemandem zu erzählen.«

»Sag mir noch etwas: Kennst du einen Mann, der zur gleichen Zeit wie Baldvin Medizin studiert hat und Tryggvi hieß?«

Karen überlegte eine Weile, schüttelte aber dann den Kopf. »Nein«, sagte sie, »ich kenne keinen Tryggvi.«

»Hat María nie jemanden mit diesem Namen erwähnt?«

»Ich glaube nicht. Wer ist das?«

»Ich weiß nur, dass er ein Kommilitone von Baldvin war«, sagte Erlendur und beschloss im gleichen Moment, über das, was Orri Fjeldsted über Tryggvi erzählt hatte, Schweigen zu bewahren.

Kurze Zeit später verabschiedete er sich von ihr. Sie beobachtete ihn, wie er auf dem Parkplatz in seinen Wagen einstieg, in ein altes, schwarzes Auto mit runden Rücklichtern. Die Marke kannte sie nicht. Ihr Besucher ließ zwar den Motor an, fuhr aber nicht los. Zigarettenrauch kräuselte sich aus dem Fenster beim Fahrersitz. Erst nach vierzig Minuten leuchteten die Scheinwerfer auf, und das Auto fuhr langsam davon.

In jüngeren Jahren hatte er sich danach gesehnt, von seinem Bruder zu träumen. Er fand Sachen, die Bergur gehört hatten, ein kleines Spielzeug oder einen Pullover, die ihre Mutter sorgfältig aufbewahrt hatte, denn sie warf nichts von Bergurs Sachen weg. Er legte solche Dinge unter sein Kissen, bevor er schlafen ging, immer wieder andere Gegenstände. Zuerst ging es ihm darum zu wissen, ob Bergur ihm im Traum erscheinen würde, um ihm bei der Suche zu helfen. Später wollte er ihn nur sehen, sich an ihn erinnern, wie er war, als er verloren ging.

Bergur erschien ihm nie in seinen Träumen.

Jahrzehnte später, als er sich ganz allein in einem kalten Hotelzimmer befand, träumte er endlich von Bergur. Das Traumgesicht verfolgte ihn noch, als er schon wach war. Er sah seinen Bruder auf der Grenze zwischen Traum und Wachen vor sich, zitternd und zusammengekauert in einer Ecke des Zimmers; er hatte das Gefühl, ihn berühren zu können. Als die Erscheinung verschwunden war, blieb er zurück mit der alten Sehnsucht nach einem Wiedersehen in der Brust, zu dem es nie kam.

Nachdem sie »Unterwegs zu Swann« *auf dem Boden vor dem Regal gefunden hatte, ließen Marías Ängste etwas nach und sie begann, sich besser zu fühlen. Ihre Träume waren nicht mehr so düster, die traumlosen Nächte vermehrten sich sogar, und sie war nach dem Schlaf ausgeruhter.*

Baldvin zeigte auch mehr Verständnis für sie. Sie wusste nicht, ob er Angst davor hatte, dass sie den Verstand verlieren würde, oder ob es ein Zeichen dafür war, dass Leonóra mehr Einfluss auf ihn gehabt hatte, als er zugeben wollte.

»Vielleicht wäre es nicht schlecht, wenn du dich an ein Medium wenden würdest«, hatte Baldvin eines Abends gesagt.

María hatte ihn verwundert angeschaut. Das hatte sie nicht von Baldvin erwartet, er hatte bislang immer nur eine ablehnende Haltung gegenüber spiritistischen Dingen an den Tag gelegt. Deswegen hatte sie ihm auch verschwiegen, dass sie zu Andersen gegangen war. Sie wollte eine Auseinandersetzung darüber vermeiden, und zudem fand sie immer noch, dass alles, was sie und ihre Mutter betraf, ihre Privatangelegenheit war.

»Ich dachte, du wärst dagegen«, sagte sie.

»Ja, ich ... Aber falls es dir etwas hilft, dann spielt es keine Rolle, was es ist und woher es kommt.«

»Kennst vielleicht ein Medium?«, fragte sie.

»Nein . . .«, antwortete Baldvin mit einigem Zögern.

»Aber? Weshalb zögerst du so?«

»Im Krankenhaus haben sie darüber geredet, die Kardiologen.«

»Über was?«

»Ein Weiterleben. Da ist vor Kurzem etwas passiert. Ein Mann, der auf dem OP-Tisch für zwei Minuten tot war. Es war mitten in einer Herzoperation, und es kam zum Herzstillstand. Sie mussten ihm mehrere Stromstöße verpassen, bevor es wieder zu schlagen begann. Er hatte Nahtoderfahrungen.«

»Wem hat er davon erzählt?«

»Allen. Den Krankenschwestern und den Ärzten. Er hatte vorher nie etwas mit Religion am Hut gehabt, sagte aber, dass sich das nach dieser Erfahrung geändert hätte.«

Sie schwiegen.

»Er hat gesagt, dass er in eine andere Welt übergegangen sei«, sagte Baldvin.

»Ich hab dich noch nie danach gefragt: Passieren häufig solche Dinge im Krankenhaus?«

»Natürlich hört man immer wieder solche Geschichten. Es gibt sogar Beispiele dafür, dass die Menschen andere regelrecht an sich herumexperimentieren ließen, weil sie nach Antworten auf diese Fragen nach einem Weiterleben suchten.«

»Wie haben sie das gemacht?«

»Durch Herbeiführung von Todesnähe. Das ist ein bekanntes Phänomen. Ich hab irgendwann mal einen schlechten Film darüber gesehen. Aber wie dem auch sei, im Krankenhaus haben sie über Sehende und Medien gesprochen, die Ärzte, und irgendeiner von ihnen kannte jemanden angeblich gut, weil seine Frau bei ihm gewesen war. Ich ... Ich habe gedacht, dass das womöglich etwas für dich wäre.«

»Wie heißt er?«

»Es ist eine Frau, sie heißt Magdalena. Ich habe überlegt, ob du nicht zu ihr gehen solltest. Vielleicht könnte es dir ja helfen.«

Fünfzehn

Die letzte bekannte Bleibe von Tryggvi war ein Matratzenlager in einer dreckigen, übel riechenden Behausung in der Nähe des Rauðarárstígur. Dort hielt er sich manchmal auf, zusammen mit drei anderen Pennern, ehemaligen Knastbrüdern und Säufern. Sie befand sich in einem mit altem Krempel vollgestopften, wellblechverkleideten Haus, das abgerissen werden sollte. Die Fenster waren zerbrochen, das Dach war leck, und überall stank es nach Katzenpisse. Die Hausbesitzer hatten es geerbt, hatten sich aber nicht um das Haus gekümmert, da sie sich erbittert um die Erbschaft stritten. Die vier Männer konnten kaum als Hausbesetzer gelten; zu einer derartigen Aktion fehlte es ihnen an Initiative und Energie. Tryggvi war das ein oder andere Mal mit der Polizei in Berührung gekommen, weil er betrunken gewesen war und obdachlos. Soweit Erlendur sehen konnte, war er ein friedfertiger Mensch, ein Einzelgänger, der sich um niemanden kümmerte, und im Gegenzug kümmerte sich auch niemand um ihn. Wenn auf Reykjavíks Straßen bittere Kälte herrschte, suchte er manchmal bei der Polizei oder bei der Heilsarmee Unterschlupf.

Als Erlendur zum zweiten Mal von seinem Büro im Hauptdezernat an der Hverfisgata zu der Bruchbude beim Rauðarárstígur ging, um Tryggvi zu finden, traf er einen Mann an, den man mit etwas gutem Willen als seinen Wohnpartner bezeichnen konnte. Er war ziemlich zugedröhnt und lag mit aufgestütztem Ellbogen auf einer dreckigen Matratze, die irgendwann einmal auf den nackten Boden gelegt worden war, um es etwas bequemer zu machen. Es regnete, und neben der Matratze hatte sich eine Pfütze gebildet. Um sie herum lagen leere Schnapsflaschen und kleine Fläschchen, in denen Backaroma gewesen war, außerdem Spiritusbehälter und zwei Spritzen mit kurzen Nadeln. Der Mann auf der Matratze sah blinzelnd zu Erlendur hoch. Das eine Auge war dick geschwollen.

»Wer bist du?«, fragte er mit heiserer, kaum verständlicher Stimme.

»Ich suche nach Tryggvi«, sagte Erlendur. »Soweit ich weiß, hält er sich manchmal hier auf.«

»Tryggvi? Der ist nicht hier.«

»Das sehe ich. Kannst du mir sagen, wo er zu dieser Tageszeit sein könnte?«

»Ich hab ihn lange nicht gesehen.«

»Er schläft aber doch manchmal hier.«

»Das hat er gemacht«, sagte der Mann und setzte sich auf. »Aber er ist schon ganz schön lange nicht mehr hier bei uns gewesen. Was ist heute für ein Tag?«

»Spielt das irgendeine Rolle?«

»Hast du was zu trinken für mich?«, fragte der Mann und klang hoffnungsfroh. Er trug einen dicken Parka und darunter einen Pullover, eine braune Hose und abgewetzte Stiefel, die bis zu den knochigen Waden hochreichten. Erlendur stellte fest, dass seine Lippe aufgeplatzt war. Es hatte ganz den Anschein, als sei der Mann erst vor Kurzem in eine Schlägerei verwickelt gewesen.

»Nein. Was ist mit Tryggvi?«, fragte der Mann.

»Nichts Besonderes«, sagte Erlendur. »Ich möchte ihn nur treffen.«

»Bist du vielleicht sein Bruder?«

»Nein. Wie geht es Tryggvi?«

Erlendur wusste, dass der Uringeruch den ganzen Tag in seinen Sachen hängen bleiben würde, falls er sich zu lange in diesem Loch aufhielt.

»Keine Ahnung, wie es ihm geht«, sagte der Penner, der anscheinend plötzlich von gerechtem Zorn erfüllt wurde. »Ey, was glaubst du wohl, wie es ihm geht? Kann es einem anders als dreckig gehen?! Willst du ihn vielleicht aus der Gosse holen? Und dann kommen diese verdammten Rotznasen und schlagen einen einfach zu Brei und drohen, dass sie einen in Flammen aufgehen lassen.«

»Wer?«

»Diese verdammten Straßenbengel! Die lassen einen nie in Ruhe.«

»Ist das vor Kurzem passiert?«

»Vor ein paar Tagen. Die werden von Jahr zu Jahr schlimmer, diese verfluchten Rotznasen.«

»Haben sie sich auch Tryggvi vorgeknöpft?«

»Ich habe Tryggvi...«

»... lange nicht gesehen, in Ordnung«, führte Erlendur den Satz zu Ende.

»Versuch's mal in den Kneipen, da hab ich ihn zuletzt gesehen. Im Napóleon. Er muss irgendwie Kohle haben, sonst hätten sie ihn vor die Tür gesetzt.«

»Danke«, sagte Erlendur.

»Hast du Geld?«, fragte der Mann.

»Wirst du das nicht sofort in Schnaps umsetzen?«

»Spielt das irgendeine Rolle?«, sagte der Mann und blinzelte Erlendur an.

»Nein, wohl kaum«, erwiderte Erlendur und grub in seinen Taschen nach Geld.

Im Napóleon hatte sich kaum etwas geändert, seit Erlendur zuletzt dort gewesen war. Ein paar Männer saßen über einzelne wacklige Tische gebeugt, der Barkeeper in schwarzer Weste über einem roten Hemd löste ein Kreuzworträtsel, und im Rundfunk wurde der Fortsetzungsroman vorgelesen.

Erlendur wusste nur ganz wenig über den Mann, nach dem er suchte. Er hatte sich noch einmal telefonisch mit dem Schauspieler Orri Fjeldsted in Verbindung gesetzt. Orri war sehr gesprächig gewesen; inzwischen hatte er viel Zeit, da *Othello* vorzeitig vom Spielplan abgesetzt worden war. Orri wusste nicht viel mehr als das, was er bereits angedeutet hatte: dass Tryggvi vom Leben zum Tode befördert und wieder ins Leben zurückgeholt worden war. Er war sich sicher, dass Baldvin daran beteiligt gewesen war, konnte sich aber nicht an den Namen von Tryggvis Cousin erinnern, der dieses Experiment damals durchgeführt hatte. Er verwies Erlendur an die Universität. Dort fand Erlendur heraus, dass Tryggvi nach dem ersten Jahr an der theologischen Fakultät aufgehört hatte und zur medizinischen übergewechselt war. Doch dort hatte er es auch nur zwei Jahre ausgehalten. Danach hatte er das Studium geschmissen und angefangen zu arbeiten. Nachforschungen ergaben, dass er eine Zeit lang sowohl auf Trawlern als auch auf Frachtern zur See gefahren war, und als er wieder an Land ging, hatte er sich sein Geld als Hafenarbeiter verdient. Ein früherer Kumpel vom Hafen hatte erklärt, dass er zu der

Zeit bereits erhebliche Alkoholprobleme hatte, er trank so unmäßig, dass er häufig genug einfach nicht zur Arbeit erschienen war, woraufhin ihm gekündigt wurde. Danach tauchte Tryggvi immer wieder in den Polizeiakten auf, meist als obdachloser Penner in irgendwelchen Unterschlupfen, oder er wurde sturzbesoffen irgendwo im Freien aufgefunden. Soweit Erlendur sehen konnte, war er aber nie mit dem Gesetz in Konflikt geraten.

Er störte den Barkeeper beim Lösen des Kreuzworträtsels. »Ich bin auf der Suche nach Tryggvi. Soweit ich weiß, lässt er sich manchmal hier blicken.«

»Tryggvi?«, fragte der Barkeeper. »Denkst du vielleicht, dass ich all diese Kerle mit Namen kenne?«

»Das weiß ich nicht. Kennst du sie mit Namen?«

»Sprich mit dem da im grünen Parka«, sagte der Barkeeper. »Der ist jeden Tag hier.«

Erlendurs Blicke folgten der Handbewegung des Barkeepers durch den schummrigen Raum in Richtung eines Tisches, an dem ein Mann in einem grünen Parka vor einem halb vollen Bierglas und drei Schnapsgläsern saß. Ihm gegenüber saß eine Frau mittleren Alters, die eine ähnliche Ration vor sich stehen hatte.

»Ich suche nach einem Mann namens Tryggvi«, sagte Erlendur, während er einen Stuhl vom nächsten Tisch heranzog und sich zu ihnen setzte.

Das Pärchen blickte hoch, sie waren offensichtlich erstaunt über die Störung.

»Wer bist du denn?«, fragte der Mann.

»Sein Freund«, erklärte Erlendur. »Wir haben früher mal zusammen studiert. Ich habe gehört, dass er manchmal hierherkommt. Ich würde ihn gerne treffen.«

»Und … was …?«, sagte die Frau.

Das Alter der beiden war schwer zu bestimmen, beide hatten gerötete Augen und aufgedunsene Gesichter. Sie rauchten selbst gedrehte Zigaretten, und Erlendur hatte sie bei ihrer Beschäftigung gestört. Gemeinsam drehten sie mit Tabak und Papier kleine Zigaretten. Sie gab sich Mühe, die richtige Menge Tabak auf das Papier zu geben und nichts zu verstreuen, und er rollte sie zusammen und befeuchtete die Gummierung.

»Gar nichts«, sagte Erlendur, »ich wollte ihn bloß treffen. Wisst ihr, wo er sich befindet?«

»Ist der Tryggvi nicht tot?«, fragte der Mann im grünen Parka und sah zu der Frau hinüber.

»Ich hab ihn lange nicht gesehen. Kann sein, dass er tot ist.«

»Ihr kennt ihn also?«

»Er ist einem hin und wieder über den Weg gelaufen«, sagte der Mann und leckte eine neue Zigarette ab, die die Frau ihm reichte.

»Ist es lange her, seit ihr ihn zuletzt gesehen habt?«

»Ja.«

»Kannst du dich erinnern, wo das war?«

»War das nicht ... War es ... Nein, ich kann mich nicht erinnern. Sprich mit Rúdólf, der sitzt da drüben.«

Er deutete in Richtung Tür, wo ein Mann in einem blauen Anorak allein am Tisch saß und rauchte. Vor ihm stand ein Bierglas. Er starrte auf den Tisch und schien völlig in seine eigene Welt versunken zu sein, als Erlendur sich ihm gegenüber auf einem Stuhl niederließ. Der Mann blickte hoch.

»Weißt du, wo ich Tryggvi finden kann?«, fragte Erlendur.

»Wer bist du?«

»Ein Freund. Von der Universität.«

»Tryggvi? War der an der Universität?«

Erlendur nickte. »Weißt du, wo ich ihn finden kann? Die beiden da drüben wussten nicht, ob er noch lebt«, sagte er und deutete mit dem Kopf in Richtung des Paares mit den selbst gedrehten Zigaretten.

»Tryggvi ist nicht tot«, sagte der Mann. »Ich hab ihn vor zwei oder drei Tagen getroffen. Falls es der Tryggvi ist, den du meinst. Ich kenne keinen anderen. War er wirklich auf der Universität?«

»Wo hast du ihn getroffen?«

»Er hatte vor, sich eine Arbeit zu suchen und keinen Alkohol mehr anzurühren.«

»Und?«

»Das hab ich doch alles schon wer weiß wie oft gehört«, sagte der Mann. »Er war da beim Busbahnhof. Hat sich auf der Toilette rasiert.«

»Ist er häufig dort anzutreffen?«

»Ja, manchmal. Schaut sich die Busse an. Sitzt den ganzen Tag da und guckt zu, wie die Busse ankommen und abfahren.«

Sechzehn

Etwas später am gleichen Tag fuhr Erlendur bei strömendem Regen zum Skúlakaffi. Er betrat die Gaststätte, blieb im Eingangsbereich stehen und hielt Ausschau nach der Frau, die er hier treffen sollte. Sie saß an einem der Tische, drehte ihm den Rücken zu und beugte sich mit einer fast aufgerauchten Zigarette zwischen den Fingern über eine Tasse Kaffee. Er zögerte einen Augenblick. Von den zahlreichen Tischen waren nur wenige besetzt, mit Lkw-Fahrern, die in Zeitungen blätterten, und Handwerkern, die eine verspätete Kaffeepause machten und sich dazu irgendwelches Gebäck einverleibten. Ihnen blieben nur noch ein paar Minuten für sich selbst, bevor sie wieder zur Arbeit zurückmussten. Das verschlissene Linoleum auf dem Fußboden und die abgewetzten Polster auf den Stühlen passten zu ihren wettergegerbten Gesichtern und schwieligen Händen. Das Lokal war letzten Endes mehr oder weniger eine Kantine für die arbeitende Bevölkerung und kein Restaurant; es war nicht gestrichen worden, seit Erlendur dort verkehrte. Nirgendwo in der Stadt bekam man besseres Pökelfleisch in der dazugehörigen süßlichen Mehlschwitze. Er hatte das Skúlakaffi für ihr Treffen vorgeschlagen, und laut Eva Lind hatte sie keine Einwände gehabt.

»Grüß dich«, sagte er, als er zu ihrem Tisch kam.

Halldóra blickte von ihrer Kaffeetasse hoch. »Dito«, sagte sie, und es war kaum möglich, diesem Gruß irgendetwas zu entnehmen.

Er streckte ihr die Hand hin, und sie hob ihre ebenfalls, aber nur, um nach der Kaffeetasse zu greifen und einen Schluck zu trinken.

Er vergrub seine Hand wieder in seiner Manteltasche und nahm ihr gegenüber Platz.

»Du verstehst dich darauf, ein Lokal auszuwählen«, sagte sie und drückte ihre Zigarette aus.

»Hier gibt es richtig gutes Pökelfleisch«, sagte Erlendur.

»Aha, dein primitiver Geschmack hat sich offensichtlich nicht geändert«, konstatierte Halldóra.

»Wahrscheinlich nicht«, entgegnete er. »Wie geht es dir?«

»Meinetwegen brauchst du nicht irgendwelche Höflichkeiten von dir zu geben«, erklärte Halldóra und sah vom Tisch hoch.

»In Ordnung«, sagte Erlendur.

»Eva hat mir gesagt, dass du mit einer Frau zusammenlebst.«

»Wir leben nicht zusammen«, erwiderte Erlendur.

»Ach nee? Und was macht ihr dann?«

»Wir kennen uns gut. Sie heißt Valgerður.«

»Aha.«

Sie schwiegen beide.

»Das ist doch alles Käse«, erklärte Halldóra plötzlich, schnappte sich ihre Zigaretten und das Wegwerffeuerzeug und stopfte beides in ihre Manteltasche. »Ich weiß echt nicht, weshalb ich gekommen bin.«

»Geh nicht«, sagte Erlendur.

»Doch, ich muss gehen«, sagte Halldóra. »Ich hab keine Ahnung, was sich Eva Lind von diesem Treffen erwartet hat. Das ist doch völliger Blödsinn ...«

Erlendur streckte seine Hand über den Tisch und fasste nach ihrem Arm. »Geh nicht«, wiederholte er.

Sie sahen sich in die Augen. Halldóra entzog ihm ihren Arm, ließ sich aber wieder auf den Stuhl fallen.

»Ich bin bloß gekommen, weil Eva das wollte«, sagte sie.

»Ich auch«, sagte Erlendur. »Wollen wir das nicht ihr zuliebe mit Anstand hinter uns bringen?«

Halldóra holte eine Zigarette aus der Schachtel und zündete sie an. Erlendur glaubte zu sehen, dass »Mallorca« auf dem Feuerzeug stand. Ihm war nicht bekannt, dass sie in letzter Zeit in den sonnigen Süden gefahren war. Vielleicht hatte sie es ja gekauft, um Erinnerungen an einen Sonnenurlaub heraufzubeschwören. Oder um den Traum von heißem Sand an irgendeinem Strand wachzuhalten. Er hatte sich einmal geweigert, mit ihr in den Süden zu fahren, und gesagt, er habe an solchen Orten nichts zu suchen. »Du sollst ja auch gar nichts suchen«, hatte Halldóra daraufhin erwidert, »man fährt dorthin, um nichts zu tun!«

»Eva hält sich erstaunlich gut«, erklärte Halldóra.

»Das sollten wir vielleicht ebenfalls versuchen«, antwortete Erlendur. »Ich glaube, es würde ihr helfen, wenn wir einen Weg finden würden, sie gemeinsam zu unterstützen.«

»Die Sache hat bloß einen Haken«, sagte Halldóra. »Ich will nichts mir dir zu tun haben, und sie weiß das. Ich habe es ihr oft genug gesagt.«

»Das kann ich gut verstehen.«

»Verstehen?«, stieß Halldóra hervor. »Du glaubst doch wohl nicht im Ernst, dass es mich interessiert, was du verstehst oder nicht verstehst? Du hast unsere Familie zerstört, einzig und allein du hast sie auf dem Gewissen. Du bist einfach abgehauen, als würden dich die Kinder gar nichts angehen. Bildest du dir wirklich ein, dass du irgendetwas verstehst?«

»Ich bin nicht einfach abgehauen, das stimmt nicht, und es war nicht schön von dir, das den Kindern einzureden.«

»Nicht schön von mir!«

»Können wir nicht aufhören, uns zu streiten?«, fragte Erlendur.

»Ausgerechnet du willst dir ein Urteil über mich erlauben!«

»Das tue ich doch gar nicht.«

»Nein, überhaupt nicht«, zischte Halldóra. »Du hast dich nie auf eine Auseinandersetzung eingelassen, sondern einfach nur deinen Willen durchgesetzt, und die anderen hatten zu schweigen. So und nicht anders willst du es haben.«

Erlendur gab keine Antwort darauf. Er hatte sich vor der Begegnung mit ihr gefürchtet, weil er wusste, dass sie sich mit ihm anlegen würde. Aus ihrer Sicht war über das, was damals geschehen war, kein Gras gewachsen. Er blickte sie an und sah, dass sie alt geworden war. Ihre Gesichtsmuskeln waren erschlafft, die Unterlippe stand ein wenig vor, die Haut unter den Augen und auf der Nase war gerötet. In früheren Zeiten hatte sie sich geschminkt, aber jetzt schien sie keinen Wert mehr darauf zu legen. Er ging davon aus, dass er im Vergleich zu früher auch ein trauriges Abbild seiner selbst war.

»Wir haben Fehler gemacht«, sagte er. »Ich habe Fehler gemacht. Damit muss ich leben. Ich hätte mich anders verhalten sollen, ich hätte darauf bestehen müssen, Umgang mit den Kindern zu haben. Ich hätte dir meine Situation besser erklären sollen. Ich habe es versucht, aber sicher nicht gut genug. Es tut mir leid, wie alles gelaufen ist, aber daran lässt sich nichts mehr ändern. Und es geht auch gar nicht mehr um uns beide, sondern um Eva und Sindri. Vielleicht ist es auch die ganze Zeit schon nur um sie gegangen. Ich hätte mehr tun können, aber ich überließ alles dir. Du hattest die Kinder.«

Halldóra nahm einen letzten Zug an ihrer Zigarette, zerdrückte sie im Aschenbecher und nahm sofort die nächste aus der Schachtel, die sie mit ihrem Mallorca-Feuerzeug anzündete. Sie inhalierte den blauen Rauch und blies ihn langsam wieder durch die Nase aus.

»Ja, willst du nicht einfach mir die Schuld an allem geben?«

»Ich will niemandem die Schuld an nichts geben«, sagte Erlendur.

»So einfach ziehst du dich also aus der Affäre. Ich hatte die Kinder! Möchtest du es jetzt so drehen!«

»So habe ich das nicht gemeint. Und ich ziehe mich auch nicht...«

»Glaubst du, dass mein Leben ein Tanz auf Rosen war? Geschieden. Alleinstehende Mutter. Zwei Kinder. Deiner Meinung nach ist das wohl überhaupt kein Thema?«

»Nein. Wenn es darum geht, einen Schuldigen zu finden, dann bin ich das und niemand anderes. Das weiß ich. Ich habe es die ganze Zeit gewusst.«

»Gut.«

»Aber du bist wohl kaum völlig unschuldig«, fuhr Erlendur fort. »Du hast mich nicht an die Kinder herangelassen. Du hast ihnen die Unwahrheit über mich gesagt. Das war deine Rache. Ich hätte auf meinem Recht bestehen sollen, Umgang mit ihnen zu haben. Das war mein Fehler.«

Halldóra starrte ihn an und sagte nichts. Erlendur erwiderte ihren Blick.

»Dein Fehler, meine Rache«, meinte sie schließlich.

Erlendur schwieg.

»Du hast dich nicht verändert«, sagte Halldóra.

»Ich will mich nicht mit dir streiten.«

»Nein, aber du tust es trotzdem.«

»Konntest du nicht sehen, was da ablief? Konntest du nicht eingreifen? Konntest du dich nicht aus deinem Selbstmitleid hochreißen und sehen, worauf es zusteuerte? Ich kenne meine Verantwortung, und ich weiß, dass ich mich schuldig gemacht habe, indem ich nicht dafür gesorgt habe, dass es ihnen gut ging. Als Eva mich gefunden hatte, sah ich, was los war, und seitdem habe ich mir selbst die Schuld daran gegeben, denn ich weiß, dass ich versagt habe. Aber was ist mit dir, Halldóra? Konntest du nicht eingreifen?«

Halldóra antwortete nicht sofort. Sie sah in den Regen hinaus und fingerte an dem Feuerzeug herum. Erlendur wartete auf eine wütende Tirade, auf Anschuldigungen und Beschimpfungen. Halldóra blickte aber nur ruhig in den Regen hinaus und rauchte. Ihre Stimme klang müde, als sie endlich antwortete.

»Mein Vater war ein einfacher Arbeiter, wie du weißt«, sagte sie. »Er wurde arm geboren und starb noch ärmer. Meine Mutter auch. Wir besaßen nie etwas.

Nichts. Ich habe ein anderes Leben vor mir gesehen. Ich wollte aus der Armut heraus. Eine schöne Wohnung besitzen und schöne Dinge. Einen guten Mann. Ich habe geglaubt, dass du das seist. Ich fand, dass wir dabei waren, ein Leben zu beginnen, das uns zumindest ein wenig Glück bringen würde. Das war aber nicht der Fall. Du ... Du bist gegangen. Ich begann zu trinken. Ich weiß nicht, was Eva und Sindri dir erzählt haben. Ich weiß nicht, was du über mein und unser Leben weißt, aber es war wahrhaftig kein Zuckerschlecken. Ich hatte immer Pech mit den Männern. Einige waren regelrechte Ekelpakete. Ich habe von früh bis spät geschuftet und in mehr oder weniger miesen Mietwohnungen gelebt. Manchmal wurde ich mit den Kindern vor die Tür gesetzt. Manchmal hat es längere Sauftouren bei mir gegeben. Wahrscheinlich habe ich mich nicht so um die beiden gekümmert, wie ich es hätte tun sollen. Wahrscheinlich haben die beiden ein viel schrecklicheres Leben gehabt als ich, vor allem Eva. Sie war immer viel sensibler als Sindri, was Fremde und miese Umstände angeht.«

Halldóra inhalierte tief.

»So ist es gelaufen. Ich habe versucht, mich nicht selbst zu bemitleiden. Ich ... Ich kann nichts dazu, dass ich dazu tendiere, dir an einigen von diesen Dingen die Schuld zu geben.«

»Darf ich?«, fragte er und streckte die Hand nach ihren Zigaretten aus.

Sie schob die Schachtel mitsamt dem Mallorca-Feuerzeug zu ihm hinüber. Sie rauchten eine Weile schweigend und nachdenklich.

»Sie hat mich oft über dich ausgefragt«, ergriff Halldóra wieder das Wort. »Meist habe ich ihr geantwortet, dass du genauso ein Ekelpaket wärst wie die anderen, mit denen ich zusammen war. Ich weiß, dass das schlecht von mir war, aber was sollte ich denn sagen? Was hätte ich ihr deiner Meinung nach sagen sollen?«

»Ich weiß es nicht«, sagte Erlendur. »Das ist kein einfaches Leben gewesen.«

»Das hatten wir dir zu verdanken.«

Erlendur schwieg. Draußen prasselte der Regen nieder, ohne dass man drinnen etwas hörte. Drei Männer in karierten Hemden standen auf und gingen nach draußen, nicht ohne dem Koch in der Küche ein Dankeschön zuzurufen.

»Es war ein ungleiches Spiel von Anfang an«, sagte Halldóra.

»Ja, vielleicht«, sagte Erlendur.

»Da gibt es kein Vielleicht.«

»Nein.«

»Weißt du, weshalb?«

»Ich glaube, ja.«

»Es war ein ungleiches Spiel, weil ich in unserer Beziehung aufrichtig war«, erklärte Halldóra.

»Ja.«

»Aber das beruhte nie auf Gegenseitigkeit.«

Erlendur schwieg.

»Nie«, sagte Halldóra noch einmal und blies den Rauch von sich.

»Ich denke, da hast du recht«, erwiderte Erlendur.

Halldóra gab ein schnaubendes Geräusch von sich. Sie vermied es, ihm in die Augen zu sehen. Sie saßen eine ganze Weile schweigend da, bis Halldóra sich räusperte. Sie streckte ihre Hand nach dem Aschenbecher aus und drückte die Zigarette darin aus.

»Findest du das fair?«, fragte sie.

»Es tut mir leid, dass es nicht auf Gegenseitigkeit beruht hat«, sagte Erlendur.

»Es tut dir leid!«, äffte Halldóra ihn nach. »Was hilft das? Was hast du damals überhaupt gedacht?«

»Ich weiß es nicht.«

»Ich habe nicht lange gebraucht, um das zu spüren«, sagte Halldóra. »Um zu spüren, dass ich überhaupt keine Rolle für dich spielte. Ich habe es trotzdem weiter versucht. Wie ein Idiot. Und je besser ich dich kennenlernte, desto mehr. Ich hätte alles für dich getan. Wenn du uns Zeit gegeben hättest und ... Weshalb hast du zugelassen, dass es so weit gekommen ist? Ich war dir doch von Anfang an vollkommen gleichgültig.«

Halldóra starrte wieder in ihre Kaffeetasse und kämpfte mit den Tränen. Sie saß vornübergebeugt, und ihre Unterlippe zitterte ein wenig.

»Es war mein Fehler«, sagte Erlendur. »Ich ... Ich konnte das nicht. Ich wusste nicht, was ich tat. Ich weiß nicht, was da passiert ist. Ich habe versucht, so wenig wie möglich darüber nachzudenken. Ich habe versucht, diesen Abschnitt meines Lebens zu verdrängen. Das nennt man wohl Charakterschwäche.«

»Ich habe dich nie verstanden.«

»Ich glaube, wir sind sehr verschieden, Halldóra.«

»Vielleicht.«

»Nachdem meine Mutter gestorben war, fühlte ich mich etwas einsam«, sagte Erlendur. »Ich glaubte, dass ...«

»... du eine neue Mutter finden würdest?«

»Ich versuche, dir zu sagen, in welcher Situation ich mich befand.«

»Hör auf damit«, sagte Halldóra. »Es spielt keine Rolle mehr.«

»Meines Erachtens sollten wir lieber an die Zukunft denken«, sagte Erlendur.

»Ja, ganz bestimmt!«

»Ich hatte mir vorgestellt, dass wir uns um Eva kümmern könnten«, erklärte er. »Es geht nicht um uns beide, nicht mehr. Das tut es bereits seit Langem nicht mehr, Halldóra. Das musst du doch begreifen.«

Sie schwiegen. Aus der Küche hörte man Tellerklappern. Zwei Männer in Jeansjacken kamen von draußen herein und gingen zur Theke. Sie holten sich Kaffee und Hefegebäck und ließen sich damit in einer Ecke nieder. Ein Mann in einem Anorak saß allein an einem Tisch und blätterte in einer Zeitung. Sonst befand sich niemand mehr in dem Lokal.

»Du warst mein Unglück«, sagte Halldóra leise. »Das hat mein Vater immer gesagt: ›Der Mann ist dein Unglück.‹«

»Es hätte anders laufen können«, sagte Erlendur. »Wenn du nur ein wenig mehr Verständnis dafür gezeigt hättest, wie es mir ging. Aber du fühltest dich zutiefst verletzt, du wurdest bitter und hast mich gehasst, und das tust du immer noch. Du hast mich nicht zu den Kindern gelassen. Findest du nicht, dass es reicht? Findest du nicht, dass es an der Zeit ist, etwas großherziger zu sein?«

»Du gibst mir die Schuld an allem!«

»Das tue ich doch gar nicht.«

»Doch.«

»Können wir etwas für Eva tun?«

»Das sehe ich nicht. Ich habe nicht das geringste Interesse daran, dir dein Gewissen zu erleichtern.«

»Könnten wir es nicht versuchen?«

»Dazu ist es zu spät.«

»Es hätte nie so laufen dürfen«, sagte Erlendur.

»Was weiß ich darüber. Du hast die Entscheidungen getroffen.«

Halldóra nahm ihre Zigaretten und das Feuerzeug und stand auf.

»Du hast doch immer alle Entscheidungen getroffen«, fauchte sie und rauschte hinaus.

Siebzehn

In den folgenden Tagen fuhr Erlendur ein paarmal zum
Busbahnhof und hielt Ausschau nach Tryggvi. Er hatte
eine ungenaue Beschreibung von Rúdólf im Napóleon
erhalten und hoffte, dass sie genügte. Als er ein weiteres
Mal kurz nach Mittag zum Busbahnhof kam, wurden gerade die Reisenden nach Akureyri über den Lautsprecher
gebeten, zum Fahrsteig zu gehen. Eine Handvoll Menschen in der Wartehalle begab sich zum Ausgang. In der
Cafeteria, wo außer belegten Broten und Getränken aller Art mittags auch warme Gerichte angeboten wurden,
war es wieder ruhiger geworden. An den Tischen am
Fenster, von wo aus man die Busfahrsteige hinter dem
Gebäude im Blick hatte, durfte man rauchen. Dort saß
ein Mann ganz allein an einem Tisch. Seine Hand hielt
eine gelbe Plastiktüte auf dem Tisch umklammert. Der
Mann sah zu, wie die Fahrgäste den Überlandbus nach
Akureyri bestiegen. Sein Haar stand wirr in alle Richtun-
gen, und am Kinn hatte er eine große Narbe, vermutlich
von einem alten Unfall oder einer Messerstecherei. Seine
großen Hände waren dreckig, und die Nägel am Zeige-
und Mittelfinger hatten schwarze Trauerränder.

»Entschuldigung«, sagte Erlendur, als er vor dem
Tisch stand, »bist du vielleicht Tryggvi?«

Der Mann sah ihn misstrauisch an.

»Und wer bist du?«

»Ich heiße Erlendur.«

»Hä?«, brummte der Mann, der anscheinend nichts für Menschen übrighatte, die ihn einfach so anquatschten.

»Darf ich dich zu einem Kaffee einladen, oder möchtest du etwas zu essen?«, fragte Erlendur.

»Was willst du?«

»Ich würde mich gern ein wenig mit dir unterhalten. Ich hoffe, das ist in Ordnung.«

Der Mann maß ihn mit seinen Blicken. »Dich mit mir unterhalten?«

»Falls du nichts dagegen hast.«

»Was willst du von mir?«

»Kann ich dir etwas holen?«

Der Mann sah Erlendur lange an, unschlüssig, was er von dieser Störung halten sollte.

»Du kannst mir einen Schnaps besorgen«, sagte er schließlich.

Erlendur verzog das Gesicht und zögerte einen Augenblick, bevor er zur Theke ging. Er bestellte einen doppelten Brennivín und einen Kaffee. Der Mann wartete am Fenster auf ihn und sah dem Bus nach Akureyri nach, der sich langsam in Bewegung setzte. Der Inhaber der Cafeteria bediente Erlendur, der die Gelegenheit nutzte und ihn fragte, ob er den Mann da am Fenster in der Raucherzone kannte.

»Meinst du den Penner da?«, fragte der Wirt und nickte in Richtung des Tischs.

»Ja. Kommt er oft hierher?«

»Ja, schon seit vielen Jahren«, sagte der Wirt.

»Und was macht er hier?«

»Nichts. Er macht nie etwas, er macht aber auch keine Probleme. Keine Ahnung, weshalb er herkommt. Ich weiß, dass er sich manchmal auf dem Klo rasiert. Ansonsten sitzt er nur stundenlang da und sieht den Bussen zu. Kennst du ihn?«

»Ein bisschen«, sagte Erlendur. »Eigentlich nur ganz wenig. Er fährt aber nie mit einem der Busse weg?«

»Nein, nie. Ich habe nie beobachtet, dass er in einen Bus gestiegen ist.«

Erlendur nahm das Wechselgeld entgegen, bedankte sich und ging zurück zu dem Mann am Fenster und setzte sich zu ihm.

»Was hast du gesagt, wer bist du?«, fragte der Mann.

»Heißt du Tryggvi?«, gab Erlendur zurück.

»Ja, ich heiße Tryggvi. Und du? Wer bist du?«

»Ich heiße Erlendur«, wiederholte er. »Ich bin bei der Polizei.«

Tryggvi versuchte, die Plastiktüte langsam vom Tisch zu ziehen.

»Was willst du von mir? Ich habe nichts getan.«

»Ich will gar nichts von dir«, sagte Erlendur. »Mir ist es auch völlig egal, was du da in der Tüte hast. Es geht mir offen gesagt darum, dass ich eine ganz sonderbare Geschichte aus der Zeit gehört habe, als du an der Universität warst. Ich hätte gern gewusst, ob sie stimmt.«

»Was für eine Geschichte?«

»Über ... wie soll ich es ausdrücken ... über deinen Tod.«

Tryggvi starrte Erlendur lange an, ohne etwas zu sagen. Er hatte den Schnaps hinuntergekippt und das Glas wieder zu Erlendur hingeschoben. Seine farblosen Augen unter den buschigen Brauen waren tief eingesunken, und das fleischige Gesicht mit den wulstigen Lippen und der großen, gebrochenen Nase stand in seltsamem Kontrast zu dem hageren Körper. Das Gesicht schien der Schwerkraft nachgegeben zu haben und nach unten gezogen worden zu sein. »Wie hast du mich hier gefunden?«

»Ich habe herumgefragt«, sagte Erlendur. »Ich habe mich unter anderem im Napóleon nach dir erkundigt.«

»Was meinst du damit, eine Geschichte über meinen Tod?«

»Ich habe keine Ahnung, ob daran etwas stimmt, aber ich habe von einem Experiment gehört, das ein paar Medizinstudenten an der Universität gemacht haben. Du warst damals auch an der Universität und hast Theologie beziehungsweise Medizin studiert, ich weiß nicht genau, was. Du hast dich für dieses Experiment zur Verfügung gestellt. Es bestand darin, dich für eine kurze Zeit vom Leben zum Tode zu befördern und dich dann wieder zurückzuholen. Stimmt das?«

»Weshalb willst du das wissen?«, fragte der Mann mit der rauen und heiseren Stimme eines Trinkers. Er fischte in seiner Brusttasche nach Zigaretten und zog eine halb leere Schachtel hervor.

»Ich bin neugierig.«

Tryggvi blickte auf das Schnapsglas und dann auf Erlendur. Erlendur stand auf, ging wieder zum Tresen und kaufte eine Flasche isländischen Brennivín. Er schenkte das Glas voll, behielt die Flasche aber in seiner Nähe.

»Wo hast du diese Geschichte gehört?«, fragte Tryggvi. Er leerte das Glas in einem Zug und schob es wieder über den Tisch.

Erlendur füllte nach.

»Ist sie wahr?«

»Und was, wenn ja? Was hast du damit vor?«

»Nichts«, sagte Erlendur.

»Du bist Bulle?«, fragte Tryggvi und leerte das nächste Glas.

»Ja. Und du bist dieser Tryggvi?«

»Ich heiße Tryggvi«, erklärte der Mann und blickte sich um. »Ich weiß nicht, was du von mir willst.«

»Kannst du mir erzählen, was damals passiert ist?«

»Nichts ist passiert. Gar nichts. Nicht das Geringste. Weswegen fragst du mich jetzt danach? Geht das irgendjemanden etwas an?«

Erlendur wollte Tryggvi nicht verschrecken. Er hätte diesem schmutzigen und versoffenen Mann, der wie ein Penner roch, sagen können, dass ihn das gar nichts anginge, aber dann hätte er nicht das zu hören bekommen, was er hören wollte. Stattdessen versuchte er, Tryggvi zu beschwichtigen; er sprach mit ihm wie mit einem Gleichgestellten, füllte das Schnapsglas ein weiteres Mal und gab ihm Feuer für seine Zigarette. Er brachte das Thema auf ganz alltägliche Dinge, sprach über das Lokal, in dem sie saßen, wo man immer noch gesengte Schafsköpfe mit pürierten Rüben kaufen konnte, genau wie früher, als die Jungs mit ihren Mädchen eine Runde im Auto gedreht hatten und zum Busbahnhof gefahren waren, um sich diese nationale Spezialität zu holen. Der Schnaps zeigte Wirkung. Tryggvi kippte einen nach dem anderen hinunter und wurde immer redseliger. Nach und nach gelang es Erlendur, das Gespräch wieder auf das zu bringen, was zu Tryggvis Universitätszeiten passiert war, als einige seiner Kommilitonen ein sehr spezielles Experiment gemacht hatten.

»Möchtest du etwas zu essen?«, fragte Erlendur, als das Gespräch in Gang gekommen war.

»Irgendwie hatte ich gedacht, dass ich Pastor werden könnte«, erklärte Tryggvi, das Essensangebot mit beiden Händen abwehrend. Stattdessen schnappte er sich die Flasche, setzte sie zu einem kräftigen Schluck an die Lippen und wischte sich anschließend mit dem Ärmel den Mund ab. »Theologie war aber langweilig«, fuhr er fort. »Deswegen habe ich es mit Medizin probiert. Fast alle meine Freunde studierten Medizin. Ich ...«

»Was?«

»Ich habe sie seit vielen Jahren nicht gesehen«, sagte Tryggvi. »Wahrscheinlich sind die jetzt alle Ärzte. Spezialisten für dieses und jenes. Reich und fett.«

»Kam die Idee von ihnen?«

Tryggvi sah Erlendur an, als sei er zu weit gegangen. Hier bestimmte er, wo es langging, und wenn Erlendur etwas dagegen hatte, konnte er sich verpissen.

»Ich weiß immer noch nicht, wozu du das alles wieder ausgraben willst«, sagte er.

Erlendur stöhnte. »Es hängt möglicherweise mit einem Fall zusammen, den ich gerade bearbeite, mehr kann ich dazu nicht sagen.«

Tryggvi zuckte die Achseln. »Ganz, wie du willst.« Er nahm einen weiteren Schluck aus der Flasche. Erlendur wartete geduldig.

»Ich habe gehört, dass du selbst um dieses Experiment gebeten hast«, sagte er schließlich.

»Das ist eine verdammte Lüge«, entgegnete Tryggvi. »Das ist nicht von mir ausgegangen, die sind zu mir gekommen.«

Erlendur schwieg.

»Ich hätte nie auf diesen Idioten hören sollen«, sagte Tryggvi.

»Und wer war dieser Idiot?«

»Mein Cousin, der verfluchte Kerl!«

Wieder herrschte eine Weile Schweigen, das Erlendur nicht unterbrechen wollte. Er wollte nichts erzwingen, weil er hoffte, dass Tryggvi selbst das Bedürfnis verspüren würde zu erzählen, was geschehen war, und sei es auch nur einem Unbekannten in der Cafeteria des Busbahnhofs.

»Ist dir nicht kalt?«, fragte Tryggvi und zog seinen Parka dichter an sich.

»Nein, hier drinnen ist es nicht kalt.«

»Mir ist immer kalt.«

»Was hast du da über deinen Cousin gesagt?«

»Ich kann mich nicht genau erinnern, wie es war«, sagte Tryggvi.

Erlendur sah ihn an und hatte das Gefühl, dass er sich ganz im Gegenteil sehr präzise an das erinnerte, was passiert war.

»Diese Idee ist irgendwann einmal bei einem Besäufnis aufgekommen, und sie blieb nicht ohne Folgen. Denen fehlte ein Versuchskarnickel. ›Nehmen wir doch einfach den Theologen‹, sagten sie, ›schicken wir ihn zur Hölle.‹ Einer von ihnen war wie gesagt ... Er war mein Cousin, eines von diesen reichen Arschlöchern. Der fuhr irgendwie total auf den Tod ab und das, was danach kommt. Das war schon eine fixe Idee. Ich war auch nicht ganz frei davon, und das wusste er. Er wusste es sehr genau, und er hat mir ein ganzes damaliges Monatsgehalt dafür gezahlt. Außerdem gehörte da ein Mädchen zu der Clique, in das ich ... ein bisschen verliebt war.

Vielleicht habe ich es seinetwegen gemacht. Das kann ich nicht ganz abstreiten. Sie waren schon weiter als ich. Mein Cousin war im letzten Jahr und, dieses Mädchen, auch.«

Achtzehn

Tryggvi hatte die Flasche bereits zur Hälfte geleert und starrte mit traurigen Augen nach draußen auf die Busfahrsteige. Sein Bericht war keinesfalls geradlinig, er wiederholte sich häufig und schweifte ab. Manchmal machte er auch längere Pausen, schwieg vor sich hin, ließ den Kopf sinken und starrte auf den Tisch, als sei er ganz allein auf der Welt. Allein mit seinen Gedanken und einsam sein ganzes Leben lang. Erlendur traute sich nicht, ihn zu stören. Er war sich ziemlich sicher, dass Tryggvi so gut wie nie über diese Ereignisse gesprochen hatte und dass damit noch etliche andere unverarbeitete Dinge verbunden waren, die Tryggvi nie hatte verdrängen können und die ihm wie Spukgestalten durchs Leben gefolgt waren.

Es war die Idee seines Cousins gewesen, der kurz vor dem Abschluss seines Medizinstudiums stand und beabsichtigte, im Herbst zur Spezialausbildung in die Vereinigten Staaten zu gehen. Zu der Zeit arbeitete er als Assistenzarzt im städtischen Krankenhaus, das es damals noch gab, und war der Beste seines Jahrgangs. Auf Partys stand er immer im Mittelpunkt; er spielte Gitarre, konnte überaus witzig erzählen und organisierte Abenteuerausflüge nach Þórsmörk. Er mischte überall mit, sein Selbstvertrauen war unerschütterlich, er war resolut, zielstrebig und unverfroren. Irgendwann einmal hatte er Tryggvi bei einer Familienfeier getroffen und ihn gefragt, ob er etwas von diesen französischen Medizinstudenten gehört hätte, die ein hochinteressantes, aber völlig illegales Experiment unternommen hätten.

»Was für ein Experiment?«, hatte Tryggvi gefragt, der in jeder Hinsicht das Gegenteil seines Cousins war. Er war schüchtern und zurückhaltend und blieb gerne für sich; noch nie hatte er auf Versammlungen das Wort ergriffen, und er weigerte sich, an diesen Abenteuerausflügen der unternehmungslustigen Medizinstudenten nach Þórsmörk teilzunehmen. Was den Alkohol anging, begann er aber bereits damals, die Kontrolle zu verlieren.

»Wahnsinn, so etwas zu lesen«, hatte sein Cousin gesagt. »Die haben bei einem Kommilitonen einen Herzstillstand herbeigeführt und ihn drei Minuten im Todeszustand gehalten, bevor sie ihn wiederbelebten. Die Justiz weiß nicht, was sie mit denen machen soll. Sie haben ihn einerseits umgebracht, aber andererseits auch wieder nicht, verstehst du?«

Sein Cousin schien wie besessen von dieser Idee zu sein. In den folgenden Wochen hatte er immer wieder über diese Medizinstudenten gesprochen, hatte den Prozess gegen sie verfolgt und Tryggvi zugeflüstert, dass er Interesse hätte, auch einmal so etwas auszuprobieren. Davon hatte er schon lange geträumt, und diese Meldung aus Frankreich hatte ihn darin bestärkt.

»Du hast doch Theologie studiert, du musst doch auch neugierig sein«, hatte er eines Tages zu Tryggvi gesagt, als sie im Erfrischungsraum der medizinischen Fakultät saßen.

»Ich will mich nicht umbringen lassen«, hatte Tryggvi erwidert. »Such dir jemand anderes.«

»Es gibt keinen anderen«, hatte sein Cousin gesagt. »Das passt alles hundertprozentig auf dich. Du bist jung und kräftig, und in unserer Familie gibt es keinerlei Herzkrankheiten. Dagmar wird auch dabei sein und dann noch Baddi, das ist ein Kommilitone von mir. Ich hab mit denen gesprochen. Das ist alles total sicher. Passieren kann gar nichts. Ich meine, du hast doch so oft über diese Fragen spekuliert, das Leben nach dem Tod und das alles.«

Tryggvi wusste, wer Dagmar war. Sie war ihm gleich aufgefallen, als er mit dem Medizinstudium begann.

»Dagmar?«, hatte er gefragt.

»Ja«, hatte sein Cousin gesagt, »und die ist ganz gewiss nicht auf den Kopf gefallen.«

Das wusste Tryggvi. Sie war mit seinem Cousin befreundet und hatte auf dem ersten und einzigen Medizinstudentenball, den er besucht hatte, mit ihm gesprochen. Sie wusste, dass Tryggvi und er Cousins waren. Seitdem hatte er sich immer ganz nett mit ihr unterhalten, wenn sie sich zufällig trafen. Für ihn war sie ein wunderbares Mädchen. Tryggvi hatte aber nicht den Schneid, den nächsten Schritt zu tun.

»Will sie wirklich da mitmachen?«, hatte er verwundert gefragt.

»Selbstverständlich«, hatte sein Cousin geantwortet.

Tryggvi hatte den Kopf geschüttelt.

»Und ich bezahl dich natürlich dafür«, hatte sein Cousin gesagt.

Zum Schluss hatte Tryggvi nachgegeben. Er konnte sich nicht erinnern, weshalb genau er sich hatte überreden lassen. Ihm fehlte ständig Geld, er sehnte sich danach, diese Dagmar näher kennenzulernen, sein Cousin hatte nicht lockergelassen, und es war ihm gelungen, Tryggvis Interesse an einem Leben nach dem Tod, neu zu entfachen. Der Cousin wusste von diesem Interesse. In jüngeren Jahren hatten sie häufig über diese Dinge diskutiert, über Gott, das Himmelreich, die Hölle. Beide kamen sie aus sehr religiösen Familien. Sie wurden zur Sonntagsschule geschickt, gingen regelmäßig zur Kirche und nahmen aktiv am Gemeindeleben teil. Mit dem Älterwerden verlor sich das religiöse Interesse, stattdessen kamen ihnen Zweifel an vielen Glaubensgrundsätzen, Zweifel an der Auferstehung und am ewigen Leben, am Vorhandensein des Himmelreichs. Tryggvi war der Meinung, dass er zunächst wohl deswegen Theologie studiert hatte, wegen der Zweifel, die er hatte, im Verbund mit diesen drängenden Fragen, die ihn sein Leben lang verfolgt hatten: Was, wenn? Wenn es einen Gott gab? Wenn es ein ewiges Leben gab?

»Wir haben doch so oft darüber gesprochen«, hatte sein Cousin gesagt.

»Es ist eines, darüber zu reden, aber ...«

»Wir machen das nur eine Minute lang. Du hast eine Minute, um ins Jenseits zu gelangen.«

»Aber ich ...«

»Hast du nicht Theologie studiert, um Antworten auf diese Fragen zu finden?«, hatte sein Cousin gefragt.

»Und du?«, fragte Tryggvi zurück. »Was willst du damit beweisen?«

Sein Cousin hatte gegrinst. »Nie passiert was, und nie macht jemand was«, hatte er erwidert, »auf jeden Fall nichts in dieser Art. Das ist ein spannendes Experiment,

um das mit dem Tunnel und dem hellen Licht zu überprüfen, weil wir es machen können, ohne dass es riskant
wird. Wir können das.«

»Und warum experimentierst du nicht an dir selbst?
Warum schläfern wir dich nicht ein?«

»Weil wir einen erstklassigen Arzt brauchen, und bei
allem Respekt vor dir, mein lieber Cousin, ich bin ein
besserer Arzt als du.«

Tryggvi beschaffte sich Lektüre über den Prozess
gegen die französischen Medizinstudenten. Es war ihnen gelungen, ihren Kommilitonen wieder zum Leben
zu erwecken, und nach eigenen Aussagen hatte der sich
völlig davon erholt und war genauso gesund und fit wie
zuvor.

An dem Abend, an dem sie den Plan verwirklichten,
hatte sein Cousin Geburtstag, er wurde siebenundzwanzig. Sie trafen sich zunächst alle zu Hause bei ihm, die
beiden Cousins, Dagmar und dieser Baddi, und fuhren
von dort aus zum Krankenhaus. Tryggvis Cousin hatte
alles in einem leeren Krankenzimmer mit Badewanne
vorbereitet und dort ein EKG-Gerät und einen Defibrillator bereitgestellt. Tryggvi hatte sich in die Badewanne
gelegt, in der ständig kaltes Wasser zulief, und außerdem
hatten sie sich kiloweise Eiswürfel besorgt, die sie in die
Badewanne gaben.

Tryggvis Herzschlag verlangsamte sich immer mehr,
und er verlor das Bewusstsein.

»Ich erinnere mich nur daran, wie es war, als ich wieder
aufwachte«, sagte Tryggvi und beobachtete einen leeren
Überlandbus, der auf einen Fahrsteig einbog. Es hatte
angefangen zu regnen, und der Himmel im Süden war

tief verhangen. Der Regen strömte an den Scheiben hinunter.

»Und was ist damals geschehen?«, fragte Erlendur.

»Nichts«, antwortete Tryggvi. »Nichts ist geschehen. Ich spürte nichts, ich sah nichts. Keinen Tunnel, kein Licht. Gar nichts. Ich schlief ein und wachte wieder auf. Mehr war es nicht.«

»Aber das Experiment war gelungen, sie haben es geschafft, dich zu ... dich zu töten?«

»So behauptete mein Cousin.«

»Wo ist er jetzt?«

»Er ging zur Spezialausbildung in die USA, und seitdem lebt er dort.«

»Und Dagmar?«

»Ich weiß nicht, wo sie ist. Ich habe sie seitdem ... seit diesen Ereignissen nie wiedergesehen. Ich habe mit Medizin aufgehört, habe das ganze Studium hingeschmissen. Bin zur See gegangen, da fühlte ich mich wohler.«

»Hast du dich denn schlecht gefühlt?«

Tryggvi gab ihm keine Antwort.

»Haben die das später noch einmal wiederholt?«, fragte Erlendur.

»Darüber weiß ich nichts.«

»Hast du dich wieder ganz davon erholt?«

»Wovon hätte man sich erholen sollen?«, sagte Tryggvi.

»Und da war kein Gott?«

»Kein Gott. Kein Himmelreich. Keine Hölle. Gar nichts. Mein Cousin war schwer enttäuscht von mir.«

»Hattest du dir irgendwelche Antworten erwartet?«

»Vielleicht. Wir waren ziemlich euphorisch.«

»Aber nichts geschah?«

»Nein.«

»Und mehr kannst du dazu nicht sagen?«

»Nein. Mehr kann ich dazu nicht sagen.«

»Bist du sicher? Verschweigst du da nicht irgendetwas?«

»Nein«, erklärte Tryggvi und setzte die Flasche ein weiteres Mal zu einem ordentlichen Schluck an.

Sie schwiegen eine Weile. Die Kunden der Cafeteria waren zahlreicher geworden. Sie setzten sich mit Tabletts oder Kaffeetassen an leere Tische, holten sich eine Zeitung vom Ständer und lasen darin, bis sie wieder ihrer Wege gingen. Hin und wieder kamen Durchsagen über den Lautsprecher.

»Und seitdem ist alles bergab gegangen«, sagte Erlendur.

»Was meinst du damit?«

»Dein Leben«, sagte Erlendur. »Du hast es nicht leicht gehabt.«

»Das hat nichts mit diesem idiotischen Experiment zu tun, falls du das andeuten willst.«

Erlendur zuckte die Achseln. »Wenn ich es richtig verstehe, kommst du schon seit etlichen Jahren hierher und sitzt hier am Fenster.«

Tryggvi schwieg und blickte durch die Scheibe, an der der Regen herabrann, in die Ferne jenseits von Keilir und Reykjanes.

»Warum sitzt du hier?«, sagte Erlendur so leise, dass seine Frage kaum zu hören war.

Tryggvi sah ihn an. »Möchtest du wissen, was ich empfunden habe?«

»Ja.«

»Frieden. Ich habe Frieden empfunden. Manchmal

habe ich das Gefühl, ich hätte lieber nicht zurückkehren sollen.«

Man hörte ein Klirren, als am Tresen jemandem ein Wasserglas aus der Hand fiel und klirrend auf dem Boden zerbrach.

»Ich habe eine seltsame Ruhe gespürt, die ich nicht beschreiben kann, nicht für dich oder jemand anderen. Nicht einmal für mich selbst. Danach hat mir nichts mehr etwas bedeutet, weder andere Menschen noch die Universität oder meine Umgebung. Irgendwie hatte das Leben seine Bedeutung verloren. Ich hatte das Gefühl, keine Verbindung mehr dazu zu haben.«

Tryggvi zögerte. Erlendur hörte, wie der Regen erbarmungslos gegen die Fensterscheibe prasselte.

»Und nach diesem Frieden ...«

»Ja?«, sagte Erlendur.

»Ich bin seitdem innerlich nie wieder zur Ruhe gekommen«, erklärte Tryggvi, während er beobachtete, wie sich der Bus nach Keflavík langsam in Bewegung setzte. »Ich habe das Gefühl, dass ich immer irgendwo hinmuss, dass ich auf irgendetwas warte oder dass jemand auf mich wartet, doch ich weiß nicht, wo, und ich weiß nicht, wer da auf mich wartet, und ich weiß nicht, wohin ich soll.«

»Auf was wartest du deiner Meinung nach?«

»Ich weiß es nicht. Du glaubst bestimmt, dass ich nicht richtig ticke. Die Leute halten mich für komisch.«

»Ich habe schon komischere Leute getroffen«, sagte Erlendur.

Tryggvi schaute dem Bus nach Keflavík hinterher. »Ist dir wirklich nicht kalt?«, fragte er.

»Nein«, sagte Erlendur.

»Es ist ein seltsames Gefühl, den Leuten nachzu-blicken«, erklärte Tryggvi nach längerem Schweigen. »Zu sehen, wie sie in die Busse steigen, wie die Busse wegfahren. Den ganzen Tag verschwinden hier die Men-schen.«

»Hast du nie Lust mitzufahren?«

»Nein, ich fahre nirgendwohin«, sagte Tryggvi. »Um keinen Preis der Welt. Ich fahre nirgendwohin. Ich lasse mich nicht mit einem Bus wegtransportieren. Wo fah-ren all diese Menschen hin? Sag mir das – wo fahren all diese Leute hin?«

Erlendur kam es so vor, als sei Tryggvi im Begriff, den Faden zu verlieren. Er versuchte, ihn noch ein wenig län-ger beim Thema zu halten. Er schaute auf die dreckigen Hände und das aufgedunsene Gesicht und konnte sich des Gedankens nicht erwehren, dass das Leben ihm kaum je eine bessere Chance bieten würde, einem Wie-dergänger zu begegnen.

»Also, es waren vor allem dein Cousin, der jetzt in Amerika lebt, und ein Mädchen, das Dagmar hieß, und dann noch jemand, den du Baddi genannt hast. Wer war das?«

»Den kannte ich nicht«, sagte Tryggvi. »Irgendein Freund von meinem Cousin. Ich weiß nicht mal, wie er richtig hieß. Er war von der Schauspielschule zur Uni-versität übergewechselt. Er wurde immer nur Baddi ge-nannt.«

»Hieß er vielleicht Baldvin?«

»Ja, genau«, erklärte Tryggvi. »Genauso hieß er.«

»Bist du sicher?«

Tryggvi nickte. In seinem Mundwinkel hing eine Zi-garette, die er aber nicht angezündet hatte.

»Und er kam von der Schauspielschule?«

Wieder nickte Tryggvi. »Er war mit meinem Cousin befreundet«, sagte er. »Er konnte ganz gut schauspielern, fand ich. Von dieser Bagage habe ich ihm am wenigsten vertraut.«

Neunzehn

Die Frau öffnete Erlendur mit erstaunter Miene die Tür. Erlendur blieb gezwungenermaßen vor der Tür stehen und zog den Mantel enger, denn der Wind blies kalt und trocken aus dem Norden. Er hatte sich nicht angemeldet, und die Frau, die Kristín hieß, blieb hartnäckig in der Tür stehen, als wolle sie nichts mit diesem unerwarteten Besuch zu tun haben. Erlendur erklärte ihr, er sei auf der Suche nach Informationen darüber, was beim Tod von Marías Vater geschehen sei. Kristín erklärte, sie könne ihm dabei nicht behilflich sein.

»Und wieso grabt ihr das eigentlich jetzt wieder aus?«, fragte sie.

»Wegen eines Selbstmords«, antwortete Erlendur. »Wir beteiligen uns an einer gesamtskandinavischen Studie über die Ursachen von Suiziden.«

Die Frau stand in der Tür und sagte keinen Ton. Sie war die Schwester von Marías Vater Magnús. Dessen Freund Ingvar hatte Erlendur an sie verwiesen, denn er hielt es nicht für unwahrscheinlich, dass Leonóra ihr etwas über das Unglück auf dem See von Þingvellir anvertraut hatte. Kristín lebte allein. Ingvar hatte ihm gesagt, dass sie nie geheiratet, sondern ihr ganzes Leben lang allein gelebt hatte und wahrscheinlich nicht allzu erpicht darauf war, Gäste zu empfangen.

»Wenn ich vielleicht einen Augenblick hereinkommen dürfte«, sagte Erlendur und trat von einem Fuß auf den anderen. Ihm war kalt. »Es wird auch gar nicht lange dauern«, fügte er hinzu.

Nach einem etwas peinlichen Zögern gab Kristín schließlich nach und ließ ihn herein. Mit einem leichten Schauder schloss sie die Tür hinter ihnen. »Es ist ungewöhnlich kalt heute«, sagte sie.

»Ja, das kann man wohl sagen«, stimmte Erlendur zu.

»Ich weiß nicht, weshalb ihr das nach all dieser Zeit wieder aufrollt«, sagte sie in missbilligendem Ton, als sie im Wohnzimmer Platz nahmen.

»Ich habe mit Leuten gesprochen, die María gut kannten, und dabei haben sich Dinge herausgestellt, über die ich gerne mit dir sprechen würde.«

»Weshalb untersucht ihr die Sache mit María? Ist das normal in solchen Fällen?«

»Ganz und gar nicht«, sagte Erlendur. »Wir werten nur die Informationen aus, die uns vorliegen. Der Unfall auf dem See wurde seinerzeit untersucht, und der Verlauf der Ereignisse ist damals klar zu Protokoll gegeben worden und mir bekannt. Es geht mir nicht darum, nachträglich irgendetwas in Zweifel zu ziehen. Der abschließende Bericht bescheinigt einen Unfall mit tödlichen Folgen, und daran wird sich nichts ändern.«

»Und wonach suchst du dann?«

»Gestatte mir, das noch einmal ganz deutlich zu sagen: Das Protokoll wird unter gar keinen Umständen geändert werden.«

Kristín konnte ihm immer noch nicht richtig folgen. Sie war eine gut aussehende Frau über sechzig, hatte kurz geschnittene, gelockte Haare, und man sah ihr an, dass sie sehr sensibel war. Ihr misstrauischer Blick verriet Erlendur, dass sie auf der Hut war.

»Was willst du dann von mir?«, fragte sie.

»Nichts von dem, was du mir jetzt oder später sagst, wird etwas an der Protokollfeststellung ändern, dass dein Bruder durch einen Unglücksfall zu Tode gekommen ist. Ich hoffe, du verstehst, was ich damit sagen will.«

Die Frau holte tief Luft. Vielleicht dämmerte ihr so langsam, worauf Erlendur hinauswollte, auch wenn sie es nicht zeigte.

»Ich weiß nicht, was du damit andeuten willst«, erklärte sie.

»Ich will nichts andeuten«, entgegnete Erlendur. »Ich habe nicht das geringste Interesse daran, einen Fall wieder aufzurollen, über den all die Jahre Schweigen geherrscht hat. Falls Leonóra dir etwas gesagt hat, wovon wir nichts wissen, wird sich daran nichts ändern. Ihr wart doch gut befreundet, soweit ich weiß.«

»Das waren wir«, sagte Kristín.

»Hat sie irgendwann einmal mit dir über das gesprochen, was damals passiert ist?«

Erlendur wusste, dass sein Vorgehen riskant war. Er hatte nichts in der Hand als einen hauchdünnen Verdacht, eine winzige Diskrepanz zwischen einem schlecht angefertigten Protokoll und dem, was Ingvar ausgesagt hatte, und dann noch diese ungewöhnliche Mutter-Tochter-Beziehung, die offenbar tiefer und inniger gewesen war als jegliche andere Beziehung dieser Art, die ihm je untergekommen war. Wenn Kristín Leonóras Vertraute gewesen war, konnte sie möglicherweise mehr wissen. Wenn sie tatsächlich aus irgendwelchen Gründen die ganzen Jahre etwas verschwiegen haben sollte, war sie unter gewissen Umständen vielleicht jetzt zum Sprechen zu bewegen. Sie schien eine aufrechte und ehrliche Frau zu sein, eine Zeugin, die das getan hatte, was sie in dieser schwierigen Situation für das Richtige gehalten hatte.

Schweigen senkte sich über das Wohnzimmer.

»Was willst du wissen?«, fragte Kristín schließlich.

»Alles, was du mir sagen kannst«, sagte Erlendur.

Kristín starrte ihn an. »Ich weiß nicht, worüber du redest«, sagte sie, klang aber nicht mehr ganz so überzeugt.

»Mir wurde gesagt, dass dein Bruder Magnús technisch völlig unbedarft war und nie an Maschinen herumgetüftelt hat. In dem Polizeiprotokoll steht aber, dass er sich einen Tag vor dem Unfall an dem Außenbordmotor zu schaffen gemacht hat. Stimmt das?«

Kristín antwortete nicht.

»Sein Freund Ingvar, der mich übrigens an dich verwiesen hat, sagte, Magnús hätte nicht die geringste Ahnung von Maschinen gehabt und sich nie mit so etwas abgegeben.«

»Ja.«

»Leonóra hat aber der Polizei gegenüber ausgesagt, dass er versucht hätte, den Motor zu reparieren.«

Kristín zuckte die Achseln: »Davon weiß ich nichts.«

»Ich habe mit einer alten Freundin von María gesprochen. Sie sagte mir, sie habe immer das Gefühl gehabt, dass damals am See etwas passiert sei, was nie zur Sprache gekommen sei, dass der Tod von Magnús womöglich etwas anderes gewesen sei als ein Unfall«, sagte Erlendur. »Das, worauf sie sich stützt, ist nicht viel, nur Marías Worte, dass er vielleicht hatte sterben müssen.«

»Sterben müssen?«

»Ja, ihr Vater. So hat María sich ausgedrückt.«

»Was hat sie damit gemeint?«, fragte Kristín.

»Das wusste die Freundin nicht. Vielleicht sollte es bedeuten, dass es ihm vom Schicksal vorherbestimmt war, an diesem Tag zu sterben. Es ist aber auch noch eine andere Bedeutung denkbar.«

»Und die wäre?«

»Vielleicht, dass er es verdient hatte zu sterben.«

Erlendur sah Kristín an. Sie schloss die Augen und sank in sich zusammen.

»Kannst du mir vielleicht etwas dazu sagen, was da am See passiert ist, etwas, wovon wir nichts wissen?«

»Wenn du sagst, dass das Protokoll nicht geändert wird ...«

»Du kannst mir alles sagen, was du willst, es hat keinerlei Einfluss auf das, was in den Akten als Ergebnis der Ermittlungen steht.«

»Ich habe nie mit jemandem darüber gesprochen«, sagte Kristín so leise, dass Erlendur sie kaum verstehen konnte. »Nur mit Leonóra, als sie im Sterben lag.«

Erlendur spürte, dass die Frau sich sehr schwertat. Sie überlegte lange, und er versuchte, sich in sie hineinzuversetzen. Sie war völlig unvorbereitet auf diesen Besuch gewesen, und erst recht auf die Frage, die Erlendur an sie herangetragen hatte. Sie schien jedoch keinen Grund zu sehen, ihm zu misstrauen.

»Ich glaube, da im Schrank ist noch ein Rest Aalborg«, sagte sie schließlich und stand auf. »Darf ich dir einen anbieten?«

Erlendur nahm das Angebot dankend an. Sie holte zwei kleine Gläser, füllte sie bis zum Rand mit Aquavit und hatte das erste Glas in einem Zug geleert, noch bevor

Erlendur seines an die Lippen führen konnte. Sie füllte ihres gleich wieder und leerte es halb.

»Sie sind jetzt ja beide tot«, sagte sie.

»Ja.«

»Insofern ändert es sowieso nichts mehr.«

»Wohl kaum.«

»Ich weiß nichts über diese Schraube da an dem Boot«, sagte Kristín. Sie verstummte für einen Augenblick und fragte dann: »Warum hat María das getan?«

»Ich weiß es nicht«, antwortete Erlendur.

»Das arme Mädchen«, stöhnte Kristín. »Ich kann mich so gut an sie erinnern, an die Zeit, bevor Magnús starb. Sie war der Sonnenschein ihrer Eltern. Sie hatten keine anderen Kinder, und sie war von nichts als grenzenloser Liebe umgeben. Als mein Bruder dort auf dem See zu Tode kam, hatte es den Anschein, als wäre ihr der Boden unter den Füßen weggezogen worden. Eigentlich beiden, María und Leonóra. Ich weiß, dass Leonóra Magnús über alles geliebt hat. Und das Mädchen hat so sehr an ihm gehangen. Deswegen begreife ich das nicht. Ich begreife nicht, was er sich dabei gedacht hat.«

»Er? Meinst du Magnús?«

»Nach dem Unglück ist die Mutter nicht mehr von der Seite ihrer Tochter gewichen. Leonóra schützte ihr Kind so, dass es meiner Meinung nach schon fast zu viel des Guten war. Ich glaube, sie hat das Mädchen viel zu sehr behütet. Andere wurden gar nicht in ihre Nähe gelassen – und auf keinen Fall wir, die Verwandten von Magnús. Unsere Kontakte zu den beiden erloschen mit der Zeit völlig. Nach dem Unfall auf dem See hat Leonóra jegliche Verbindung zu uns, Marías Familie väterlicherseits, abgebrochen. Ich habe das immer sehr seltsam gefunden.

Aber erst kurz vor Leonóras Tod habe ich die ganze Wahrheit erfahren. Sie bestellte mich zu sich, als es auf das Ende zuging.

Sie konnte schon nicht mehr aufstehen und wusste, dass ihr nur noch ein paar Tage blieben. Da hatten wir ... sehr lange keinen Kontakt gehabt. Sie war in ihrem Zimmer und bat mich, die Tür zu schließen und mich zu ihr zu setzen. Sie sagte, sie müsse mir etwas sagen, bevor sie hinüberging. Ich fiel aus allen Wolken. Sie begann, über Magnús zu reden.«

»Hat sie dir gesagt, was da am See passiert ist?«

»Nein, aber sie hat mir von ihrem Zorn auf Magnús erzählt.«

Kristín füllte ihr Glas ein weiteres Mal mit Aquavit. Erlendur lehnte dankend ab. Sie kippte den Schnaps hinunter und setzte das Glas ruhig ab.

»Jetzt sind sie beide tot«, sagte sie.

»Ja«, sagte Erlendur.

»Sie waren unzertrennlich.«

»Was hat Leonóra dir gesagt?«

»Sie hat mir gesagt, dass Magnús vorhatte, sie zu verlassen. Er hatte ein Verhältnis mit einer anderen Frau. Das wusste ich, denn Magnús hatte es mir seinerzeit gestanden. Deswegen hatte Leonóra mich gebeten zu kommen. Es war, als hätte ich an einer Verschwörung gegen sie teilgenommen, sie sagte das zwar nicht direkt, aber ich spürte es.«

Erlendur zögerte. »Er ... Magnús ist also fremdgegangen?«

Kristín nickte. »Es begann ein paar Monate vor seinem Tod. Ich glaube, außer mir wusste niemand davon, und ich habe es nicht weitererzählt. Das ging niemanden etwas an. Magnús sagte Leonóra, dass er sich scheiden lassen wolle. Es war ein grauenvoller Schock für sie, sagte sie mir. Es hat sie wie ein Blitz aus heiterem Himmel getroffen. Sie liebte meinen Bruder und hat ihm voll ...«

»Er hat ihr das also dort in Þingvellir gesagt?«

»Ja. Nach Magnús' Tod habe ich seinen Seitensprung nie erwähnt, weder Leonóra noch irgendeinem anderen Menschen gegenüber. Magnús war tot, und ich fand, dass das niemanden etwas anging.«

Kristín holte tief Atem. »Leonóra warf mir vor, dass ich sie nicht sofort über den Seitensprung meines Bruder informiert hatte, als ich davon erfuhr. Magnús musste erwähnt haben, dass ich Bescheid wusste. Ich hielt es aber für richtig, dass sie es von ihm selbst hörte. Leonóra konnte sehr hart und nachtragend sein. Auch nach all diesen Jahren war es, als hätte ich sie betrogen. Als sie starb ... Ich habe mich einfach nicht getraut, zur Beerdigung zu gehen. Ich bereue es jetzt. Wegen María.«

»Hast du jemals mit María über den Unfall gesprochen?«

»Nein.«

»Kannst du mir sagen, mit welcher anderen Frau Magnús sich eingelassen hatte?«

Kristín trank wieder einen Schluck Aquavit. »Spielt das eine Rolle?«, fragte sie.

»Ich weiß es nicht«, antwortete Erlendur.

»Ich glaube, das war wohl auch ein Grund dafür, weshalb Magnús es so lange hinausgezögert hat. Wer diese Frau war.«

»Inwiefern?«

»Die Frau, mit der Magnús fremdging, war eine sehr enge Freundin von Leonóra.«

»Ich verstehe.«

»Sie hat nie wieder ein Wort mit ihr gesprochen.«

»Hast du irgendwann einmal diese Sache mit dem Unfall in Verbindung gebracht?«

Kristín sah Erlendur ernst an. »Nein. Was meinst du damit?«

»Ich...«

»Weshalb befasst du dich jetzt wieder mit diesem Unfall?«

»Ich habe gehört, dass...«

»Hat sich im Zusammenhang mit Marías Tod etwas herausgestellt?«

»Nein«, antwortete Erlendur.

»Aber María hat einer Freundin erzählt, dass Magnús vielleicht sterben musste?«

»Ja.«

»Ich habe das, was da am See geschah, immer als einen schrecklichen Unfall betrachtet. Es wäre mir nie eingefallen, dass es sich um etwas anderes gehandelt haben könnte.«

»Aber...?«

»Nein, kein Aber. Es ist zu spät, um daran zu rühren.«

Die Taxizentrale befand sich im Stadtzentrum in einem niedrigen Haus, das schon einmal bessere Tage gesehen hatte. Es war früher ein Versammlungssaal gewesen, zu den Zeiten, als junge Männer Brillantine verwendeten, um sich eine Tolle zu verpassen, und ihre Freundinnen sich die Haare toupierten und brandneue Rockmusik aus Amerika die jungen Leute aus dem Häuschen brachte. Um das Haus war es schon lange stiller geworden. In der einen Hälfte war jetzt eine Taxizentrale untergebracht, in der es im Augenblick friedlich und ruhig zuging. Zwei ältere Männer spielten Rommé. Der bräunliche Linoleumbelag auf dem Fußboden war verschlissen, der glänzende weiße Lack an den Wänden hatte schon längst vor dem Schmutz kapituliert, und das Duftbäumchen, das imstande gewesen wäre, den muffigen Geruch aus dem Boden und den Wänden zu überdecken, war noch nicht erfunden. Beim Eintreten fühlte man sich um fünfzig Jahre zurückversetzt. Erlendur genoss das. Er hielt einen Augenblick mitten im Raum inne und ließ den Geist dieses Hauses auf sich einwirken.

Die Frau an der Telefonschaltanlage blickte auf, und als sie sah, dass die Romméspieler sich nicht stören ließen, fragte sie, ob er ein Taxi bräuchte. Erlendur ging zu ihr hinüber und erkundigte sich nach einem der Fahrer, Elmar.

»Elmar auf Nummer zweiunddreißig?«, sagte die Frau, die wohl ungefähr um die gleiche Zeit wie das Haus in der Blüte ihres Lebens gestanden hatte.

»Ja, wahrscheinlich«, sagte Erlendur.

»Ich weiß, dass er auf dem Weg zur Zentrale ist. Willst du nicht einfach auf ihn warten? Er wird bald da sein. Er isst abends immer hier.«

»Ja, das wurde mir gesagt«, antwortete Erlendur.

Er bedankte sich und setzte sich an einen Tisch. Der eine Romméspieler blickte hoch und sah zu ihm herüber. Erlendur nickte ihm zu, erhielt aber keine Reaktion. Die beiden Männer waren völlig vertieft in das Spiel. Erlendur blätterte in einer alten Zeitschrift, als ein Taxifahrer den Raum betrat.

»Er hat nach dir gefragt«, rief die Frau an der Schaltanlage und deutete auf Erlendur, der aufstand und den

Mann begrüßte. Der gab ihm die Hand und sagte, dass er Elmar sei, der Bruder des verschollenen Davið. Er war über fünfzig, ziemlich korpulent und hatte ein rundes Gesicht. Das Haar begann, schütter zu werden, und der Hintern, auf dem er ewig saß, war praktisch nicht mehr vorhanden. Erlendur trug sein Anliegen halblaut vor. Aus den Augenwinkeln bemerkte er, dass die Romméspieler die Ohren spitzten.

»Seid ihr etwa immer noch an dem Fall dran?«, fragte Elmar.

»Wir wollen ihn endgültig zu den Akten legen«, sagte Erlendur, ohne näher darauf einzugehen.

»Macht es dir etwas aus, wenn ich das hier esse, während wir uns unterhalten?«, fragte Elmar und setzte sich an den Tisch, der am weitesten von den Romméspielern entfernt war. Er hatte sein Abendessen in Styropor-Verpackung aus dem Supermarkt mitgebracht, irgendein scheußlich zusammengewürfeltes Eintopfgericht.

Erlendur setzte sich zu ihm.

»Zwischen dir und deinem Bruder war kein großer Altersunterschied«, sagte Erlendur.

»Zwei Jahre«, erwiderte Elmar. »Ich bin zwei Jahre älter. Habt ihr etwas Neues herausgefunden?«

»Nein«, sagte Erlendur.

»Eigentlich hatten wir keine sehr enge Beziehung zueinander. Man könnte sagen, dass ich mir nicht viele Gedanken um meinen kleinen Bruder gemacht habe, für mich war er der Kleine, ich wollte lieber mit meinen Freunden und Gleichaltrigen zusammen sein.«

»Bist du zu irgendeinem Schluss gekommen, was damals geschehen sein könnte?«

»Höchstens, dass er sich umgebracht hat«, sagte

Elmar. »Er war ja nicht in schlechter Gesellschaft und hat keine Dinger gedreht, verstehst du, und deswegen konnte es niemanden geben, der ihm an den Kragen wollte. Daviđ war ein lieber Junge. Schlimm, dass es so gelaufen ist.«

»Bei welcher Gelegenheit hast du ihn zuletzt gesehen?«

»Zuletzt? Ich habe ihn angepumpt, er sollte mir Geld fürs Kino leihen. Damals hatte man nie Geld, genauso wenig wie heute. Daviđ hat manchmal gejobbt und was zurückgelegt. Das habe ich euch aber alles schon gesagt.«

»Und …?«

»Nichts und, er hat es mir geliehen. Ich hatte keine Ahnung, dass er an dem Abend verschwinden würde, es gab also keineswegs die berühmten Abschiedsworte, nur ein ganz normales Danke und Tschüss.«

»Ihr hattet also nie eine enge Bindung?«

»Nein, das kann man nicht sagen.«

»Ihr habt nicht über persönliche Dinge gesprochen?«

»Nein. Ich meine, er war mein Bruder und das alles, aber wir waren ziemlich verschieden und … Du weißt …«

Elmar schlang das Essen in sich hinein. Zwischen zwei gehäuften Löffeln erklärte er, dass er sich nie mehr als eine halbe Stunde Zeit fürs Abendessen nähme.

»Weißt du, ob dein Bruder vor seinem Verschwinden ein Mädchen kennengelernt hat?«

»Nein«, sagte Elmar, »ich weiß von keinem Mädchen.«

»Sein Freund sagt, dass er vielleicht eine Freundin hatte, aber das ist wohl ziemlich vage.«

»Daviđ hat sich nie für Mädchen interessiert«, sagte

Elmar und zog eine Schachtel Camel aus der Tasche. Er bot Erlendur eine Zigarette an, doch der lehnte ab. »Oder sagen wir lieber, ich habe nichts darüber gewusst«, fügte er hinzu und sah zu dem Rommétisch hinüber.

»Ja, so war es wohl«, sagte Erlendur. »Deine Eltern haben sich lange Zeit an die Hoffnung geklammert, dass er zurückkehren würde.«

»Ja, sie … Für sie gab es nur Davið. An etwas anderes haben sie nie einen Gedanken verschwendet.«

Erlendur glaubte, Bitterkeit in seiner Stimme mitschwingen zu hören.

»Sonst noch etwas?«, fragte Elmar. »Ich würde ganz gern eine Runde mit denen spielen.«

»Nein, entschuldige«, sagte Erlendur und stand auf. »Ich wollte dir nicht das Abendessen verderben.«

Zwanzig

Eva Lind besuchte ihn am Abend. Sie hatte sich mit ihrer Mutter getroffen und von ihrer Begegnung erfahren. Erlendur erklärte, dass es vielleicht keine gute Idee gewesen war, sie beide zusammenzubringen. Eva schüttelte den Kopf.

»Ihr werdet euch also nicht noch einmal treffen?«, fragte sie.

»Du hast dein Möglichstes versucht«, sagte Erlendur. »Wir haben einfach keinen Draht zueinander. Vielleicht sind wir einfach zu stur und können nicht über unseren Schatten springen.«

»Stur?«

»Es war ein sehr schwieriges Treffen.«

»Sie sagt, sie ist zum Schluss abgehauen.«

»Ja.«

»Aber getroffen habt ihr euch.«

Erlendur saß mit einem Buch in der Hand in seinem Sessel. Eva Lind hatte sich auf dem Sofa vor ihm niedergelassen. So hatten sie sich oft gegenübergesessen. Manchmal hatten sie sich so heftig gefetzt, dass Eva Lind unter wüsten Beschimpfungen hinausgestürmt war. Manchmal hatten sie miteinander reden und sich ihre Gefühle zeigen können. Wenn er Eva Lind etwas über tödliche Unfälle in den Bergen oder aus der isländischen

Geschichte erzählte, schlief sie nicht selten auf dem Sofa ein. Ihr Zustand bei solchen Besuchen war unterschiedlich gewesen, manchmal war sie so high, dass Erlendur ihr gar nicht folgen konnte. Oder sie war so down, dass er fürchtete, sie könne irgendetwas Verrücktes tun.

Er zögerte, sie danach zu fragen, ob Halldóra ihr detailliert von ihrem Gespräch berichtet hatte, doch Eva Lind enthob ihn dieser Mühe.

»Mama hat gesagt, das du sie nie richtig gerngehabt hast«, begann sie vorsichtig.

Erlendur blätterte in seinem Buch.

»Aber sie war sehr verliebt in dich.«

Erlendur schwieg.

»Das sagt vielleicht einiges über diese merkwürdige Beziehung aus«, sagte Eva Lind.

Immer noch schwieg Erlendur und blickte auf das Buch, das er in der Hand hielt.

»Sie hat gesagt, es hätte keinen Sinn, mit dir zu reden«, bohrte Eva Lind weiter.

»Ich weiß nicht, was wir für dich tun können, Eva. Wir können keinen gemeinsamen Nenner finden. Ich hatte dir das ja gesagt.«

»Mama ist derselben Meinung.«

»Ich weiß, was du versuchen möchtest, aber ... Wir sind schwierige Eltern, Eva.«

»Sie sagt, dass ihr euch besser nie getroffen hättet.«

»Wahrscheinlich wäre das besser gewesen«, gab Erlendur zu.

»Also ist es total hoffnungslos?«

»Den Eindruck habe ich.«

»Es war einen Versuch wert.«

»Natürlich.«

Eva starrte ihren Vater an. »Ist das alles, was du dazu sagen kannst?«

»Können wir versuchen, das alles zu vergessen?«, sagte er und schaute von seinem Buch hoch. »Ich habe es versucht. Sie auch. Es hat nicht geklappt. Diesmal nicht.«

»Aber vielleicht später, glaubst du?«

»Ich weiß es nicht, Eva.«

Eva Lind stöhnte. Sie nahm eine Zigarette aus der Schachtel und zündete sie an. »Was für ein verdammter Schwachsinn. Ich hatte gedacht, dass man vielleicht … Ich hatte gedacht, dass man das, was zwischen euch steht, einigermaßen bereinigen könnte, aber das ist wohl hoffnungslos. Ihr seid ein total hoffnungsloser Fall.«

»Ja, wahrscheinlich.«

Beide schwiegen eine Weile.

»Ich habe immer versucht, uns vier als Familie zu sehen«, erklärte Eva Lind. »Und das tue ich immer noch. Ich tue so, als seien wir eine Familie, was wir natürlich nicht sind und nie gewesen sind. Ich dachte, wir könnten, wie soll man sagen, irgendeine Art von Frieden um uns herum schaffen. Ich fand, dass das vielleicht uns allen helfen könnte, mir und Sindri und auch dir und Mama. Verdammt.«

»Wir haben einen Versuch gemacht, aber wir sind nicht weit gekommen. Jedenfalls nicht im Augenblick. Ich denke, wir hätten uns auch schon längst ausgesöhnt, falls der Wille dazu vorhanden gewesen wäre.«

»Ich habe ihr von deinem Bruder erzählt. Sie wusste nichts darüber.«

»Nein, über ihn habe ich nie mit ihr gesprochen, genauso wenig wie mit anderen. Ich habe nie mit jemandem über ihn gesprochen.«

»Sie war sehr erstaunt. Sie hat auch deine Eltern nicht gekannt, meine Großeltern. Sie schien überhaupt wenig über dich zu wissen.«

»Vorgestern war der Geburtstag deiner Großmutter«, sagte Erlendur. »Kein besonderer Geburtstag, aber sie wurde an diesem Tag geboren. Ich habe immer versucht, sie an diesem Tag zu besuchen.«

»Ich hätte sie gern kennengelernt«, sagte Eva Lind.

Erlendur sah von seinem Buch auf. »Sie hätte dich sicher auch gern kennengelernt«, sagte er. »Wahrscheinlich hätten sich die Dinge etwas anders entwickelt, wenn sie länger gelebt hätte.«

»Was liest du da?«

»Ein sehr tragische Geschichte.«

»Ist das die über deinen Bruder?«

»Ja. Ich würde gern ... Darf ich sie dir vorlesen?«

»Du brauchst das nicht zu kompensieren«, erklärte Eva Lind.

»Was?«

»Wie Mama und du euch benehmt.«

»Nein, ich möchte, dass du sie hörst. Ich möchte sie dir gern vorlesen.«

Erlendur hob das Buch hoch, blätterte ein paar Seiten zurück und begann mit leiser, aber fester Stimme über ein furchtbares Unwetter vorzulesen, das sein ganzes Leben geprägt hatte.

EINE TRAGÖDIE IN DEN
BERGEN VON ESKIFJÖRÐUR

Aufgezeichnet von Dagbjartur Auðunsson

Jahrhundertelang konnte man von Eskifjörður nach Fljóts-
dalshéraÐ nur über die hohen Berge hinter Eskifjörður
gelangen. Es handelte sich um einen alten Reitweg, der
nördlich des Flusses Eskifjarðará über den Bergrücken
Langihryggur am Ufer der Innri-Steinsá entlang ins Vinár-
dalur mit seinen Hängen führte und über eine Geröllhalde
hoch am Urðarklettur vorbei, wo man das Gebiet verließ,
das zum Eskifjörður gehörte. Nördlich davon liegt das Þverá-Tal zwischen den Bergen Andri und Harðskafi, und noch
weiter nördlich sind Hólafjall und Selfjall.

Im Inneren des Eskifjörður war früher der Hof Bakkaselshjáleiga. Heute ist der Hof verlassen, aber um die Mitte
des Jahrhunderts lebte dort der Bauer Sveinn Erlendsson
mit seiner Frau Áslaug Bergsdóttir und zwei Söhnen, acht
und zehn Jahre alt. Sveinn hatte eine kleine Schafzucht,
war aber auch Lehrer an der Volksschule in Eskifjörður. Am
Samstag, dem 24. November 1956 war das Wetter kalt, aber
sonnig, doch wegen des Schnees war das Vorwärtskommen
schwierig. Sveinn beabsichtigte, ein paar Schafe zu holen,
die ihm wieder in die Berge entwischt waren. Zu dieser Ja-
reszeit musste man auf alle Arten von Wetter gefasst sein,
und überdies war die Schneedecke bereits so hoch, dass die
Tiere nichts zu fressen fanden. Er nahm seine beiden Söhne
auf diesen Gang mit, und sie brachen bei Tagesanbruch von
Bakkaselshjáleiga auf. Sveinn wollte vor Einbruch der Dunkelheit wieder zurück sein.

Sie folgten zunächst dem Weg ins Þverá-Tal bis zum

Berg Harðskafi, ohne irgendwelche Schafe zu finden. Deswegen setzten sie ihre Suche in südlicher Richtung fort und gingen in die Berge oberhalb von Eskifjörður. Sie kamen nur langsam vorwärts bis zum Langihryggur, und als sie beim Urðarklettur angelangt waren, verschlechterte sich das Wetter schlagartig. Sveinn war so besorgt, dass er sofort beschloss, den Rückweg anzutreten. Bevor sie sich versahen, war ein Unwetter der schlimmsten Sorte über sie hereingebrochen, mit starkem Schneefall und scharfem Wind aus dem Norden. Und das Wetter verschlechterte sich zusehends, bald befanden sie sich mitten in einem tobenden Schneesturm und konnten die Hand nicht mehr vor Augen sehen. Die Jungen wurden vom Vater getrennt. Er suchte lange und rief nach ihnen, schrie ihre Namen, aber ohne Erfolg. Mit knapper Not gelangte er selbst wieder ins Tal und folgte der Eskifjarðará bis zu seinem Hof. Das Unwetter war so schlimm, dass er sich nicht auf den Beinen halten konnte und die letzte Strecke bis zu seinem Haus auf allen vieren zurücklegen musste. Daheim angekommen, war er völlig entkräftet, er hatte seine Mütze verloren, Haar und Bart waren eisverkrustet, und er war kaum noch zurechnungsfähig.

Man rief in Eskifjörður an und bat um Hilfe, und bald ging die Nachricht durch die ganze Gegend, dass die beiden Jungen oben in den Bergen in diesem Aufruhr der Elemente, der jetzt auch unten in den Tälern losgebrochen war, um ihr Leben kämpften. Im Laufe des Abends traf die Suchmannschaft auf dem Hof Bakkaselshjáleiga ein, aber mit der Suche konnte man erst beginnen, wenn das Unwetter etwas nachgelassen hatte und es wieder hell wurde. Es waren schwierige Stunden für die Eltern, die um ihre beiden Söhne oben in den Bergen bangten. Vor allem der Vater war am Boden zerstört und kaum ansprechbar, vor Seelenqualen war er wie von Sinnen. Er hielt die Jungen für verloren und kümmerte sich weder um die Organisation der Suche noch um die Männer, die daran teilnehmen wollten. Áslaug hingegen war unermüdlich und ging allen voran, als die Suchmannschaft am nächsten Morgen in die Berge aufbrach.

Zu dem Zeitpunkt waren ebenfalls Suchtrupps aus Reyðarfjörður, Neskaupstaður und Seyðisfjörður alarmiert worden, und deswegen waren sehr viele Menschen unterwegs. Das Unwetter hatte etwas nachgelassen, aber die enormen Schneemassen behinderten die Sucher. Sie brachen zunächst in die Berge oberhalb von Eskifjörður auf. Sie hatten lange Stangen dabei, mit denen sie im Schnee stocherten, um irgendwelche Spuren von den Jungen zu finden, aber ohne Erfolg, weil in der Nacht große Mengen von Schnee gefallen waren. Man ging davon aus, dass die beiden Jungen zusammen waren und sich wahrscheinlich im Schnee eingegraben hatten. Sie waren bereits achtzehn Stunden vermisst, als die Suche aufgenommen wurde, und gemessen an der Kälte oben in den Bergen war es ein Wettkampf mit der Zeit.

Mit dicken Winterjacken, Schals und Mützen waren die Jungen gut gegen die Kälte gekleidet gewesen, als sie von zu Hause aufgebrochen waren. Nach vier Stunden Suche fand man einen Schal, und Áslaug erklärte, dass er dem älteren Sohn gehörte. Daraufhin konzentrierte sich die Suche auf die allernächste Umgebung der Stelle, an der der Schal gefunden worden war. Ein Mitglied der Suchmannschaft war Halldór Brjánsson aus Seyðisfjörður. Er glaubte plötzlich, auf Widerstand zu stoßen, als er mit seinem Stab im Schnee stocherte, und als die Männer anfingen zu graben, kam der ältere Junge zum Vorschein. Er lag auf dem Bauch, als wäre er vornübergefallen. Er gab noch Lebenszeichen von sich, war aber völlig unterkühlt, und an Händen und Füßen zeigten sich bereits Anzeichen von Erfrierungen. Er war kaum noch bei Bewusstsein und konnte den Suchtrupps keinen Hinweis geben, wo sein jüngerer Bruder sein konnte. Der schnellste von den Männern wurde losgeschickt, um heiße Milch zu holen. Die Männer wechselten sich beim Tragen ab, als sie den Jungen ins Tal transportierten. Daheim in Bakkaselshjáleiga war der Arzt zur Stelle, der den Jungen untersuchte und Anweisungen gab, wie ihm Wärme zuzuführen war. Er verarztete die Erfrierungen, und allmählich kam der Junge wieder zu sich, war aber augenscheinlich am Ende seiner Kräfte. Viel hätte nicht gefehlt, dass er dort oben den kalten Tod gefunden hätte.

Die Suche in der Umgebung, wo der ältere Bruder gefunden worden war, wurde mit verdoppelter Intensität weitergeführt, aber ohne Erfolg. Es hatte den Anschein, als sei er vom Sturm weitergetrieben worden in Richtung Þverá-Tal und zum Harðskafi-Massiv hinüber. Man erweiterte daraufhin das abzusuchende Gelände. Von Bakkaselshjáleiga traf die Nachricht ein, dass der ältere Junge nichts darüber wusste, was aus seinem Bruder geworden war. Seiner Aussage nach waren sie noch eine ganze Weile beieinander gewesen, aber dann hatte er seinen Bruder auf einmal im Schneetreiben aus den Augen verloren. Er sagte, er habe nach ihm gesucht und nach ihm gerufen, bis er völlig erschöpft war und immer wieder vornüber in den Schnee fiel. Von dem Jungen hieß es, er sei untröstlich und zu Tode betrübt. Er drängte darauf, wieder hinauf in die Berge zu gehen und aufs Neue nach seinem Bruder zu suchen, und der Arzt musste ihm schließlich ein Beruhigungsmittel geben.

Bei Anbruch des Abends verschlechterte sich das Wetter wieder, sodass die Suchtrupps hinunter ins Tal mussten. In Eskifjörður wurde eine Suchzentrale eingerichtet. Am nächsten Morgen machten sich bei Tagesanbruch erneut viele Menschen auf die Suche, sowohl oben in den Bergen als auch im Þverá-Tal und an den Hängen der umliegenden Berge. Man versuchte, sich darüber klar zu werden, in welche Richtung der Wind den Jungen getrieben haben konnte, nachdem er von seinem Bruder getrennt worden war. Die Suche in diesen Gebieten war erfolglos und wurde auf das Gelände nördlich und südlich davon ausgeweitet, und damit verging der ganze Tag bis zum Abend, ohne dass der Junge gefunden wurde.

Die organisierte Suche wurde über mehr als eine Woche fortgesetzt, doch um es kurz zu machen: Der Junge wurde nie gefunden. Es gab eine Reihe von Spekulationen darüber, was aus ihm geworden sein könnte, denn es hatte ganz den Anschein, als seien seine sterblichen Überreste vom Erdboden verschluckt worden. Einige waren der Meinung, er müsse in der Eskifjarðará ertrunken und mit der Strömung ins Meer getrieben worden sein. Andere nahmen an, er sei von dem Unwetter noch viel höher in die Berge getrieben worden, als man sich bisher vorgestellt hatte. Wieder andere meinten, er müsse in den Sumpfgebieten unten am Ende des Fjordes umgekommen sein, sei also bereits auf dem Heimweg gewesen.

Es war offensichtlich, wie furchtbar das, was seinen Söhnen zugestoßen war, auf Sveinn Erlendsson lastete. Später kam auch das Gerücht auf, dass seine Frau Áslaug ihren Mann an diesem Tag davor gewarnt hatte, beide Jungen in die Berge mitzunehmen, aber er hatte ihre Worte in den Wind geschlagen.

Der ältere Bruder erholte sich von seinen Erfrierungen,

aber alle fanden ihn seit dieser Zeit eigen und teilnahmslos. Es hieß, dass er immer wieder nach den sterblichen Überresten seines Bruders gesucht hat, solange die Familie noch auf dem Hof lebte.

Zwei Jahre nach diesen Ereignissen zogen Sveinn und Áslaug fort und gingen nach Reykjavík. Dadurch wurde, wie eingangs erwähnt, Bakkaselshjáleiga zum Ödhof.

Erlendur schloss das Buch und strich mit der Hand über den abgegriffenen Buchdeckel. Eva Lind saß ihm stumm auf dem Sofa gegenüber. Es verging geraume Zeit, bevor sie ihre Hand nach der Zigarettenschachtel ausstreckte.

»Eigen und irgendwie teilnahmslos?«, fragte sie.

»Der alte Dagbjartur hat auf niemanden Rücksicht genommen«, sagte Erlendur. »Er hätte es gut bleiben lassen können, die Dinge so direkt beim Namen zu nennen. Er konnte überhaupt nicht wissen, ob ich eigen und teilnahmslos war, er hat mich nämlich nie getroffen. Und deine Großmutter und deinen Großvater hat er kaum gekannt. Sein ganzes Wissen hatte er von denen, die an der Suche teilgenommen hatten. Gerüchte und Klatschgeschichten, die einem zu Ohren kommen, darf man nicht für bare Münze nehmen, und sie gehören nicht gedruckt. Er hat meine Mutter völlig unnötigerweise tief verletzt.«

»Und dich auch.«

Erlendur zuckte die Achseln.

»Das ist längst passé. Ich habe diesen Bericht wahrscheinlich wegen des Andenkens an meine Mutter behalten. Sie war überhaupt nicht damit einverstanden.«

»Stimmte das denn? War sie dagegen, dass ihr mit eurem Vater losgezogen seid?«

»Sie war dagegen. Aber sie hat ihm nicht die Schuld daran gegeben, wie es gekommen ist, jedenfalls nicht, nachdem einige Zeit verstrichen war. Sie war zwar vergrämt und verbittert, wusste aber immer, dass es nicht um Schuld oder Schuldlosigkeit ging. Es ging darum zu überleben, sich im harten Kampf mit der Natur zu behaupten. Dieser Gang in die Berge war einfach notwendig. Niemand konnte vorhersehen, dass er so gefährlich werden würde.«

»Was war damals mit deinem Vater? Weshalb hat er nichts unternommen?«

»Das habe ich im Grunde genommen nie verstanden. Als er nach diesen furchtbaren Strapazen wieder zurück ins Tal gefunden hatte, stand er völlig unter Schock, da er überzeugt war, dass Bergur und ich tot sein mussten. Bei ihm schien jeglicher Lebenswille erloschen zu sein. Er selbst war nur mit knapper Not mit dem Leben davongekommen, nachdem wir uns aus den Augen verloren hatten. Deine Großmutter sagte mir, dass er ganz einfach aufgegeben hat, als es mit Einbruch der Nacht dunkel wurde und das Unwetter noch heftiger tobte. Er blieb die ganze Zeit im Schlafzimmer, hockte auf der Bettkante und kümmerte sich nicht darum, was um ihn herum vorging. Er war natürlich selbst auch am Ende seiner Kräfte und hatte Erfrierungen davongetragen. Als er erfuhr, dass ich gerettet worden war, hat er sich ein wenig erholt. Ich bin zu ihm gegangen, und er hat mich in seine Arme geschlossen.«

»Darüber muss er doch froh gewesen sein.«

»Das war er bestimmt, aber ich ... Ich wurde von einem seltsamen Schuldgefühl überfallen. Ich verstand nicht, weshalb ich gerettet worden war und Bergur umkommen musste. Letzten Endes begreife ich das immer noch nicht. Ich hatte das Gefühl, dass es mit mir zu tun hatte, dass es meine Schuld war. Nach und nach habe ich mich mit diesen meinen Gedanken abgesondert. Eigen und teilnahmslos. Vielleicht stimmt diese Beschreibung letzten Endes doch.«

Sie saßen eine ganze Weile schweigend da, bis Erlendur das Buch weglegte.

»Deine Großmutter hat das Haus in bestem Zustand hinterlassen, als wir weggingen. Ich habe Ödhöfe gesehen, wo es so aussah, als hätten die Leute das Haus Hals über Kopf verlassen und keinen Blick mehr zurückgeworfen. Teller auf den Tischen, Geschirr in den Schränken, die Betten in den Zimmern nicht gemacht. Deine Großmutter hat das Haus aufgeräumt, und es blieb nichts zurück, als wir nach Reykjavík zogen. Einiges von den Möbeln hat sie mitgenommen, anderes verschenkt. Niemand hatte ein Interesse daran, dort zu leben, nachdem wir gegangen waren. Unser Heim wurde zu einem verlassenen Hof, und das war ein merkwürdiges Gefühl. Am letzten Tag sind wir von einem Zimmer ins andere gegangen, und ich habe diese seltsame Leere gespürt, die ich seitdem nie wieder losgeworden bin. Es war, als würden wir unser Leben da an diesem Ort zurücklassen, hinter dieser alten Tür und den leeren Fenstern. Als hätten wir kein Leben mehr, als hätten irgendwelche Mächte es uns genommen.«

»Genau, wie sie euch Bergur genommen haben?«

»Manchmal wünsche ich mir, ich könnte Ruhe vor ihm finden. Dass ein ganzer Tag vergeht, ohne dass ich an ihn denken muss.«

»Aber das geschieht nicht?«

»Nein. Das geschieht nicht.«

Einundzwanzig

Erlendur saß vor der Kirche in seinem Auto, rauchte eine Zigarette und dachte über das nach, was man Zufall nannte. Es hatte ihn schon immer fasziniert, wie Zufälle über das Schicksal von Menschen entscheiden konnten, über Leben und Tod. Er kannte solche Zufälle aus seiner Arbeit. Mehr als einmal war er mit Tatorten konfrontiert gewesen, an denen ein sinnloser Mord verübt worden war, ohne Vorwarnung und ohne dass es eine Verbindung zwischen Mörder und Opfer gegeben hatte.

Eines der erschütterndsten Beispiele für derartige Zufälle war eine Frau, die auf dem Heimweg von einem Supermarkt in einem der Außenviertel der Stadt ermordet worden war. Der Laden war damals einer der ganz wenigen gewesen, die abends geöffnet hatten. Sie begegnete zwei Männern, die für die Polizei keine Unbekannten waren. Die beiden wollten ihr die Tasche entreißen, aber sie ließ sie aus einem merkwürdigen Trotz heraus nicht los. Der eine Mann war bereits mehrfach vorbestraft. Er hatte ein kleines Brecheisen dabei und versetzte ihr zwei schwere Hiebe auf den Kopf. Sie war bereits tot, als sie in die Ambulanz eingeliefert wurde.

»Weshalb sie?«, hatte Erlendur sich an jenem Sommerabend vor zwanzig Jahren gefragt, als er vor der Leiche der Frau stand.

Er wusste, dass die beiden Männer, die sie überfallen hatten, wandelnde Zeitbomben waren. Seiner Meinung nach war es nur noch eine Frage der Zeit, wann sie ein schweres Verbrechen verüben würden. Die Begegnung mit dieser Frau war ein absoluter Zufall. Es hätte genauso gut jemand anderen an diesem Abend oder eine Woche, einen Monat oder ein Jahr später treffen können. Weshalb sie, an dem Abend, zu dieser Zeit? Und weshalb hatte sie ausgerechnet so reagiert, als sie diesen Männern gegenüberstand? Wann begann diese Kette der Ereignisse, die mit einem Mord endete?, fragte er sich. Es ging ihm nicht darum, die Täter von ihrer Verantwortung zu befreien, es ging ihm um ein Leben, das in einer Blutlache auf einem Bürgersteig in Reykjavík geendet hatte.

Bei den Ermittlungen stellte sich heraus, dass die Frau vom Land kam und seit sieben Jahren in Reykjavík lebte. Der Grund, weshalb sie mit ihrem Ehemann und zwei Töchtern aus dem heimatlichen Fischerdorf weggezogen war, waren die Entlassungen in den Fischverarbeitungsbetrieben. Der Trawler mit der Fangquote war verkauft worden, und der Krabbenfang war weit unter den Erwartungen geblieben. Vielleicht hatte ihr Schicksal ab diesem Zeitpunkt seinen Lauf genommen. Mehr als eine Wohnung in einem der Außenviertel von Reykjavík war nicht drin. Sie hätte gern etwas näher zur Stadtmitte gewohnt, dort waren Immobilien jedoch erheblich teurer. Eine weitere Weiche war gestellt.

Der Mann bekam Arbeit auf dem Bau und sie eine Stelle als Telefonistin bei einem großen Unternehmen. Als die Firma ihren Hauptsitz verlegte, wurde es sehr schwierig für sie, mit öffentlichen Verkehrsmitteln zur Arbeit zu kommen, deswegen kündigte sie. Anschließend bekam sie eine Stellung als Aufsichtsperson in der Grundschule des Viertels, und ihr gefiel diese Arbeit. Sie mochte die Kinder, und die Kinder mochten sie. Sie ging jeden Morgen zu Fuß zu der Schule und genoss es, Bewegung zu haben. Allabendlich schleifte sie ihren Mann mit, um einen Spaziergang durch das Viertel zu machen, der nur bei ganz schlechtem Wetter ausfiel. Die Töchter wuchsen heran, der zwanzigste Geburtstag der Ältesten näherte sich.

Die Frist lief ab. An dem schicksalhaften Abend war die ganze Familie zu Hause, und die älteste Tochter bat ihre Mutter um selbst gemachtes Eis. Damit kam die folgenschwere Kette der Ereignisse in Gang, es fehlten nämlich Sahne und auch noch ein paar andere Kleinigkeiten. Die Mutter ging zum Geschäft.

Die jüngere Tochter bot ihr an, für sie zu gehen, aber darauf ging sie nicht ein, denn sie wollte den Einkauf gern mit dem Abendspaziergang kombinieren und sah zu ihrem Mann hinüber. Der hatte aber keine Lust, denn im isländischen Fernsehen lief eine Serie, in der Leute vom Land interviewt wurden, und die wollte er nicht verpassen, weil manchmal wirklich komische Käuze darunter waren. Vielleicht war das auch einer dieser Zufälle. Wenn diese Sendung nicht im Programm gewesen wäre, hätte der Mann sie begleitet.

Die Mutter ging zur Tür hinaus und kehrte nie wieder zurück.

Der Mann, der ihr die tödlichen Hiebe versetzte, erklärte, sie habe die Handtasche trotz seiner Drohungen um keinen Preis loslassen wollen. Es stellte sich heraus, dass die Frau tags zuvor wegen des Geburtstagsgeschenks für ihre Tochter eine beträchtliche Summe von ihrem Konto abgehoben hatte, und das Geld war in ihrem Portemonnaie. Normalerweise hatte sie nie viel Bargeld bei sich.

Auch das war ein Zufall.

Mit dem Gedanken an das Geburtstagsgeschenk für ihre Tochter kam sie an einem Sommerabend in Reykjavík ums Leben; sie hatte sich nichts anderes zuschulden kommen lassen, als ihr normales Leben zu leben und sich liebevoll um ihre Familie zu kümmern.

Erlendur drückte die Zigarette aus und stieg aus dem Auto. Er sah zu der Kirche hoch, einem kalten, grauen Steinklotz, und dachte bei sich, dass der Architekt Atheist sein musste. Zumindest konnte er nicht sehen, dass dieses Gebäude zur Ehre Gottes errichtet worden war, sondern eher zu Ehren der Firma, die den Beton dafür gemischt hatte.

Die Pastorin Eyvör saß an ihrem Schreibtisch und telefonierte. Sie bedeutete ihm, Platz zu nehmen, und er wartete darauf, dass sie das Gespräch beendete. Im Büro stand ein halb offener Schrank, in dem sich Talar, Halskrause und Ornat befanden.

»Du schon wieder?«, fragte Eyvör, als sie das Telefongespräch beendet hatte. »Kommst du wieder wegen María?«

»Irgendwo habe ich gelesen, dass sich immer mehr Menschen einäschern lassen«, sagte er in der Hoffnung, die Frage auf diese Weise umgehen zu können.

»Es gibt immer Menschen, die diesen Weg wählen und diesbezüglich strikte Anweisungen geben, weil sie nicht in der Erde verwesen möchten.«

»Es hat also nichts mit Glauben oder Christentum zu tun?«

»Nein, eigentlich nicht.«

»Soweit ich weiß, hat Baldvín María einäschern lassen«, sagte Erlendur.

»Ja.«

»Angeblich auf ihren Wunsch hin.«

»Darüber weiß ich nichts.«

»Sie hat nie mit dir darüber gesprochen?«

»Nein.«

»Hat Baldvin mit dir über diesen Wunsch gesprochen?«

»Nein, darüber hat er nicht mit mir geredet. Er sagte mir nur, dass sie es so gewünscht habe. Wir verlangen dafür keine Beweise.«

»Nein, natürlich nicht.«

»Ihr Tod macht dir zu schaffen«, konstatierte Eyvör.

»Vielleicht«, sagte Erlendur.

»Was glaubst du, was passiert ist?«

»Ich glaube, sie hat sich sehr elend gefühlt«, sagte Erlendur, »und zwar bereits seit Langem.«

»Das glaube ich auch. Deswegen habe ich mich vielleicht weniger als andere darüber gewundert, was passiert ist.«

»Hat sie mit dir über Erscheinungen gesprochen, die sie gehabt hat, Visionen oder dergleichen?«

»Nein.«

»Darüber, dass sie ihre Mutter gesehen zu haben glaubte?«

»Nein.«

»Oder dass sie zu Séancen gegangen ist?«

»Nein, das hat sie nicht erzählt.«

»Worüber habt ihr dann gesprochen, wenn ich danach fragen darf?«

»Solche Gespräche sind selbstverständlich vertraulich«, sagte Eyvör. »Ich darf keine Details an dich weitergeben, zumal ich auch nicht glaube, dass es irgendetwas mit der Art und Weise zu tun hat, wie sie aus dieser Welt gehen wollte. Wir haben ganz allgemein über Dinge des Glaubens gesprochen.«

»Irgendetwas Spezielles?«

»Ja, manchmal.«

»Über was?«

»Über die Vergebung. Darüber, dass man sich zu seinen Sünden bekennt. Über die Wahrheit und wie sie den Menschen befreit.«

»Hat sie irgendwann einmal über die Dinge gesprochen, die sich in ihrer Kindheit am See von Þingvellir zugetragen haben?«

»Nein«, erklärte Eyvör, »daran kann ich mich nicht erinnern.«

»Oder über den Tod ihres Vaters?«

»Nein. Es tut mir leid, dass ich dir in dieser Sache nicht weiterhelfen kann.«

»Schon gut«, entgegnete Erlendur und erhob sich.

»Eines kann ich dir vielleicht sagen. Wir sprachen häufig über das Leben nach dem Tod. Das habe ich dir aber, glaube ich, schon bei unserem letzten Gespräch gesagt. Sie war ... Wie soll ich das ausdrücken? Ihr Interesse an diesen Fragen wurde mit den Jahren immer stärker und natürlich ganz besonders nach dem Tod ihrer Mutter. Es ging ihr im Grunde genommen um einen Beweis für so etwas, und ich hatte das Gefühl, dass sie bereit war, ziemlich weit zu gehen, um einen solchen Beweis zu bekommen.«

»Was meinst du damit?«

Eyvör beugte sich über den Schreibtisch vor. Aus den Augenwinkeln behielt Erlendur die Halskrause im Blick.

»Ich glaube, sie war bereit, den Weg zu Ende zu gehen. Aber das ist meine private Ansicht, und ich möchte nicht, dass irgendwelche Gerüchte über sie in Umlauf gebracht werden. Das bleibt unter uns.«

»Warum glaubst du das?«

»Ich hatte einfach das Gefühl.«

»Und der Selbstmord war demnach ...?«

»Ihre Suche nach einer Antwort. Glaube ich. Ich weiß, dass ich nicht so reden sollte, aber so, wie ich sie in den letzten Jahren kennengelernt habe, könnte ich mir gut vorstellen, dass sie ganz einfach auf der Suche nach einer Antwort war.«

Als Erlendur wieder im Auto saß und losfuhr, klingelte sein Handy. Es war Sigurður Óli. Erlendur hatte ihn gebeten, Marías Mobiltelefon zu überprüfen, und Baldvin hatte freundlicherweise sein Einverständnis gegeben. In den Tagen vor ihrem Tod hatte María sich mit verschiedenen Leuten wegen ihrer wissenschaftlichen Arbeit in Verbindung gesetzt, mit Karen wegen des Ferienhauses und mit ihrem Mann, sowohl auf seinem Anschluss im Krankenhaus als auch auf seinem Handy.

»Das letzte Gespräch auf dem Handy führte sie an dem Abend, an dem sie sich erhängt hat«, sagte Sigurður Óli unverblümt.

»Wann war das genau?«

»Um zwanzig vor neun.«

»Da ist sie also noch am Leben gewesen?«

»Es hat den Anschein. Das Gespräch hat zehn Minuten gedauert.«

»Ihr Mann hat ausgesagt, dass sie ihn an dem Abend aus dem Ferienhaus angerufen hat.«

»Was geht eigentlich in deinem Kopf vor?«, fragte Sigurður Óli.

»Was meinst du damit?«

»Wieso beschäftigst du dich immer noch mit dieser Frau? Sie hat sich doch umgebracht. Bei dieser Sache gibt es doch gar keine offenen Fragen.«

»Ich weiß es nicht.«

»Du nimmst das wie einen Mordfall unter die Lupe, das ist dir doch hoffentlich klar?«

»Nein, das tue ich nicht«, erklärte Erlendur. »Ich glaube nicht, dass sie ermordet wurde. Ich will bloß wissen, weshalb sie Selbstmord begangen hat, das ist alles.«

»Was geht dich das an?«

»Nichts«, sagte Erlendur. »Rein gar nichts.«

»Ich dachte, du würdest dich bloß für Leute interessieren, die verschwinden.«

»Ein Selbstmord ist auch eine Art Verschwinden«, sagte Erlendur und beendete das Gespräch.

Das Medium nahm María an der Tür in Empfang und führte sie in die Wohnung. Sie sprachen eine ganze Weile miteinander, bevor die eigentliche Sitzung begann. Magdalena machte einen sehr sympathischen Eindruck auf María. Sie wirkte warm, verständnisvoll und feinfühlig, genau wie Andersen. Für María war es aber ein ganz anderes Gefühl, mit einer Frau zu reden. Magdalena gegenüber fühlte sie sich ungezwungener. Auch hatte es den Anschein, als verfüge Magdalena über stärkere seherische Kräfte. Sie war rezeptiver, sie wusste mehr, und sie sah weiter und mehr als Andersen.

Sie hatten im Wohnzimmer Platz genommen, und Magdalena führte langsam, aber sicher auf die eigentliche Séance hin. María schenkte der Wohnung oder dem Mobiliar kaum Beachtung. Baldvin hatte Magdalenas Nummer im Krankenhaus bekommen, und María hatte sich sofort mit ihr in Verbindung gesetzt und auch gleich einen Termin bekommen. María hatte das Gefühl, dass die Seherin allein lebte.

»Ich spüre eine große Nähe«, sagte Magdalena. Sie schloss die Augen und öffnete sie wieder. »Hier ist eine Frau«, fuhr sie fort. »Ingibjörg. Sagt dir das etwas?«

»Meine Großmutter hieß Ingibjörg«, sagte María. »Sie ist schon lange tot.«

»Sie ist sehr entfernt. Ihr hattet keine enge Beziehung.«

»Nein, ich habe sie kaum gekannt. Sie war die Mutter meines Vaters.«

»Sie ist voller Trauer.«

»Ja.«

»Sie sagt, du hättest keine Schuld an dem, was passiert ist.«

»Nein.«

»Sie spricht von einem Unfall«, sagte Magdalena.

»Ja.«

»Da ist ein See. Jemand, der ertrunken ist.«

»Ja.«

»Ein tragischer Unfall, sagt die alte Frau.«

»Ja.«

»Kennst du das vielleicht . . . Da ist ein Gemälde. Ist das ein Bild von einem See? Es ist ein Gemälde vom Þingvellir-See. Kennst du es?«

»Ja.«

»Vielen Dank. Hier ist . . . Hier ist ein Mann, der . . . Es ist undeutlich, ein Bild oder ein Gemälde . . . Hier ist eine Frau, die sich Lovísa nennt, kennst du sie?«

»Ja.«

»Sie ist mit dir verwandt.«

»Ja.«

»Danke. Sie ist jung . . . Ich . . . Kaum mehr als zwanzig.«

»Ja.«

»Sie lächelt. Da ist so viel Licht um sie herum, es ist ganz hell um sie herum. Sie lächelt. Sie sagt, dass Leonóra bei ihr ist und sich wohlfühlt.«

»Ja.«

»Sie lässt dir ausrichten, dass du dir keine Sorgen machen sollst . . . Leonóra geht es wunderbar. Sie sagt . . .«

»Ja?«

»Sie sagt, sie freut sich darauf, dich wiederzusehen.«

»Ja.«

»Sie möchte, dass du weißt, dass es ihr gut geht. Es wird wunderschön werden, wenn du auch kommst. Es wird wunderschön.«

»Ja?«

»Sie sagt, dass du keine Angst haben sollst. Sie sagt, dass du dir keine Sorgen machen sollst. Es wird alles gut gehen, was du vorhast. Zu was auch immer du dich entschließt, es wird ... Sie sagt, dass alles gut gehen wird. Du brauchst dir keine Sorgen zu machen. Alles geht gut.«

»Ja.«

»Um diese Frau herum ist alles schön. Sie ... Von ihr geht ein Strahlen aus ... Sie sagt dir ... Kommt dir das bekannt vor ... Es ist ein Schriftsteller?«

»Ja.«

»Ein französischer Schriftsteller.«

»Ja.«

»Sie lächelt. Das ist ... Diese Frau da bei ihr ... Sie sagt, dass es ihr jetzt besser geht. All diese ... All diese Qualen ...«

Magdalena kniff die Augen zusammen.

»Jetzt verschwinden sie allmählich.«

Sie öffnete die Augen und brauchte eine Weile, um sich wieder zu fangen.

»War ... War das in Ordnung?«

María nickte. »Ja«, sagte sie sanft. »Vielen Dank.«

Als María nach Hause kam, erzählte sie Baldvin, was sich bei der Séance abgespielt hatte. Sie befand sich in einer erregten Gemütsverfassung und sagte, derartig klare Botschaften hätte sie gar nicht erwartet. Sie wunderte sich über die Personen, die da bei der Séance erschienen waren. Seit ihrer Kindheit hatte sie nicht mehr an ihre Großmutter väterlicherseits gedacht, und ihre Großtante Lovísa aus der Familie mütterlicherseits kannte sie nur vom Hörensagen. Sie war jung an Typhus gestorben.

María konnte an diesem Abend kaum Schlaf finden. Sie war allein zu Hause, denn Baldvin hatte noch einmal in die Klinik gemusst. Draußen heulten herbstliche Winde.

Endlich gelang es ihr einzuschlafen.

Kurze Zeit später schreckte sie wieder hoch, weil sie hörte, wie das offene Gartentor gegen den Zaun schlug. Jetzt goss es wie aus Kübeln. Sie hörte das Klappern des Tors und wusste, dass es sie wach halten würde.

Sie stand auf, zog sich Bademantel und Pantoffeln an und ging in die Küche. Von dort führte eine Tür über eine Holzveranda, die sie vor ein paar Jahren hatten errichten lassen, in den Garten. Sie wickelte den Bademantel fest um sich, band ihn zu und öffnete die Tür. Gleichzeitig nahm sie starken Zigarrenrauch in der Luft wahr.

Sie trat vorsichtig auf die Veranda in den peitschenden Regen hinaus.

Hat Baldvin geraucht?, fragte sie sich.

Sie sah, wie das Tor hin- und hergeschleudert wurde, aber statt es so schnell wie möglich zu schließen und wieder ins Haus zu laufen, stand sie wie angewurzelt auf der Veranda, und ihre Blicke bohrten sich in die Finsternis. Im Garten stand ein Mann, der von Kopf bis Fuß klatschnass war. Er war kräftig und hatte einen Bauch. Der Mann war leichenblass, und das Wasser troff an ihm herunter. Er öffnete und schloss den Mund einige Male, als würde er mühsam nach Luft ringen, bevor er ihr zurief:

»Sei auf der Hut, du weißt nicht, was du tust!«

Zweiundzwanzig

Andersen, das Medium, war misstrauisch und wollte am Telefon nichts sagen; er glaubte noch nicht einmal, dass Erlendur von der Kriminalpolizei war. Erlendur erkannte sofort die Stimme von der Kassette wieder. Der Mann erklärte, falls Erlendur etwas von ihm wolle, müsse er sich genau wie alle anderen einen Termin geben lassen. Erlendur wandte ein, dass das, was er von ihm wolle, unbedeutend sei und kaum Zeit in Anspruch nehmen würde, aber der Mann blieb unerbittlich.

»Willst du Geld von mir?«, fragte Erlendur am Ende des Gesprächs.

»Warten wir es ab«, erklärte der Mann.

Einige Tage später drückte Erlendur abends auf eine Klingel an einem Mehrfamilienhaus im Vogar-Viertel und fragte nach Andersen.

Das Medium öffnete ihm die Haustür, und Erlendur stieg bedächtig die Stufen bis in den zweiten Stock hoch, wo Andersen ihn auf dem Treppenabsatz erwartete. Sie gaben sich die Hand, und Erlendur folgte Andersen in seine Wohnung. Ein schwacher Duft von Räucherstäbchen lag in der Luft, und von irgendwoher ertönte sanfte Musik aus Lautsprechern, die Erlendur nirgendwo entdecken konnte.

Erlendur hatte diesen Besuch vor sich hergeschoben,

kam aber dann doch zu der Überzeugung, dass er nicht darum herumkommen würde. Er interessierte sich nicht sonderlich für die Arbeit von Sehern oder ihre Fähigkeit, Kontakt zu Verstorbenen aufzunehmen, und deswegen befürchtete er, dass es zu Meinungsverschiedenheiten kommen könnte. Er war fest entschlossen, sich zurückzuhalten, und hoffte, dass Andersen sich ebenfalls zusammenreißen würde.

Andersen bot ihm einen Stuhl an einem kleinen runden Tisch an und ließ sich ihm gegenüber nieder.

»Lebst du hier allein?«, fragte Erlendur und blickte sich um. Er hatte das Gefühl, sich in einem ganz normalen isländischen Zuhause zu befinden. Einen großen Fernseher gab es, eine Sammlung von Filmen auf Video und DVD – und sehr viele Musik-CDs, die in drei Regalen untergebracht waren. Parkett auf dem Boden, Familienbilder an den Wänden. Keine Schleier und keine Kristallkugeln, dachte Erlendur.

Kein Ektoplasma.

»Steht das in Zusammenhang mit einer Ermittlung?«, fragte Andersen.

»Nein«, entgegnete Erlendur. »Ich bin ... Was kannst du mir über María sagen? Ich habe dich bereits am Telefon nach ihr gefragt. Sie hat sich das Leben genommen.«

»Darf ich fragen, weshalb ihr in ihrem Fall ermittelt?«

Erlendur begann, ihm von der schwedischen Erhebung über Selbstmorde und ihre Hintergründe zu erzählen, war sich aber nicht sicher, ob er imstande war, diesen Mann, der ja schließlich davon lebte, seherische Fähigkeiten zu besitzen, gut genug anzulügen. Würde Andersen ihn nicht sofort durchschauen? Er beeilte sich mit seinen Erklärungen und hoffte das Beste.

»Ich weiß eigentlich nicht, wie ich dir weiterhelfen kann«, sagte Andersen. »Zwischen mir und denen, die zu mir kommen, bildet sich oft ein starkes Band des Vertrauens, und es fällt mir sehr schwer, das zu zerstören.«

Er lächelte entschuldigend. Erlendur lächelte zurück. Andersen war ein hochgewachsener Mann um die sechzig. Seine Schläfen waren ergraut. Er hatte klare Gesichtszüge und wirkte außerordentlich entspannt.

»Du hast immer genug zu tun?«, fragte Erlendur in der Hoffnung, die Atmosphäre so etwas auflockern zu können.

»Ich kann nicht klagen. Die Isländer haben ein großes Interesse an spiritistischen Dingen.«

»Du meinst, an einem Leben, das danach kommt?«

Andersen nickte.

»Hängt das nicht einfach damit zusammen, dass wir noch etwas hinterwäldlerisch sind?«, fragte Erlendur. »Es ist nicht lange her, dass wir aus den Torfhäusern und der mittelalterlichen Finsternis herausgekrochen sind.«

»Das psychische Befinden hat nichts mit Torfhäusern zu tun«, sagte Andersen. »Vielleicht helfen solche Vorurteile ja manchem. Ich für meinen Teil habe sie immer albern gefunden. Aber ich kann gut verstehen, wenn andere Menschen Vorbehalte gegenüber jemandem wie mir haben. Wahrscheinlich hätte ich die auch, wenn ich nicht mit dieser unerhörten Fähigkeit geboren worden wäre, dieser Wahrnehmungsfähigkeit, wie ich sie nennen möchte.«

»Wie oft hast du María getroffen?«

»Nach dem Tod ihrer Mutter ist sie zweimal zu mir gekommen.«

»Sie wollte Verbindung zu ihr aufnehmen, nicht wahr?«

»Ja, das war ihr Ziel.«

»Und ... wie ging das?«

»Ich glaube, dass sie zufrieden wieder nach Hause ging.«

»Ich brauche dich wohl nicht zu fragen, ob du an ein Leben nach dem Tod glaubst«, sagte Erlendur.

»Darauf basiert mein ganzes Leben.«

»Und das tat ihres ebenfalls?«

»Ja, und zwar aufrichtig. Ganz und gar aufrichtig.«

»Hat sie mit dir über ihre Angst vor der Dunkelheit gesprochen?«

»Nur wenig. Wir haben darüber geredet, dass Angst vor der Dunkelheit ein psychischer Angstzustand wie jeder andere ist, den man mit einer veränderten Lebenseinstellung und Selbstdisziplin überwinden kann.«

»Sie hat dir nicht gesagt, woher diese Phobie stammte?«

»Nein, aber ich bin ja auch kein Psychologe. Nach unseren Gesprächen zu urteilen, glaube ich, dass es mit diesem Unfall zu tun hatte, durch den ihr Vater ums Leben kam. Es lässt sich ja leicht vorstellen, was für ein Schock das für das Kind gewesen sein muss.«

»Ist sie ... wie drückt man das aus ... dir erschienen? Ich meine, María, nachdem sie sich das Leben genommen hat?«

»Nein«, sagte Andersen lächelnd. »So einfach ist das nicht. Ich glaube, du hast da irgendwelche Vorstellungen über uns Mittler, die völlig abwegig sind. Weißt du etwas über unsere Arbeit?«

Erlendur schüttelte den Kopf. »Soweit ich weiß, hatte

María ein besonderes Interesse an einem Leben nach dem Tod«, sagte er.

»Das versteht sich von selbst, sonst wäre sie nicht zu mir gekommen«, erwiderte Andersen.

»Ja, ich meine aber mehr als normales Interesse. Das war eher schon eine Art fixe Idee bei ihr. Wenn ich es richtig verstanden habe, war sie völlig besessen von ihrer Neugier auf alles, was mit dem Tod und dem zu tun hatte, was sich daran anschließen würde.«

Erlendur wollte es vermeiden, das Gespräch direkt auf die Kassette zu bringen, die ihm Karen überlassen hatte, und hoffte, dass Andersen ihm entgegenkommen würde. Der sah Erlendur lange an, als schien er abzuwägen, was er sagen durfte und sollte.

»Sie war eine Suchende«, sagte er. »Das sind sehr viele von uns. Ich bin mir sicher, dass du auch dazugehörst.«

»Wonach suchte María?«

»Nach ihrer Mutter. Sie vermisste sie. Ihre Mutter hatte ihr eine Antwort auf die Frage geben wollen, ob es ein Leben nach dem Tod gibt. María war der Meinung, diese Antwort erhalten zu haben, und kam deswegen zu mir. Wir haben miteinander gesprochen. Ich glaube, das hat ihr gutgetan.«

»Ist ihre Mutter bei den Sitzungen irgendwann einmal aufgetaucht?«

»Nein, das hat sie nicht getan. Das muss aber nichts bedeuten.«

»Wie dachte María darüber?«

»Sie ging ausgesöhnt von hier fort.«

»Soweit ich weiß, litt sie unter Halluzinationen«, sagte Erlendur.

»Nenn es, wie du willst.«

»Angeblich ist ihr beispielsweise ihre Mutter erschienen.«

»Ja, davon hat sie mir erzählt.«

»Und?«

»Und nichts. Ihr Wahrnehmungsvermögen war ungewöhnlich stark.«

»Weißt du, ob sie noch zu einem anderen Medium gegangen ist?«

»Mir hat sie nichts dergleichen erzählt, aber das ging mich ja auch nichts an. Sie hat mich aber eines Tages angerufen und mich nach einem anderen Medium gefragt, einer Frau, die ich nicht kannte und über die ich nichts wusste. Sie muss ganz neu angefangen haben. Man kennt sich in diesem Metier eigentlich ganz gut.«

»Du weißt nicht, was für eine Frau das war?«

»Nein, ich kenne nur ihren Namen. Wie ich schon sagte, als Medium kenne ich sie nicht.«

»Und wie heißt sie?«

»María hat nur den Vornamen erwähnt. Sie hieß Magdalena.«

»Magdalena?«

»Von der Frau habe ich nie etwas gehört.«

»Und was bedeutet das, wenn du noch nie von ihr gehört hast?«

»Nichts, das muss gar nichts bedeuten. Ich habe mich auch etwas umgehört, doch diese Magdalena war keinem bekannt.«

»Ist sie dann nicht einfach nur neu im Geschäft, wie du gesagt hast?«

Andersen zuckte die Achseln. »Wahrscheinlich ist es so.«

»Seid ihr viele?«

»Nein, nicht sehr viele. Aber eine genaue Zahl kann ich dir nicht nennen.«

»Wie ist María auf diese Magdalena gestoßen?«

»Darüber weiß ich nichts.«

»Ist deine Einstellung zu dem Phänomen ›Angst vor der Dunkelheit‹ nicht etwas seltsam? Du verdienst ja schließlich deinen Lebensunterhalt damit, dich mit Geistern in Verbindung zu setzen.«

»Was meinst du damit?«

»Dass diese Phobie psychische Ursachen hat und nichts mit dem Glauben an Geister zu tun hat.«

»Der Geisterwelt haftet nichts Übles an«, erklärte Andersen. »Wir haben alle unsere Wiedergänger. Nicht zuletzt du.«

»Ich?«, sagte Erlendur.

Andersen nickte. »Massenweise. Und mach dir keine Gedanken, such weiter. Du wirst die beiden noch finden.«

»Du meinst ihn«, sagte Erlendur.

»Nein«, sagte Andersen und stand auf. »Die beiden.«

Dreiundzwanzig

Erlendur hatte vor einigen Jahren einmal das bekommen, was man als Herzrhythmusstörung bezeichnet. Das Herz schien zusätzliche Schläge zu machen, was sehr unangenehm war. Manchmal war es auch, als würde sich der Herzschlag verlangsamen. Als das nicht besser, sondern eher schlimmer wurde, schlug Erlendur in den Gelben Seiten des Telefonbuchs nach und hielt unter der Rubrik »Kardiologen« bei einem Namen inne, über den er lächeln musste: Dagóbert. Der Name gefiel Erlendur auf Anhieb, und er beschloss, ihn zu seinem Herzspezialisten zu machen. Er war noch keine fünf Minuten in seinem Sprechzimmer bei ihm, als er sich nicht mehr zurückhalten konnte und ihn einfach nach seinem Namen fragte.

»Ich stamme aus den Westfjorden«, hatte der Arzt erklärt, der offensichtlich an Fragen dieser Art gewohnt war. »Ich bin eigentlich ganz zufrieden damit. Mein Cousin beneidet mich, er heißt Dósótheus.«

Das Wartezimmer im Ärztezentrum war voller Leute, die wegen irgendwelcher Beschwerden gekommen waren. In dem Zentrum arbeiteten Spezialisten aus den unterschiedlichsten Gebieten: Hals-, Nasen- und Ohrenärzte, Internisten, drei Kardiologen, zwei Nephrologen und ein Augenarzt.

Erlendur stand am Eingang des Wartezimmers und überlegte, dass hier jeder den passenden Arzt finden konnte. Es war ihm etwas unangenehm, einfach so bei seinem Arzt hereinzuschneien, ohne schon Wochen vorher einen Termin ausgemacht zu haben. Er wusste, dass sein Herzspezialist sehr beschäftigt und vermutlich bereits bis ins nächste Jahr ausgebucht war und dass sein Besuch die Wartezeit von einigen hier drinnen um mindestens eine Viertelstunde verlängern würde, falls der Arzt es überhaupt schaffte, ihn irgendwo dazwischenzuschieben. Erlendur wartete bereits seit zwanzig Minuten.

An das Wartezimmer schloss sich ein langer Korridor mit den Behandlungszimmern der Ärzte an. Eine Dreiviertelstunde nachdem er sich angemeldet hatte, öffnete sich eine Tür, Dagóbert kam ins Wartezimmer und gab Erlendur ein Zeichen. Erlendur folgte ihm in sein Zimmer, und der Arzt schloss die Tür.

»Hast du wieder diese Probleme?«, fragte Dagóbert und deutete auf die Behandlungsliege. Die Mappe mit Erlendurs Unterlagen lag auf seinem Schreibtisch.

»Nein«, sagte Erlendur. »Mir fehlt nichts. Ich komme mit einem halbwegs dienstlichen Anliegen.«

»Ach?«, sagte der verschmitzt wirkende Arzt, der nicht der Schlankste war. Er trug ein weißes Hemd mit Krawatte und dazu eine Jeans. Keinen Arztkittel. Doch das Stethoskop baumelte an seinem Hals. »Willst du dich nicht trotzdem hinlegen, damit ich dich abhorchen kann?«

»Nicht nötig«, sagte Erlendur und nahm auf einem Stuhl vor dem Schreibtisch Platz. Dagóbert setzte sich auf die Liege. Erlendur erinnerte sich an seinen ersten

Besuch bei ihm, als der Arzt ihm erklärt hatte, wie der Herzschlag von Impulsen gesteuert wurde, die jedoch beeinträchtigt werden konnten. Meist war Stress die Ursache. Erlendur hatte nur wenig von dem, was er sagte, verstanden, aber immerhin so viel, dass es sich nicht um einen gefährlichen Zustand handelte, sondern sich mit der Zeit wieder geben würde.

»Was kann ich dann ...?«, fragte Dagóbert.

»Es geht um etwas Medizinisches«, sagte Erlendur. Seit er auf den Gedanken verfallen war, den Spezialisten zurate zu ziehen, hatte er sich den Kopf darüber zerbrochen, wie er sich ausdrücken sollte. Er wollte weder mit jemandem im Polizeipräsidium noch mit einem Gerichtsmediziner sprechen, denn dann hätte er Erklärungen abgeben müssen.

»Gut. Um was genau?«

»Falls jemand vorhätte, jemand anderen zu töten, aber nur für etwa ein oder zwei Minuten, wie würde er das anfangen?«, fragte Erlendur. »Wenn man ihn gleich danach wiederbeleben würde, damit niemand merkt, was vorgefallen ist?«

Der Arzt sah ihn geraume Zeit an. »Weißt du von einem solchen Vorfall?«, fragte er.

»Danach wollte ich eigentlich dich fragen«, sagte Erlendur. »Ich kenne mich mit so etwas nicht aus.«

»Ich wüsste nicht, dass jemand das je vorsätzlich gemacht hätte, falls du das meinst«, sagte Dagóbert.

»Wie würde man das anstellen?«

»Das hängt von vielem ab. Was für Umstände schweben dir vor?«

»Da bin ich mir nicht sicher. Sagen wir mal, in einem Privathaus.«

Dagóbert sah Erlendur ernst an. »Haben Leute, die du kennst, mit so etwas herumexperimentiert?«, fragte er. Dagóbert wusste, dass Erlendur bei der Kriminalpolizei war, und deswegen war er der Meinung gewesen, dass Erlendurs Herzbeschwerden berufsbedingt waren, wie er sich ausgedrückt hatte. Zu Erlendurs Erleichterung verfiel Dagóbert selten in medizinisches Fachchinesisch.

»Nein«, sagte Erlendur. »Und es hat auch nichts mit einer Ermittlung zu tun. Ich bin nur durch eine alte Akte, die mir in die Hände gefallen ist, darauf aufmerksam geworden.«

»Du meinst, wie man einen Herzstillstand herbeiführt, ohne dass es nachgewiesen werden kann, und zwar so, dass der Betreffende überlebt.«

»Denkbar«, sagte Erlendur.

»Weshalb sollte jemand so etwas machen?«

»Das weiß ich nicht«, sagte Erlendur.

»Ich gehe davon aus, dass du zumindest ein paar Details hast.«

»Eigentlich nicht.«

»Ich kann dir nicht so recht folgen. Wie ich gesagt habe: Weshalb sollte jemand einen plötzlichen Herztod herbeiführen?«

»Ich weiß es nicht«, sagte Erlendur. »Ich hatte gehofft, dass du mir darauf eine Antwort geben könntest.«

»Vor allem ist darauf zu achten, dass keine Organe in Mitleidenschaft gezogen werden«, sagte Dagóbert. »Sobald das Herz aufhört zu schlagen, beginnt der körperliche Zerfall, sowohl Gewebe als auch Organe sind akut in Gefahr. Ich könnte mir vorstellen, dass diverse Medikamente, die einen todesähnlichen Zustand herbeiführen können, infrage kämen. Nach dem, was du sagst, könnte es aber um Hypothermie gehen. Ich kenne mich da allerdings nicht aus.«

»Hypothermie?«

»Kälteschlaf«, sagte der Arzt. »Damit wird zweierlei erreicht. Das Herz hört auf zu schlagen, wenn die Körpertemperatur unter eine gewisse Grenze gesunken ist. Im Grunde genommen stirbt man, doch die Kälte sorgt dafür, dass Körper und Organe konserviert werden. Die Kälte verlangsamt den Ablauf sämtlicher Körperfunktionen.«

»Wie wird man wieder zum Leben erweckt?«

»Wahrscheinlich durch Herzdruckmassage und eine rasche Enthypothermisierung anschließend, also eine rasche Wiedererwärmung.«

»Aber muss man sich schon extrem gut auskennen, um so etwas zu machen?«

»Unbedingt, etwas anderes kann ich mir nicht vorstellen. Da muss ein Arzt dabei sein, möglichst ein Herzspezialist. Und natürlich sollte das niemand zum Spaß machen.«

»Wie lange kann man einen Menschen in diesem Zustand halten, bevor es zu spät ist?«

»Also ich bin kein Spezialist in Sachen Hypothermie«, sagte Dagóbert lächelnd. »Es geht um einige wenige Minuten nach dem Herzstillstand, wahrscheinlich maximal vier oder fünf. Ich weiß es nicht. Man muss dabei auch die äußeren Umstände berücksichtigen. In einem Krankenhaus hat man natürlich die ganze technische Ausstattung, dort könnte man das vielleicht noch etwas verlängern. Hypothermie ist in den letzten Jahren dazu verwendet worden, Patienten in künstlichem

Koma zu halten, während die Wunden verheilen. Es ist ebenfalls eine gute Methode, um menschliche Organe zu schützen, wenn die Leute einen Herzstillstand hatten. Die Körpertemperatur wird dann bei einunddreißig Grad oder so gehalten.«

»Und wenn man das zu Hause bei sich machen würde, was bräuchte man dazu?«

Der Arzt überlegte eine ganze Weile. »Ich kann mir nicht…«, begann er, verstummte aber dann wieder.

»Was fällt dir als Erstes ein?«

»Eine große Badewanne. Eis. Ein Defibrillator und elektrischer Strom. Decken.«

»Würden irgendwelche Spuren zurückbleiben, wenn es gelingt, den Betreffenden wiederzubeleben?«

»Spuren, dass das stattgefunden hat? Das glaube ich nicht«, sagte Dagóbert. »Wahrscheinlich ist es so ähnlich, wie wenn man in einem Schneesturm landet. Die Kälte verlangsamt nach und nach die Körperfunktionen, erst fallen die Leute in den Schlaf, dann ins Koma, und schließlich kommt es zum Herzstillstand, und man stirbt.«

»Also genau das, was geschieht, wenn die Leute erfrieren?«, fragte Erlendur.

»Genau dasselbe.«

Die Frau, die, soweit man wusste, als Letzte mit der Biologiestudentin Guðrún gesprochen hatte, arbeitete als Sektionsleiterin beim Nationalmuseum. Guðrún war ihre Cousine, und die Eltern hatten sie damals gebeten, sich etwas um ihre Tochter zu kümmern, während sie nach Asien reisten. Die Frau war drei Jahre älter als Guðrún. Sie hatte das dichte blonde Haar zu einem Zopf zusammengebunden und war eher klein. Sie hieß Elísabet und nannte sich Beta.

»Ich finde es sehr unangenehm, das alles wieder aufrollen zu müssen«, sagte sie, nachdem sie in der Caféteria des Nationalmuseums Platz genommen hatten. »Ich hatte gewissermaßen die Verantwortung für Guðrún übernommen, zumindest hatte ich das Gefühl, dass es so war, obwohl ich natürlich nichts hätte verhindern können, wie du weißt. Sie ist einfach verschwunden. Es war unglaublich. Wieso befasst ihr euch eigentlich jetzt wieder damit?«

»Wir möchten den Fall endgültig abschließen«, sagte Erlendur und hoffte, dass das als Erklärung reichen würde. Er hatte keine Ahnung, weshalb er immer noch nach der Biologiestudentin Guðrún oder dem Abiturienten Davíð suchte, außer dass er sich nun einmal für Vermisstenfälle interessierte; und zufälligerweise war im Dezernat gerade nicht viel los.

»Ihr geht also davon aus, dass ihr sie nie finden werdet?«, fragte Beta.

»Es ist so lange her«, sagte Erlendur, ohne auf die Frage einzugehen.

»Ich kann mir einfach nicht vorstellen, was damals passiert sein könnte«, sagte Elísabet. »Eines schönen Tages fährt sie los, und puff, ist sie verschwunden. Ihr Auto ist nicht aufzufinden, von ihr selbst keine einzige Spur. Sie scheint auch nirgendwo unterwegs angehalten zu haben, beispielsweise an einer Tankstelle oder bei Bauernhöfen, weder auf dem Weg nach Norden noch hier in Reykjavík.«

»Man hat Selbstmord in Erwägung gezogen«, sagte Erlendur.

»Sie war nicht der Typ«, entgegnete Elísabet prompt.

»Was für ein Typ muss man dazu sein?«, fragte Erlendur.

»Nein, ich meine, sie war einfach nicht so.«

»Ich kenne niemanden, der so ist«, sagte Erlendur.

»Du weißt, was ich meine«, sagte Elísabet. »Und was ist aus ihrem Auto geworden? Das hat ja wohl kaum Selbstmord begangen!«

Erlendur lächelte. »Wir haben sämtliche Häfen des Landes abgesucht. Wir haben Taucher bei den Kaianlagen nach unten geschickt, falls sie die Kontrolle über den Wagen verloren haben sollte. Wir haben nichts gefunden.«

»Sie liebte ihren kleinen gelben Mini über alles«, erklärte Elísabet. »Ich habe mir nie vorstellen können, dass sie über die Kante einer Kaimauer hinausgefahren ist. Das fand ich völlig abwegig. Eine groteske Idee.«

»Bei eurem letzten Telefongespräch hat sie nicht erzählt, was sie vorhatte?«

»Nein. Hätte ich gewusst, was kommen würde, hätte das Gespräch anders ausgesehen. Sie rief mich an, um mich nach dem Friseur am Laugavegur zu fragen, den ich ihr empfohlen hatte. Da wollte sie hin. Deswegen habe ich nie an Selbstmord geglaubt. Nichts hat darauf hingedeutet.«

»Gab es dafür einen besonderen Anlass? Hatte sie etwas vor?«

»Weil sie zum Friseur wollte? Nein, es war einfach mal wieder Zeit, sich die Haare schneiden zu lassen, glaube ich.«

»Und über etwas anderes habt ihr nicht geredet?«

»Nein, eigentlich nicht. Und danach habe ich nichts

mehr von ihr gehört. Ich bin davon ausgegangen, dass sie nach Akureyri gefahren war, ich habe zwei- oder dreimal bei ihr angerufen, aber sie nahm nicht ab. Da war sie dann wohl schon verschwunden. Es ist so schwierig, sich vorzustellen, was passiert ist. Weshalb kann ein Mädchen wie sie in der Blüte des Lebens und ohne irgendwelche Anzeichen verschwinden? Was soll man daraus schließen? Wie kann man das je verstehen?«

»Sie hat nie einen Freund gehabt oder mit jemandem zusammengewohnt?«

»Nein, nie. Das hatte sie alles noch vor sich.«

»Was für Fahrten hat sie mit ihrem Auto unternommen? Ich weiß, das steht in den Akten, aber man kann nicht oft genug nachfragen.«

»Natürlich nach Akureyri. Sie bekam manchmal Heimweh nach Akureyri, und wenn sie Zeit hatte, fuhr sie dorthin. Sie hat aber auch Ausflüge in die Umgebung von Reykjavík unternommen, nach Reykjanes oder eine Spritztour nach Hveragerði, um sich dort dieses leckere Eis zu kaufen. Ganz normale Ausflüge. Du weißt, dass sie sich für Seen interessierte.«

»Ja.«

»Den See von Þingvellir mochte sie ganz besonders.«

»Den See von Þingvellir?«

»Sie kannte den See wie ihre Westentasche. Sie ist oft hingefahren, und am See hatte sie ihre Lieblingsstellen. Ein Verwandter von uns hier in Reykjavík besaß ein Sommerhaus im Lundarreykjadalur im Borgarfjörður, das wir häufig nutzten. Sie ist damals oft über die Uxahryggur-Piste nach Þingvellir gefahren und am östlichen Seeufer entlang zurück nach Reykjavík. Sie hat auch manchmal mit Freundinnen in Þingvellir gezeltet oder auch allein. Sie genoss es, aus der Stadt herauszukommen und ganz allein am See zu sein. Sie war gern allein, sie war sich in vieler Hinsicht selbst genug.

»Es gab keine Anzeichen dafür, dass sie in diesem Sommerhaus eures Verwandten gewesen ist?«, fragte Erlendur, während er sich an all die Aktenvermerke über Guðrún zu erinnern versuchte.

»Nein, da ist sie nicht gewesen«, sagte Elísabet.

»Wieso interessierte sie sich so für Binnengewässer?«

»Das wusste niemand, sie selbst auch nicht. Guðrún war schon immer so, schon als Kind. Sie hat mir einmal gesagt, dass Seen eine seltsame Anziehungskraft hätten, es hätte etwas mit der Stille zu tun. Nirgends sei man der Natur näher als am Wasser, als an einem See, an dem es zahlreiche Vogelarten gibt.«

»Ist sie auf den See hinausgefahren? Besaß sie ein Boot?«

»Nein, das war das Komische bei Guðrún. Sie hatte schon als kleines Mädchen Angst vor dem Wasser. Es war nicht einfach, sie zum Schwimmunterricht zu bewegen, und sie ist nie gern schwimmen gegangen. Sie hatte kein Interesse daran, auf einem See zu sein oder darin zu schwimmen, sie suchte nur die Nähe des Wassers. Sie liebte die Natur so sehr.«

»Es gibt nur wenige Seen, die so schön sind wie Þingvallavatn«, sagte Erlendur.

»Das ist wahr.«

Vierundzwanzig

Zwei Tage später saß Erlendur zu Hause bei einem Schauspiellehrer, der bereits etwas älter war. Er hieß Jóhannes und bewirtete ihn mit einem Kräutertee. Normalerweise rührte Erlendur so etwas nicht an. Der Mann hatte zuerst sehr negativ auf ihn reagiert, er verstand gar nicht, was die Polizei von ihm wollte, und hatte ihn kaum hereinlassen wollen. Als er jedoch hörte, dass es nicht um ihn selbst ging, sondern mehr oder weniger um Tratsch über andere Leute, wurde er etwas umgänglicher und öffnete Erlendur die Tür. Er hatte sich gerade einen Kräutertee zubereitet und bot Erlendur eine Tasse an.

Orri Fjeldsted hatte Erlendur an den Schauspiellehrer verwiesen, nachdem Erlendur ihn gefragt hatte, wer wohl die ehemaligen Schüler der Schauspielschule am besten kennen würde. Orri hatte nicht lange überlegen müssen. Jóhannes war damals sein Lehrer gewesen, er sei zwar eine Seele von Mensch, aber fürchterlich klatschsüchtig. Er wisse viel, doch alles, was er über Orri selbst sagen würde, falls die Rede auf ihn käme, sei erlogen.

Jóhannes lebte allein in einem Reihenhaus im Osten der Stadt. Er war ziemlich groß und sprach mit lauter, dröhnender Stimme. Er hatte eine Vollglatze, ungewöhnlich große Ohren – und ein amüsiertes Blitzen in den Augen. Von Orri wusste Erlendur, dass seine Frau ihn vor vielen Jahren verlassen hatte und er geschieden war. Kinder hatten sie nicht gehabt. Jóhannes war in jüngeren Jahren selbst ein sehr guter Schauspieler gewesen, doch mit zunehmendem Alter gab es immer weniger Rollen für ihn, und er begann, an der Schauspielschule zu unterrichten. Zwischendurch wurde ihm immer mal wieder eine Rolle angeboten, sowohl von professionellen Theatern als auch von Amateurbühnen. Die ein oder andere Filmrolle hatte ebenfalls den Namen des Schauspielers vor der Vergessenheit bewahrt, und manchmal tauchte er in Talkshows im Rundfunk und im Fernsehen auf und rekapitulierte frühere Zeiten.

»Ich kann mich gut an Baldvin erinnern«, sagte Jóhannes, als sie sich mit dem Kräutertee in sein Arbeitszimmer gesetzt hatten. Erlendur probierte den Tee und fand, dass er scheußlich schmeckte. Er hatte Jóhannes gesagt, um was es ging, und ihn gebeten, die Tatsache, dass er sich nach einem alten Schauspielschüler erkundigt hatte, für sich zu behalten. Nach dem, was Orri ihm gesagt hatte, hatte es wahrscheinlich wenig Sinn, sich Vertraulichkeit auszubitten, doch Erlendur hoffte das Beste.

»Er war nicht sonderlich talentiert als Schauspieler, er hat auch gleich im zweiten Jahr aufgehört«, fuhr Jóhannes fort. »Komische Rollen lagen ihm aber ganz gut. Er hörte mittendrin auf, mitten in der Vorstellung sozusagen, weil er fand, dass er besser in der Medizin aufgehoben war. Ich habe ihn seitdem eigentlich kaum noch gesehen.«

»War sein Jahrgang eine gute Gruppe?«

»Ja, durchaus«, sagte Jóhannes und trank von seinem

Tee. »Sie waren gut. Also, da war Orri Fjeldsted, ein ganz ordentlicher Schauspieler, obwohl er etwas stereotyp wirken konnte. Ich habe gerade diese schauerliche Aufführung von *Othello* gesehen. Da war er alles andere als gut. Außerdem war Svala noch in der Gruppe, und Sigríður, die war eigentlich die bessere Schauspielerin. Die Rollen von Ibsen und Strindberg, diesen nordischen Giganten des Theaters, waren ihr wie auf den Leib geschrieben. Ja, und natürlich Heimir. Meiner Meinung nach hätte der größere Rollen bekommen sollen. Mit dem Alter wurde er bitter und enttäuscht und suchte Trost im Alkohol. Ich hab ihm die Rolle des Jimmy in *Blick zurück im Zorn* gegeben, wo ich Regie geführt habe, und ich fand, dass er das gut gemacht hat, obwohl ... Ich weiß eigentlicht nicht, wo er heute steckt, aber ich habe ihn neulich in einer kleinen Rolle in einem Hörspiel im Rundfunk gehört. All diese Leute gehen auf die fünfzig zu, Lilja, Sæbjörn, Einar. Ach ja, und dann war noch Karólina in dieser Gruppe. Die Ärmste, sie war wirklich keine besonders gute Schauspielerin.«

»Kannst du dich an die Zeit erinnern, als Baldvin aufhörte?«, fragte Erlendur, der merkte, dass es keinerlei Anstrengung bedurfte, um dem alten Schauspieler Informationen aus der Nase zu ziehen.

»Baldvin? Tja, der hat einfach aufgehört. Er hat keine Gründe dafür angegeben. Damals war es aber außerordentlich schwierig, zur Schauspielschule zugelassen zu werden. Der Andrang war enorm, deswegen haben die wenigsten einfach so mittendrin aufgehört, das kann ich dir versichern. Mitten in der Vorstellung.«

»Er hat aber doch nicht buchstäblich mitten in einer Vorstellung aufgehört?«

»Nein, ich will damit nur sagen, dass er einfach mir nichts, dir nichts aufgehört hat. Das kam so plötzlich, fand ich, gemessen daran, was für Anstrengungen diese jungen Leute auf sich genommen hatten, um zugelassen zu werden. Damals träumten die noch davon, Schauspieler zu werden, das war ein Traumberuf. Den Durchbruch zu haben und berühmt zu werden. Das ist in der Schauspielerei möglich, wenn man denn nach so etwas strebt. Allen ernsthaften Schauspielern gibt sie aber viel mehr. Sie hat mir die ganze Kultur erschlossen, die Literatur und die dramatischen Werke für die Bühne, sie hat mir die Tür ins eigentliche Leben geöffnet.«

Der alte Schauspieler lächelte und schwieg eine Weile. »Du entschuldigst, dass ich so pathetisch geworden bin. Wir Schauspieler tendieren manchmal zur Übertreibung, vor allem, wenn wir auf der Bühne stehen.«

Er lachte laut über sich selbst.

»Soweit ich weiß, hat Baldvin damals seine Frau kennengelernt und geheiratet, kurz nachdem er an der Schule aufgehört hat«, sagte Erlendur lächelnd.

»Ja. Sie war Historikerin, nicht wahr? Sie ist vor Kurzem verstorben, habe ich gehört. Hat sich umgebracht. Du bist vielleicht deswegen hier, oder …?«

»Nein«, sagte Erlendur. »Hast du sie gekannt?«

»Nein, überhaupt nicht. Gab es da etwas Verdächtiges an den Umständen, unter denen sie gestorben ist?«

»Nein«, antwortete Erlendur. »Hat es Baldvin überhaupt nichts ausgemacht, mit der Schauspielerei aufzuhören? Kannst du dich daran erinnern?«

»Ich war der Meinung, dass Baldvin immer genau das tat, was er wollte«, sagte Jóhannes. »So hat er auf mich gewirkt, so als würde er sich von niemandem etwas sagen lassen, ein entschlossener Junge, der seine eigenen Wege ging. Aber von anderen hörte ich, dass dieses Mädchen ihn derartig in ihren Bann gezogen hat, dass er komplett umschaltete. Außerdem war er kein besonders guter Schauspieler. Wahrscheinlich hat er das auch selbst eingesehen und ist zur Vernunft gekommen.«

»Bei diesen jungen Leuten, gab es da irgendwelche privaten Beziehungen zwischen ihnen?«, fragte Erlendur, während er die Tasse mit dem Kräutertee von sich wegschob.

»In diesem Jahrgang?«

»So das Übliche«, antwortete Jóhannes. »Da läuft so einiges, von unterschiedlicher Dauer. Manche aus diesem Jahrgang haben in der Zeit geheiratet. So was passiert immer wieder.«

»Und Baldvin?«

»Meinst du, bevor er seine Frau getroffen hat? Tja, da kann ich dir nicht viel weiterhelfen. Mir kam allerdings damals zu Ohren, dass er in Karólína verliebt sei. Die war im gleichen Jahrgang wie er. Hübsch genug war sie, aber sie hatte überhaupt keine schauspielerische Begabung, und entsprechend hat sie auch keine Rollen bekommen. Ehrlich gesagt habe ich keine Ahnung, weshalb sie überhaupt zugelassen wurde. Das habe ich nie begriffen.«

»Ist sie denn Schauspielerin geworden?«, fragte Erlendur, der es bedauerte, sich in der Welt des Theaters nicht besser auszukennen.

»Ja, aber ihre Karriere war kurz und eigentlich völlig unbedeutend. Ich glaube nicht, dass sie viele Jahre gespielt hat, und meist hat sie nur unwichtige Nebenrollen bekommen. Einmal hat man ihr eine große Rolle anvertraut, aber sie erhielt so verheerende Kritiken, dass das wohl auch das Aus für sie bedeutete.«

»Was für eine Rolle war das?«, fragte Erlendur.

»Irgend so ein schwedisches Problemstück, das damals einigermaßen erfolgreich war. Auf Isländisch hieß es *Hoffnungsfeuer*. Ich habe keine Ahnung, warum das Stück überhaupt zur Aufführung kam. Schon damals war diese Art von Küchendramen längst überholt.«

»Ja«, sagte Erlendur, der nicht die geringste Ahnung von schwedischen Theaterstücken hatte.

»Es stammte von einem damals ziemlich beliebten Dramatiker.«

Erlendur nickte mit leerem Kopf.

»In einem tat Karólína sich aber hervor. Niemand sehnte sich mehr danach, berühmt zu werden, ein Star zu werden, eine Diva zu sein, als sie. Ich glaube, das war letztlich der einzige Grund, weshalb sie unbedingt Schauspielerin werden wollte. Andere dagegen hatten vielleicht die Schauspielkunst als solche im Sinn und die Bildung, die sie einem verleiht. Karólína war in dieser Hinsicht ein bisschen überdreht. Sie hatte aber einfach nicht das Zeug dazu, sie war unbegabt. Egal, was wir im Unterricht versuchten. Es war völlig zwecklos.«

»Aber diese eine Rolle hat sie bekommen?«

»Die Rolle in *Hoffnungsfeuer* war gar nicht mal so schlecht«, sagte Jóhannes und trank seinen Tee. »Aber Karólína war unmöglich. Ein vollkommen hoffnungsloser Fall, die Ärmste. Danach hat sie sich, glaube ich, so gut wie ganz zurückgezogen. Aber egal, Baldvin und sie waren in diesen Jahren zusammen. Dann hat er aber eine andere geheiratet und Kinder ... Nein, sie haben gar keine gehabt, oder?«

»Nein«, sagte Erlendur, der erstaunt feststellte, wie gut der alte Schauspiellehrer Bescheid wusste. Nichts schien seinen großen Ohren zu entgehen.

»Vielleicht war es das, was die Frau belastet hat, die Kinderlosigkeit?«, sagte er.

Erlendur zuckte mit den Achseln. »Ich weiß es nicht.«

»Sie hat sich erhängt, nicht wahr?«

Erlendur nickte.

»Und Baldvin, wie hat er darauf reagiert?«

»So wie man auf so etwas reagiert, glaube ich.«

»Ja, wie reagiert man auf so etwas? Ich weiß es nicht. Ich habe Baldvin vor einigen Jahren getroffen, als er meinen Arzt im medizinischen Versorgungszentrum vertrat. Ein durchaus liebenswürdiger Zeitgenosse. Ich kann mich erinnern, dass Baldvin ständig knapp bei Kasse war. Bei irgendwem hatte er immer Schulden. Sogar von mir hat er sich manchmal Geld geliehen, bis ich ihm eines Tages klipp und klar gesagt habe, er würde keine einzige Krone mehr von mir bekommen. Er lebte über seine Verhältnisse, aber wer macht das nicht heutzutage?«

»Stimmt«, sagte Erlendur und stand auf.

»Anscheinend ist es in Mode, so viele Schulden wie möglich zu machen«, sagte Jóhannes und brachte Erlendur zur Tür.

Erlendur gab ihm die Hand.

»Sie war aber durchaus eine schöne Magdalena«, sagte der Schauspieler. »Ein hübsches Mädchen.«

Erlendur hielt in der Tür inne. »Magdalena?«, fragte er.

»Ja. Eine schöne Magdalena, das war sie, die Karólína. Halt, rede ich jetzt Unsinn? Ich bringe ja schon alles durcheinander, die Rollen und die Schauspieler.«

»Wer war Magdalena?«, fragte Erlendur.

»Das war Karólínas Rolle in dem schwedischen Stück. Sie spielte eine junge Frau, die Magdalena hieß.«

»Magdalena?«

»Hilft dir das weiter?«

»Ich weiß es nicht«, sagte Erlendur. »Möglich.«

Erlendur saß in seinem Auto und dachte wieder über Zufälle nach. Er hatte bereits vier Zigaretten geraucht und verspürte leichtes Sodbrennen. Seit dem Morgen hatte er so gut wie nichts gegessen, und jetzt versuchte er, das Hungergefühl mit Rauchen zu betäuben. Durch einen kleinen Fensterspalt an der Tür beim Fahrersitz drang frische Luft ins Auto. Es war Abend. Er sah zu, wie die Herbstsonne hinter einer Wolkenschicht verschwand. Sein Auto stand in einiger Entfernung zu einem alten Einfamilienhaus im westlichen Teil von Kópavogur, und während er den Sonnenuntergang beobachtete, wanderten seine Blicke zwischendurch immer wieder zu dem Haus. Er wusste, dass sie allein lebte, und anscheinend war sie nicht sonderlich wohlhabend, sonst wäre das Haus besser instand gehalten worden. Es war lange nicht mehr angestrichen worden und sah etwas heruntergekommen aus; unter den Fenstern hatten sich rostfarbene Streifen gebildet. Er hatte niemanden ins Haus oder aus dem Haus kommen sehen. Ein kleines, klapprig wirkendes japanisches Auto stand davor. Die Leute in den umliegenden Häusern waren im Laufe des Spätnachmittags von der Arbeit, aus der Schule, von den Einkäufen in der Stadt oder von was auch immer nach Hause zurückgekehrt. Beinahe peinlich berührt verfolgte Erlendur ein typisches Familienleben hinter zwei Küchenfenstern, die direkt in seinem Blickfeld lagen.

Hier saß er seit Stunden in seinem Auto wegen eines solchen Zufalls und in einer Angelegenheit, von der er gar nicht wusste, weshalb er sich so intensiv damit befasste. Nichts wies auf etwas anderes hin als auf den tragischen Tod einer Frau, die am Rande des Abgrunds gestanden und eine Verzweiflungstat begangen hatte. Ihre ganze Vorgeschichte deutete darauf hin, sowohl der schwere Verlust ihrer Mutter als auch diese fixe Idee, was ein mutmaßliches Leben nach dem Tod anging. Er hatte bislang keinerlei Anhaltspunkte gefunden, die auf ein brutales Verbrechen hindeuteten. Doch auf einmal hatte er einen Namen gehört, der im Zusammenhang mit diesem Fall bereits einmal aufgetaucht war. Dieser Name setzte eine seltsame Assoziationskette bei ihm in Gang über die bereits bekannten oder noch unbekannten Verbindungen zwischen den Menschen, die die unglückliche Frau am See von Þingvellir gekannt hatten. Magdalena hatte das Medium geheißen, zu dem María ging. Erlendur wusste, dass Zufälle selten etwas anderes waren als entweder böse Streiche oder freudige Überraschungen, die einem das Leben bescherte. Sie waren wie der Regen, der gleichermaßen auf Gerechte wie auf Ungerechte niederging. Zufälle konnten Gutes oder Schlechtes bedeuten, sie bestimmten einfach größtenteils das Schicksal der Menschen. Sie kamen aus dem Nichts, unerwartet, seltsam und unerklärlich.

Erlendur hütete sich davor, solche Zufälle für etwas anderes zu halten als das, was sie waren. Aufgrund seiner Arbeit wusste er jedoch besser als andere, dass Zufälle manchmal inszeniert wurden. Man konnte sie geschickt in das Leben von Menschen platzieren, die ohne Argwohn waren. Dergleichen firmierte dann aber nicht mehr unter Zufall. Es gab unterschiedliche Bezeichnungen dafür, aber in Erlendurs Beruf nur eine, und das war Verbrechen.

Mitten in diesen Überlegungen leuchtete plötzlich das Außenlicht an dem Haus auf, das er observierte. Die Tür öffnete sich, und eine Frau trat heraus. Sie zog die Tür hinter sich zu, ging zu dem Wagen, der vor dem Haus geparkt war, stieg ein und fuhr los. Erst nach drei Startversuchen sprang das Auto endlich an, und sie fuhr mit ziemlichem Getöse weg. Erlendur vermutete, dass es der Auspuff war.

Er sah dem Auto nach, ließ seinen alten Ford an und fuhr hinter ihr her. Er wusste nur wenig über die Frau, die er beschattete. Nach dem Besuch bei dem ehemaligen Schauspiellehrer hatte er sich kurz über den Werdegang von Karólína Franklín informiert. Eigentlich war sie als »Franklínsdóttir« registriert, aber sie verwendete den Vornamen ihres Vaters Franklín wie einen Nachnamen. Der alte Lehrer hatte gesagt, das wäre typisch für sie, die immer etwas Besonderes hätte sein wollen. Erlendur fand heraus, dass Karólína bei einem großen Finanzunternehmen in Reykjavík arbeitete. Sie war geschieden und kinderlos. Schon seit vielen Jahren war sie nicht mehr als Schauspielerin aufgetreten. Die Magdalena in *Hoffnungsfeuer* war ihre letzte Rolle gewesen. Sie hatte nach dem, was Jóhannes ihm erzählt hatte, eine schwedische Arbeiterin gespielt, die ihrem betrügerischen Gatten auf die Schliche kommt und sich an ihm rächt.

Er folgte Karólína zu einem Kiosk, wo man auch Videos ausleihen konnte, und beobachtete, wie sie sich einen Film aussuchte und ein paar Kleinigkeiten kaufte. Anschließend fuhr sie wieder nach Hause.

Erlendur saß eine weitere Stunde im Auto vor ihrem Haus, rauchte noch zwei Zigaretten und fuhr dann nach Hause.

Fünfundzwanzig

Der Bankdirektor ließ ihn nicht warten. Er kam sofort ins Vorzimmer, begrüßte Erlendur mit festem Händedruck und führte ihn in sein Büro. Der Direktor, ein Mann zwischen vierzig und fünfzig, trug einen maßgeschneiderten Nadelstreifenanzug mit dazu passender Krawatte und auf Hochglanz polierte Schuhe. Er war etwa genauso groß wie Erlendur, lächelte häufig und erklärte in liebenswürdigem Ton, er sei gerade mit einer kleinen Gruppe von Kunden aus London zurückgekehrt, wo sie sich ein wichtiges Spiel in der englischen Premier League angesehen hatten. Zwar kannte Erlendur die Namen der Mannschaften, aber viel mehr wusste er nicht. Der Direktor war es gewohnt, reiche Kunden zu empfangen, denen in erster Linie an schnellem und zügigem Service gelegen war. Erlendur wusste, dass der Mann sich mit Fleiß, Zielstrebigkeit und angeborener Verbindlichkeit auf diesen Posten hochgearbeitet hatte. Sie waren einander häufig begegnet, und zwar schon zu Zeiten, als der Bankdirektor noch als einfacher Angestellter hinter dem Schalter der Bank gearbeitet hatte. Sie waren immer gut miteinander ausgekommen, insbesondere, nachdem Erlendur erfahren hatte, dass der Mann nicht aus Reykjavík stammte. Er war auf einem kleinen Hof in Südostisland aufgewachsen, doch die Familie gab die Landwirtschaft auf und zog in die Stadt.

Er schenkte Erlendur Kaffee ein, und sie nahmen auf der eleganten Ledergarnitur Platz. Zunächst unterhielten sie sich über Pferdezucht in den östlichen Landesteilen und die zunehmend härtere Kriminalität in Reykjavík, die mit dem ansteigenden Drogenkonsum zusammenhing. Als der Gesprächsstoff erschöpft schien und Erlendur dachte, dass der Bankdirektor sich wieder daranmachen musste, Milliarden für die Bank zu verdienen, obwohl er sich nichts anmerken ließ, räusperte er sich und kam auf sein eigentliches Anliegen zu sprechen.

»In deiner Position hast du natürlich inzwischen überhaupt keine direkten Kontakte zur Kriminalpolizei mehr«, sagte er und blickte sich in dem Büro um.

»Das machen jetzt andere«, erklärte der Bankdirektor und strich über seine Krawatte. »Möchtest du mit ihnen sprechen?«

»Nein, ganz und gar nicht. Ich habe ein Anliegen.«

»Um was geht es? Benötigst du ein Darlehen?«

»Nein.«

»Geht es um einen Überziehungskredit?«

Erlendur schüttelte den Kopf. Geldschwierigkeiten kannte er nicht. Sein Gehalt war immer ausreichend gewesen, abgesehen von der Zeit, als er seine Wohnung abbezahlen musste. Außer dem Immobiliendarlehen, das schon lange getilgt war, hatte er nie einen Überziehungskredit oder irgendwelche Darlehen in Anspruch genommen.

»Nein, nichts dergleichen«, sagte Erlendur. »Trotzdem ist es privat. Und es muss unter uns bleiben. Es sei denn, du möchtest, dass ich gefeuert werde.«

»Ist das nicht ein wenig übertrieben? Weshalb solltest du denn gefeuert werden?«

»Man weiß nie, was diesen Typen einfällt. Glaubst du an Gespenster? War das nicht gang und gäbe in eurer Familie, genau wie überall in Island?«

»Und wie. Darüber könnte dir mein Vater einiges erzählen. Er hat immer gesagt, dass diese Spukgestalten so quicklebendig seien, dass sie eigentlich kommunalsteuerpflichtig sein müssten.«

Erlendur grinste.

»Hast du es etwa jetzt beruflich mit Gespenstern zu tun?«, fragte der Direktor.

»Könnte sein.«

»Gespenster, die ihre Geschäftsverbindungen über uns abwickeln?«

»Ich habe einen Namen«, sagte Erlendur. »Ich habe eine Personenkennziffer. Ich weiß, dass er Kunde bei euch ist. Und ebenso seine Frau, die kürzlich verstorben ist.«

»Ist sie das Gespenst?«

Erlendur nickte.

»Brauchst du Informationen über diesen Mann?«

Erlendur nickte.

»Warum machst du das nicht auf dem normalen Weg? Du hast doch eine gerichtliche Verfügung?«

Erlendur schüttelte den Kopf.

»Handelt es sich um einen Straftäter?«

»Nein. Oder vielleicht doch.«

»Vielleicht doch? Du bist also hinter diesem Mann her?«

Erlendur nickte.

»Was steckt dahinter? Wonach suchst du?«

»Das kann ich dir nicht sagen.«

»Um was geht es?«

Erlendur schüttelte den Kopf.

»Erfahre ich das nicht?«

»Nein. Ich weiß, dass das für respektable Männer wie dich ungewöhnlich und vielleicht sogar unverständlich ist, aber ich möchte gern die Konten dieses Mannes überprüfen, und ich kann das nicht auf offiziellem Weg abwickeln. Leider. Ich würde es tun, wenn ich es könnte, aber das geht nicht.«

Der Bankdirektor starrte ihn an. »Was du da verlangst, ist illegal.«

»Illegal und nicht illegal«, sagte Erlendur.

»Es handelt sich also nicht um eine offizielle Ermittlung?«

Erlendur schüttelte den Kopf.

»Erlendur, bist du übergeschnappt?«, fragte der Bankdirektor.

»Dieser Fall, über den ich nicht sprechen kann, entwickelt sich so langsam zu einem Albtraum. Ich weiß nur sehr wenig über das, was passiert ist, aber die Informationen, um die ich dich bitte, könnten mir möglicherweise helfen, die Hintergründe zu verstehen.«

»Weshalb ist das keine offizielle Untersuchung?«

»Weil ich mich ganz privat damit befasse«, sagte Erlendur. »Niemand weiß, was ich mache und was ich herausgefunden habe. Ich handele völlig auf eigene Faust. Was wir hier gerade besprechen, bleibt bitte unter uns. Ich habe noch nicht genug in der Hand, um eine offizielle Ermittlung daraus zu machen. Die Personen, die ich im Visier habe, wissen nichts davon. Zumindest hoffe ich, dass sie nichts wissen. Ich bin mir nicht sicher, welche Informationen ich brauche, aber ich hege gewisse Hoffnungen, hier in deiner Bank irgendwelche Anhaltspunkte zu bekommen. Du musst mir vertrauen.«

»Warum machst du das? Läufst du nicht Gefahr, deinen Job zu verlieren?«

»Das hier ist einer von diesen Fällen, wo trotz zahlreicher Verdachtsmomente nichts Konkretes vorliegt. Ich arbeite bislang nur mit irgendwelchen Fragmenten. Mir fehlen einfach die Querverbindungen und irgendeine Vorgeschichte, die die Dinge in Bewegung gesetzt hat. Ich muss etwas über den Hintergrund dieser Leute in Erfahrung bringen, nicht zuletzt über den finanziellen. Ich würde nicht mit dieser Bitte an dich herantreten, wenn ich nicht ... wenn ich mir nicht ziemlich sicher wäre, dass ein Verbrechen verübt worden ist. Ein schmutziges Verbrechen, von dem niemand weiß, und der Betreffende ... Er scheint damit durchzukommen.«

Der Bankdirektor sah Erlendur lange schweigend und nachdenklich an.

»Kannst du hier an deinem Rechner die Kunden der Bank aufrufen?«, fragte Erlendur schließlich und machte eine Kopfbewegung in Richtung der drei Flachbildschirme auf dem Schreibtisch des Direktors.

»Ja.«

»Wirst du mir helfen?«

»Erlendur, ich ... ich kann so etwas nicht tun, leider. Ich darf das einfach nicht.«

»Könntest du mir zumindest sagen, ob der Betreffende stark verschuldet ist? Ein einfaches Ja oder Nein?«

»Ich darf das nicht, Erlendur. Sei so nett, und bitte mich nicht um so etwas.«

»Aber seine Frau. Sie ist tot, das kann doch niemandem mehr schaden.«

»Erlendur…«

»In Ordnung, ich verstehe dich.«

Der Bankdirektor war aufgestanden und stützte sich mit den Fingern auf den Schreibtisch. »Hast du ihre Personenkennziffer?«

»Ja.«

Er gab die Zahlen ein, drückte auf ein paar Tasten, klickte etwas mit der Maus an und starrte auf den Monitor.

»Sie war steinreich«, sagte er.

Der alte Mann lag in einem Krankenbett und schien zu schlafen. Nach dem Abendessen war auf dem Flur Ruhe eingekehrt. Die beiden Männer, die sich das Zimmer mit ihm teilten, lagen in ihren Betten und schenkten Erlendur keine Beachtung. Der eine las in einem Buch, der andere döste vor sich hin.

Erlendur setzte sich ans Bett und warf einen Blick auf seine Uhr. Auf dem Nachhauseweg hatte er beschlossen, bei dem alten Mann vorbeizuschauen. Der wachte in diesem Augenblick auf und sah Erlendur.

»Ich habe mich mit deinem Sohn Elmar getroffen«, sagte Erlendur. Er wusste nicht, wie viel Zeit er hatte, und kam sofort zur Sache.

»Ja?«

Der Mann, der gelesen hatte, legte das Buch auf den Nachttisch und drehte sich zur Wand. Erlendur ging davon aus, dass er alles hören konnte, was sie sagten. Der dösende Mann, der im Bett dazwischen lag, begann, leise zu schnarchen. Erlendur wusste, dass das keine idealen

Bedingungen für eine Ermittlung waren, aber da war nichts zu machen. Zudem konnte man ja seine Bemühungen um den alten Mann kaum als Ermittlung bezeichnen.

»Haben sich die beiden nicht immer gut verstanden?«, fragte Erlendur und versuchte, unverdächtig zu klingen. Wahrscheinlich hatte er sich auch schon früher einmal danach erkundigt.

»Die Brüder waren sehr verschieden, falls du das meinst.«

»Die Verbindung zwischen ihnen war also nicht sonderlich eng?«, fragte Erlendur.

Der alte Mann schüttelte den Kopf. »Nein, das war sie nicht. Mein Elmar kommt mich hier nie besuchen. Er sagt, dass er nichts mit Krankenhäusern, Pflegeheimen und Altersheimen und so etwas zu tun haben will. Er ist Taxifahrer. Wusstest du das?«

»Ja«, sagte Erlendur.

»Und wie so viele andere geschieden«, sagte der alte Mann. »Er ging immer seine eigenen Wege.«

»Ja, manche sind so«, sagte Erlendur, um etwas zu sagen.

»Hast du dieses Mädchen gefunden, nach dem du gefragt hast?«

»Nein. Dein Sohn Elmar hat auch gesagt, dass Davið nie etwas mit Mädchen hatte.«

»Da hat er recht.«

Der Mann im mittleren Bett hatte wieder angefangen zu schnarchen.

»Du solltest vielleicht mit dieser Suche aufhören«, sagte der alte Mann.

»Es kann ja kaum als Suche bezeichnet werden«, antwortete Erlendur. »Im Augenblick ist nur wenig los. Mach dir also meinetwegen keine Gedanken.«

»Glaubst du wirklich immer noch, dass du ihn eines Tages finden wirst?«

»Ich weiß es nicht«, sagte Erlendur. »Menschen verschwinden, und manchmal werden sie gefunden, manchmal nicht.«

»Es ist doch schon viel zu lange her. Meine Frau und ich haben schon seit einer Ewigkeit nicht mehr daran geglaubt, dass wir ihn lebend wiedersehen würden. Das war in gewissem Sinne eine Erleichterung, aber wir haben auch nie richtig um ihn trauern können.«

»Nein, natürlich nicht«, sagte Erlendur.

»Und bald werde ich verschwinden«, erwiderte der alte Mann.

»Machst du dir deswegen Sorgen?«

»Nein, davor fürchte ich mich nicht.«

»Machst du dir Gedanken um das, was danach kommt?«, fragte Erlendur.

»Überhaupt nicht. Ich gehe davon aus, dass ich meinen David wiedersehen werde. Und meine Frau. Das wird schön.«

»Du glaubst daran?«

»Ich habe immer daran geglaubt.«

»An ein Leben nach dem Tod?«

»Ja.«

Sie schwiegen.

»Ich hätte nur gern gewusst, was mit dem Jungen passiert ist«, sagte der alte Mann. »Seltsam, wie das alles gekommen ist. Er hat seiner Mutter gesagt, er wolle noch in einen Buchladen und anschließend zu seinem Freund, und damit war sein kurzes Leben zu Ende.«

»In den Buchläden konnte sich niemand an ihn erinnern, weder hier in Reykjavík noch in den Nachbarorten. Der Sache ist man seinerzeit auf den Grund gegangen. Er war auch mit keinem von seinen Freunden verabredet.«

»Vielleicht hat seine Mutter ihn missverstanden. Es war ja alles so unbegreiflich, so vollkommen unbegreiflich.«

»Weißt du, was er im Buchladen kaufen wollte? Erinnerst du dich daran?«

»Ja, das hatte er Gunnþórunn gegenüber erwähnt. Er wollte ein Buch über Binnengewässer kaufen.«

»Ein Buch über Binnengewässer?«

»Ja, irgend so ein Buch über isländische Seen.«

»Seen? Was wollte er damit?«

»Das Buch war gerade erschienen, hat seine Mutter gesagt. Ein Bildband über die Seen im Umkreis von Reykjavík.«

»Interessierte er sich für solche Bücher über die isländische Natur?«

»Das ist mir nie aufgefallen. Ich glaube, seine Mutter war auch der Meinung, dass er es irgendjemandem schenken wollte, aber sie war sich nicht sicher. Sie hat geglaubt, dass sie vielleicht etwas missverstanden hätte, weil er noch nie über so etwas geredet hatte.«

»Wusstet ihr, wer das war? Wer das Buch bekommen sollte?«

»Nein.«

»Und seine Freunde wussten auch nichts davon?«

»Nein, keiner von ihnen.«

»Hätte es nicht das Mädchen sein können, von dem Gilbert sprach? Er glaubt doch, dass dein Sohn ein Mädchen kennengelernt hatte.«

»Da war kein Mädchen«, sagte der alte Mann. »Unser David hätte uns davon erzählt. Sie hätte sich doch auch gemeldet, nachdem er verschwunden war. Etwas anderes ist doch undenkbar. Deswegen kann da kein Mädchen im Spiel gewesen sein.«

Der alte Mann machte eine abwehrende Handbewegung.

»Ausgeschlossen«, sagte er.

Sechsundzwanzig

Tags darauf bog Erlendur gegen Abend wieder in die Sackgasse in Grafarvogur ein und hielt vor dem Haus des Arztes. Sie waren verabredet, denn Erlendur hatte ihn kurz nach Mittag angerufen und ihm gesagt, er müsse mit ihm sprechen. Als Baldvin wissen wollte, weshalb, hatte Erlendur ihm gesagt, er hätte Informationen aus dritter Quelle erhalten, über die er sich mit ihm unterhalten wolle. Der Arzt gab sich überrascht und wollte wissen, was für eine dritte Quelle das war und ob die Polizei ihn jetzt im Fadenkreuz hatte. Wie zuvor versuchte Erlendur, ihn zu beschwichtigen, indem er sagte, es würde nur ganz kurze Zeit in Anspruch nehmen. Er wollte hinzufügen, dass es um nichts Ernstes ginge, aber das wäre eine Lüge gewesen.

Er blieb noch eine ganze Weile im Auto sitzen, nachdem er den Motor abgestellt hatte. Das bevorstehende Treffen mit Baldvin war nichts, worauf er sich freute. Es war ein Alleingang von ihm. Weder Elínborg noch Sigurður Óli wussten, womit er sich da befasste, genauso wenig wie seine Vorgesetzten bei der Kriminalpolizei. Erlendur hatte keine Ahnung, wie lange er noch damit durchkommen würde, einen Fall zu untersuchen, ohne dass es offiziell war. Wahrscheinlich hing es von Baldvins Reaktion ab, wie sich alles weiterentwickeln würde.

Baldvin nahm Erlendur an der Tür in Empfang und führte ihn ins Wohnzimmer. Er war allein im Haus. Erlendur hatte nichts anderes erwartet. Sie setzten sich, und die Atmosphäre war wesentlich angespannter als bei ihren vorausgegangenen Begegnungen. Baldvin war höflich und sehr formell. Bei ihrem Telefongespräch hatte er nicht gefragt, ob er rechtlichen Beistand benötigte, sehr zu Erlendurs Erleichterung, denn er hätte nicht gewusst, was er unter den gegenwärtigen Umständen darauf antworten sollte. So wie die Dinge lagen, war es am besten, allein mit Baldvin zu sprechen.

»Wie ich dir am Telefon gesagt habe …«, begann Erlendur und wollte die einleitenden Worte anbringen, die er sich im Auto überlegt hatte. Baldvin unterbrach ihn jedoch.

»Warum kommst du nicht einfach direkt zur Sache?«, fragte er. »Ich hoffe, dass das hier nicht allzu lange dauern wird. Was möchtest du wissen?«

»Ich wollte gerade sagen, dass es da drei Dinge gibt, aber …«

»Was willst du wissen?«

»Dein Schwiegervater Magnús …«

»Den habe ich nie kennengelernt«, sagte Baldvin.

»Nein, das ist mir klar. Was hat er gemacht?«

»Was er gemacht hat?«

»Wovon hat er gelebt?«

»Ich habe das Gefühl, dass du das bereits weißt.«

»Es wäre einfacher, wenn du nur die Fragen beantworten würdest«, sagte Erlendur.

»Er war Immobilienmakler.«

»Ein erfolgreicher?«

»Nein, leider nicht, im Gegenteil. Zum Zeitpunkt seines Todes steuerte alles auf den Bankrott zu, hat María mir erzählt. Leonóra hat auch darüber gesprochen.«

»Aber er ist nicht bankrottgegangen.«

»Nein.«

»Und Leonóra und María haben ihn beerbt?«

»Ja.«

»Was haben sie geerbt?«

»Das war damals nicht besonders viel«, sagte Baldvin. »Sie haben dieses Haus hier behalten, weil Leonóra so clever und unnachgiebig war.«

»Sonst nichts?«

»Ein Stück Land in Kópavogur. Es war irgendwann einmal in Rechnung genommen worden, als Anzahlung oder so etwas in der Art, und auf diese Weise gelangte das Land in seinen Besitz. Das war zwei Jahre, bevor er starb.«

»Leonóra hat dieses Land aber die ganzen Jahre behalten? Auch als sie um das Haus hier kämpfen musste?«

»Worauf willst du hinaus?«

»Seitdem ist Kópavogur gewachsen wie keine andere isländische Kommune, dorthin sind mehr Menschen gezogen als auf irgendeinen anderen Fleck hierzulande, Reykjavík inklusive. Als das Land Magnús seinerzeit zufiel, war es so weit vor den Toren der Stadt, dass niemand es auch nur ansehen wollte. Jetzt liegt es aber sozusagen mitten in der Stadt. Wer hätte das je gedacht?«

»Ja, das ist unglaublich.«

»Ich habe nachgesehen, was Leonóra beim Verkauf dafür bekommen hat. Das ist so drei oder vier Jahre her, oder? Das war ein ganz ordentliches Sümmchen. Die Grundbucheintragungen in Kópavogur besagen, dass es dreihundert Millionen Kronen waren. Leonóra wusste mit Geld umzugehen, nicht wahr? Man sah es ihr vielleicht nicht an, vielleicht interessierte sie sich auch generell nicht sonderlich dafür. Das Geld lag jedenfalls praktisch die ganze Zeit auf einem Bankbuch und vermehrte sich. María war die Erbin ihrer Mutter. Du beerbst María. Niemand anderes. Du allein.«

»Dafür kann ich nichts«, sagte Baldvin. »Ich hätte dir auch davon erzählt, wenn ich der Meinung gewesen wäre, dass es irgendeine Rolle spielt.«

»Wie dachte María über dieses Geld?«

»Was soll sie gedacht haben? Nichts Besonderes. Sie hatte im Grunde genommen überhaupt keine besondere Einstellung zu Geld.«

»Wollte sie vielleicht, dass ihr es dazu nutzt, das Leben etwas mehr zu genießen und es euch schöner zu machen als bis dato? Stand ihr der Sinn vielleicht nach mehr Luxus und Verschwendung? Oder war sie eher wie ihre Mutter und wollte so wenig wie möglich mit diesem Geld zu tun haben?«

»Sie wusste ganz genau Bescheid über dieses Geld.«

»Aber dennoch hat sie es nicht angerührt?«

»Nein. Weder sie noch Leonóra. Das stimmt. Ich glaube, den Grund dafür zu kennen, aber das ist eine andere Sache. Mit wem hast du übrigens gesprochen, falls ich fragen darf?«

»Das spielt im Augenblick wohl keine Rolle. Ich könnte mir aber vorstellen, dass du durchaus das Leben genießen wolltest. Da gab es dieses viele Geld, und niemand hat es angerührt.«

Baldvin holte tief Luft. »Ich habe kein Interesse daran, über dieses Geld zu sprechen«, sagte er.

»Wie war das bei dir und María, habt ihr einen Gütertrennungsvertrag abgeschlossen?«

»Ja, das haben wir.«

»Und was besagte der?«

»Sie besaß dieses Land und das Geld, das dafür gezahlt worden war.«

»Das war also ihre persönliche Vermögensmasse?«

»Ja, sie sollte ihr im Falle einer Scheidung voll und ungeteilt zustehen.«

»Na schön«, sagte Erlendur. »Kommen wir zu Punkt Nummer zwei. Kennst du einen Mann namens Tryggvi?«

»Tryggvi? Nein.«

»Es ist natürlich sehr lange her, dass ihr euch begegnet seid, aber an die Umstände solltest du dich erinnern können. Er hat einen Cousin, der in Amerika lebt. Er heißt Sigvaldi, seine damalige Freundin hieß Dagmar. Sie ist übrigens gerade zu einem Urlaub in Florida und kommt in zwei oder drei Wochen zurück. Ich werde mich dann mit ihr treffen. Sagen dir diese Namen etwas?«

»Etwas ... Was?«

»Hast du nicht mit diesen Leuten zusammen Medizin studiert?«

»Ja. Falls wir über dieselben Leute sprechen.«

»Hast du an einem Experiment teilgenommen, bei dem Tryggvi für einige Minuten klinisch tot war?«

»Ich weiß nicht, was du ...«

»Du und dein Freund Sigvaldi und seine Freundin Dagmar?«

Baldvin starrte Erlendur lange an. Mit einem Mal schien er nicht mehr still sitzen zu können und sprang auf.

»Da ist doch gar nichts passiert«, sagte er. »Wieso hast du das ausgegraben? Was bezweckst du eigentlich damit? Ich war da doch nur ein Zuschauer, Sigvaldi hat das durchgeführt. Ich ... Es ist gar nichts passiert. Ich hab einfach nur danebengestanden, ich kannte den Mann gar nicht. Heißt er Tryggvi?«

»Du weißt also, von was ich rede?«

»Das war ein bescheuertes Experiment. Es ging gar nicht darum, irgendetwas zu beweisen.«

»Aber Tryggvi war eine Zeit lang tot?«

»Das weiß ich nicht mehr so genau. Ich bin rausgegangen. Sigvaldi hatte da irgendeinen Raum im Krankenhaus für uns organisiert, und da sind wir hin. Dieser Tryggvi war ganz schön komisch, Sigvaldi hatte sich schon lange vorher über ihn lustig gemacht. Ich hatte mein Medizinstudium gerade erst aufgenommen. Sigvaldi war ein sehr intelligenter Zeitgenosse, aber irgendwie immer reichlich überspannt. Er hat das Ganze in die Wege geleitet, er ganz allein, vielleicht war Dagmar aber auch etwas daran beteiligt. Ich wusste eigentlich gar nicht so richtig, was sie da vorhatten.«

»Mit denen habe ich zwar noch nicht gesprochen, aber das werde ich noch tun«, sagte Erlendur. »Wie hat Sigvaldi den Herzstillstand bei Tryggvi herbeigeführt?«

»Er bekam irgendein Medikament, und der Körper wurde unterkühlt. Wie das Medikament heißt, weiß ich nicht mehr, falls es überhaupt noch auf dem Markt ist. Es bewirkte, dass die Herztätigkeit heruntergesetzt wurde, bis das Herz aufhörte zu schlagen. Sigvaldi hat die Zeit des Stillstands überwacht, und nach einer Minute setzte er den Defibrillator ein. Das hat sofort gewirkt. Das Herz begann wieder zu schlagen.«

»Und?«

»Was und?«

»Was hat Tryggvi gesagt?«

»Nichts. Er hat gar nichts gesagt. Er hat überhaupt nichts gemerkt, und er hat das völlig unbeschadet überstanden. Er beschrieb es als einen tiefen Schlaf. Ich begreife nicht, warum du das alles ausgräbst. Wie weit willst du noch gehen? Weshalb nimmst du mich und mein Leben so genau unter die Lupe? Was habe ich deiner Meinung nach getan? Ist es normal, dass ihr alle Suizide so genau überprüft? Warum stehe ich unter Verdacht?«

»Da ist nur noch ein Punkt«, sagte Erlendur, ohne auf seine Fragen einzugehen. »Dann bist du mich los.«

»Ist das jetzt eine offizielle Ermittlung?«

»Nein«, sagte Erlendur.

»Und was dann? Muss ich überhaupt auf diese Fragen antworten?«

»Im Grunde genommen nicht. Ich möchte nur herausfinden, was genau passiert ist, als María sich das Leben nahm. Ob etwas Unnatürliches im Spiel war.«

»Etwas Unnatürliches?! Ist ein Selbstmord nicht unnatürlich genug? Was willst du von mir?«

»María ist zu einem Medium gegangen, bevor sie starb. Die Frau hieß Magdalena. Weißt du etwas darüber?«

»Nein«, sagte Baldvin. »Davon weiß ich nichts. Darüber haben wir bereits gesprochen. Ich wusste nicht, dass sie Séancen besucht hat, und ich kenne kein Medium, das Magdalena heißt.«

»Sie ging dorthin, weil sie der Meinung war, hier in diesem Haus ihre Mutter gesehen zu haben, und zwar geraume Zeit nachdem Leonóra gestorben war.«

»Davon weiß ich nichts«, sagte Baldvin. »Sie war vielleicht wahrnehmungsfähiger als andere, sie glaubte, im Halbschlaf Dinge zu sehen. So etwas gibt es häufiger, das ist nicht unnatürlich, falls du nach so etwas suchst.«

»Nein, selbstverständlich nicht.«

Baldvin zögerte. Er hatte wieder Erlendur gegenüber Platz genommen.

»Ich sollte vielleicht mal ein Wort mit deinen Vorgesetzten bei der Polizei reden«, sagte er.

»Gerne, wenn du meinst, dass dir das weiterhelfen wird«, sagte Erlendur.

»Es ist ... Wo wir schon von Geistern reden. Da ist eine Sache, von der ich dir nichts gesagt habe«, sagte Baldvin und verbarg sein Gesicht in den Händen. »Du verstehst María und das, was sie tat, vielleicht besser, wenn du davon weißt. Es wird dich vielleicht etwas beruhigen. Und du wirst hoffentlich begreifen, dass ich ihr nichts getan habe. Dass sie das ganz allein gemacht hat.«

Erlendur schwieg.

»Es hängt mit dem Unfall in Þingvellir zusammen.«

»Der Unfall auf dem See? Als Magnús ums Leben kam?«

»Ja. Ich hatte gehofft, ich würde nicht darauf zu sprechen kommen müssen, aber da du glaubst, dass da etwas suspekt ist, ist es wahrscheinlich am besten, wenn du davon erfährst. Ich hatte María versprochen, es niemandem zu sagen, aber ich habe etwas gegen deine ständigen Besuche und möchte, dass sie ein Ende nehmen. Ich möchte nicht, dass du mir dauernd mit irgendwelchen Andeutungen und Anspielungen kommst. Ich möchte, dass du damit aufhörst und uns ... und mir gestattest, in Frieden um meine Frau zu trauern.«

»Worauf spielst du an?«

»Auf das, was María mir erzählte, nachdem Leonóra gestorben war. Über ihren Vater und den See.«

»Und was hat sie gesagt?«

Baldvin holte tief Atem. »Leonóras und Marías Schilderung der Ereignisse bei Magnús' Tod ist in allen Hauptpunkten korrekt, allerdings mit einer Ausnahme. Du hast dir vielleicht auch die Akte angesehen, du scheinst ja nichts ruhen lassen zu können, was uns betrifft.«

»Ja, ich habe mich ein bisschen informiert«, sagte Erlendur.

»Ich kannte auch nur die offizielle Version, genau wie die anderen. Die Schraube löste sich, Magnús hatte wohl daran herumgewerkelt, er ging über Bord, das Wasser war eiskalt, er ertrank.«

»Ja.«

»María hat mir gesagt, dass er nicht allein an Bord war. Ich weiß, dass ich dir das nicht sagen sollte, aber ich weiß nicht, wie ich dich anders loswerden kann.«

»Wer war mit ihm im Boot?«

»Leonóra.«

»Leonóra?«

»Ja. Leonóra und . . .«

»Und wer noch?«

»María.«

»María war ebenfalls in dem Boot?«

»Magnús hatte Leonóra betrogen, er ging fremd. Wenn ich es richtig verstanden habe, hat er es ihr dort in Þingvellir gestanden. In ihrem Haus. Leonóra erlitt einen Nervenzusammenbruch. Sie war völlig ahnungslos gewesen. Und dann sind Magnús, Leonóra und María auf den See hinausgefahren. María hat mir nicht gesagt, was genau dort passiert ist, aber wir wissen, dass Magnús über Bord fiel. Sein Todeskampf hat nicht lange gedauert. Zu dieser Jahreszeit kann niemand im eiskalten Wasser des Sees lange überleben.«

»Und María?«

»María hat zugesehen«, sagte Baldvin. »Sie schwieg, als die Polizei kam, und bestätigte nur, dass Magnús allein im Boot gewesen war.«

»Hat María dir nicht gesagt, was auf dem Boot passiert ist?«

»Nein. Das wollte sie nicht.«

»Aber du hast ihr geglaubt?«

»Selbstverständlich.«

»Hat das schwer auf ihr gelastet?«

»Ja, ständig. Erst nach Leonóras Tod, nach ihrem langen Sterben hier im Haus, hat María es mir gesagt. Ich habe versprochen, mit niemandem darüber zu sprechen. Ich hoffe, du wirst dieses Versprechen respektieren.«

»Haben sie deswegen sein Geld nicht angerührt? Hatten sie ein schlechtes Gewissen?«

»Dieses Land war völlig wertlos, bis die kleineren Gemeinden um Reykjavík zu wachsen begannen. Sie hatten das Land völlig vergessen, als plötzlich ein großes Bauunternehmen sie aufspürte und ihnen ein Angebot machte. Mehrere Hundert Millionen. Die beiden fielen aus allen Wolken.«

Baldvin blickte auf ein Foto von María, das auf einem Tisch neben ihnen stand.

»Sie hatte ganz einfach genug«, sagte er. »Sie hat nie mit jemandem über das Geschehene sprechen können, und Leonóra hat sie auf irgendeine Weise mitschuldig gemacht, um sich ihres Schweigens zu versichern. María konnte nicht allein mit der Wahrheit leben, und … sie wählte diese Lösung.«

»Du meinst, dass der Selbstmord mit dem Schicksal ihres Vaters zu tun hatte?«

»Meines Erachtens liegt das auf der Hand«, sagte Baldvin. »Ich wollte es dir nicht sagen, aber …«

Erlendur erhob sich. »Ich will dich nicht länger belästigen. Es reicht für heute.«

»Wirst du etwas in dem alten Fall unternehmen?«

»Ich sehe keine Veranlassung, das wieder aufzurollen. Es ist lange her, und Leonóra und María sind beide tot.«

Baldvin begleitete ihn zur Haustür. Erlendur war schon auf dem Bürgersteig, als er sich noch einmal zu ihm umdrehte.

»Da ist noch eines«, sagte er. »Gibt es in dem Haus in Þingvellir eine Dusche?«

»Eine Dusche?«, fragte Baldvin verblüfft zurück.

»Ja, oder eine Wanne?«

»In dem Haus ist beides. Eine Dusche und ein heißer Pool. Ich denke, du hast den heißen Pool gemeint. Er befindet sich auf der Veranda. Weshalb fragst du?«

»Nur so. Natürlich, ein heißer Pool. Der gehört ja bei solchen Ferienhäusern inzwischen dazu.«

»Auf Wiedersehen.«

»Ja, auf Wiedersehen.«

María war lange Zeit nicht von Visionen heimgesucht worden, als ihr plötzlich ihr Vater im Garten erschien und ihr zurief, sie solle auf der Hut sein. Ihr Vater verschwand ebenso schnell wieder, wie er aufgetaucht war. María hörte nur noch das Heulen des Windes und das Klappern des Gartentors. Sie stolperte wieder ins Haus, schloss die Tür zur Veranda ab, zog sich in ihr Zimmer zurück und vergrub ihr Gesicht im Kopfkissen.

Diese Stimme hatte sie schon vorher gehört, bei Andersen, dem Medium, genau dieselben warnenden Worte, aber sie wusste nicht, was sie zu bedeuten hatten, weswegen sie gesagt wurden und wie ernst sie zu nehmen waren. Sie wusste nicht, wovor sie auf der Hut sein sollte.

Sie war immer noch wach, als Baldvin spätabends nach Hause kam. Sie unterhielten sich noch einmal über die Séance bei Magdalena, von der María ihm erzählt hatte. Sie berichtete ihm ausführlich über diese Sitzung und wie sie sich danach gefühlt hatte. Sie sagte, sie glaube an das, was sie dort erfahren hatte, oder eher, sie wolle daran glauben. Sie wollte an ein Leben nach dem Tod glauben. Dass das Erdendasein nicht das Ende von allem war, weil es ein anderes Leben nach diesem Leben gab.

Baldvin lag schweigend neben ihr und hörte zu.

»Habe ich dir schon mal von Tryggvi erzählt?«

»Nein«, sagte María.

»Das war ein alter Bekannter von mir, der wollte unbedingt herausfinden, ob es ein Leben nach diesem Leben gibt. Er hat seinen Cousin dazu gebracht, ihm zu helfen. Der war schon fertig mit dem Studium. Er hatte etwas über ein französisches Experiment mit Nahtoderfahrung gelesen. Wir studierten zusammen. Da war auch noch ein Mädchen dabei. Zu viert haben wir dieses Experiment durchgeführt.«

María hörte Baldvin sehr aufmerksam zu, als er ihr berichtete, wie sie Tryggvi vom Leben zum Tod befördert und anschließend wieder zum Leben erweckt hatten. Alles war gut verlaufen, nur hatte Tryggvi nichts zu berichten gehabt.

»Was ist aus ihm geworden?«, fragte María.

»Ich weiß es nicht«, sagte Baldvin. »Ich habe ihn seitdem nie wieder getroffen.«

Tiefes Schweigen senkte sich über das eheliche Schlafzimmer, in dem Leonóra seinerzeit mit dem Tod gerungen hatte.

»Glaubst du . . .«

María zögerte.

»Was?«, fragte Baldvin.

»Glaubst du, dass du so etwas noch einmal machen könntest?«

»Möglich ist das.«

»Könntest du das bei mir machen? Für mich?«

»Für dich?«

»Ja. Ich habe viel über Nahtoderfahrungen gelesen.«

»Das weiß ich.«

»Ist dieser Versuch gefährlich?«

»Er könnte es sein«, sagte Baldvin. »Ich kann das nicht . . .«

»Könnten wir es hier bei uns zu Hause machen?«, fragte María.

»María . . .«

»Ist das Risiko groß?«

»María, ich kann nicht . . .«

»Ist das Risiko groß?«

»Das hängt davon ab. Denkst du wirklich im Ernst daran, so etwas zu machen?«

»Warum nicht?«, erwiderte María. »Was hat man schon zu verlieren?«

»Bist du sicher?«, sagte Baldvin.

»Hast du das Tor abgeschlossen?«, fragte María.

»Ja, ich habe es abgeschlossen, als ich kam.«

»Er sah grauenvoll aus«, sagte María, »einfach grauenvoll.«

»Wer?«

»Papa. Ich weiß, dass es ihm nicht gut geht. Es kann ihm nicht gut gehen. Er hätte nicht so sterben dürfen. Das hätte nie passieren dürfen.«

»Wovon redest du?«

»Erzähl mir mehr über diesen Tryggvi«, bat María. »Was ist damals genau passiert? Wie wird so etwas gemacht? Was braucht man, um so etwas durchzuführen?«

Siebenundzwanzig

Erlendur rief seine Tochter früh am Sonntagmorgen an und fragte, ob sie Lust zu einem Ausflug hätte. Er wollte den Tag dazu nutzen, um sich in der näheren und weiteren Umgebung von Reykjavík diverse Seen anzuschauen. Er hatte Eva Lind geweckt, die ihre Zeit brauchte, bis sie begriff, um was es ging. Sie machte keinen sonderlich begeisterten Eindruck, aber Erlendur ließ nicht locker. Sie hatte ja an diesem Sonntag wohl kaum etwas vor, genauso wenig wie an allen anderen Sonntagen. Zur Kirche ging sie nicht. Zum Schluss willigte sie ein. Erlendur versuchte auch, Sindri Snær zu erreichen, aber er hörte auf seinem Handy nur die automatische Ansage, dass das Telefon entweder abgestellt sei oder sich der Empfänger außerhalb des Netzbereichs befinde. Valgerður musste das ganze Wochenende arbeiten.

Unter normalen Umständen wäre er allein gefahren und hätte es auch genossen, aber diesmal wollte er gern Eva dabeihaben. Wahrscheinlich fand er sich selbst todlangweilig, wie Eva sofort am Telefon pariert hatte. Er lächelte. Eva wirkte munterer als sonst, auch wenn ihre Idee, Halldóra und ihn zusammenzubringen, zu nichts geführt hatte und ihr Traum, einen normalen Kontakt zwischen ihren Eltern herzustellen, wohl kaum eine Chance hatte, irgendwann noch in Erfüllung zu gehen.

Darauf gingen sie aber mit keinem Wort ein, als Erlendur mit seiner Tochter aus der Stadt hinausfuhr. An diesem Sonntag war wunderschönes Herbstwetter. Die Sonne schien niedrig über der Bergkette der Bláfjöll. Es war windstill, aber etwas kühl. Sie hielten bei einem Kiosk, und Erlendur kaufte Sandwiches und Zigaretten für sie. Zu Hause hatte er Kaffee gekocht und in eine Thermosflasche gefüllt, im Kofferraum hatte er eine Decke. Als er vom Kiosk losfuhr, ging ihm durch den Kopf, dass er noch nie einen Sonntagsausflug mit Eva Lind gemacht hatte.

Sie fuhren zunächst in einem Halbkreis um die Stadt. Er hatte sich eine Karte von der Umgebung Reykjavíks angesehen und war überrascht gewesen, wie viele Seen es auf verhältnismäßig kleinem Raum gab. Sie begannen am Elliðavatn, wo ein ganz neues Viertel aus dem Boden gestampft worden war, und fuhren auf einem nicht allzu schlechten Weg um den flachen Rauðavatn herum. Der nächste See war Reynisvatn, er war praktisch hinter der neuen Siedlung Grafarholt verschwunden. Von da aus fuhren sie am Langavatn vorbei und passierten auf dem Weg zur Hochebene Mosfellsheiði zahlreiche kleine Seen. Sie sahen sich Leirvogsvatn direkt an der Straße nach Þingvellir an, ebenso Stíflisdalsvatn und Mjóavatn. Der Tag war schon etwas fortgeschritten, als sie von der Hochebene hinunter nach Þingvellir fuhren, nach Norden abbogen und bald Sandkluftavatn erreichten. Der See lag direkt an dem Weg, der zur Uxahryggur-Piste führte. Sie hielten bei einem kleinen See, der Litla-Brunnavatn hieß, ganz in der Nähe des Gedenkkreuzes für Bischof Jón Vídalín, um dort zu picknicken.

Als Erlendur die Decke ausgebreitet hatte, setzten sie sich mit ausgestreckten Beinen darauf und aßen die Brote aus dem Kiosk. Er goss Kaffee in die beiden Tassen und öffnete eine Packung mit Schokokeksen. Er blickte zurück in Richtung Þingvellir und Hofmannaflöt, wo sich in früheren Zeiten die Menschen bei der Pferdehatz amüsiert hatten. Auf der Suche nach dem alten Buch über Binnengewässer, das Davíð hatte kaufen wollen, hatte er eine Reihe von Antiquariaten abgeklappert. Das einzige, was infrage kam, war erschienen, kurz bevor der Junge verschwand, und hieß *Binnengewässer im Umkreis von Reykjavík*. Es war eine sehr schöne Ausgabe mit zahlreichen Aufnahmen von den Seen, die zu unterschiedlichen Jahreszeiten gemacht worden waren. Eva Lind blätterte in dem Buch und sah sich die Fotos an.

»Wenn du glaubst, dass sie in einen von diesen Seen hier gegangen ist, dann sage ich nur: Viel Spaß beim Suchen!«, sagte Eva Lind und trank einen Schluck Kaffee.

Erlendur hatte ihr von Guðrún erzählt, die vor dreißig Jahren verschwunden war, ohne dass man ganz genau wusste, wann, und von ihrem Interesse an Seen. Er fand es keineswegs abwegig, ihr Verschwinden mit einem anderen Vermisstenfall in Verbindung zu bringen, dem Fall von Davíð. Eva Lind fand es interessant, dass er kurz vor seinem Verschwinden ein Mädchen kennengelernt hatte. Erlendur stellte sich vor, dass dieses Buch für Guðrún gedacht war. Sie kannten sich noch gar nicht lange, und nur Gilbert, Davíðs bester Freund, hatte andeutungsweise davon erfahren. Die Informationen über diese Beziehung waren erst viele Jahre später ans Licht gekommen, nachdem Gilbert aus Dänemark zurückgekehrt war.

Eva Lind fand das meiste von dem, was ihr Vater erzählte, ziemlich weit hergeholt und gab ihm das auch zu verstehen. Erlendur nickte zustimmend, wies aber darauf hin, dass ein wichtiger Aspekt, der diese beiden Fälle verband, darin bestand, dass man so gut wie keine Anhaltspunkte hatte. Bei Davið überhaupt nichts, bei Guðrún nur, dass sie mitsamt ihrem Auto verschwunden und nie gefunden worden war.

»Was, wenn sie sich gekannt haben?«, sagte er und sah zu dem kleinen See hinüber. »Was, wenn Davið das Buch über die Binnengewässer für Guðrún gekauft hat? Was, wenn sie gemeinsam ihre letzte Autofahrt unternahmen? Wir wissen, ab wann Davið vermisst wurde. Die Meldung von Guðrúns Verschwinden erreichte uns erst vierzehn Tage später. Deswegen haben wir die beiden Fälle nie in Verbindung gebracht, aber sie hätte sehr wohl um die gleiche Zeit verschwunden sein können wie Davið.«

»Viel Glück bei der Suche«, sagte Eva Lind noch einmal. »Da kommen bestimmt tausend Seen infrage, wenn du glaubst, dass sie vielleicht zusammen einen Ausflug gemacht haben, um sich Seen anzuschauen. Das ist ja hier genauso schlimm wie in diesem dämlichen Finnland. Wäre es nicht einfacher, sich vorzustellen, dass sie über eine Kaimauer rausgefahren und im Meer gelandet sind?«

»Wir haben in allen Häfen nach ihrem Auto gesucht«, entgegnete Erlendur.

»Hätten sie nicht auch getrennt Selbstmord begehen können?«

»Ja, natürlich. Davon sind wir bislang auch ausgegangen. Ich ... Das ist ein ganz neuer Aspekt, eine Verbindung zwischen den beiden Fällen zu ziehen. Meiner Meinung nach spricht einiges dafür. Jahrzehntelang ist in beiden Fällen nichts zutage gefördert worden, und auf einmal stellt sich heraus, dass sie sich für Binnengewässer interessiert und er darüber gesprochen hat, dass er ein Buch über Binnengewässer kaufen wollte, für die er nie zuvor Interesse aufgebracht hatte.«

Erlendur trank einen Schluck Kaffee.

»Und außerdem liegt sein Vater im Sterben und bekommt wahrscheinlich nie die Antworten auf seine Fragen. Genauso wenig wie die Mutter von Davið; die ist bereits tot. Es ist mir wirklich ein Anliegen, dass die Menschen irgendwelche Antworten bekommen. Die Leute spazieren nicht einfach so aus dem Haus und verschwinden. Es gibt doch immer eine Spur – bloß hier nicht. Das haben die beiden Fälle nämlich gemeinsam, dass es nicht die geringste Spur gibt. Wir haben in beiden Fällen nichts in der Hand.«

»Großmutter hat auch niemals eine Antwort bekommen«, sagte Eva Lind, streckte sich der Länge nach aus und schaute in den Himmel.

»Nein, sie hat keine Antwort bekommen«, sagte Erlendur.

»Aber du gibst nicht auf«, sagte Eva. »Du suchst immer noch weiter. Du fährst in die Ostfjorde.«

»Ja, das mache ich. Ich fahre in die Ostfjorde. Ich besteige den Harðskafi und streife durch die Berge oberhalb von Eskifjörður. Manchmal zelte ich dort.«

»Aber du findest nie etwas.«

»Nein. Nur Erinnerungen.«

»Reicht es nicht, Erinnerungen zu haben?«

»Ich weiß es nicht.«

»Harðskafi? Was ist das?«

»Ein Berg. Deine Großmutter glaubte, dass Bergur dort zu Tode gekommen sei. Ich weiß nicht, warum sie das geglaubt hat, es war so eine Eingebung von ihr. Wenn das stimmt, muss er vom Sturm dort hingetrieben worden sein. Wir sind natürlich beide mit dem Rücken zum Wind herumgeirrt. Deine Großmutter ist oft in die Berge gegangen, bis wir aus der Gegend fortgezogen sind.«

»Bist du auf diesen Berg raufgeklettert?«

»Ja, er ist gar nicht so schwierig zu besteigen, trotz seines hart klingenden Namens.«

»Aber jetzt hast du damit aufgehört, oder nicht?«

»Ja, das mache ich kaum noch, höchstens mit den Augen.«

Eva Lind ließ sich seine Worte einige Zeit durch den Kopf gehen. »Du bist natürlich ganz schön alt geworden.«

Erlendur grinste.

»Hast du es aufgegeben?«, fragte Eva Lind.

»Das Letzte, was meine Mutter mich fragte, war, ob ich meinen Bruder gefunden hätte. Das ist ihr noch in der Stunde ihres Todes durch den Kopf gegangen. Ich habe manchmal darüber nachgedacht, ob sie ihn gefunden hat. Ob sie ihn im Jenseits gefunden hat. Ich selbst glaube nicht an ein Leben nach dem Tod, ich glaube an keinen Gott und an keine Hölle, aber deine Großmutter hat an all das geglaubt. So war sie erzogen worden, und sie war überzeugt, dass der Lebenskampf hier auf der Erde weder der Anfang noch das Ende von allem sei. In diesem Sinne war sie vielleicht damit ausgesöhnt zu sterben, und sie sprach darüber, dass Bergur in guten Händen sei. Bei seinen Leuten.«

»Alte Leute reden so«, entgegnete Eva.

»Sie war überhaupt nicht alt. Sie starb in den besten Jahren.«

»Heißt es nicht, wen die Götter lieben, den holen sie jung?«

Erlendur sah seine Tochter an.

»Ich glaube nicht, dass die Götter mich je geliebt haben«, sagte Eva Lind. »Ich kann mir das zumindest nicht vorstellen. Ich weiß auch gar nicht, weshalb sie das hätten tun sollen.«

»Ich weiß nicht, ob die Menschen ihr Schicksal in die Hände von Göttern legen sollten, wer auch immer sie sein mögen«, sagte Erlendur. »Man ist für sein Schicksal immer selbst verantwortlich.«

»Du hast gut reden. Wer hat dein Schicksal bestimmt? Ist nicht dein Vater bei total verrücktem Wetter mit dir in die Berge gegangen? Was hatte er da oben mit seinen Kindern verloren? Hast du dich das nie gefragt? Kriegst du nie die Wut, wenn du daran denkst?«

»Er konnte nicht wissen, was kommen würde. Er hat diesen Gang nicht unternommen, damit wir im Schneesturm umkommen.«

»Aber er hätte sich anders verhalten können, wenn er an seine Kinder gedacht hätte.«

»Er hat sich immer liebevoll um uns beide gekümmert.«

Sie schwiegen. Erlendur beobachtete ein Auto, das von der Uxahryggur-Piste auf den Weg nach Þingvellir einbog.

»Ich habe mich immer selbst gehasst«, sagte Eva Lind schließlich. »Und ich war wütend. Manchmal bin ich vor Wut fast geplatzt. Wütend auf Mama und auf dich und die Schule und diese gemeinen Typen, die sich über mich lustig gemacht haben. Ich wollte mich selbst los sein. Ich wollte nicht ich sein, weil ich mich vor mir geekelt habe. Ich habe mich selbst misshandelt und anderen gestattet, das ebenfalls zu tun.«

»Eva...«

Eva Lind starrte zum wolkenlosen Himmel hoch.

»Nein, so war es«, sagte sie. »Wut und Ekel. Das ist keine gute Kombination. Ich habe viel darüber nachgedacht, nachdem ich herausgefunden hatte, dass das, was ich gemacht habe, nur eine natürliche Fortsetzung von etwas war, was schon vor meiner Geburt begonnen hatte. Etwas, was total außerhalb meiner Kontrolle war. Die größte Wut hatte ich auf dich und Mama. Warum musstet ihr mich bekommen? Was habt ihr euch dabei eigentlich gedacht? Was hatte ich auf meinem Startguthaben? Nichts. Ein Fehler von zwei Menschen, die sich nie wirklich kannten und sich nie kennenlernen wollten.«

Erlendurs Gesicht nahm einen gequälten Ausdruck an. »Es gibt kein Startguthaben, Eva.«

»Nein, vielleicht nicht.«

Sie schwiegen.

»Ist es nicht an der Zeit, dass wir diesen netten Sonntagsausflug beenden und zurück in die Stadt fahren?«, fragte Eva Lind schließlich und sah ihren Vater an.

Ein weiteres Auto kam ganz gemächlich die Straße entlanggefahren und bog auf die Uxahryggur-Piste ein. Ein Ehepaar mit zwei Kindern saß darin. Das kleine Mädchen im Kindersitz hinten winkte ihnen zu. Weder Erlendur noch Eva winkten zurück, und das Mädchen sah sie ein wenig enttäuscht an, bevor sie aus ihrem Blick verschwand.

»Glaubst du, dass du mir irgendwann einmal verzeihen kannst?«, fragte Erlendur und sah seine Tochter an.

Sie antwortete nicht, sondern starrte weiter zum Himmel hoch, die Hände hinter dem Kopf verschränkt und die Beine übereinandergeschlagen.

»Ich weiß, dass man für sein Schicksal selbst verantwortlich ist«, sagte sie endlich. »Jemand, der stärker und intelligenter ist als ich, hätte womöglich alles ganz anders angepackt. Dieser Jemand hätte sich hoffentlich auch einen Dreck aus euch gemacht. Das wäre die einzig richtige Antwort darauf gewesen, glaube ich, und nicht, Ekel vor sich selbst zu bekommen.«

»Ich habe nicht gewollt, dass du dich selbst hasst. Das wusste ich nicht.«

»Dein Vater hat seinen Sohn ganz bestimmt auch nicht verlieren wollen.«

»Nein, das war nicht seine Absicht.«

Als sie von der Uxahryggur-Piste durch ein lang gestrecktes Tal in den Borgarfjörður gelangten, dämmerte es bereits. Sie machten an keinem See mehr Rast und schwiegen fast den gesamten Rest der Strecke durch den Hvalfjörður-Tunnel und um Kjalarnes herum. Erlendur fuhr seine Tochter zu dem Haus, in dem sie lebte, und als sie sich verabschiedeten, war es bereits dunkel geworden.

Es war ein schöner Tag bei den Seen gewesen, und das sagte er ihr auch beim Abschied. Sie nickte zustimmend und meinte, so etwas könne man ruhig noch einmal machen.

»Wenn sie tatsächlich hier irgendwo in einem der Seen sind, ist deine Chance, sie zu finden, genauso groß wie die, im Lotto zu gewinnen.«

»Ja, wahrscheinlich«, sagte Erlendur.

Sie schwiegen wieder eine Weile. Erlendur strich über das Lenkrad seines Ford Falcon.

»Wir sind uns unheimlich ähnlich, Eva«, sagte er, dem Geräusch des Motors lauschend. »Du und ich. Wir sind aus demselben Holz geschnitzt.«

»Findest du?«, fragte Eva Lind und stieg aus.

»Ja, das befürchte ich«, sagte Erlendur.

Mit diesen Worten fuhr er los. Zu Hause angekommen, dachte er darüber nach, wie viel zwischen ihnen noch nicht bereinigt war. Er schlief über der Frage ein, auf die sie noch nicht geantwortet hatte: ob sie ihm verzeihen könne. Auch das blieb ungesagt an dem Tag, an dem sie von See zu See fuhren und nach verloren gegangenen Spuren suchten.

Achtundzwanzig

Am späten Nachmittag des folgenden Tages fuhr Erlendur ein weiteres Mal nach Kópavogur und parkte seinen Wagen in angemessener Entfernung von dem Haus, in dem Karólína lebte. Es war kein Licht in den Fenstern, und ihr Auto war nirgendwo zu sehen. Er nahm an, dass sie noch nicht von der Arbeit zurück war. Er zündete sich eine Zigarette an und wartete geduldig. Erlendur wusste noch nicht genau, wie er ihr auf den Zahn fühlen würde. Er nahm an, dass Baldvin nach Erlendurs letztem Besuch bei ihm mit ihr gesprochen hatte, denn er ging davon aus, dass es irgendeine Verbindung zwischen ihnen gab, obwohl er es nicht sicher wusste. Vielleicht hatten sie da wieder angeknüpft, wo sich ihre Wege seinerzeit getrennt hatten, als beide in der Schauspielschule waren und Karólína davon träumte, ein Star zu werden. Nach geraumer Zeit hielt der kleine japanische Wagen vor dem Haus. Karólína stieg aus und eilte mit einer prallvollen Lebensmitteltüte ins Haus, ohne nach rechts oder links zu schauen. Erlendur ließ noch eine halbe Stunde vergehen, bevor er zum Haus ging und klingelte.

Als sie zur Tür kam, sah er, dass sie inzwischen die Arbeitskleidung abgelegt hatte und nun bequemere Sachen trug, einen Fleecepullover, eine graue Sporthose und Hausschuhe.

»Bist du Karólína?«, fragte Erlendur.

»Ja?«, entgegnete sie abweisend, als sei er ein lästiger Hausierer.

Erlendur stellte sich vor. Er sei von der Kriminalpolizei und untersuche einen Todesfall am See von Þingvellir, der vor einiger Zeit passiert war.

»Einen Todesfall?«

»Eine Frau, die sich dort das Leben genommen hat«, sagte Erlendur. »Darf ich vielleicht einen Augenblick hereinkommen?«

»Und was soll ich damit zu tun haben?«, fragte Karólína.

Sie war so groß wie Erlendur, hatte kurz geschnittene Haare, fein geschwungene Augenbrauen und dunkelblaue Augen. Sie war schlank und hatte eine gute Figur, soweit Erlendur das durch den Fleecepullover und die weite Hose beurteilen konnte. Sie hatte eine entschlossene Miene aufgesetzt. Ihre Züge wirkten wenig entgegenkommend und ließen erkennen, dass sie sowohl stur als auch hart sein konnte. Er glaubte aber zu sehen, was Baldvin an ihr gefunden hatte, hatte jedoch kaum Zeit, darüber weiter nachzudenken. Karólínas Frage hing in der Luft.

»Du hast ihren Mann gekannt«, sagte Erlendur. »Die Frau hieß María. Ihr Mann heißt Baldvin. Soweit ich weiß, wart ihr zusammen auf der Schauspielschule.«

»Und?«

»Ich würde mich gern kurz mit dir unterhalten.«

Karólína blickte die Straße entlang zu den Nachbarhäusern, sah dann Erlendur an und erklärte, dass sie das vielleicht besser drinnen tun sollten. Erlendur betrat den Flur, und sie machte die Haustür hinter ihnen zu. Das

Haus war ein Bungalow zu ebener Erde. Rechts befanden sich Wohnzimmer und Esszimmer, und hinter dem Esszimmer war die Küche. Links vom Eingang lagen das Badezimmer und zwei weitere Räume. Die Einrichtung war geschmackvoll, und an den Wänden hingen Gemälde. Es roch nach einer Mischung aus isländischer Küche und süßlichen Düften, die von Kosmetika und Parfüms stammten und am stärksten in der Nähe des Badezimmers und der beiden geschlossenen Türen waren. Der eine Raum schien als Abstellraum zu dienen, in dem anderen befand sich Karólínas Schlafzimmer. Durch die offene Tür sah Erlendur ein Bett, das an die Wand geschoben war, einen Toilettentisch mit großem Spiegel, einen langen Kleiderschrank und eine Kommode.

Karólína ging eilig in die Küche und nahm eine Pfanne vom Herd. Erlendur hatte sie beim Kochen gestört. Der Geruch aus der Küche durchzog das ganze Haus, gebratenes Lammfleisch, vermutete Erlendur. »Ich hatte gerade Kaffee aufgesetzt«, sagte Karólína, als sie aus der Küche zurückkehrte. »Kann ich dir eine Tasse anbieten?«

Erlendur nahm das dankend an. Das war die Regel. Eine Tasse Kaffee zu akzeptieren, das gehörte einfach dazu. Elínborg hatte das rasch begriffen. Sigurður Óli musste das noch lernen.

Karólína ging wieder in die Küche und kam mit dampfenden Tassen zurück. Wie Erlendur trank sie den Kaffee schwarz.

»Baldvin und ich kennen uns seit der Schauspielschule, wir waren in einer Klasse bei dem alten Jóhannes. Verdammt langweilig konnte der sein, ich meine, Jóhannes. Und als Schauspieler war er ein hoffnungsloser Fall. Aber wie dem auch sei, Baldvin und ich trennten uns, als er an der Schauspielschule aufhörte und Medizin studierte. Darf ich fragen, warum du solche Nachforschungen über Baldvin anstellst?«

»Man kann wohl kaum sagen, dass ich Nachforschungen über ihn anstelle«, sagte Erlendur. »Mir ist allerdings zu Ohren gekommen – du weißt ja, wie hier getratscht wird –, dass ihr euch gut kanntet und dass ihr diese Bekanntschaft schon vor einiger Zeit wieder erneuert habt.«

»Von wem hast du das gehört?«

»Das habe ich wieder vergessen, ich müsste nachschlagen.«

Karólína lächelte. »Geht dich das etwas an?«

»Das weiß ich noch nicht«, sagte Erlendur.

»Er hat mir gesagt, dass ich möglicherweise mit einem Besuch von dir zu rechnen hätte«, sagte sie.

»Baldvin?«

»Wir haben unsere Bekanntschaft wieder aufgefrischt, das stimmt. Überflüssig, das geheim zu halten. Das habe ich ihm gesagt, und er war ganz meiner Meinung. Es hat vor etwa fünf Jahren wieder angefangen. Wir sind uns bei einem Ehemaligentreffen an der Schauspielschule wiederbegegnet. Damals gab es ein rundes Jubiläum zu feiern. Baldvin kam auch, obwohl er die Schule vor dem Abschluss verlassen hatte. Er sagte mir, dass er es nicht mehr aushielte mit dieser Alten, dieser Leonóra, der Mutter von María. Sie wohnte bei ihnen im Haus.«

»Warum hat er sich dann nicht scheiden lassen, um mit dir zusammenzuleben? Es gibt doch wohl kaum etwas Normaleres heutzutage.«

»Das hatte er in der Tat auch vor«, sagte Karólína. »Diese Situation hat mich nämlich halb wahnsinnig gemacht, und ich hatte ihm schon ein Ultimatum gestellt. Aber dann erkrankte die alte Hexe, und da konnte er sich nicht vorstellen, María das anzutun. Er wollte ihr in dieser schwierigen Lage zur Seite stehen, und das hat er getan. Ich hatte schon richtig Angst, dass sich die Beziehung zwischen ihnen wieder einrenken würde, als die alte Hexe gestorben war. Er ist kaum noch zu mir gekommen, sah nur noch seine María. Aber das hat sich wieder gelegt.«

»Hat Baldvin Leonóra so beschrieben? Als Hexe?«

»Er fand sie absolut unerträglich, und das verschlimmerte sich von Jahr zu Jahr. Ich sollte ihr vielleicht sogar dankbar sein, wenn ich das mal so fies ausdrücken darf. Er wollte sie aus dem Haus haben, aber da hat María nicht mitgespielt.«

»María und Baldvin haben keine Kinder?«

»Baldvin ist zeugungsunfähig, und María hatte kein Interesse«, erklärte Karólína unumwunden.

»Wann werdet ihr eure Beziehung offiziell machen?«, fragte Erlendur.

»Du hörst dich an wie ein Landpfarrer.«

»Entschuldige, ich wollte nicht...«

»Baldvin ist rücksichtsvoll«, sagte Karólína. »Er will ein ganzes Jahr warten. Ich habe ihm gesagt, dass das vielleicht etwas übertrieben ist, aber er bleibt dabei. Frühestens nach einem Jahr, sagt er.«

»Aber du bist damit nicht sehr glücklich?«

»Ich kann ihn gut verstehen. Diese ganze Tragödie und all das Drumherum. Es besteht ja auch kein Grund zur Eile.«

»Wusste María von eurer Verbindung?«

»Darf ich fragen, um was es eigentlich geht? Wonach suchst du? Glaubst du, dass Baldvin ihr etwas angetan hat?«

»Glaubst du das?«

»Nein. Zu so etwas ist er nicht imstande. Er ist Arzt! Weshalb glaubst du, dass es kein Selbstmord war?«

»Ich glaube gar nichts«, sagte Erlendur.

»Ist das eine schwedische Erhebung, oder…?«

»Hast du davon gehört?«

»Baldvin ist da etwas zu Ohren gekommen. Wir haben keine Ahnung, was da gespielt wird.«

»Wir sammeln ein paar Informationen, um diesen Fall zum Abschluss bringen zu können«, sagte Erlendur. »Wusstest du, dass er etliche Hundert Millionen von seiner Frau erbt?«

»Davon habe ich erst kürzlich erfahren. Er hat es mir neulich gesagt. Ihr Vater hat da wohl mit Land spekuliert?«

»Ja, er besaß ein Stück Land in Kópavogur, und die Grundstückspreise haben gewaltig angezogen. Baldvin ist der alleinige Erbe.«

»Ja, so etwas Ähnliches hat er erzählt. Ich glaube, er hat selbst erst vor Kurzem davon erfahren. Das hat er mir zumindest gesagt.«

»Ich habe gehört, dass dieses Geld ihm gut zupasskommt«, sagte Erlendur.

»Wirklich?«

»Er ist hoch verschuldet.«

»Baldvin hat sich mit Aktien verspekuliert, das ist alles, was ich weiß. Es gab da eine Fehlinvestition, irgendein Bauunternehmen, das pleiteging, und außerdem hat er Schulden, weil er sich eine private Praxis eingerichtet hatte, und die lief nicht so gut. Wir reden nicht viel über solche Dinge. Jedenfalls bislang nicht.«

»Du hast aufgehört, als Schauspielerin zu arbeiten, nicht wahr?«, fragte Erlendur.

»Ja, so gut wie.«

»Darf ich fragen, weshalb?«

»Ich habe in etlichen Stücken mitgespielt. Keine besonders großen Rollen, aber ...«

»Ich gehe leider viel zu selten ins Theater.«

»Ich fand die Rollen, die mir angeboten wurden, nicht gut genug. Also, ich meine, bei den großen Bühnen. Und außerdem ist die Konkurrenz hart. Die Welt des Theaters ist ziemlich gnadenlos, das spürt man bereits an der Schauspielschule. Hinzu kommt das Alter. Eine Schauspielerin in meinem Alter ist nicht mehr gefragt. Ich habe einen guten Job in einem Finanzunternehmen, und falls sich irgendwelche Regisseure an mich erinnern, bekomme ich hin und wieder auch mal eine kleine Rolle.«

»Soweit ich weiß, war deine größte Rolle die Magdalena in diesem schwedischen Stück. Wie hieß es doch noch?«, sagte Erlendur und tat so, als könne er sich nicht an den Namen des Stücks erinnern.

»Wer hat dir das gesagt? Jemand, der sich an mich erinnert?«

»Ja, eine gute Bekannte von mir, sie heißt Valgerður. Sie geht häufig ins Theater.«

»Und sie konnte sich an mich erinnern?«

Erlendur nickte. Er sah, dass er keine Fragen zu befürchten hatte, weshalb er sich eigentlich mit anderen Leuten über Karólína unterhielt. Sie schien sich aus was für Gründen auch immer geschmeichelt zu fühlen. Ihm fielen die Worte des Schauspiellehrers über Karólínas Traum von der Berühmtheit ein. Wie hatte er sich ausgedrückt? Der Traum, eine Diva zu werden.

»*Hoffnungsfeuer*«, sagte Karólína. »Es war ein sehr gutes Stück, und es stimmt, das war die größte Rolle, die ich gespielt habe, als ich auf dem Weg nach oben war, wenn man so sagen kann.«

Sie lächelte.

»Die Kritiker waren nicht sonderlich begeistert, sie hielten es für ein altmodisches Küchenmelodram. Die schreiben manchmal wirklich das Letzte, und sie wissen so selten, wovon sie reden.«

»Meine Freundin war sich aber nicht ganz sicher, sie dachte, sie hätte die Rolle vielleicht mit einer in einem anderen Stück verwechselt, mit einer Person, die ebenfalls Magdalena hieß.«

»Was?«

»Die war aber eine Sehende oder ein Medium«, sagte Erlendur.

Er achtete genau auf Karólínas Reaktion, aber sie ließ sich nicht das Geringste anmerken. Er dachte im Stillen, dass entweder er auf dem Holzweg oder sie eine bessere Schauspielerin war, als von ihr behauptet wurde.

»Das Stück kenne ich nicht«, sagte Karólína.

»Ich weiß nicht mehr genau, was sie gesagt hat, wie das Stück hieß«, fuhr Erlendur fort und gab der Versuchung nach, noch einen Schritt weiter zu gehen. »Vielleicht war es *Das falsche Medium* oder so etwas.«

Karólína zögerte. »Davon habe ich noch nie gehört«, sagte sie dann. »Wurde es im Nationaltheater gegeben?«

»Das weiß ich nicht«, sagte Erlendur. »Diese Magdalena glaubte an eine spirituelle Welt, die war für sie genauso realistisch wie wir beiden, die wir hier in deinem Wohnzimmer stehen.«

»Was du nicht sagst.«

»María hat auch an so etwas geglaubt. Das hat Baldvin dir doch bestimmt erzählt.«

»Ich kann mich nicht erinnern, dass Baldvin so etwas gesagt hat«, sagte Karólína. »Ich glaube nicht an Geister.«

»Nein, das tue ich auch nicht«, sagte Erlendur. »Er hat dir also nicht gesagt, dass sie zu solchen Sehern und Medien ging?«

»Nein, davon wusste ich nichts. Ehrlich gesagt wusste ich sowieso nicht viel über María. Wenn Baldvin und ich uns trafen, haben wir nicht viel über sie gesprochen. Wir waren mit anderen Dingen beschäftigt.«

»Das kann ich mir vorstellen«, sagte Erlendur.

»Sonst noch etwas?«

»Nein, das ist im Augenblick alles. Vielen Dank.«

Neunundzwanzig

Erlendur hatte keine Probleme, die Frau zu finden, mit der Magnús vor seinem Tod fremdgegangen war. Seine Schwester Kristín hatte ihm ihren Namen genannt, und er fand ihre Adresse im Telefonbuch. Er rief bei ihr an, aber als sie hörte, was er von ihr wollte, lehnte sie es ab, mit ihm zu sprechen, und er ließ es zunächst dabei bewenden. Beim nächsten Versuch ließ er einfließen, dass es womöglich neue Erkenntnisse darüber gab, was sich auf dem See von Þingvellir zugetragen hatte.

»Mit wem hast du gesprochen?«, war ihre Gegenfrage am Telefon.

»Magnús' Schwester Kristín hat mir deinen Namen genannt«, erklärte Erlendur.

»Und was hat sie über mich gesagt?«

»Es ging eigentlich um dich und Magnús«, sagte Erlendur.

Auf seine Worte folgte langes Schweigen.

»Vielleicht ist es besser, wenn du zu mir kommst«, sagte die Frau schließlich. Sie hieß Sólveig, war verheiratet und hatte zwei erwachsene Kinder. »In dieser Woche bin ich tagsüber zu Hause«, erklärte sie.

Als Erlendur zu Sólveig kam, spürte er, dass sie sehr auf der Hut war und die Sache möglichst schnell hinter sich bringen wollte. Sie schien ziemlich nervös zu sein.

Die beiden standen im Korridor, und sie machte keine Anstalten, ihn hereinzubitten.

»Ich weiß nicht, was ich dir sagen soll«, sagte sie. »Ich weiß nicht, was du von mir willst. Von welchen neuen Erkenntnissen sprichst du?«

»Sie beziehen sich auf dich und Magnús.«

»Ja, das hast du mir am Telefon gesagt.«

»Und eure Beziehung.«

»Hat Kristín dir davon erzählt?«

Erlendur nickte. »Magnús' Tochter hat vor kurzer Zeit Selbstmord begangen«, sagte er.

»Das habe ich gehört.«

Sólveig schwieg. Sie hatte schöne, freundliche Gesichtszüge und war geschmackvoll gekleidet. Sie lebte in einem kleinen Reihenhaus in Fossvogur, war Krankenschwester und hatte in dieser Woche Abendschicht.

»Vielleicht kommst du einen Augenblick herein«, sagte Sólveig schließlich und führte ihn ins Wohnzimmer. Er setzte sich auf das Sofa, ohne seinen Mantel auszuziehen.

»Ich weiß nicht, was ich dir sagen soll«, erklärte sie mit gequälter Stimme. »All diese Jahre hat niemand danach gefragt, was damals passiert ist. Und dann macht das arme Mädchen so etwas, und du tauchst plötzlich mit Fragen auf, die niemand vorher gestellt hat und die nie gestellt werden sollten.«

»Vielleicht war das genau das Problem bei María«, sagte Erlendur. »Hast du jemals darüber nachgedacht?«

»Du kannst dir doch wohl denken, wie ich mir den Kopf darüber zerbrochen habe. Aber Leonóra kümmerte sich um ihre María. An das Kind kam niemand anderes heran.«

»Sie sind alle zusammen mit dem Boot hinausgefahren, Magnús, Leonóra und María.«

»Das hast du also herausgefunden?«

»Ja.«

»Sie waren alle drei im Boot«, bestätigte Sólveig.

»Und was ist geschehen?«

»Ich habe sehr viel über diese Dinge nachgedacht. Über meine Beziehung zu Magnús. Wir wollten es Leonóra in Þingvellir sagen. Wir wollten es ihr so schonend wie möglich beibringen. Magnús war der Meinung, dass ich dabei sein sollte. Leonóra und ich waren eng befreundet, und ich habe mir das einfach nicht zugetraut. Vielleicht wären die Dinge anders gelaufen, wenn ich auch dort gewesen wäre.«

Sólveig sah Erlendur an. »Du glaubst natürlich, dass ich eine ganz infame Person bin«, sagte sie.

»Ich glaube gar nichts.«

»Leonóra war immer so dominierend. Sie konnte ein richtiger Dragoner sein. Magnús stand voll und ganz unter ihrer Fuchtel. Wenn ihr etwas missfiel, hat sie ihm sofort die Meinung gesagt, sogar im Beisein anderer. Magnús wandte sich mir zu. Zu Anfang habe ich ihn wohl nur bemitleidet. Er war ein guter Mann. Wir begannen, uns heimlich zu treffen. Ich weiß nicht, was geschah, aber wir verliebten uns ineinander. Und dann wollten wir natürlich zusammenleben. Wir mussten Leonóra dazu bringen, das zu verstehen. Ich wollte kein heimliches Techtelmechtel hinter ihrem Rücken, das wäre wie eine Verschwörung gegen sie gewesen. Ich wollte mit offenen Karten spielen. Ich konnte dieses … diese Heimlichtuerei nicht ertragen. Er wollte noch etwas damit warten, aber ich habe ihn unter Druck gesetzt. Wir einigten uns darauf, dass er ihr an dem bewussten Wochenende in Þingvellir die Wahrheit sagen sollte.«

»Hat Leonóra überhaupt nichts gemerkt?«

»Nein, sie war völlig ahnungslos. So war Leonóra. Arglos. Sie vertraute den Menschen. Ich habe dieses Vertrauen enttäuscht. Magnús auch.«

»Hast du Leonóra nach dem Unfall getroffen?«

Sólveig schlug die Augen nieder. »Bringt es dir etwas, wenn du das weißt?«, fragte sie. »Der Unfall wurde seinerzeit untersucht. Der Hergang war vollkommen klar. Niemand hat seitdem Fragen gestellt. Wenn irgendjemand das hätte tun sollen, dann ich, aber das habe ich nicht getan.«

»Du hast Leonóra getroffen?«

»Das habe ich. Ein einziges Mal. Es war schrecklich. Grauenvoll. Es war einige Zeit nach Magnús' Beerdigung. Ich wusste nicht, ob er ihr vor seinem Tod noch von uns erzählt hatte, und bei der Beerdigung habe ich so getan, als sei nichts vorgefallen. Ich habe aber sofort gemerkt, dass Leonóra mich keines Blickes würdigte. Sie hat mich nicht gegrüßt, ich war Luft für sie. Da wusste ich, dass Magnús es ihr gesagt hatte.«

»Wollte sie dich treffen, oder ...?«

»Ja. Sie hat mich angerufen und mich gebeten, nach Grafarvogur zu kommen, wo sie mich überaus frostig in Empfang nahm.«

Sólveig machte eine Pause. Erlendur wartete geduldig. Er spürte, dass es ihr zu schaffen machte, wieder an die alten Ereignisse zu rühren.

»Leonóra sagte mir, dass die kleine María in der Schule wäre und dass sie den Wunsch hätte, mir ganz genau zu erzählen, was am See vorgefallen war. Ich habe ihr gesagt, ich bräuchte nichts darüber zu wissen, aber da lachte sie und sagte, so billig würde ich nicht davonkommen. Ich wusste nicht, was sie damit meinte.«

»Magnús hat mir von euch beiden erzählt«, sagte Leonóra. »Er hat mir erzählt, dass er mich verlassen und mit dir zusammenleben will.«

»Leonóra«, sagte Sólveig, »ich …«

»Schweig«, sagte Leonóra, ohne die Stimme zu erheben. »Ich will dir erzählen, wie es war. Zwei Dinge musst du begreifen. Du musst verstehen, warum ich das Mädchen abschirme, und du musst einsehen, dass du auch Schuld daran hast. Du und Magnús. Ihr habt das über euch hereingerufen.«

Sólveig schwieg.

»Was hast du dir dabei gedacht?«, fragte Leonóra.

»Ich wollte dich nicht verletzen«, antwortete Sólveig.

»Mich verletzen? Du hast keine Ahnung, was du getan hast.«

»Magnús fühlte sich schrecklich«, erwiderte Sólveig. »Deswegen ist er zu mir gekommen. Ihm ging es schlecht.«

»Das ist eine Lüge. Ihm ging es überhaupt nicht schlecht. Du hast ihn mir weggenommen, du hast ihn zu dir gelockt.«

Sólveig schwieg zunächst, dann sagte sie leise: »Ich möchte mich nicht mit dir streiten.«

»Nein, das ist ja nun auch aus und vorbei«, sagte Leonóra. »Daran ändert niemand mehr etwas. Ich will bloß nicht, dass die Verantwortung allein auf mir lastet. Du bist auch verantwortlich und Magnús ebenfalls. Ihr beide.«

»Niemand ist verantwortlich für einen solchen Unfall. Er ist über Bord gefallen. Es war ein Unfall.«

Leonóra lächelte ein schwaches und hintergründiges Lächeln. Sie war in einer seltsamen Verfassung. Das Haus war dunkel und kalt, und Leonóra schien nicht ganz bei sich zu sein. Sólveig überlegte, ob sie betrunken war oder unter dem Einfluss von starken Medikamenten stand.

»Er ist nicht ins Wasser gefallen«, erklärte Leonóra.

»Was meinst du damit?«

»Er ist nicht gefallen.«

»Aber ... ich habe es in den Zeitungen gelesen ...«

»Das, was in den Zeitungen stand, war eine Lüge.«

»Eine Lüge?«

»Wegen María.«

»Ich verstehe dich nicht.«

»Weshalb musstest du ihn mir wegnehmen? Weshalb konntest du uns nicht in Ruhe lassen?«

»Er ist zu mir gekommen, Leonóra. Weshalb musstest du wegen María lügen?«

»Begreifst du das nicht? Wir waren mit Magnús im Boot. María war auch dabei.«

»Auch dabei ... Aber ...«

Sólveig starrte Leonóra an. »Magnús war doch allein im Boot«, sagte sie. »Das stand doch so in der Zeitung.«

»Das ist eine Lüge«, sagte Leonóra. »Meine Lüge. Ich war bei ihm und María auch.«

»Und weshalb ... Weshalb musstest du lügen?«

»Das versuche ich ja gerade dir zu sagen. Magnús ist nicht aus dem Boot gefallen.«

»Was denn?«

»Ich habe ihm einen Stoß versetzt«, sagte Leonóra. »Ich habe ihn gestoßen, und er hat das Gleichgewicht verloren.«

Es verging geraume Zeit, bis Sólveig weitersprach. Erlendur hatte ihr schweigend zugehört. Er spürte, wie sehr ihr das Ganze immer noch zusetzte.

»Magnús ist ins Wasser gefallen, weil Leonóra ihn gestoßen hat«, sagte sie. »Sie haben zugesehen, wie er ertrunken ist. Magnús hatte Leonóra von uns beiden erzählt. Sie hatten sich an dem Morgen heftig gestritten. Davon wusste María nichts. Sie wollte unbedingt eine Bootstour machen. Magnús war schrecklich wütend. Sie begannen wieder zu streiten, und dann streikte auf einmal der Außenbordmotor. Der Streit wurde immer heftiger. Magnús stand auf, um nach dem Motor zu sehen. Da versetzte ihm Leonóra einen Stoß, und im nächsten Augenblick … lag er im See.«

Leonóra sah Sólveig schweigend an.

»Konntet ihr ihm nicht helfen?«, fragte Sólveig.

»Wir konnten nichts machen. Das Boot schaukelte wild und unkontrollierbar. Es hätte nicht viel gefehlt, und wir wären selbst über Bord gegangen. Das Boot trieb von Magnús weg, und als wir das Gleichgewicht wiedergefunden hatten, war er verschwunden.«

»Großer Gott«, stöhnte Sólveig.

»Du siehst, was du heraufbeschworen hast«, erklärte Leonóra.

»Ich?«

»Das Mädchen ist untröstlich. Sie glaubt, dass sie die Schuld daran hat, was mit ihrem Vater passiert ist. Die

Schuld an dem Streit, an allem. Sie frisst das alles in sich hinein. Sie glaubt, dass sie ebenfalls Schuld am Tod ihres Vaters hat. Was glaubst du, wie sie sich fühlt? Was glaubst du, wie ich mich fühle?«

»Du musst mit einem Arzt sprechen, mit einem Psychiater. Sie braucht Hilfe.«

»Ich kümmere mich um María. Falls du das, was ich dir gesagt habe, weitergibst, werde ich alles abstreiten.«

»Und weshalb sagst du mir das alles?«

»Du steckst auch mit drin. Ich will, dass du das weißt. Du bist dafür genauso verantwortlich wie ich!«

Erlendur sah Sólveig lange schweigend an, nachdem sie geendet hatte.

»Weshalb bist du nicht zur Polizei gegangen?«, fragte er schließlich. »Was hat dich daran gehindert?«

»Ich hatte … Ich hatte tatsächlich das Gefühl, dass ich irgendwie mitschuldig war, genau wie Leonóra gesagt hatte. An dem, was geschehen war. Darauf hatte sie es angelegt. ›Es ist deine Schuld‹, fauchte sie mich an. ›Es ist deine Schuld, alles, alles ist deine Schuld.‹ Ihr ganzer Zorn richtete sich gegen mich. Ich war außer mir vor Angst und Trauer, und irgendwie tat mir Leonóra trotz allem sogar leid. Es war ein furchtbarer Schock für mich, ich stand dem Ganzen völlig hilflos gegenüber. Und dann war da ja noch die arme María. Ich konnte mir nicht vorstellen, ihr die Wahrheit über ihre Mutter zu sagen. Ich konnte es nicht. Sie …«

»Was?«

»Das war alles so absurd, dass ich es kaum glauben konnte. Ich hab einfach nicht geglaubt, dass das geschehen war.«

»Du hast Rücksicht auf das Mädchen nehmen wollen?«, fragte Erlendur.

»Hoffentlich verstehst du meine Entscheidung. Ich wollte mich an niemandem rächen. Es war ein Unfall, wie auch immer man es betrachtete. Mir wäre nie eingefallen, an Leonóras Worten zu zweifeln. Sie hat mir gesagt, sie lasse María nie aus den Augen, außer wenn das Mädchen in der Schule sei.«

»Es kann nicht schön gewesen sein, mit so etwas zu leben«, sagte Erlendur.

»Nein, das war alles andere als schön, das ist wahr. Stell dir bloß vor, was das für die beiden bedeutete, vor allem für María. Als ich hörte, dass sie Selbstmord begangen hat, hat mich das eigentlich nicht überrascht. Ich habe ... Ich habe mir große Vorwürfe gemacht, dass ich das zugelassen habe. Dass ich mir von Leonóra vorschreiben ließ, nichts darüber zu sagen.«

»Über was hatten sie sich im Boot gestritten?«

»Magnús hatte ihr gesagt, dass er fest entschlossen sei, sie zu verlassen. Das hatte er mir so versprochen. Er hatte genug von ihrer dominierenden Art, er konnte das nicht mehr ertragen. Er sagte, es ginge nur um das Sorgerecht für das Kind, darüber müsste man sich einigen. Leonóra hatte ihm angedroht, dass sie ihm keinerlei Umgang mit dem Kind zugestehen würde. Sie stritten sich über sie, und María hat das alles mit anhören müssen. Da ist es natürlich kein Wunder, dass María geglaubt hat, sie trüge die Schuld an allem.«

»Hast du Leonóra oder María danach noch einmal getroffen?«

»Nein, nie. Keine von beiden.«

»Und es gab keine anderen Zeugen?«

»Nein, sie waren ganz allein am See.«

»Niemand war da in den anderen Häusern?«

»Nein.«

»Und auch sonst waren keine Leute unterwegs?«

»Nein, niemand. Aber in der Woche vorher, als Magnús und ich allein in dem Haus waren, war da jemand. Wir sind zweimal dort gewesen, glaube ich, wir haben uns heimlich getroffen. Da hat er mit einer Frau gesprochen, über die er dann sehr viel geredet hat, weil sie sich die Seen in der Nähe von Reykjavík ansehen wollte. Sie interessierte sich sehr für Binnengewässer. Das war ganz in der Nähe des Hauses. Sie studierte eine Karte und wollte zum Sandkluftavatn. Ich kann mich genau daran erinnern, weil ich damals den Namen dieses Sees noch nie gehört hatte.«

»War sie im Auto unterwegs?«, fragte Erlendur.

»Ja, ich glaube.«

»Was für ein Auto?«

»Es war gelb.«

»Gelb? Bist du sicher?«

»Ja. Heißen diese kleinen Autos nicht Mini oder so? Das Birkengebüsch entlang der Stichstraße ist ja so niedrig, dass ich sehen konnte, wie sie wegfuhr.«

»Und du meinst, dass das die Frau war, mit der Magnús geredet hatte?«, fragte Erlendur, der bis zur Sesselkante vorgerutscht war. »Die Frau in dem Auto?«

»Das glaube ich schon, sie war ja ganz nah beim Haus.«

»Mini? Du meinst einen Austin Mini?«

»Ja, das glaube ich. Ein ganz winziges Auto.«

»Ein gelber Austin Mini?«

Erlendur war aufgestanden.

»Auf dem Weg zum Sandkluftavatn?«

»Ja, doch. Was ist denn eigentlich los?«

»War noch jemand im Auto?«

»Das weiß ich nicht. Was ist los? Was habe ich denn gesagt?«

»Kann es sein, dass da noch ein junger Mann dabei war?«

»Das weiß ich nicht. Was sind das denn für Leute? Kennst du sie? Weißt du, wer diese Frau war?«

»Nein«, sagte Erlendur. »Vielleicht aber doch. Nein, kaum. Hast du Sandkluftavatn gesagt?«

Dreißig

Was wusste er über diesen See? Er war mit Eva Lind am Sandkluftavatn entlanggefahren, aber ohne richtig darauf zu achten. Er lag etwa eine Autostunde von Reykjavík entfernt, direkt an der Straße, die von Þingvellir aus in nördlicher Richtung zu den Hochlandpisten Kaldidalur und Uxahryggur führte, zwischen Ármannsfell und Lágafell, bevor man zur Bláskógaheiði hinauffuhr. Der berühmte Berg Skjaldbreiður thronte nordöstlich dieses Sees.

Der Taucher hieß Þorbergur und kannte sich in den Seen in Südisland gut aus, in vielen hatte er bereits getaucht. Früher war er bei der Feuerwehr gewesen, und bei einem Schmuggelverdacht und bei Vermisstenfällen war er auch von der Polizei eingesetzt worden. Er war zur Stelle, wenn jemand als vermisst gemeldet wurde, wenn die Suchmannschaften die Ufer patrouillierten und in einem See oder im Meer getaucht werden musste. Inzwischen hatte er das professionelle Tauchen aber an den Nagel gehängt. Er arbeitete jetzt hauptberuflich als Automonteur und hatte eine eigene Reparaturwerkstatt aufgemacht. Erlendur ging zu Þorbergur, wenn sein alter Ford einen Ölwechsel brauchte. Der fast zwei Meter große, rothaarige und stets gut gelaunte Mann mit den langen, zum Schwimmen prädestinierten Armen und dem kräftigen Gebiss, das häufig zwischen dem roten Bart zum Vorschein kam, erinnerte Erlendur stark an einen Troll.

»Ihr habt doch jetzt andere Taucher, die für euch arbeiten«, sagte er. »Wieso wendest du dich nicht an sie? Ich hab damit aufgehört, das weißt du.«

»Ja, das weiß ich«, sagte Erlendur. »Ich bin auf dich gekommen, weil … Aber du hast doch noch deine Ausrüstung, oder nicht?«

»Doch, ja.«

»Und das Gummiboot?«

»Ja, das kleine.«

»Und du tauchst doch auch noch, selbst wenn du nicht mehr für uns arbeitest?«

»Ziemlich selten.«

»Das hier ist keine, wie soll ich das ausdrücken, keine offizielle Ermittlung«, sagte Erlendur. »Eigentlich spekuliere ich nur etwas herum. Und ich würde dir das auch aus eigener Tasche bezahlen.«

»Erlendur, ich kann doch kein Geld von dir annehmen.«

Þorbergur stöhnte. Erlendur wusste ganz genau, weshalb er nicht mehr für die Polizei arbeitete. Es hatte ihm gereicht, als er eines Tages im Hafen von Reykjavík nach der Leiche einer Frau tauchen musste, die drei Wochen vorher als vermisst gemeldet worden war. Die Leiche war in einem entsetzlichen Zustand gewesen, als er zu ihr hinuntergetaucht war. Dem Risiko, noch einmal so etwas sehen zu müssen, wollte er sich nicht aussetzen. Er wollte nicht mehr mitten in der Nacht aus dem Schlaf hochschrecken, weil ihn ein Anblick wie der von dieser Frau nicht mehr losließ.

»Es geht um zwei uralte Vermisstenfälle«, sagte Erlendur. »Wirklich uralt. Zwei junge Leute, die verschwanden. Jahrzehntelang sind wir in beiden Fällen nicht vom Fleck gekommen, doch gestern wurde urplötzlich ein neues Licht auf sie geworfen. Es ist zwar nicht viel, worauf man aufbauen kann, trotzdem fand ich es angebracht, mit dir zu reden. Um mein Gewissen zu beruhigen.«

»Und dabei soll ich dir wohl helfen«, entgegnete Þorbergur.

»Mir fiel kein anderer ein. Ich wüsste von niemandem, der das besser könnte als du«, sagte Erlendur.

»Du weißt, dass ich damit aufgehört habe. Wenn ich heutzutage abtauche, dann unter eine Motorhaube.«

»Ich verstehe dich gut«, sagte Erlendur. »Ich hätte auch schon längst aufgehört, wenn ich etwas anderes könnte.«

»Und was für ein neues Licht ist da gestern aufgetaucht?«, fragte Þorbergur.

»In dem Fall?«

»Ja.«

»Bislang sind wir davon ausgegangen, dass diese beiden Fälle nichts miteinander zu tun haben. Möglicherweise sind die beiden aber zusammen spurlos verschwunden. Der junge Mann stand kurz vor dem Abitur, und sie war ein bisschen älter und studierte Biologie an der Universität. Im Grunde genommen ist da kaum etwas, was die beiden miteinander verbindet, aber wir haben sie bislang auch nicht separat finden können. Der Fall war bis vor Kurzem völlig festgefahren, und das praktisch seit Jahrzehnten. Gestern habe ich erfahren, dass die Frau, die Guðrún hieß und Dúna genannt wurde, möglicherweise in Þingvellir war und zum Sandklufta-vatn wollte. Ich habe heute Morgen noch einmal die Daten verglichen. Sie stimmen nicht überein. Die Frau wurde im Spätherbst in Þingvellir gesehen. Die beiden jungen Leute verschwanden aber erst einige Monate später, der Junge im Februar 1976, das Mädchen im März. Seitdem ist keine Spur von ihnen aufgetaucht, was ebenfalls ungewöhnlich ist: zwei gleich gelagerte Fälle mit so kurzem Abstand dazwischen, und bei beiden ist nicht das Geringste zu finden. Meistens gibt es irgendwo irgendeine Spur. Das ist aber bei diesen beiden Verschollenen nicht der Fall.«

»Leute in diesem Alter hängen es nicht an die große Glocke, wenn sie sich verlieben«, sagte Þorbergur. »Nicht, wenn das Mädchen älter war.«

Erlendur nickte. Er hatte das Gefühl, dass das Interesse des Tauchers geweckt war. »Genau«, sagte er. »Es gab nichts, was die beiden verband.«

Die beiden saßen in Þorbergurs kleinem Büro in seiner Reparaturwerkstatt. Drei Mitarbeiter hantierten geschäftig an Autos herum und warfen ab und zu Blicke in das Büro, das eigentlich nur aus einer gläsernen Zelle bestand, aus der man die Werkstatt überblicken konnte. Immer wieder wurde das Gespräch durch das Klingeln des Telefons unterbrochen, doch Erlendur ließ sich dadurch nicht aus der Ruhe bringen.

»Ich habe mich auch kundig gemacht, wie das Wetter in dem Winter war«, sagte er. »Es war ein ungewöhnlich kalter Winter. Die meisten Seen waren zugefroren.«

»Du hörst dich an, als hättest du eine Theorie.«

»Ja, aber sie hängt an einem seidenen Faden.«

»Niemand darf davon wissen?«

»Es würde die Sache verkomplizieren«, sagte Erlendur. »Wenn du etwas findest, rufst du mich an. Wenn nicht, bleibt die Sache genauso festgefahren wie vorher.«

»Im Sandkluftavatn habe ich noch nie getaucht«, sagte Þorbergur. »Im Sommer ist der See zu flach, nur bei der Schneeschmelze wird er etwas tiefer. Aber da sind noch andere Seen in der Nähe, Litla-Brunnavatn, Reyðarvatn, Uxavatn.«

»Ja, genau.«

»Wie hießen die beiden?«

»Davið und Guðrún. Sie wurde Dúna genannt.«

Þorbergur schaute durch die Glasscheibe in die Werkstatt. Ein neuer Kunde war eingetroffen und sah zu ihnen herüber. Er war offensichtlich ein Stammkunde, denn Þorbergur nickte ihm zu.

»Würdest du das für mich tun?«, fragte Erlendur und stand auf. »Ich stehe unter einem gewissen Zeitdruck. Ein alter Mann liegt im Sterben, er wartet auf eine Antwort, seitdem sein Junge verschwunden ist. Es wäre gut, ihm Neuigkeiten von seinem Sohn bringen zu können, bevor er stirbt. Ich weiß, dass die Chancen nicht sehr groß sind, aber wegen des alten Mannes möchte ich nichts unversucht lassen.«

Þorbergur sah ihn eine Weile an.

»Sag mal, meinst du damit etwa, dass ich jetzt gleich los soll?«

»Vielleicht nicht unbedingt noch heute Vormittag.«

»Heute?«

»Ich ... Einfach, wenn du kannst. Wirst du das für mich tun?«

»Bleibt mir etwas anderes übrig?«

»Danke«, sagte Erlendur. »Du meldest dich.«

Er hatte einige Probleme damit, das Ferienhaus zu finden. Zweimal verpasste er die Abzweigung. Endlich sah er das Schild, das beinahe vom Gebüsch ringsum verschluckt worden war. Sólvangur. Er fuhr auf dem Seitenweg hinunter zum See und parkte das Auto beim Haus.

Er wusste, wonach er suchte. Er war allein unterwegs und hatte mit niemandem über seine Nachforschungen gesprochen. Das würde er erst tun, wenn er selbst mehr Gewissheit hatte, falls das denn jemals der Fall sein würde. Es war immer noch alles zu vage, es fehlte Beweismaterial, und zudem war er sich auch selbst nicht sicher, ob er das Richtige tat.

Er hatte mit dem Gerichtsmediziner gesprochen, der María obduziert hatte, und gefragt, ob sie kurz vor ihrem Ableben Schlaftabletten genommen hätte. Der hatte zwar eine geringfügige, aber auf keinen Fall ausreichende Menge gefunden, um ihren Tod zu erklären. Als Erlendur wissen wollte, ob er schätzen könnte, wie lange vor ihrem Tod María das Medikament eingenommen hätte, erhielt er eine Antwort, die ihm nicht weiterhalf. Möglicherweise am gleichen Tag.

»Glaubst du, dass da ein Verbrechen begangen wurde?«, hatte der Gerichtsmediziner zurückgefragt.

»Eigentlich nicht.«

»Eigentlich?«

»Hast du irgendwelche Brandverletzungen auf der Brust gefunden?«, fragte Erlendur zögernd.

Der Obduktionsbericht lag aufgeschlagen vor dem Gerichtsmediziner. Sie saßen in seinem Büro. Er blickte von dem Bericht hoch.

»Brandwunden?«

»Oder irgendwelche anderen Wunden«, beeilte sich Erlendur zu sagen.

»Wonach suchst du?«

»Das weiß ich nicht so genau.«

»Du hättest ganz gewiss davon erfahren, wenn wir Brandverletzungen gefunden hätten«, sagte der Gerichtsmediziner indigniert.

Erlendur hatte keinen Schlüssel zu dem Haus, aber das spielte keine Rolle, sein Interesse richtete sich auf die Veranda, den heißen Pool und die Entfernung zum See. Eine dünne Eisschicht lag auf dem Wasser, und Eismatsch umgluckerte das Geröll. Ganz in der Nähe war eine kleine Landzunge, die in den See hinausragte, zerschnitten von einem kleinen Bach, der jetzt zugefroren war. Erlendur zog ein Reagenzglas aus der Tasche und füllte es mit Wasser aus dem See. Er schritt die Strecke vom Ufer zur Veranda ab, fünf Schritte, und vom Ende der Veranda bis zum heißen Pool, sechs Schritte. Das Becken, in das mindestens fünf Personen passten, war abgedeckt, und der Plexiglasdeckel mit Aluminiumrahmen war mit einem Vorhängeschloss versehen. Er holte einen Felgenschlüssel aus seinem Ford, mit dem er das Schloss so lange bearbeitete, bis es nachgab, und hob den schweren Deckel hoch, der an einem Haken an der Hauswand festgemacht und hochgehalten werden konnte. Erlendur kannte sich mit solchen heißen Pools nicht aus. Er hatte selbst nie in einem gesessen und verspürte auch nicht die geringste Lust dazu. Er ging davon aus, dass dieses Becken nicht benutzt worden war, seitdem María sich das Leben genommen hatte.

Bevor er die Stadt verlassen hatte, war er bei einem Baumarkt vorbeigefahren und hatte dort mit einem Angestellten gesprochen, der als fachkundig galt. Erlendurs Interesse richtete sich vor allem auf den Abfluss und die Technik bei solchen Anlagen, auf das Leeren und Füllen, wie er dem Mann sagte. Der Angestellte war zunächst äußerst beflissen, aber als er merkte, dass Erlendur keine Kaufabsichten hatte, war es vorbei mit seiner Zuvorkommenheit, und danach war es erträglicher, mit ihm zu reden. Er wies Erlendur auf eine beliebte Marke mit elektronisch gesteuerter Leerung und Füllung hin und sagte, dass die viel gekauft würde. Erlendur brummte.

»Ist das das beste System?«, fragte er.

Der Angestellte zog eine Grimasse. »Es gibt viele, die das lieber *manually* machen wollen«, sagte er.

»*Manually?*«, wiederholte Erlendur und besah sich den Mann genauer. Der hauchzarte Bartflaum deutete darauf hin, dass er kaum den Kinderschuhen entwachsen war.

»Ja, mit der Hand. Die wollen selbst den Hahn aufdrehen und zudrehen, wenn der Pool voll ist. Das ist dann genauso, wie wenn man Wasser in eine Badewanne einlaufen lässt. Da reguliert man die Temperatur mit dem Heißwasser- und Kaltwasserhahn.«

»Und wenn es nicht *manually* ist?«

»Dann baut man eine elektronische Steuerung ein, meist drinnen im Bad, und dann drückt man einfach auf einen Knopf, und die Wanne beginnt, sich mit heißem Wasser zu füllen, und zwar in der eingestellten Temperatur. Und dann drückt man auf einen anderen Knopf, und dann leert sie sich.«

»Es gibt also ein Rohr für das Wasser, das hineinfließt, und ein anderes für das Abwasser?«

»Nein, das ist dasselbe Rohr. Das Wasser wird über

einen Siphon unten am Boden abgesaugt, und wenn man das Ding wieder füllt, quillt das Wasser durch den Siphon hoch.«

»Aber wohl kaum dasselbe Wasser?«

»Nein, natürlich nicht, da kommt neues Wasser von unten hoch. Manche finden aber, dass das ein Nachteil bei diesem System ist. Ich würde mir so etwas auch nicht anschaffen.«

»Wieso? Was ist der Nachteil?«

»Dass der Abfluss und der Zufluss im gleichen Rohr sind.«

»Weshalb?«

»Das Leitungsrohr soll sich angeblich von selbst reinigen, aber manchmal gibt es da doch Schmutzrückstände vom letzten Leeren. Etwas, was da im Rohr gewesen ist. Deswegen wollen die Leute das lieber *manually* machen. Vielleicht bilden sich die Leute das auch nur ein. Einige sagen, dieses System funktioniere spitzenmäßig.«

Nachdem er mit dem Baumarktangestellten gesprochen hatte, telefonierte er kurz mit dem Mann von der Spurensicherung, der den Einsatz in diesem Haus geleitet hatte. Der glaubte, sich zu erinnern, dass er im Badezimmer eine kleine Anlage gesehen hatte, die die Füllung und Leerung des Pools steuerte.

»Das Ding dort ist also elektronisch gesteuert?«

»Den Eindruck hatte ich«, sagte der Mann. »Vielleicht sollte ich das aber noch mal überprüfen.«

»Was ist der Vorteil bei einer elektronischen Steuerung?«

»Also, dann braucht man das Ding nicht *manually* zu füllen«, antwortete der Mann und fuhr zusammen, als Erlendur genervt den Hörer aufknallte.

Erlendur besah sich das Becken eine ganze Weile. Er suchte nach Wasserhähnen, konnte aber keine entdecken. Der Baumarktangestellte hatte gesagt, dass die Armaturen irgendwo in der Nähe des Pools angebracht wurden, meistens unter der Veranda. Erlendur fand aber keine Klappe, unter der sich Armaturen befinden konnten. Er ging davon aus, dass die Auffüllung elektronisch gesteuert war, wie sich der Mann von der Spurensicherung zu erinnern glaubte. Er kletterte in die große Wanne, beugte sich über den Siphon und schaffte es, ihn hochzustemmen. Es dämmerte bereits, aber er hatte eine Taschenlampe dabei und leuchtete in das Rohr hinein. Das Wasser darin war gefroren. Erlendur holte ein weiteres Reagenzglas aus der Tasche und gab etwas von dem Eis hinein, das er abgelöst hatte.

Danach deckte er die Wanne wieder mit dem schweren Plexiglasdeckel zu und hängte das kaputte Schloss davor.

Er ging einmal um das Haus herum, bis er zu einem Schuppen gelangte, den er für das Bootshaus hielt. Er blickte durch ein Fenster hinein und sah ein Boot. Er überlegte, ob es wohl dasselbe Boot war, auf dem damals an jenem schicksalhaften Tag Magnús und Leonóra auf den See hinausgefahren waren. Neben dem Schuppen lagen niedrige Bretterstapel.

An der Tür des Bootsschuppens befand sich ebenfalls ein kleines Vorhängeschloss, das Erlendur ebenso mühelos wie das andere aufbekam. Bewaffnet mit einer Taschenlampe, betrat er den Schuppen. Das Boot war alt und morsch, es schien lange nicht benutzt worden zu sein. Längs der Wände waren zu beiden Seiten Arbeitstische, und das Regal am Giebel reichte vom Fußboden bis zur Decke. In einem Regal ganz unten sah er einen alten Außenbordmotor von Husqvarna.

Erlendur leuchtete die Regale und den Fußboden sorgfältig aus. In diesem Bootsschuppen wurden diverse Dinge aufbewahrt, die zum Haus gehörten, Gartenwerkzeuge wie Spaten und eine Schubkarre; außerdem gab es dort einen Gasbehälter und einen Grill, Farbdosen und andere Dosen mit Holzschutzmittel sowie verschiedene andere Werkzeuge. Erlendur wusste nicht genau, wonach er suchte. Erst als er fast eine Viertelstunde in dem Schuppen verbracht und mit der Taschenlampe auch die hintersten Winkel ausgeleuchtet hatte, ging es ihm auf.

Es war geschickt in einer Ecke platziert worden, und es hatte keineswegs den Anschein, als hätte das Gerät versteckt werden sollen, eher im Gegenteil. Es fiel aber auch nicht auf. Es gehörte irgendwie zum Inventar, war Teil des Sammelsuriums, aber es zog seine Aufmerksamkeit auf sich, als ihm aufging, wonach er suchte.

Er richtete die Taschenlampe auf den Apparat, der so groß war wie ein dicker Aktenkoffer. Er sah verhältnismäßig unscheinbar aus, beschwor aber auf seltsame Weise die Beklemmungen aus der Zeit herauf, als er oben in den Bergen der Ostfjorde fast erfroren wäre.

Leonóra hatte immer gesagt, dass der Unfall ihr Geheimnis wäre, niemand dürfte wissen, was tatsächlich geschehen war, weil sie dann möglicherweise auseinandergerissen würden. Am besten wäre es für sie, so wenig wie möglich über diesen schrecklichen Vorfall zu sprechen. Unfälle passierten, ohne dass man irgendjemandem die Schuld daran geben könnte. Nichts würde sich ändern, nichts würde dabei herauskommen, wenn man ganz genau erzählte, was auf dem Boot geschehen war. María hörte ihrer Mutter zu und vertraute ihr. Erst sehr viel später stellten sich die Spätfolgen dieser Lüge ein. Marías Leben wurde nie wieder das, was es zuvor gewesen war, so sehr ihre Mutter sich dies auch wünschen mochte. Sie erlangte ihre Unbekümmertheit nie wieder.

Mit der Zeit erholte sich María von ihren Halluzinationen und Depressionen, an denen sie nach dem Tod ihres Vaters gelitten hatte. Auch ihre Ängste schwächten sich ab. Die Schuldgefühle schlummerten jedoch stets in ihr, und kaum ein Tag ihres Lebens verging, ohne dass sie an die tragischen Ereignisse auf dem See denken musste. Das konnte zu jeder Tages- und Nachtzeit der Fall sein. Sie hatte gelernt, solche Gedanken bereits im Keim zu ersticken, aber sie waren zählebig. María fühlte sich elend, weil sie nicht darüber sprechen durfte, was passiert war, weil ihr nicht die Erleichterung vergönnt war, die damit verbunden gewesen wäre, sich das alles von der Seele zu reden. Manchmal dachte sie daran, sich das Leben zu nehmen, um ihrem Elend und ihrer seelischen Not ein Ende zu machen. Nichts war schlimmer als das erdrückende Schweigen, das sie manchmal mehrmals an einem Tag anschrie.

Sie hatte nie auf natürliche Weise um ihren Vater trauern dürfen, hatte nie Abschied von ihm nehmen können, nie die Möglichkeit gehabt, ihn zu vermissen. Das war das Schlimmste für sie, denn sie hatte ihn lieb gehabt, und er war immer gut zu seinem kleinen Mädchen gewesen. Sie hatte auch keine Erinnerungen mehr an ihn aus der Zeit vor seinem Tod. Den Luxus gestattete sie sich nicht.

»Verzeih mir«, flüsterte Leonóra.

María saß wie gewöhnlich neben dem Bett ihrer Mutter. Sie wussten beide, dass nur noch wenig Zeit blieb.

»Was?«, fragte sie.

»Das . . . war falsch. Alles, von Anfang an. Ich . . . Verzeih mir.«

»Es ist schon in Ordnung«, sagte María.

»Nein, es ist nicht in Ordnung. Ich habe geglaubt, dass . . . Ich habe an dich gedacht. Ich habe es deinetwegen getan. Du . . . Du musst das verstehen. Ich wollte nicht, dass . . . dir irgendetwas zustößt.«

»Das weiß ich«, sagte María.

»Aber ich . . . ich . . . ich hätte nicht über den Unfall schweigen dürfen.«

»Du wolltest mein Bestes«, sagte María.

»Ja . . . Aber es war auch egoistisch von mir.«

»Nein«, sagte María.

»Kannst du mir verzeihen?«

»Mach dir doch deswegen jetzt keine Gedanken.«

»Kannst du das?«

María schwieg.

»Wirst du sagen, was passiert ist, wenn ich tot bin?«

María gab ihr keine Antwort.

»Sprich darüber«, stöhnte Leonóra. »Tu das ... für dich selbst ... Sprich darüber ... Rede es dir von der Seele.«

Einunddreißig

In den folgenden beiden Tagen war Erlendur damit beschäftigt, mehr Informationen über das zu bekommen, was seiner Meinung nach an dem Abend, als María tot aufgefunden wurde, geschehen war. Er war immer noch nicht bereit, seine Theorie, wie sich alles abgespielt haben könnte, offen auf den Tisch zu legen, und überlegte, ob es besser war, sich Baldvin und Karólína zusammen vorzuknöpfen oder einzeln mit ihnen zu sprechen. Er hatte niemanden in seine privaten Nachforschungen eingeweiht. Sigurður Óli und Elínborg wussten nur, dass er außerordentlich beschäftigt war, aber sie hatten keine Ahnung, womit, und Valgerður hörte seltener von ihm als gewöhnlich. Dieser Fall nahm ihn ganz und gar in Anspruch. Er wartete auch auf einen Anruf des Tauchers, aber der ließ auf sich warten.

In den letzten Tagen hatte er zudem den immer stärker werdenden Wunsch verspürt, wieder in die Ostfjorde zu dem verödeten Hof zu fahren und in die Berge zu gehen.

Er war in seiner Wohnung und saß gerade vor einer Schale Haferbrei mit gesäuerter Schlachtwurst, als es an seiner Tür klopfte. Er ging in die Diele und öffnete. Es war Valgerður, die ihm einen Kuss auf die Wange gab und an ihm vorbei in die Wohnung schlüpfte. Sie zog sich den Mantel aus, legte ihn auf einen Stuhl und setzte sich zu ihm in die Küche.

»Man hört ja überhaupt nichts mehr von dir«, sagte sie, während sie sich eine Portion Haferbrei nahm. Erlendur schnitt ein Stück Schlachtwurst für sie ab. Er fand sie nicht genug gesäuert, obwohl er an der Fleischtheke im Laden verlangt hatte, dass sie direkt aus dem Molkefass geholt würde. Der junge Mann, der ihn bedient hatte, tat das mit angeekelter Miene, es war ihm ganz offensichtlich gegen den Strich gegangen, in der Molke herumfischen zu müssen. Erlendur hatte bei der Gelegenheit auch gesäuerte Bruststückchen und etwas Schafskopfsülze verlangt, die er auf seinem Balkon in einem Eimer mit Molke aufbewahrte.

»Auf der Arbeit war so viel los«, sagte Erlendur.

»Womit befasst du dich momentan?«, fragte Valgerður.

»Immer noch mit demselben Fall.«

»Mit Gespenstern und Wiedergängern?«

»Ja. Etwas in der Art. Möchtest du Kaffee?«

Valgerður nickte, und er stand auf, um die Kaffeemaschine anzumachen. Sie fand, dass er müde aussah, und fragte, ob er nicht noch Resturlaub habe. Er sagte ihr, dass er zwar noch jede Menge Urlaub hätte, aber nicht wüsste, was er damit anfangen sollte.

»Wie war das Zusammentreffen mit Halldóra neulich?«

»Ziemlich unangenehm«, antwortete Erlendur. »Ich weiß nicht, ob es eine gute Idee war, sie zu treffen. Da ist so vieles, über das wir uns nie einigen werden können.«

»Beispielsweise was?«, fragte Valgerður vorsichtig.

»Ach, ich weiß nicht. Dies und jenes.«

»Nichts, worüber du sprechen möchtest?«

»Meiner Meinung nach bringt das nichts. Sie findet, dass ich ihr gegenüber nicht aufrichtig gewesen bin.«

»Warst du das nicht?«

Erlendur zog eine Grimasse. Er stand bei der Kaffeemaschine, und Valgerður drehte sich zu ihm um.

»Das hängt vielleicht davon ab, wie man die Sache betrachtet«, sagte er.

»Ach?«

Erlendur seufzte tief. »Sie war aufrichtig und ehrlich in dieser Beziehung. Das war ich nicht. Das war der große Betrug, meine Unaufrichtigkeit in unserer Beziehung.«

»Ich glaube, ich will nichts darüber hören, Erlendur«, sagte Valgerður. »Das geht mich nichts an. Das ist lange her und hat nichts mit uns beiden zu tun, mit unserer Beziehung.«

»Ja, das ist mir klar. Aber ... Ich verstehe sie jetzt vielleicht besser. Das hat sie die ganze Zeit beschäftigt, all diese Jahre. Deswegen auch ihre Wut, glaube ich.«

»Wegen nicht erwiderter Liebe?«

»Es stimmt, was sie sagt. Halldóra hat immer aufrichtig gehandelt. Ich nicht.«

Erlendur goss Kaffee in zwei Tassen und setzte sich an den Küchentisch.

»Es ist schlimm, einen Mann zu lieben, der diese Liebe nicht erwidern kann«, sagte Valgerður.

Erlendur sah sie an. »Ja, das stimmt wohl«, sagte er und wechselte das Thema. »Ich beschäftige mich da übrigens auch mit einer Beziehung und weiß eigentlich nicht, was ich davon halten soll. Es geht um etwas, was vor vielen Jahren passiert ist. Eine Frau namens Sólveig ist mit dem Mann ihrer besten Freundin fremdgegangen. Diese Beziehung endete auf schreckliche Weise.«

»Darf man wagen zu fragen, was da passiert ist?«

»Ich weiß nicht, ob sich das jemals richtig herausfinden lässt.«

»Entschuldige, du darfst natürlich nicht mit jedem darüber reden.«

»Nein, nein, das ist schon in Ordnung. Ein Mann starb, er ertrank im See von Þingvellir. Die Frage ist, welchen Anteil die Ehefrau daran gehabt hat. Und wie viel Schuld ihre Tochter auf sich genommen hat.«

»Wie ist das zu verstehen?«

»So etwas kann eine schwere Belastung sein«, sagte Erlendur. »Die Tochter wurde in die Auseinandersetzungen zwischen den Eheleuten hineingezogen.«

»Musst du da etwas unternehmen?«, fragte Valgerður.

»Es würde wohl nichts dabei herauskommen.«

Erlendur verstummte.

»Was ist mit deinem Resturlaub, willst du den nicht nehmen?«

»Ich sollte vielleicht versuchen, mir freizunehmen.«

»Woran denkst du?«

»Ich könnte versuchen, ein paar Tage in der Versenkung zu verschwinden.«

»In der Versenkung?«, sagte Valgerður. »Ich hatte eigentlich eher an die Kanarischen Inseln gedacht.«

»Die kenne ich nicht.«

»Bist du eigentlich je im Ausland gewesen? Hast du jemals diese Insel verlassen?«

»Nein.«

»Verspürst du keine Lust dazu?«

»Keine besondere.«

»Den Eiffelturm zu sehen, Big Ben, das Empire State Building, den Vatikan, die Pyramiden?«

»Ich hätte vielleicht gern den Dom zu Köln gesehen.«

»Und warum machst du dich dann nicht auf den Weg?«

»Vielleicht ist das Interesse nicht groß genug.«

»Was meinst du damit, in der Versenkung zu verschwinden?«

»Ich möchte in die Ostfjorde«, sagte Erlendur. »Ein paar Tage weg sein. Das habe ich schon früher hin und wieder gemacht. Harðskafi…«

»Ja?«

»Dieser Berg ist mein Eiffelturm.«

Karólína schien nicht überrascht zu sein, Erlendur wieder auf der Schwelle ihres Hauses in Kópavogur zu sehen. Sie ließ ihn gleich herein. Er hatte sie einige Tage ein bisschen observiert und herausgefunden, dass ihr Leben nicht sehr abwechslungsreich war. Punkt neun Uhr erschien sie bei der Arbeit und verließ sie gegen sechs wieder. Auf dem Weg nach Hause kaufte sie in einem kleinen Lebensmittelladen in ihrem Viertel ein. Abends war sie zu Hause und saß vor dem Fernseher oder las. An einem Abend kam eine Freundin zu Besuch, da zog sie die Vorhänge zu. Erlendur hockte die ganze Zeit über in seinem Auto und sah die Freundin kurz nach Mitternacht wieder herauskommen. Sie trug einen langen roten Mantel, ging die Straße entlang und verschwand bald um eine Ecke.

»Wühlst du immer noch in dieser Sache mit Baldvins Frau herum?«, fragte Karólína ohne Umschweife, als sie im Wohnzimmer standen. Die Frage klang so, als sei Karólína nicht sonderlich interessiert an einer Antwort. Sie war augenscheinlich bemüht, es so aussehen zu lassen, als berührte es sie nicht weiter, zweimal kurz hintereinander von einem Kriminalbeamten besucht zu werden. Erlendur wusste nicht, ob das nur gespielt war.

»Du und Baldvin, ihr habt sicher miteinander gesprochen?«, fragte er.

»Selbstverständlich. Wir finden das alles eigentlich recht amüsant. Du willst doch wohl nicht allen Ernstes behaupten, dass wir María etwas angetan haben?«

Wieder klang die Frage so, als spiele die Antwort kaum eine Rolle. Wenn das tatsächlich Erlendurs Theorie war, war sie viel zu absurd, als dass man sie ernst nehmen konnte.

»Ist es so abwegig, das zu glauben?«

»Vollkommen abwegig«, erklärte Karólína.

»Da ist zum Beispiel auch Geld im Spiel«, sagte Erlendur und sah sich im Wohnzimmer um.

»Behandelst du diese Angelegenheit tatsächlich wie einen Mord?«

»Hast du dir irgendwann einmal Gedanken über ein Leben nach dem Tod gemacht?«, fragte Erlendur und setzte sich in einen Sessel.

»Nein, weshalb?«

»María hat das getan«, sagte Erlendur, »und zwar sehr intensiv. Man könnte fast sagen, dass sie in den Wochen vor ihrem Tod fast nichts anderes gemacht hat. Sie hat versucht, auf Séancen eine Antwort zu finden. Weißt du etwas darüber?«

»Ich weiß, was eine Séance ist«, antwortete Karólína.

»Wir wissen von einem Mann, den sie zu diesem Zweck besuchte, er heißt Andersen. Er gab ihr eine Kassettenaufnahme von der Séance mit. Wir wissen auch, dass sie ein weiteres Medium besuchte, eine Frau, die ich bislang noch nicht ausfindig machen konnte. Sie heißt oder nennt sich Magdalena. Kennst du sie vielleicht?«

»Nein.«

»Ich hätte mich gerne mit ihr unterhalten«, sagte Erlendur.

»Ich bin noch nie in meinem Leben bei einem Medium gewesen«, sagte Karólína.

Erlendur sah sie lange an und überlegte, ob er einfach damit herausrücken sollte, was seiner Meinung nach geschehen war, statt wie eine Katze um den heißen Brei herumzuschleichen. Er hatte eine ganz bestimmte Theorie, die er aber kaum beweisen konnte. Er hatte sich den Kopf darüber zerbrochen, wie er jetzt vorgehen sollte, war aber zu keinem Ergebnis gekommen. Erlendur wusste, dass es jetzt an der Zeit war, etwas Konkretes zu unternehmen, damit die Sache in Bewegung kam. Trotzdem hatte er gezögert, weil er so wenig in der Hand hatte, eigentlich nur ganz schwach fundierte Verdachtsmomente, die leicht zu entkräften waren. Denkbar, dass er mit der Zeit irgendwelches Beweismaterial ausgraben konnte, aber er hatte jetzt genug von diesem Fall, er wollte ihn los sein, um sich anderen Dingen zuwenden zu können.

»Hast du schon einmal ein Medium gespielt?«, fragte Erlendur.

»Meinst du, auf der Bühne? Nein, das habe ich nie gemacht«, antwortete Karólína.

»Du kennst kein Medium namens Magdalena?«

»Nein.«

»Der gleiche Name wie die Person, die du auf der Bühne gespielt hast?«

»Nein. Ich kenne keine Magdalena.«

»Ich habe das überprüfen lassen«, sagte Erlendur. »In Reykjavík und Umgebung existiert kein Medium, das Magdalena heißt.«

»Warum kommst du nicht einfach zur Sache.«

Erlendur lächelte: »Das sollte ich vielleicht tun.«

»Unbedingt.«

»Ich werde dir sagen, wie sich meiner Meinung nach alles abgespielt hat«, sagte Erlendur. »Ich glaube, dass du und Baldvin María in den Selbstmord getrieben habt.«

»Ach?«

»Nach dem Tod ihrer Mutter war sie völlig aufgelöst. Zwei Jahre lang hatte sie deren Todeskampf mit ansehen und nach dieser entsetzlichen Qual Abschied von ihr nehmen müssen. Sie hat sich alle möglichen Sachen eingebildet und nach irgendwelchen Zeichen gesucht, die ihre Mutter ihr geben wollte als Beweis dafür, dass es ihr gut gehe oder dass es da ein Leben nach dem Tod gebe, das womöglich sogar besser ist als das Jammertal, in dem wir uns derzeit aufhalten. Und es brauchte nicht viel, um María dahin zu bringen. Sie hatte eine krankhafte Angst vor der Dunkelheit, und nach dem Tod ihrer Mutter war sie ein Nervenbündel. Sie sehnte sich danach zu wissen, dass ihre Mutter es in einer anderen Welt besser hatte. Sie war ausgebildete Historikerin, aber hier ging es nicht um irgendwelche rationalen Fakten, sondern um einen tiefen Glauben, um Hoffnung und Liebe. Sie hat sich verschiedene Dinge eingebildet. Leonóra erschien ihr in ihrem Haus in Grafarvogur. Sie besuchte Séancen. Du hast wohl auch das Deinige dazu beigetragen, sie in den Tod zu treiben.«

»Was meinst du damit? Hast du irgendwelche Beweise dafür?«

»Keinen einzigen«, sagte Erlendur. »Ihr habt das gut arrangiert.«

»Weshalb in aller Welt sollten wir etwas Derartiges getan haben?«

»Es geht um viel Geld. Baldvin ist hoch verschuldet und kaum in der Lage, diese Schulden abzutragen, selbst wenn er als Arzt sehr gut verdient. Ihr schafft euch María vom Hals, und euch winkt ein Leben in Reichtum. Ich kenne Morde, wo es um wesentlich geringere Summen ging.«

»Nennst du das Mord?«

»Ich weiß nicht, was es sonst sein sollte, wenn man es genau bedenkt. Bist du Magdalena?«

Karólína sah Erlendur lange eindringlich an. »Ich glaube, du solltest jetzt gehen«, sagte sie.

»Hast du etwas zu ihr gesagt, was eine Kette von Ereignissen in Gang gesetzt hat, die mit ihrem Tod endete?«

»Ich habe nichts mehr zu sagen.«

»Hast du irgendetwas mit dem Tod von María zu tun?«

Karólína war aufgestanden. Sie ging in den Korridor und öffnete die Haustür. »Ich möchte, dass du gehst«, sagte sie.

Erlendur war ebenfalls aufgestanden und hinter ihr hergegangen.

»Würdest du zugeben, dass du Anteil an dem hast, was mit María passiert ist?«, fragte er.

»Nein«, sagte Karólína. »Es ging ihr nicht gut. Sie hat Selbstmord begangen. Würdest du jetzt bitte gehen?«

»Hat Baldvin dir vielleicht einmal von einem Experiment erzählt, an dem er als Medizinstudent teilgenommen hat? Da wurde ein junger Mann getötet und wieder zum Leben erweckt. Hast du davon gewusst?«

»Von was redest du eigentlich?«

»Ich glaube, es hat ihr den letzten Anstoß gegeben«, sagte Erlendur.

»Was?«

»Frag Baldvin. Frag Baldvin, ob er nicht einen Mann namens Tryggvi kennt. Ob er immer noch Verbindung zu ihm hat. Frag ihn.«

»Würdest du jetzt bitte gehen«, sagte Karólína.

Erlendur stand in der Tür und war nicht bereit aufzugeben. Karólína war feuerrot geworden.

»Ich glaube zu wissen, was in dem Sommerhaus passiert ist«, sagte er, »und das ist keine schöne Geschichte.«

»Ich weiß nicht, wovon du redest.«

Karólína schob ihn zur Tür hinaus, aber Erlendur ließ nicht locker.

»Sag Baldvin, dass ich von dem Defibrillator weiß«, sagte er in dem Augenblick, als die Tür ins Schloss fiel.

Zweiunddreißig

Erlendur saß im Dunkeln und harrte voller Ungewissheit der Dinge, die da kommen würden.

Er war morgens spät aufgewacht. Am Abend vorher war Eva Lind zu Besuch gekommen, und sie hatten über Valgerður gesprochen. Er wusste, dass Eva nicht gut auf sie zu sprechen war. Wenn sie deren Auto auf dem Parkplatz vor seinem Haus sah, wartete sie oft, bis Valgerður wieder gegangen war, bevor sie bei ihm klingelte.

»Warum kannst du nicht einfach einmal nett zu ihr sein?«, hatte Erlendur seine Tochter gefragt. »Sie ergreift immer Partei für dich, wenn wir über dich reden. Ihr würdet euch bestimmt gut verstehen, wenn du dich dazu herablassen würdest, sie kennenzulernen.«

»Das interessiert mich alles nicht«, erklärte Eva Lind. »Ich interessiere mich nicht für die Frauen in deinem Leben.«

»Die Frauen in meinem Leben? Da sind keine Frauen. Da ist nur Valgerður und sonst niemand. Es hat nie Frauen gegeben.«

»Reg dich ab«, sagte Eva Lind. »Gibt's Kaffee?«

»Was willst du?«

»Ich habe mich gelangweilt.«

Erlendur setzte sich in seinen Sessel. Eva Lind hatte sich auf dem Sofa ihm gegenüber lang ausgestreckt.

»Willst du hier schlafen?«, fragte Erlendur und warf einen Blick auf die Uhr. Es war schon nach Mitternacht.

»Ich weiß es nicht«, sagte Eva Lind. »Könntest du mir noch mal die Geschichte über deinen Bruder vorlesen?«

Erlendur sah seine Tochter lange an, bevor er aufstand und zum Bücherregal ging. Er nahm das Buch heraus und begann zu lesen. Über diese tragischen Ereignisse und die Lethargie seines Vaters und über sich selbst, wie er selbst als eigen und teilnahmslos bezeichnet wurde und nach den sterblichen Überresten seines Bruders gesucht hatte. Erlendur sah zu seiner Tocher hinüber, als er fertig gelesen hatte. Er legte das Buch auf den kleinen Tisch neben seinem Sessel. Mit den Händen im Schoß erinnerte er sich daran, wie empört seine Mutter über den Verfasser gewesen war. So verging eine ganze Weile, bis Eva Lind aufseufzte.

»Du hast die ganze Zeit versucht, ihn am Leben zu halten«, sagte sie.

»Ich weiß nicht, ob ...«

»Ist es nicht an der Zeit, dass er sterben darf?«

Eva Lind öffnete die Augen und sah ihren Vater an. »Ist es nicht an der Zeit, dass du ihm gestattest zu sterben?«

Erlendur schwieg lange.

»Was mischst du dich da ein?«, fragte er schließlich.

»Weil du dich schlecht fühlst, bestimmt noch schlechter als ich mich manchmal«, sagte Eva Lind.

»Ich weiß nicht, ob dich das etwas angeht«, sagte Erlendur. »Das ist meine Sache. Ich tue das, was ich tun muss.«

»Geh doch einfach da in die Ostfjorde oder wo ihr auch immer herkommt. Geh dahin, und tu das, was du tun musst. Befrei dich von ihm, und befrei dich selbst. Das hast du nach all diesen Jahren verdient. Und er auch. Gestatte es ihm zu sterben. Du hast es verdient – und er auch. Du musst dich von ihm befreien. Du musst dich von diesem Spuk befreien.«

»Weshalb mischst du dich da ein?«

»Und das sagst du, der einen nie in Ruhe lässt.«

Sie schwiegen wieder eine ganze Weile, bis Eva Lind fragte, ob sie auf dem Sofa übernachten könnte, sie hätte keine Lust, nach Hause zu fahren.

»Tu das«, sagte Erlendur. »Schlaf hier.«

Er stand auf, um zu Bett zu gehen.

»Wenn ich irgendwann einmal dieses Bedürfnis gehabt hätte, wäre es schon längst geschehen«, sagte Eva Lind und drehte sich auf die Seite.

»Das Bedürfnis wofür?«

»Dir zu verzeihen«, sagte Eva Lind.

Erlendur schreckte aus seinen Gedanken hoch, als er hörte, dass vor dem Haus ein Auto hielt. Die Autotür ging auf, und er hörte Schritte auf dem Kiesweg. Jemand ging in Richtung Bootsschuppen. Das Tageslicht fiel durch zwei kleine Fenster ein, die sich an den Längsseiten befanden, und beleuchtete den Staub in der Luft. Durch das Fenster sah man auf den spiegelglatten See, auf dem die Sonnenstrahlen funkelten. Die Tür öffnete sich, Baldvin betrat den Schuppen und machte die Tür hinter sich zu. Nach einer Weile ging das Licht an der Decke an. Baldvin bemerkte ihn zunächst nicht. Erlendur sah, dass er nach etwas suchte, er bückte sich und richtete sich dann mit dem Defibrillator im Arm wieder auf.

»Ich dachte schon, du würdest nicht kommen«, sagte Erlendur aus der Ecke, wo er gesessen und gewartet hatte. Er war aufgestanden und trat jetzt ins Licht.

Baldvin schrak zusammen und hätte beinahe das Gerät fallen lassen.

»Verdammt noch mal, hast du mich erschreckt«, sagte er, fing sich aber schnell wieder und versuchte, sowohl Ärger als auch Entrüstung zum Ausdruck zu bringen. »Was ... Was hat das hier eigentlich zu bedeuten? Was machst du hier?«

»Geht es vielleicht nicht eher darum, was du hier machst?«, entgegnete Erlendur ruhig.

»Ich ... Das ist doch mein Haus ... Was meinst du damit, was ich hier mache? Das geht dich gar nichts an. Könntest du nicht ... Weshalb verfolgst du mich ständig?«

»Ich habe schon fast geglaubt, du würdest nicht mehr kommen«, sagte Erlendur. »Aber dann hast du es nicht mehr ausgehalten, du musstest unbedingt das Gerät an einen sicheren Ort bringen. So langsam kommen dir so etwas wie Gewissensbisse. Du bist dir nicht mehr ganz so sicher wie bislang, dass du damit durchkommen wirst.«

»Ich habe keine Ahnung, wovon du redest. Weshalb lässt du mich nicht in Ruhe?«

»Wegen María. Sie verfolgt mich wie eine alte Spukgeschichte. Da ist das ein oder andere im Zusammenhang mit ihr, worüber ich unbedingt mit dir reden muss. Da gibt es so einige Fragen, von denen ich weiß, dass sie sie dir auch gern gestellt hätte.«

»Was redest du da für einen Blödsinn? Hast du das Schloss an der Tür aufgebrochen?«

»Das habe ich neulich gemacht, ja«, gab Erlendur zu. »Als ich versucht habe, mehr Licht in die Sache zu bringen.«

»Was soll denn dieser Quatsch?!«

»Ich hatte gehofft, dass du mir das sagen könntest.«

»Ich will hier im Bootsschuppen aufräumen.«

»Ja, natürlich. Aber nun zu etwas ganz anderem. Weshalb verwendest du Wasser aus dem See in deinem heißen Pool?«

»Was?«

»Ich habe Wasserproben aus dem Abfluss entnommen. Das Wasser für das Haus und den Pool kommt aus einem Brunnen etwas oberhalb des Hauses. Es wird mit Strom erhitzt und geht in ein Leitungssystem. Weshalb ist da feiner Sand aus dem See im Abfluss von deinem Pool?«

»Ich habe keine Ahnung, wovon du redest«, erklärte Baldvin. »Wir sind ... Wir sind manchmal erst in den See gesprungen und anschließend in den heißen Pool gestiegen.«

»Ja, aber ich rede von sehr viel größeren Mengen Wasser. Ich bin der Ansicht, dass dieser Pool mit Wasser aus dem See gefüllt wurde.«

Baldvin ging mit dem Defibrillator in der Hand rückwärts aus dem Bootsschuppen, offenbar um ihn in seinem Kofferraum zu verstauen. Erlendur folgte ihm und nahm ihm das Gerät ab. Baldvin setzte sich nicht zur Wehr.

»Ich habe mit einem Arzt gesprochen«, sagte Erlendur. »Ich habe ihn danach gefragt, wie man einen Herzstillstand herbeiführen kann, ohne dass irgendjemand das nachweisen kann. Seine Antwort war, dass man sehr konzentriert vorgehen muss und sehr viel kaltes Wasser benötigt. Du bist Arzt. Kannst du dem zustimmen?«

Baldvin stand am Kofferraum seines Autos und gab ihm keine Antwort.

»War das nicht genau die Methode, die ihr damals bei Tryggvi angewendet habt?«, fragte Erlendur. »Bei María war es allerdings nicht möglich, Medikamente zu verwenden, denn es durften natürlich keine Rückstände gefunden werden, falls María obduziert werden würde. Eine ganz geringe Dosis von einem Schlafmittel war das Einzige, was du verwenden durftest.«

Baldvin klappte den Deckel des Kofferraums zu. »Ich weiß überhaupt nicht, wovon du redest«, wiederholte er aufgebracht. »Und ich glaube, du weißt das selbst auch nicht. María hat sich erhängt. Sie hat nicht in dem Pool geschlafen, falls du dir das einbildest. Das ist eine Unverschämtheit!«

»Ich weiß, dass sie sich erhängt hat«, entgegnete Erlendur. »Ich würde nur gerne wissen, weshalb. Und wie du und Karólína sie dazu gebracht habt.«

Baldvin schien losfahren zu wollen, um Erlendur nicht mehr zuhören zu müssen. Er ging zur Fahrertür und wollte sich ins Auto setzen, zögerte aber dann und wandte sich noch einmal Erlendur zu.

»Ich habe es langsam satt«, sagte er brüsk und schlug die Autotür wieder zu. »Ich habe die Schnauze voll von diesem Kesseltreiben. Was willst du?«

Er ging auf Erlendur zu.

»Das Experiment mit Tryggvi seinerzeit hat dich auf die Idee gebracht, nicht wahr?«, sagte Erlendur vollkommen ruhig. »Was mich interessieren würde, ist, wie ihr María dazu gebracht habt, ihr Einverständnis dazu zu geben.«

Baldvin durchbohrte Erlendur mit einem bitterbösen Blick, doch der starrte unverwandt zurück.

»Wir?«, sagte Baldvin. »Wer wir?«

»Du und Karólína.«

»Bist du total übergeschnappt?«

»Wieso hast du jetzt auf einmal Bedenken wegen des Defibrillators?«, fragte Erlendur. »Er hat hier seit Marías Tod gestanden. Weshalb hast du es plötzlich so eilig, ihn zu entfernen?«

Baldvin gab keine Antwort darauf.

»Hat es vielleicht etwas damit zu tun, dass ich ihn Karólína gegenüber erwähnt habe? Dachtest du vielleicht deshalb, dass man sich am besten seiner entledigen sollte?«

Baldvin starrte ihn an, ohne ein Wort zu sagen.

»Sollten wir uns nicht vielleicht lieber im Haus ein wenig zusammensetzen, bevor ich mit meinen Leuten telefoniere?«, sagte Erlendur.

»Was für Beweise hast du?«, fragte Baldvin.

»Ich habe nichts als einen bösen Verdacht, und den möchte ich unendlich gern bestätigt bekommen.«

»Und was dann?«

»Was dann? Das weiß ich nicht. Weißt du es?«

Baldvin schwieg.

»Ich weiß nicht, ob es möglich ist, Menschen dafür zu verurteilen, dass sie jemanden in den Selbstmord getrieben haben oder Leute dazu gebracht haben, sich das Leben zu nehmen«, sagte Erlendur. »Denn genau das habt ihr gemacht, du und Karólína. Bis ins Kleinste durchdacht und ohne Skrupel. Wahrscheinlich hängt es mit dem Geld zusammen. Es handelt sich um viel Geld, und du bist in Zahlungsschwierigkeiten. Und dann war da natürlich auch noch Karólína. Du konntest plötzlich alles bekommen, wonach dir der Sinn stand, falls nur María so dumm sein würde, sich umzubringen.«

»Was ist das eigentlich für eine Ausdrucksweise?«

»Das Leben ist hart.«

»Du kannst nichts beweisen«, erklärte Baldvin. »Das ist alles Quatsch!«

»Sag du mir, wie es sich zugetragen hat. Womit hat es angefangen?«

Immer noch zögerte Baldvin.

»Im Grunde genommen weiß ich ziemlich genau, was passiert ist«, sagte Erlendur. »Falls es nicht so passiert ist, wie ich glaube, können wir darüber reden. Aber du musst mit mir reden. Leider.«

Baldvin rührte sich nicht von der Stelle und schwieg.

»Womit hat es angefangen?«, wiederholte Erlendur und holte sein Handy aus der Tasche. »Entweder sagst du mir das jetzt, oder hier wird es in den nächsten Stunden von Polizisten wimmeln.«

»María hat gesagt, dass sie hinüberwollte«, sagte Baldvin sehr leise.

»Hinüberwollte?«

»Nachdem Leonóra gestorben war«, sagte Baldin. »Sie wollte hinüber in die andere Welt, weil sie glaubte, so Kontakt zu ihr zu bekommen. Sie hat mich gebeten, ihr zu helfen.«

»Hinüber ins Jenseits?«

»Muss ich dir das in allen Einzelheiten schildern?«

»Und was dann?«

»Komm ins Haus«, sagte Baldvin. »Ich erzähle dir von María, wenn du uns dann in Ruhe lässt.«

»Warst du hier in diesem Haus, als sie starb?«

»Eins nach dem anderen«, sagte Baldvin. »Ich werde dir sagen, wie es war. Es ist an der Zeit, dass du es erfährst. Es geht mir nicht darum, Schuld von mir abzuwälzen. Wir waren ihr gegenüber nicht aufrichtig, aber ich habe sie nicht umgebracht. Das hätte ich nie gekonnt, niemals. Das kannst du mir glauben.«

Dreiunddreißig

Sie begaben sich ins Haus und setzten sich in die Küche. Drinnen war es kalt, aber Baldvin unterließ es, den Thermostat für die Heizkörper hochzustellen. Er hatte nicht vor, lange zu bleiben. Punkt für Punkt schilderte er, was vorgefallen war, und er drückte sich dabei klar und verständlich aus. Er begann damit zu erzählen, wie er María an der Universität kennengelernt hatte, er erzählte ihr von ihrem gemeinsamen Leben im Haus ihrer Mutter in Grafarvogur und den letzten beiden Jahren nach Leonóras Tod. Erlendur hatte hin und wieder das Gefühl, dass diese Geschichte einstudiert klang, aber ansonsten wirkte Baldvin durchaus glaubwürdig.

Baldvin und Karólína hatten seit einigen Jahren ein Verhältnis miteinander. An der Schauspielschule waren sie kurze Zeit zusammen gewesen, aber daraus war damals nichts weiter geworden. Baldvin heiratete María, während Karólína etliche Beziehungen eingegangen war, die aber nie dauerhaft waren. Ihre längste Beziehung zu einem Mann lief über vier Jahre. Dann trafen sich die beiden wieder und frischten ihre alte Beziehung auf, doch davon wusste María nichts. Sie trafen sich heimlich und in unregelmäßigen Abständen, aber nie weniger als einmal im Monat. Weder er noch Karólína wollten anfangs mehr aus dieser Beziehung machen, aber eines Tages, kurz bevor Leonóras Krebs diagnostiziert wurde, war Karólína darauf zu sprechen gekommen, dass er sich von María scheiden lassen sollte, weil sie mit ihm zusammenleben wollte. Er war nicht dagegen gewesen. Das Zusammenleben mit Tochter und Mutter hatte die Ehe strapaziert. Er hatte María immer öfter sagen müssen, dass er nicht ihre Mutter geheiratet hatte und es auch nie sein Wunsch gewesen war.

Als Leonóra erkrankte, schien María den Boden unter den Füßen zu verlieren. Ihr Leben änderte sich nicht weniger als das von Leonóra. Sie wich nicht von der Seite der Kranken. Baldvin zog in das Gästezimmer des Hauses, und María schlief neben ihrer sterbenden Mutter. Sie stellte alles zurück, woran sie gerade arbeitete, und brach den Kontakt zu ihren Freunden größtenteils ab. Eines Tages wurden sie von einem Bauunternehmer kontaktiert, der herausgefunden hatte, dass Leonóra und María ein Stück Land in Kópavogur besaßen. Er wollte es kaufen. Der Bauboom war dort in vollem Gang, und die Grundstückspreise waren in die Höhe geschnellt. Sie hatten zwar immer von diesem Besitz gewusst, aber es wäre ihnen nie eingefallen, dass es ein Vermögen wert sein könnte. Sie hatten dieses Land eigentlich so gut wie vergessen, als ihnen das Angebot unterbreitet wurde. Die Summe, die der Bauunternehmer dafür zahlen wollte, war gigantisch. Baldvin hatte noch nie solche Zahlen auf einem Papier gesehen. María zeigte sich unbeeindruckt. Sie hatte sich noch nie für weltlichen Besitz interessiert, und jetzt war ihr ganzes Sinnen und Trachten auf ihre Mutter ausgerichtet. Sie überließ es Baldvin, den Verkauf in die Wege zu leiten. Er setzte sich mit einem Notar in Verbindung, der ihnen half, sich über den Preis und den

Auszahlungsmodus zu einigen, die notwendigen Dokumente zu stempeln und die Änderungen ins Grundbuch eintragen zu lassen. Urplötzlich waren sie reicher, als sich Baldvin je hatte vorstellen können.

Je schlechter der Zustand ihrer Mutter wurde, desto mehr zog María sich zurück, und in den letzten Wochen und Tagen verließ sie das Krankenzimmer gar nicht mehr. Leonóra wollte zu Hause sterben. Der Arzt kam in regelmäßigen Abständen und dosierte das Morphium. Andere durften nicht zu ihr hinein. Baldvin saß allein in der Küche, als Leonóra starb. Er hörte Marías Wehklagen aus dem Schlafzimmer und wusste, dass es vorüber war.

Wochenlang war María untröstlich. Sie erzählte Baldvin, über was sie und ihre Mutter sich kurz vor ihrem Tod unterhalten hatten. Sie hatten vereinbart, dass Leonóra ihr ein Zeichen geben würde, wenn es so etwas wie ein Weiterleben gäbe.

»Sie hat dir also von Proust erzählt?«, unterbrach Erlendur ihn.

Baldvin holte tief Atem.

»Sie war in einer entsetzlichen Verfassung, und außerdem nahm sie Betäubungsmittel und Psychopharmaka, deswegen hat sie es gleich wieder vergessen«, erklärte er. »Ich bin alles andere als stolz auf alles, was ich gemacht habe, einiges war einfach widerwärtig, das weiß ich, aber es ist nun einmal geschehen und nicht rückgängig zu machen.«

»Mit Proust hat es angefangen, nicht wahr?«

»*Auf der Suche nach der verlorenen Zeit*«, sagte Baldvin. »Der Titel passte. Es war immer, als suchten die beiden nach dieser verlorenen Zeit. Das habe ich nie verstanden.«

»Was hast du gemacht?«

»Ich habe in diesem Sommer eines Nachts den ersten Band aus dem Regal genommen und auf den Boden gelegt.«

»Da hatten du und Karólina bereits eure Schlingen für sie ausgelegt?«

»Ja«, sagte Baldvin leise. »Da hatte es schon angefangen.«

Er hatte die Vorhänge nicht zurückgezogen, deswegen war es sowohl kalt als auch dämmrig in dem Haus. Erlendur blickte ins Wohnzimmer, wo Marías Leben geendet hatte.

»War es Karólinas Idee?«

»Sie hat immer mit diesem Gedanken gespielt. Sie wollte viel weiter gehen als ich. Ich fand ... Ich war bereit, María zu helfen, falls sie das ausprobieren und herausfinden wollte, also, ob es ein Leben danach, ein Weiterleben, ob es ein Jenseits gibt. Sie hatte oft genug darüber gesprochen, mit mir auch, aber vor allem mit Leonóra. Sie fand viel Trost in dem Gedanken an ein Leben nach dem Tod. Die Vorstellung, dass unser irdisches Leben keineswegs das Ende von allem ist, war ihr ein echter Trost. Die beiden fanden die Idee schön, dass der Tod nur der Beginn von etwas anderem ist. María hat Bücher darüber gelesen und im Internet geforscht. Sie hat sehr intensiv recherchiert.«

»Aber du wolltest nicht aufs Ganze gehen, oder?«

»Nein, auf gar keinen Fall. Und das habe ich auch nicht getan.«

»Ihr habt euch Marías Schwächen zunutze gemacht?«

»Es war ein scheußliches Spiel, das weiß ich«, sagte

Baldvin. »Ich habe mich dabei die ganze Zeit elend gefühlt«

»Aber nicht elend genug, um damit aufzuhören?«

»Ich weiß nicht, was ich eigentlich gedacht habe. Karólína hat einfach nicht lockergelassen, sie hat mich mit allem Möglichen unter Druck gesetzt. Zum Schluss erklärte ich mich bereit, dieses Experiment zu machen. Ich war auch neugierig. Was, wenn María wieder mit Bildern aus dem Jenseits erwachen würde? Was, wenn all das Gerede über ein Leben nach dem Tode wahr wäre?«

»Und was, wenn du sie nicht wieder zum Leben erwecken würdest?«, sagte Erlendur. »Ging es dir nicht hauptsächlich darum? Um das Geld?«

»Das auch«, gab Baldvin zu. »Es ist ein seltsames Gefühl, jemandes Leben in den Händen zu haben. Du würdest es kennen, wenn du Arzt wärst. Es ist ein seltsames Gefühl der Macht.«

Er schlich eines Nachts zum Bücherregal im Wohnzimmer, holte *Unterwegs zu Swann* aus dem Regal und legte das Buch auf den Boden. María schlief in ihrem Ehebett. Er hatte ihr eine etwas größere Dosis von ihrem Schlafmittel gegeben als sonst. Er verabreichte ihr, ohne dass sie davon wusste, auch andere Medikamente, die Einfluss auf ihre Wahrnehmungsfähigkeit hatten und sie verwirrten. María vertraute ihm voll und ganz bei den Medikamenten. Er war ihr Ehemann. Und er war Arzt.

Anschließend legte er sich neben sie ins Bett. Karólína hatte vorgeschlagen, in diesem Komplott die Rolle eines Mediums zu spielen. Baldvins Aufgabe war es, María dazu zu ermuntern, zu einem Medium zu gehen, von dem er angeblich nur Gutes gehört hatte, die Frau hieße

Magdalena. Sie wussten ganz genau, dass María keine Erkundigungen einziehen würde. Sie war gar nicht in der Lage, irgendetwas in Zweifel zu ziehen. Sie vertraute Baldvin blind.

Sie war beinahe ein zu leichtes Opfer.

In dieser Nacht schlief er unruhig und wachte morgens vor ihr auf. Er stand auf und betrachtete seine schlafende Frau. Wochenlang hatte sie nicht so tief und fest geschlafen. Er wusste, dass ihr ein Schock bevorstand, wenn sie aufwachte und ins Wohnzimmer ging. Sie hatte zwar schon seit Längerem aufgehört, vor dem Bücherregal zu sitzen und es anzustarren, aber er wusste ganz genau, dass sie jeden Tag oftmals aus den Augenwinkeln dort hinschielte. Sie hatte auf ein Zeichen von Leonóra gewartet, und nun würde sie es bekommen. In ihrer Aufregung würde sie nicht auf die Idee kommen, Baldvin zu verdächtigen. Er bezweifelte, dass sie sich überhaupt daran erinnerte, dass sie ihm davon erzählt hatte. Für sie ging es nur um die Bestätigung.

Er weckte María sanft und ging in die Küche. Er hörte, wie sie aufstand. Es war Samstag. Bald würde sie in der Küche auftauchen.

»Baldvin, komm!«, sagte sie. »Sieh mal, was ich gefunden habe!«

»Was?«, fragte Baldvin.

»Sie hat es gemacht!«, flüsterte María. »Das ist das Zeichen. Mama hatte vor, dieses Buch zu nehmen. Es liegt auf dem Boden. Das Buch liegt auf dem Boden! Sie ... Sie hat sich gemeldet.«

»María ...«

»Nein, im Ernst.«

»María ... Du solltest nicht ...«

»Was?«

»Hast du das Buch auf dem Fußboden gefunden?«

»Ja.«

»Das ist natürlich...«

»Und sieh mal, wo es aufgeschlagen ist«, sagte María, während sie ihn zu dem Buch zog, das offen auf dem Boden lag.

Er las die Worte des Gedichts laut. Ihm war klar, dass sich das Buch rein zufällig dort geöffnet hatte, als er es auf den Boden gelegt hatte.

Auch wenn die Wälder schwarz wurden, der Himmel scheint immer blau.

»Findest du nicht, dass das passt?«, fragte María. »*Auch wenn die Wälder schwarz wurden, der Himmel scheint immer blau.* Das ist die Nachricht.«

»María...«

»Sie hat mir eine Nachricht geschickt, genau wie sie gesagt hat. Sie hat mir die Nachricht geschickt.«

»Das ist natürlich... Das ist unglaublich. Ihr habt darüber gesprochen und...«

»Genau, wie sie gesagt hat. Das ist genau das, was sie vorgehabt hat.«

Marías Augen schwammen in Tränen. Baldvin legte ihr den Arm um die Schultern und führte sie zu einem Sessel. Sie war in großer Erregung und schwankte zwischen Trauer und Freude. In den nächsten Tagen fand sie die Ruhe, nach der sie sich so lange gesehnt hatte.

Etwa eine Woche später sagte Baldvin unvermittelt: »Vielleicht solltest du doch einmal zu einem Medium gehen?«

Kurze Zeit später nahm Karólína sie in der Wohnung einer Freundin in Empfang, die auf den Kanarischen Inseln war. María hatte keine Ahnung davon, dass Karólína und Baldvin zusammen in der Schauspielschule gewesen waren, und erst recht nicht, dass sie etwas miteinander gehabt hatten. Sie hatte Karólína nie zuvor getroffen.

Karólína hatte Räucherstäbchen angezündet, dezente Hintergrundmusik aufgelegt und sich ein altes Dreieckstuch um die Schultern geworfen. Sie gefiel sich in dieser Rolle und hatte sich mit großem Vergnügen dicken Lidschatten und breitere Augenbrauen aufgemalt, um die Konturen des Gesichts zu schärfen, und feuerroten Lippenstift aufgelegt. Sie hatte zusammen mit Baldvin geübt, der ihr verschiedene Informationen gegeben hatte, die ihr bei der Séance von Nutzen sein konnten. Er hatte ihr diverse Einzelheiten aus Marías Jugend erzählt und sie über einiges aus ihrem Zusammenleben mit Baldvin informiert, über die enge Verbindung zu ihrer Mutter und über Marcel Proust.

»Ich spüre, dass es dir nicht gut geht«, hatte Karólína gesagt, als sie sich gesetzt hatten. Die Séance begann. »Du hast ... Du hast gelitten. Du hast einen großen Verlust erlitten.«

»Meine Mutter ist vor einiger Zeit gestorben«, sagte María. »Wir standen einander sehr nah.«

»Und du vermisst sie.«

»Unendlich.«

Karólína hatte sich fachmännisch vorbereitet, sie war sogar selbst auf einer spiritistischen Sitzung gewesen. Das, worüber das Medium redete, interessierte sie nicht sonderlich, stattdessen studierte sie die Ausdrucksweise, die Mimik und Gestik. Sie überlegte, ob sie eine Trance vortäuschen sollte, wenn María zu ihr käme, oder ob sie sich wie das Medium verhalten sollte, zu dem sie gegangen war. Das hatte einfach nur dagesessen und irgendetwas wahrgenommen, was man nicht sehen konnte, und Fragen gestellt. Sie hatte Leonóra zwar nie getroffen, doch Baldvin hatte sie ihr sehr genau beschrieben.

Am Ende beschloss Karólína, die Trance wegzulassen.

»Ich spüre eine große Nähe«, sagte sie.

In der Nacht nach der Séance lagen María und Baldvin zusammen im Bett, und María erzählte ihm in allen Einzelheiten, was sich auf dieser Sitzung ereignet hatte. Nachdem María mit ihrem Bericht fertig war, lag Baldvin noch eine ganze Weile schweigend da.

»Habe ich dir irgendwann einmal von Tryggvi erzählt? Er war ein Kommilitone von mir«, sagte er und schaute zu María hinüber.

Vierunddreißig

Baldvin vermied es, Erlendur, der ihm gegenüber am Küchentisch saß und seinem Bericht lauschte, in die Augen zu sehen. Baldvin schien nervös, er blickte entweder an Erlendur vorbei ins Wohnzimmer oder auf den Küchentisch oder auf Erlendurs Schulter, aber nie in seine Augen.

»Am Ende hat sie dich angefleht, ihr ins Jenseits zu helfen«, sagte Erlendur, und die Verachtung in seiner Stimme war unüberhörbar.

»Sie ... Sie hat diese Idee sofort aufgegriffen«, sagte Baldvin und starrte auf den Küchentisch.

»Und auf diese Weise konntest du sie umbringen, ohne dass irgendjemand etwas merkte.«

»Das war die Idee, das gebe ich zu, aber dann habe ich es einfach nicht vermocht. Ich konnte es nicht, als es so weit war. Ich brachte es nicht über mich.«

»Brachtest es nicht über dich!«, stieß Erlendur hervor.

»Das ist wahr, ich war nicht imstande, den letzten entscheidenden Schritt zu tun.«

»Was geschah?«

»Ich ...«

»Was hast du gemacht?«

»Sie wollte mit äußerster Vorsicht vorgehen. Sie hatte Angst davor zu sterben.«

»Haben wir das nicht alle?«, entgegnete Erlendur.

Sie lagen bis spät in die Nacht wach und sprachen über die Möglichkeit, María den Tod so lange erleben zu lassen, dass sie genügend Zeit hatte, in eine andere Welt hinüberzugehen, aber dennoch kurz genug, dass sie keinen Schaden davontrug. Baldvin erzählte ihr von dem Versuch, den er zusammen mit seinen Kommilitonen an Tryggvi unternommen hatte, wie er gestorben und wieder zum Leben erweckt worden war. Er hatte gar nichts gespürt und sich nicht an seinen Tod erinnern können, er hatte kein Licht gesehen noch irgendwelche Wesen. Baldvin erklärte, er wisse, wie zu verfahren sei, um Todesnähe herbeizuführen – ohne dabei ein zu großes Risiko einzugehen. Es bestünde natürlich eine gewisse Gefahr, darüber müsse María sich im Klaren sein, aber sie sei ja körperlich fit, und daher habe sie im Grunde genommen nichts zu befürchten.

»Und wie erweckst du mich wieder zum Leben?«, fragte sie.

»Es gibt sowohl Medikamente als auch die gewöhnlichen Erste-Hilfe-Maßnahmen«, sagte Baldvin. »Herzmassage und Beatmung. Wir können auch mit Stromstößen arbeiten und einen Defibrillator verwenden. Ich müsste mir so einen Apparat beschaffen. Falls wir das wirklich machen, müssen wir außerordentlich vorsichtig vorgehen, damit niemand etwas davon erfährt. Legal ist das nämlich nicht. Meine Approbation wäre in Gefahr.«

»Würden wir es hier machen?«

»Ich hätte eigentlich eher an das Haus in Þingvellir gedacht«, sagte Baldvin. »Aber das sind ja alles nur Hirngespinste. Wir würden das doch nie im Ernst durchführen.«

María schwieg. Er lauschte ihren Atemzügen. Sie lagen im Dunkel der Nacht und unterhielten sich flüsternd.

»Ich würde es gerne probieren«, sagte María.

»Nein«, entgegnete Baldvin, »es ist zu riskant.«

»Aber du hast gesagt, es wäre gar nicht so schwierig.«

»Ja, wenn man nur darüber redet, aber so etwas auszuführen, ist eine ganz andere Sache, es in die Tat umzusetzen und tatsächlich durchzuführen.«

Er versuchte, nicht zu negativ zu klingen.

»Ich möchte es aber versuchen«, sagte María entschlossener. »Weshalb lieber in Þingvellir?«

»Nein, María, hör auf, darüber nachzudenken. Ich … Das geht einfach zu weit. Ich traue mir das nicht zu.«

»Natürlich«, sagte María. »Natürlich besteht die Gefahr, dass ich tatsächlich sterbe, und dann hast du ein Problem.«

»Die Gefahr besteht tatsächlich«, erwiderte Baldvin. »Ein solches Risiko darf man einfach nicht eingehen.«

»Würdest du es trotzdem für mich tun?«

»Ich … Ich weiß es nicht, ich … Wir sollten nicht über so etwas reden.«

»Ich möchte es machen. Ich möchte, dass du das für mich tust. Ich weiß, dass du das kannst. Ich vertraue dir, Baldvin. Ich vertraue niemandem mehr als dir. Wirst du das für mich tun?«

»María …«

»Wir schaffen das. Es wird schon alles klappen. Ich vertraue dir, Baldvin. Lass uns das tun.«

»Und wenn etwas schiefgeht?«

»Ich bin bereit, dieses Risiko einzugehen.«

Vier Wochen später fuhren sie zu ihrem Ferienhaus am See von Þingvellir. Baldvin wollte ganz sichergehen, dass sie nicht gestört werden würden, hinzu kam, dass der Pool auf der Veranda hervorragend dafür geeignet war. Sie benötigten viel kaltes Wasser, falls sie die Methode anwenden wollten, den Körper so herunterzukühlen, dass das Herz aussetzte. Baldvin sagte, es gebe auch noch einige andere Möglichkeiten, doch diese sei mit dem geringsten Risiko verbunden. Mitglieder von Rettungsmannschaften würden darin trainiert, Menschen unter vergleichbaren Umständen wieder zum Leben zu erwecken. Sie würden manchmal Leute auffinden, die im Schnee oder eiskalten Wasser gelegen hatten, und da hieß es, rasch zu handeln, falls es nicht schon zu spät war. Es galt, die Körpertemperatur mit warmen Decken wieder ansteigen zu lassen, und wenn das Herz zum Stillstand gekommen war, musste man mit allen Mitteln versuchen, es wieder zum Schlagen zu bringen.

Sie begannen damit, mithilfe von Putzeimern das große Becken mit kaltem Wasser und treibenden Eisschollen aus dem See zu füllen. Das ging relativ schnell vonstatten, denn es waren nur ein paar Schritte bis zum Ufer. Es war kalt, und Baldvin hatte María empfohlen, nur dünne Kleidung anzuziehen, damit sie sich an die Kälte gewöhnen konnte, bevor sie sich in das kalte Wasser legte. Zum Schluss hackte er noch Eis von den Steinen am Ufer los und warf es ebenfalls in das Becken. María spürte bereits die zwei schwachen Schlaftabletten, die sie auf Empfehlung von Baldvin genommen hatte; sie würden das Kältegefühl etwas mildern.

María sagte einen der Passionspsalmen von Hallgrímur Pétursson auf und sprach ein kurzes Gebet, bevor sie langsam in die große Wanne stieg. Die Kälte ging ihr durch Mark und Bein, aber sie ließ sich nichts anmerken. Sie ging schrittweise vor, tauchte erst nur bis zu den Knien ein, dann bis zu den Schenkeln, schließlich bis zu Hüften und Bauch. Dann setzte sie sich, und das Wasser ging ihr über Brust und Schultern bis zum Hals, nur der Kopf ragte heraus.

»Alles in Ordnung?«, fragte Baldvin.

»Es ist ... so ... kalt«, sagte María.

Sie vermochte nicht, das Zittern zu unterdrücken. Baldvin erklärte, das würde nach kurzer Zeit aufhören, wenn der Körper sich nicht mehr gegen die Kälte aufbäumte, und dann würde bald Bewusstlosigkeit einsetzen. Sie würde schläfrig werden, und sie sollte nicht dagegen ankämpfen.

»Normalerweise soll man in solchen Fällen, also bei Unfällen im Schnee, gegen Schläfrigkeit ankämpfen«, sagte Baldvin lächelnd, »aber jetzt ist das etwas anderes: Du möchtest einschlafen. Lass es einfach zu.«

María versuchte zu lächeln. Nach kurzer Zeit hörte das Zittern auf, ihr Körper war vor Kälte leichenblass geworden.

»Ich will ... es ... wissen, Baldvin.«

»Ja.«

»Ich ... vertraue ... vertraue ... dir«, sagte sie.

Baldvin horchte mit seinem Stethoskop auf den Herzschlag. Er war bereits sehr viel schwächer geworden. María schloss die Augen.

Baldvin horchte, der Herzschlag war kaum noch zu hören.

Dann setzte er aus. Das Herz hatte aufgehört zu schlagen.

Baldvin blickte auf seine Uhr mit dem Sekundenzähler. Sie hatten etwa eine bis anderthalb Minuten vereinbart, weil Baldvin überzeugt war, dass dann kein Risiko bestand. Er hielt Marías Kopf über Wasser. Die Sekunden tickten. Eine halbe Minute. Fünfundvierzig Sekunden. Jede Sekunde war wie eine Ewigkeit. Der Sekundenzähler schien sich kaum zu bewegen. Baldvin wurde unruhig. Eine Minute. Eine Minute und fünfzehn Sekunden.

Baldvin fasste María unter den Armen und zog sie mit einem Ruck aus dem Wasser. Er wickelte sie in Wolldecken, trug sie ins Haus und legte sie vor dem größten Heizkörper auf den Boden. Sie gab kein Lebenszeichen von sich. Er begann mit der Beatmung und massierte dann das Herz, denn er wusste, dass die Zeit drängte. Vielleicht hatte er sie sogar zu lange im Wasser gelassen. Er fuhr mit der Mund-zu-Mund-Beatmung fort. Er horchte nach dem Herzschlag, massierte wieder.

Er legte sein Ohr auf ihre Brust.

Das Herz begann wieder schwach zu schlagen. Er massierte ihren Körper mit der Decke und schob sie noch näher an die Heizung.

Das Herz begann, schneller zu schlagen. Sie atmete wieder. Es war ihm gelungen, sie wieder zum Leben zu erwecken. Die Haut war nicht mehr bläulich weiß, sondern hatte sich ein wenig gerötet.

Baldvin atmete erleichtert auf, setzte sich auf den Boden und sah lange Zeit auf seine Frau hinunter. María drehte den Kopf in seine Richtung und sah ihn an. Er lächelte. Ihr Körper begann, unkontrolliert zu zittern.

»Ist es … vorüber?«, fragte sie.

»Ja.«

»Ich ... Ich ... habe sie ... gesehen«, sagte sie. »Sie kam ... auf mich zu.«

»María ...«

»Du hättest mich nicht wecken sollen.«

»Es waren mehr als zwei Minuten vergangen.«

»Sie war ... Sie war so schön«, sagte María. »So schön. Ich hätte ... Ich hätte sie so gern ... in den Arm genommen. Du hättest mich nicht ... wecken sollen. Das hättest du nicht tun dürfen.«

»Das musste ich.«

»Du hättest mich nicht ... wecken sollen.«

Baldvin sah Erlendur ernst an. Er war aufgestanden und hatte sich an den Heizkörper gestellt, vor dem María gelegen hatte. Dort war sie seinen Angaben zufolge wieder zum Leben erwacht, nachdem sie im eisigen Wasser gestorben war.

»Ich konnte sie nicht sterben lassen«, sagte er. »Es wäre ein Leichtes gewesen. Ich hätte keine Wiederbelebungsversuche zu machen brauchen. Ich hätte sie ins Schlafzimmer legen können, und sie wäre am nächsten Tag tot aufgefunden worden. Niemand hätte etwas bemerkt. Ein ganz normaler Herzschlag. Aber ich konnte es einfach nicht.«

»Wie barmherzig!«, sagte Erlendur verächtlich.

»Sie war sich ganz sicher, dass da irgendetwas gewesen war«, sagte Baldvin. »Sie hat behauptet, dass sie Leonóra gesehen hätte. Sie war sehr schwach, nachdem sie wieder aufgewacht war, und ich habe sie ins Bett getragen. Sie ist eingeschlummert und hat zwei Stunden geschlafen. Unterdessen habe ich das Wasser ablaufen lassen, das Becken ausgespült und alles wieder in Ordnung gebracht.«

»Sie wollte dann also noch einmal hinüber, und zwar endgültig?«

»Ja, das wollte sie.«

»Und was dann? Was geschah, nachdem sie wieder aufgewacht war?«

»Wir haben miteinander geredet. Sie konnte sich gut daran erinnern, was geschehen war, als sie drüben war, wie sie sich ausdrückte. Das meiste war so, wie andere Menschen es bereits beschrieben haben: ein langer Tunnel, Licht, Freunde und Verwandte, die einen erwarten. Sie fand, dass sie endlich Ruhe und Frieden gefunden hatte.«

»Tryggvi sagte, er hätte nichts gesehen. Nur schwärzeste Finsternis.«

»Wahrscheinlich muss man die entsprechende Einstellung haben, ich weiß es nicht«, sagte Baldvin. »So hat María es jedenfalls erlebt. Als ich in die Stadt zurückfuhr, wirkte sie absolut ausgeglichen.«

»Ihr wart mit zwei Autos gekommen?«

»María wollte noch etwas länger dortbleiben, um wieder zu Kräften zu kommen. Ich habe noch die Nacht mit ihr verbracht und bin erst am nächsten Mittag in die Stadt gefahren. Und abends rief sie mich an, das wisst ihr ja. Da hatte sie sich wieder vollständig erholt, sie klang am Telefon richtig munter. Sie hatte vor, am nächsten Tag noch vor Mitternacht wieder zu Hause zu sein. Das war das letzte Mal, dass ich mit ihr gesprochen habe. Ihr war in keinster Weise anzumerken, dass sie so etwas Wahnsinniges vorhatte. Es wäre mir nie eingefallen, dass sie sich das Leben nehmen würde. Nie im Leben.«

»Glaubst du, dass euer Experiment womöglich etwas bei ihr ausgelöst hat?«

»Ich weiß es nicht. Nach Leonóras Tod habe ich zuerst geglaubt, dass sie vielleicht auf solche Gedanken gekommen sein könnte.«

»Hast du nicht das Gefühl, Verantwortung für das zu tragen, was passiert ist?«

»Natürlich ... Natürlich habe ich das. Ich trage Verantwortung dafür, aber ich habe sie nicht getötet. Dazu wäre ich nie imstande gewesen. Ich bin Arzt. Ich heile Menschen, ich töte sie nicht.«

»Es gibt wohl keine Zeugen dafür, dass du mit María hier warst.«

»Nein, wir waren ganz allein hier.«

»Du wirst die Approbation verlieren.«

»Wahrscheinlich.«

»Aber das dürfte dir wohl kaum etwas ausmachen, schließlich erbst du ja Marías Geld?«

»Du kannst von mir halten, was du willst. Das interessiert mich nicht.«

»Und Karólína?«

»Was ist mit ihr?«

»Hast du ihr gesagt, dass du die Sache nicht durchgezogen hast?«

»Nein, ich hatte noch nicht mit ihr gesprochen ... Ich hatte noch nicht mit ihr gesprochen, als mir mitgeteilt wurde, dass María tot ist.«

Erlendurs Handy klingelte, und er holte es aus der Manteltasche.

»Hallo, hier Þorbergur«, erklang eine Stimme am anderen Ende der Leitung.

»Wer?«

»Þorbergur, der Taucher. Ich bin schon einige Male zu den Seen hier rausgefahren, und da bin ich auch jetzt wieder.«

»Ja, hallo, Þorbergur, entschuldige, ich war nicht ganz bei der Sache. Gibt's was Neues?«

»Ich glaube, ich habe etwas gefunden, das dich interessieren wird. Ich habe einen kleinen Kranwagen bestellt und natürlich auch die Polizei. Ich traue mich nicht, ohne euch hier weiterzumachen.«

»Was hast du gefunden?«

»Ein Auto. Einen Austin Mini. Mitten im See. Im Sandkluftavatn habe ich nichts gefunden, aber ich hatte die Idee, mich hier in den anderen Seen noch etwas umzutun. War Frost, als sie verschwunden sind?«

»Das ist nicht unwahrscheinlich.«

»Sie ist auf den See hinausgefahren. Ich zeige es dir, wenn du kommst. Ich bin am Uxavatn.«

»Und was ist da im Auto?«

»Da sind zwei Leichen drin, eine Frau und ein Mann, glaube ich. Sie sind natürlich unkenntlich, aber mir scheint, das sind die Leute, nach denen du suchst.«

Þorbergur verstummte für einen Augenblick.

»Ja, Erlendur, das sind wohl die Leute, nach denen du suchst.«

Fünfunddreißig

Auf dem Weg zum Uxavatn telefonierte Erlendur mit dem Heim, in dem der alte Mann im Sterben lag. Mit ihm selbst konnte er nicht sprechen. Es war fraglich, ob er die Nacht überleben würde. Man erklärte ihm, dass es nur noch eine Frage der Zeit war. Erlendur bekam Verbindung mit dem diensthabenden Arzt, der sagte, es ginge vielleicht um wenige Stunden oder auch nur Minuten, die der alte Mann noch zu leben hätte. Man könne es unmöglich präzise voraussagen, aber viel Zeit bliebe nicht mehr.

Es dämmerte bereits, als Erlendur in seinem alten Ford auf die Uxahryggur-Piste einbog, die hinunter in den Borgarfjörður führte. Er sah einen kleinen Kranwagen am nördlichen Ende des Sees. Nicht weit entfernt stand der Jeep von Þorbergur. Erlendur ließ sein Auto am Straßenrand stehen und ging zu Fuß zu dem Taucher hinüber, der sich gerade die Sauerstofftanks aufschnallte und sich darauf vorbereitete, mit dem Haken des Krans zu dem Auto hinunterzutauchen.

»Ich habe Glück gehabt«, sagte er, nachdem sie sich begrüßt hatten. »Ich bin irgendwie mit dem Fuß gegen das Auto gestoßen.«

»Du glaubst, dass sie das sind?«

»Es ist zumindest dieses Auto. Und zwei stecken

drin. Ich habe versucht hineinzuleuchten. Kein schöner Anblick, wie du dir denken kannst.«

»Nein, bestimmt nicht. Danke, dass du das für mich getan hast.«

Þorbergur nahm den großen Haken vom Kranführer entgegen und watete damit in den See hinaus, bis das Wasser ihm zur Mitte reichte. Dann tauchte er ab.

Erlendur und der Kranführer standen am Ufer und warteten darauf, dass Þorbergur wieder an die Oberfläche kam. Der Kranführer war ein hochgewachsener Mann, der auch nicht mehr wusste, als dass sich da unten im See ein Auto mit zwei Leichen befand. Er versuchte, mehr Informationen aus Erlendur herauszuholen, doch der war nicht sehr gesprächig.

»Das ist ein alter Fall«, sagte er, »ein trauriger alter Fall, der eigentlich fast schon in Vergessenheit geraten war.«

Dann verstummte er, heftete seine Blicke auf den See und wartete darauf, dass Þorbergur wieder zum Vorschein kam.

Als Erlendur Baldvin in seinem Haus zurückgelassen hatte, waren keine weiteren Worte verschwendet worden. Erlendur hätte ihm am liebsten gesagt, wie widerwärtig er sein und Karólínas Verhalten María gegenüber fand, ging aber davon aus, dass es wenig Sinn hatte. Leute, die so etwas fertigbrachten, waren gegenüber moralischen Vorhaltungen anderer völlig gleichgültig. Sie wurden von etwas anderem als Gewissen und Moral vorangetrieben. Baldvin hatte nicht danach gefragt, wie es weitergehen würde, und Erlendur war unschlüssig. Er wusste nicht, ob er allem Glauben schenken sollte. Baldvin konnt vor Gericht alles abstreiten. Er hatte niemandem außer Erlendur erzählt, wie es sich tatsächlich zugetragen hatte, und das Beweismaterial, über das Erlendur verfügte, war äußerst dürftig. Baldvin würde vermutlich die ärztliche Approbation verlieren, falls er zugab, María zeitweilig getötet und sie wieder zum Leben erweckt zu haben, doch das war für ihn vollkommen unerheblich, so wie die Dinge standen. Schwer zu sagen, ob er verurteilt werden würde. Die Beweislast lag beim Ankläger, und Erlendurs private Ermittlungen hatten so gut wie keine stichhaltigen Beweise zutage gefördert. Falls Baldvin sich in Anbetracht von Anklage und Prozess entschließen würde, seine Aussage zu widerrufen, konnte er einfach abstreiten, dass er Marías Wunsch bestärkt und sie für eine kurze Zeit in einen Todeszustand versetzt hatte. Und erst recht, dass er sie ermordet hatte. Erlendur hatte nur gewisse Indizien für eine durchgeplante Kette von Ereignissen, die zu einem Selbstmord geführt hatten, aber kaum Beweise. Man konnte Menschen nicht für Experimente verurteilen, wie unmoralisch sie auch waren.

Þorbergurs Kopf erschien wieder an der Wasseroberfläche. Der Kranführer kletterte in seinen Wagen, und Þorbergur gab ihm ein Zeichen, dass er mit dem Herausziehen beginnen konnte. Zwei Streifenwagen mit Blaulicht tauchten in der Ferne auf, sie näherten sich rasch. Die dicke Stahltrosse wickelte sich Zoll für Zoll auf die Winde.

Þorbergur stieg aus dem Wasser, legt die Tauchgeräte ab und ging zu Erlendur hinüber, der bei seinem Ford stand. Die Tür zum Beifahrersitz stand offen, weil er die Abendnachrichten hören wollte.

»Also, jetzt musst du doch zufrieden sein«, sagte Þorbergur.

»Ich weiß es nicht«, entgegnete Erlendur.

»Wirst du es selbst den Angehörigen mitteilen?«

»In dem einen Fall könnte es bereits zu spät sein«, sagte Erlendur. »Die Mutter des Jungen ist schon vor einiger Zeit gestorben, und der Vater liegt im Sterben. Sie gehen davon aus, dass er jederzeit hinübergehen kann.«

»Dann musst du dich beeilen«, sagte Þorbergur.

»Ist es gelb?«, fragte Erlendur.

»Das Auto? Ja, es ist gelb.«

Vom Kranwagen hörte man lautes Dröhnen. Die beiden Streifenwagen waren eingetroffen. Vier Polizisten stiegen aus und kamen auf sie zu.

»Willst du das Ding da entsorgen?«, fragte Þorbergur und deutete auf den Defibrillator aus dem Bootsschuppen beim Ferienhaus von María und Baldvin, den Erlendur auf den Beifahrersitz gelegt hatte.

»Nein«, sagte Erlendur. »Das Gerät hat etwas mit einem anderen Fall zu tun.«

»Du hast viel um die Ohren«, sagte Þorbergur.

»Ja, leider.«

»So ein vorsintflutliches Gerät habe ich schon lange nicht mehr gesehen. Wer benutzt denn einen kaputten Defibrillator?«

»Ja«, antwortete Erlendur geistesabwesend.

Die Stahltrosse schlug Wellen auf dem See, und bald tauchte das Auto auf.

»Moment mal, was meinst du damit, kaputt?«, sagte Erlendur und sah Þorbergur fragend an.

»Was?«

»Hast du gesagt, der Apparat sei kaputt?«

»Siehst du das denn nicht?«

»Nein, mit so etwas kenne ich mich überhaupt nicht aus.«

»Das Ding ist überhaupt nicht funktionsfähig. Guck mal, dieser Schalter da ist kaputt. Und dieses Kabel hier, das hat keine Verbindung zur Elektrode. Das Ding ist zu nichts mehr zu gebrauchen.«

»Aber...«

»Was?«

»Bist du sicher?«

»Ich war jahrelang bei der Feuerwehr. Das ist einfach Schrott.«

»Er hat gesagt...«

Erlendur starrte Þorbergur an.

»Ist das Ding wirklich kaputt?«, stöhnte er.

Unter dem Quietschen der Winde tauchte der Austin Mini langsam aus dem Wasser auf und wurde ans Ufer gehievt. Der Kranführer stoppte die Maschine. Die Polizisten traten näher. Wasser, Sand und Schlamm flossen an dem Wagen heraus, bis er sich schließlich völlig geleert hatte. Erlendur konnte zwei menschliche Gestalten auf den Vordersitzen erkennen. Das Auto war bedeckt mit Wasserpflanzen, aber die gelbe Farbe war an den Seiten noch deutlich zu erkennen. Die Fensterscheiben waren heil geblieben, nur die Hecktür hatte sich geöffnet.

Erlendur versuchte, die Tür auf der Beifahrerseite zu öffnen, doch sie klemmte. Auf der Fahrerseite war ein schmaler Spalt offen, die Tür war verbeult. Er schaute in den Wagen und betrachtete die zwei Gerippe. Guðrún, die Dúna genannt wurde, saß am Steuer, das war an den Haaren zu erkennen. Er ging davon aus, dass Davið an ihrer Seite war.

»Weshalb ist die Tür eingebeult?«, fragte er Þorbergur.

»Weißt du, in was für einem Zustand das Auto damals war?«

»Wahrscheinlich in keinem guten.«

»Sie haben nicht viel Zeit gehabt«, sagte Þorbergur. Sie hat versucht, die Tür an ihrer Seite zu öffnen, aber das ging nicht oder nur einen Spalt weit, denn neben dem Auto war ein großer Stein. Der Beifahrer hat anscheinend seine Tür ebenfalls nicht öffnen können, vielleicht war sie kaputt. Die Fenster haben vermutlich nicht funktioniert, sonst hätten sie sie bestimmt heruntergekurbelt. Das ist unter solchen Umständen das Erste, was man machen muss. Das Auto muss eine ziemliche Schrottmühle gewesen sein.«

»Sie haben drin festgesteckt?«

»Ja.«

»Und das bedeutete das Ende.«

»Es war hoffentlich ein kurzer Todeskampf.«

»Wie sind sie mitten in den See gekommen?«, fragte Erlendur und blickte auf das Wasser.

»Die einzig mögliche Erklärung ist die, dass der See eine Eisschicht gehabt haben muss«, sagte Þorbergur. »Dass sie aufs Eis hinausgefahren ist. Vielleicht aus Jux. Sie hat womöglich geglaubt, dass sie sich mit so etwas auskennt. Und dann ist der Wagen eingebrochen. Das Wasser ist kalt. Und die Tiefe reicht aus.«

»Und seitdem sind die beiden vermisst.«

»Zu dieser Jahreszeit sind hier selbst heutzutage nicht viele Leute unterwegs, geschweige denn damals vor fast dreißig Jahren«, sagte Þorbergur. »Es gibt keine Zeugen. Solche Waken frieren schnell wieder zu, und hinterher kann man nicht mehr sehen, dass da irgendwann einmal eine offene Stelle war. Die Straße muss aber gut befahrbar gewesen sein, sonst wären sie gar nicht erst bis hierher gekommen.«

»Was ist das da?«, fragte Erlendur und deutete auf etwas zwischen den Sitzen.

»Darf man das anfassen?«, fragte Þorbergur. »Müssen sich die von der Spurensicherung das nicht erst anschauen?«

Erlendur hörte nicht auf ihn, sondern streckte sich über die Leiche auf dem Fahrersitz, um den Gegenstand herauszuholen, der seine Neugier geweckt hatte. Trotz seiner Vorsicht fiel er auseinander. Er hielt zwei Teile in der Hand und zeigte sie Þorbergur.

»Was ist das?«, fragte er.

»Ich glaube, das ist ... Ich glaube, das ist ein Buch«, sagte Erlendur, während er die beiden Teile betrachtete.

»Ein Buch?«

»Ja, es handelt wahrscheinlich von den Seen hier in der Umgebung. Der Junge hat es also tatsächlich für sie gekauft.«

Erlendur übergab Þorbergur das Buch.

»Ich muss zu seinem Vater, bevor es zu spät ist«, sagte er und warf einen Blick auf seine Uhr. »Ich glaube, wir haben sie gefunden, daran kann meiner Meinung nach kein Zweifel bestehen. Er soll noch erfahren, was passiert ist. Sein Sohn war verliebt, so einfach ist das. Es war keineswegs seine Absicht gewesen, sie in dieser schrecklichen Ungewissheit zurückzulassen. Es war ein Unfall.«

Erlendur ging schnell zu seinem Ford. Er musste sich beeilen, denn vor dem Besuch im Pflegeheim musste er jemand anderem einen Besuch abstatten, um der Wahrheit auf den Grund zu kommen.

Sie war ein Kind und saß allein am Ufer des Sees und hörte das leise Plätschern des Wassers. Sie war eine junge Frau und blickte auf den See hinaus und sah seine Schönheit und den Glanz, den er ausstrahlte. Sie war eine alte Frau und kniete bei dem Kind nieder, und dann war sie wieder ein kleines Kind und hörte die geflüsterten Worte, sie hörte die Vergebung in den Worten, und das Flüstern wurde vom See herübergetragen, und das Flüstern sagte: Du bist mein Kind.

Sie brauchte lange Zeit, um wieder zu Bewusstsein zu kommen und war so unendlich müde und benommen, dass sie kaum die Augen zu öffnen vermochte.

»Bald... vin«, stöhnte sie. »Es war ein Unfall. Das, was damals bei Papas Tod geschah... Es war ein Unfall.«

Sie sah Baldvin nicht, doch sie spürte seine Nähe.

Ihr war nicht mehr kalt, und es war, als sei ihr eine schwere Last von der Seele genommen worden. Sie wusste, was sie jetzt zu tun hatte. Sie wollte über das alles sprechen. Über alles, was sich am See zugetragen hatte. Alle, die es hören wollten, sollten erfahren, was geschehen war.

Als sie nach Baldvin rufen wollte, spürte sie, dass sie keine Luft mehr bekam. Irgendetwas beengte sie, schnürte ihr den Hals zu.

Sie öffnete die Augen und suchte Baldvin, aber sie sah ihn nicht.

Sie griff sich kraftlos an den Hals.

»Das ist nicht richtig«, flüsterte sie.

Das ist nicht richtig ...

Sechsunddreißig

Erlendur bog in die Sackgasse ein und fuhr zu Baldvins Haus. Er parkte das Auto bei der Einfahrt und stieg aus. Er hatte es eilig. Er wusste nicht, ob er das Richtige tat. Am liebsten wäre er direkt zu dem alten Mann gefahren, doch ihm brannten die Fragen wegen des Defibrillators auf der Seele, und nur Baldvin konnte sie beantworten.

Er betätigte die Klingel und wartete, drückte dann ein weiteres Mal auf die Klingel und bemerkte Karólínas Auto, das sie in einiger Entfernung zum Haus geparkt hatte. Nach dem dritten Klingeln hörte er drinnen ein Geräusch. Die Tür öffnete sich, und Baldvin erschien.

»Du schon wieder?«, sagte er.

»Darf ich hereinkommen?«, fragte Erlendur im Gegenzug.

»Hatten wir nicht alles besprochen?«, fragte Baldvin.

»Ist Karólína bei dir?«, fragte Erlendur.

Baldvin sah an ihm vorbei zu ihrem Auto hinüber, dann nickte er und ließ Erlendur ins Haus. Er schloss die Tür und führte ihn ins Wohnzimmer. Karólína tauchte aus dem Schlafzimmer auf und ordnete die Frisur.

»Wir haben keinen Sinn mehr darin gesehen, mit dem Versteckspiel weiterzumachen«, erklärte Baldvin.

»Ich habe dir gesagt, wie es sich zugetragen hat. Karólína wird nächste Woche bei mir einziehen.«

»Du brauchst ihm gar nichts zu sagen«, fiel Karólína ihm ins Wort. »Das geht ihn gar nichts an.«

»Ganz richtig«, sagte Erlendur lächelnd. Er hatte es eilig, zum Pflegeheim zu kommen, achtete aber darauf, vollkommen ruhig und gelassen zu wirken. »Man hätte aber vielleicht trotzdem vermutet, dass ihr etwas vorsichtiger vorgehen würdet«, sagte er. »Dass ihr nicht allzu viel Aufmerksamkeit auf die Tatsache lenken würdet, dass ihr ein Paar seid.«

»Wir haben nichts zu verbergen«, erklärte Karólína.

»Bist du dir da sicher?«, fragte Erlendur.

»Was meinst du damit?«, fragte Baldvin. »Ich habe dir genau erzählt, was passiert ist. Als ich das Haus verließ, war María am Leben.«

»Ich weiß, was du mir erzählt hast.«

»Und was willst du dann hier?«

»Es waren lauter Lügen«, sagte Erlendur. »Ich überlege immer noch, ob ihr vielleicht doch dazu zu bringen seid, mir die Wahrheit zu sagen. Zur Abwechslung sozusagen.«

»Wieso glaubst du, dass er gelogen hat?«, fragte Karólína. »Dass wir gelogen haben?«

»Weil ihr Lügner seid«, erklärte Erlendur. »Ihr habt María belogen. Ihr habt ein Komplott gegen sie geschmiedet, habt ein ganzes Theaterstück für sie inszeniert. Auch wenn Baldvin behauptet, er habe in letzter Sekunde Abstand von dem ursprünglichen Plan genommen, handelt es sich trotzdem um ein Verbrechen. Ihr habt mich von Anfang an angelogen.«

»Das ist doch Blödsinn«, erwiderte Baldvin.

»Und wie willst du das beweisen?«, fragte Karólína.

Erlendur lächelte schwach und warf einen Blick auf seine Uhr.

»Das kann ich nicht«, sagte er.

»Was willst du dann?«

»Ich möchte die Wahrheit hören«, sagte Erlendur.

»Ich habe dir die Wahrheit gesagt«, beharrte Baldvin. »Ich bin nicht stolz auf das, was ich getan habe, aber ich habe María nicht umgebracht. Das habe ich nicht getan. Sie hat Selbstmord begangen, nachdem ich in die Stadt gefahren war.«

Erlendur sah Baldvin lange an, ohne ein Wort von sich zu geben. Baldvin sah zu Karólína hinüber.

»Ich glaube, dass du es doch getan hast«, sagte Erlendur. »Du hast mehr getan, als sie in den Selbstmord zu treiben. Du hast sie regelrecht hingerichtet. Du hast ihr die Schlinge um den Hals gelegt. Du hast sie an den Balken gehängt.«

Karólína hatte auf dem Sofa Platz genommen. Baldvin stand in der Tür zur Küche.

»Wieso behauptest du das?«, fragte Baldvin.

»Ihr habt María in ein Lügengespinst eingewickelt, und ihr lügt immer noch. Ich glaube kein Wort von dem, was ihr sagt.«

»Das ist deine Sache«, erklärte Karólína.

»Ja, das ist meine Sache«, stimmte Erlendur zu.

»Du weißt nicht...«, setzte Baldvin an.

»Wie schläfst du nachts?«, unterbrach Erlendur ihn.

Baldvin antwortete nicht darauf.

»Wovon träumst du, Baldvin?«

»Lass ihn in Ruhe«, sagte Karólína. »Er hat nichts getan.«

»Er hat mir gesagt, dass du ihn dazu angestachelt hast«, sagte Erlendur, indem er Karólína ansah. »Es sei alles deine Schuld. Es kam mir so vor, als wollte er dir die ganze Schuld in die Schuhe schieben.«

»Er lügt«, sagte Baldvin.

»Er hat gesagt, du seist die treibende Kraft bei dieser Tat gewesen.«

»Hör nicht auf ihn«, sagte Baldvin.

»Beruhige dich«, sagte Karólína und sah Baldvin an, »ich weiß, was für ein Spiel er da spielt.«

»Es war also Baldvin, der am meisten darauf drängte?«, fragte Erlendur.

»Es wird dir nicht gelingen«, sagte Karólína. »Baldvin kann doch sagen, was er möchte.«

»Ja, selbstverständlich«, sagte Erlendur. »Ich weiß aber nicht, ob man dem, was er sagt, irgendwelche Bedeutung beimessen kann. Über sich. Über dich. Über María.«

»Was du glauben möchtest, ist dein Problem«, sagte Karólína.

»Ihr seid beide Schauspieler«, sagte Erlendur. »Ihr habt vor María eure Rollen gespielt. Ihr habt ein Stück verfasst, ihr habt es in Szene gesetzt und ein Bühnenbild gestaltet. Sie hat zwar nie Verdacht geschöpft, aber vielleicht hat sie das mit dem Defibrillator herausgefunden.«

»Mit dem Defibrillator?«, fragte Karólína.

»Der diente natürlich dazu, die Kulisse perfekt zu machen«, sagte Erlendur. »Es handelte sich um ... Wie heißt so etwas noch? Um ein Requisit. Es hat nie funktionieren sollen. Es sollte gar keine Sicherheitsausstattung geben. Das Gerät sollte Marías Leben gar nicht retten. Es war nur ein Teil der Bühnenausstattung, die ihr nur für einen einzigen Zuschauer arrangiert habt, nämlich für María.«

Karólína und Baldvin sahen sich für einen Moment in die Augen. Dann senkte Baldvin den Blick.

»Der Apparat war nämlich kaputt«, sagte Erlendur zu Karólína. »Deswegen musste er ihn aus dem Bootsschuppen entfernen. Er hat ihn verwendet, um María zu täuschen. Er sollte zeigen, dass es ihm ernst damit war, dass er alles in seiner Macht Stehende getan hatte, um Marías Sicherheit zu garantieren.«

»Was glaubst du zu wissen?«, fragte Baldvin.

»Ich glaube, Folgendes zu wissen: Du hast sie ermordet. Du wolltest an ihr Geld heran, über das sie allein verfügte, es sei denn, sie würde vor dir sterben. Du hattest ein Verhältnis mit Karólína und wolltest nicht, dass María davon erfuhr. Und wegen des Geldes konntest du dich nicht von ihr scheiden lassen. Aber du hattest dich für Karólína entschieden. Ich kann mir vorstellen, dass das Zusammenleben mit María auf die Dauer anstrengend gewesen sein muss. Die Mutter war ständig um euch herum, und auch nachdem sie gestorben war, hatte es ganz den Anschein, als befände sie sich immer noch im Haus. María dachte an nichts anderes. Ich vermute, dass du bereits vor langer Zeit das Interesse an ihr verloren hattest, dass sie dir im Weg war. Dir und euch beiden.«

»Kannst du diesen Schwachsinn beweisen?«, fragte Karólína.

»Warst du an dem Abend, als wir gekommen sind, um ihn davon zu unterrichten, dass María tot ist, hier im Haus?«

Karólína zögerte kurz, dann nickte sie.

»Ich hatte das Gefühl, eine Bewegung im Wohnzimmerfenster gesehen zu haben, bevor ich wegfuhr.«

»Du hättest nie hierherkommen dürfen«, sagte Baldvin.

»Was ist in dem Haus in Þingvellir wirklich passiert?«, fragte Erlendur.

»Was ich dir gesagt habe«, sagte Baldvin, »nichts anderes.«

»Und der Defibrillator?«

»Ich wollte sie beruhigen.«

»Ich gehe davon aus, dass das meiste von dem, was du mir über dein Vorgehen im Zusammenhang mit dem Experiment erzählt hast, korrekt ist. Und ich gehe auch davon aus, dass sie sich freiwillig von dir vom Leben zum Tod befördern ließ. Aber sie wollte leben. Deswegen gehe ich davon aus, dass alles, was du mir erzählt hast, von dem Zeitpunkt an, nachdem sie in dem Pool das Bewusstsein verloren hatte, Lüge ist.«

Baldvin antwortete ihm nicht.

»Irgendetwas ist schiefgelaufen, und du sahst dich gezwungen, einen Selbstmord zu inszenieren«, sagte Erlendur. »Es wäre am angenehmsten gewesen, wenn sie gemäß deinem wohldurchdachten Plan gestorben wäre, wenn ihr Leben in dieser Wanne geendet hätte. Aber das war nicht der Fall, nicht wahr?«

Immer noch sah Baldvin ihn schweigend an.

»Irgendetwas ging schief«, fuhr Erlendur fort. »Sie erwachte aus der Bewusstlosigkeit. Wahrscheinlich hattest du sie schon aus dem Wasser geholt und wolltest sie aufs Bett legen. Du hattest den Herzstillstand herbeigeführt. Niemand würde irgendetwas anderes feststellen können. Eine Autopsie würde einen Herzschlag aus natürlichem Grund ergeben. Du bist Arzt, du kennst dich da aus. María war leicht zu ködern. Du brauchtest nur eines zu tun, sie im Stich zu lassen, ihr Vertrauen zu enttäuschen. Das Vertrauen einer unschuldigen Frau, die lange Zeit am Rande des Abgrunds geschwebt hatte. Nicht sehr mannhaft, aber du hast ja nicht gerade das Format eines Helden.«

Karólína blickte zu Boden.

»Vielleicht hattest du sie bereits ins Bett gelegt«, sagte Erlendur, »und wolltest noch ein letztes Mal ihren Puls fühlen, bevor du wieder in die Stadt zurückfährst. Du hast hier angerufen, und Karólína hat für dich abgehoben. Es sollte so aussehen, als hätte María angerufen. Du hast also dann María ein letztes Mal untersucht, und zu deinem Entsetzen war sie noch am Leben. Sie war nicht gestorben. Das Herz schlug schwach, aber es schlug. Sie atmete wieder. Es bestand die Gefahr, dass sie aufwachte.«

Karólína lauschte Erlendur schweigend, vermied es aber, ihn anzusehen.

»Vielleicht ist sie aufgewacht. Vielleicht hat sie die Augen geöffnet, wie du beschrieben hast, und vielleicht ist sie in einer anderen Welt gewesen. Vielleicht hat sie etwas gesehen, aber es ist wohl trotz allem wahrscheinlicher, dass sie nichts gesehen hat. Vielleicht hat sie dir etwas über diese Erfahrung gesagt, doch sie hatte nicht viel Zeit dazu. Außerdem war sie sehr geschwächt.«

Baldvin sagte keinen Ton.

»Vielleicht hat sie realisiert, was du im Begriff warst zu tun, aber sie war vermutlich zu schwach, um sich wehren zu können. Wir wissen, dass María erstickt ist, als sich die Schlinge um ihren Hals zuzog.«

Karólína stand auf und ging zu Baldvin hinüber.

»Das Leben erlosch langsam, aber María starb schließlich.«

Sie legte ihm ihren Arm um die Schultern und sah Erlendur an.

»War es nicht in etwa so?«, fragte Erlendur. »Ist María am Ende nicht so gestorben?«

»Sie wollte es selbst«, sagte Baldvin.

»Einiges davon vielleicht, aber nicht alles.«

»Sie hat mich darum gebeten.«

»Und du hast ihr diesen Gefallen getan.«

Baldvin sah Erlendur mit ausdrucksloser Miene an.

»Ich glaube, du solltest machen, dass du hier rauskommst.«

»Hat sie etwas gesagt?«, fragte Erlendur. »Über Leonóra?«

Baldvin schüttelte den Kopf.

»Du solltest gehen«, sagte Baldvin. »Das sind alles Hirngespinste deinerseits. Ich sollte dich wegen Verleumdung verklagen.«

Erlendur ließ nicht locker. »Hat sie nichts über ihren Vater gesagt?«

Baldvin gab ihm keine Antwort.

Erlendur sah die beiden lange an. Dann ging er zur Diele.

»Und was nun?«, fragte Karólína. »Was wirst du tun?«

Erlendur öffnete die Haustür und drehte sich noch einmal um.

»Anscheinend ist es euch gelungen«, sagte er.

»Was soll uns gelungen sein?«, fragte Baldvin.

»Das, was ihr euch vorgenommen hattet«, sagte Erlendur. »Ihr seid wie geschaffen füreinander.«

»Wirst du etwas unternehmen?«, fragte Karólína.

»Ich kann kaum etwas machen«, sagte Erlendur und wollte die Tür hinter sich zuziehen. »Ich werde den Fall meinen Vorgesetzten unterbreiten, aber ...«

»Warte«, sagte Baldvin.

Erlendur drehte sich um.

»Sie hat von ihrem Vater gesprochen«, sagte Baldvin.

»Das hielt ich für das Wahrscheinlichste«, entgegnete Erlendur. »Das hat sie vermutlich ganz kurz vor dem Ende getan.«

Baldvin nickte.

»Ich war davon ausgegangen, dass sie Verbindung zu ihrer Mutter bekommen wollte.«

»Aber das stimmte nicht, nicht wahr?«, sagte Erlendur.

»Nein«, sagte Baldvin.

»Sie sehnte sich danach, ihren Vater zu sehen?«

»Ich habe nicht ganz richtig verstanden, was sie gesagt hat. Sie wollte, dass er ihr verzeiht. Was hätte er ihr verzeihen sollen?«

»Das wirst du nie verstehen.«

»Was?« Baldvin starrte Erlendur an.

»War es ... War es ... María? Sie war mit ihnen im Boot, als es passierte. Hat sie sich die Schuld an dem gegeben, was mit ihm passiert ist?«

Erlendur schüttelte den Kopf. »Ihr hättet euch kein bemitleidenswerteres Opfer aussuchen können«, sagte er und schloss die Tür hinter sich.

Er betrat im Laufschritt das Pflegeheim und rannte hinauf zur Station, wo der alte Mann lag. Er war nicht in seinem Zimmer. Erlendur erfuhr, dass man ihn in einen anderen

Raum verlegt hatte. Er hastete dorthin und wurde in das Zimmer des alten Mannes gelassen, der unter einem dicken Oberbett lag. Man sah nur das magere Gesicht und die knochigen Hände, die auf dem Oberbett lagen.

»Er ist vor einigen Augenblicken gestorben«, sagte die Krankenschwester, die ihm den Weg gewiesen hatte. »Ein sanfter Tod. Er hat nie irgendwelche Umstände gemacht.«

Erlendur setzte sich ans Bett und ergriff seine Hand.

»Davið war verliebt«, sagte er leise. »Er...«

Erlendur strich sich über die Stirn. Er sah die beiden vor sich, als ihnen klar wurde, dass sie nicht mehr aus dem Auto herauskommen würden, sie hielten sich bei den Händen und waren vollkommen gefasst, während das Leben erlosch und ihre Herzen in dem kalten Wasser aufhörten zu schlagen.

»Wie gern wäre ich etwas eher da gewesen«, sagte er.

Die Krankenschwester verließ das Zimmer auf Zehenspitzen, und die beiden waren allein.

»Er hatte ein Mädchen kennengelernt«, sagte Erlendur nach langem Schweigen. »Er starb nicht allein. Es war ein Unfall. Er hat nicht Selbstmord begangen. Er war nicht deprimiert oder des Lebens überdrüssig, als er starb. Er war glücklich. Er war verliebt in ein Mädchen, das er kennengelernt hatte, und sie waren ausgelassen und übermütig. Das hättest du verstanden. Sie starben zusammen. Er war bei seinem Mädchen. Er hat ganz bestimmt vorgehabt, euch von ihr zu erzählen, sobald er nach Hause gekommen wäre, dass sie an der Universität studierte und sehr nett war, dass sie sich brennend für Seen interessierte. Dass sie sein Mädchen war. Für immer sein Mädchen.«

Siebenunddreißig

Er stand bei dem verlassenen Hof, der einmal sein Zuhause gewesen war, und blickte zum Harðskafi hinauf. Der Berg war wegen des Eisnebels, der sich immer tiefer über den Fjord senkte, nur schemenhaft zu sehen. Mit seinen alten Wanderschuhen, der dicken gefütterten Hose und dem warmen Anorak war er gut gerüstet. Er starrte eine Weile stumm und ernst am Berg hoch, bevor er sich mit seinem Wanderstock und einem kleinen Rucksack auf den Schultern auf den Weg machte. Er kam gut voran und war umgeben vom Schweigen der Natur, die rings um ihn herum bereits im Winterschlaf lag. Bald darauf war er im kalten Nebel verschwunden.

»Ein ausgezeichneter Kriminalroman.«
SÜDDEUTSCHE ZEITUNG

Arnaldur Indriðason
NORDERMOOR
Island Krimi
Aus dem Isländischen
von Coletta Bürling
320 Seiten
ISBN 978-3-404-18554-2

Was zunächst aussieht wie ein typisch isländischer Mord - schäbig, sinnlos und schlampig ausgeführt -, erweist sich als überaus schwieriger Fall für Erlendur von der Kripo Reykjavik. Wer ist der tote alte Mann in der Souterrainwohnung in Nordermoor? Warum hinterlässt der Mörder eine Nachricht bei seinem Opfer, die niemand versteht? - Während schwere Islandtiefs sich über der Insel im Nordatlantik austoben, wird eine weitere Leiche gefunden.

Gewinner des Nordischen Preis für Kriminalliteratur

Lübbe

»*Atemberaubender Island-Krimi!*« LEA

Arnaldur Indriðason
TODESHAUCH
Island Krimi
Aus dem Isländischen
von Coletta Bürling
368 Seiten
ISBN 978-3-404-18555-9

In einer Baugrube am Stadtrand von Reykjavík werden menschliche Knochen gefunden. Wer ist der Tote, der hier verscharrt wurde? Wurde er lebendig begraben? Erlendur und seine Kollegen von der Kripo Reykjavík werden mit grausamen Details konfrontiert. Stück für Stück rollen sie Ereignisse aus der Vergangenheit auf und bringen Licht in eine menschliche Tragödie, die bis in die Gegenwart hineinreicht. Während Erlendur mit Schrecknissen früherer Zeiten beschäftigt ist, kämpft seine Tochter Eva Lind auf der Intensivstation um ihr Leben ...

TODESHAUCH wurde (wie auch der Vorgänger *NORDERMOOR*) mit dem Nordischen Preis für Kriminalliteratur ausgezeichnet

Lübbe